The Strain Trilogy I

THE STRAIN

Guillermo Del Toro

Chuck Hogan

血族 三部曲之一

侵袭

[美]吉尔莫·德尔·托罗
[美]查克·霍根　著
叶妍伶　译

漓江出版社
桂林

THE STRAIN (Book I of The Strain Trilogy)
By Guillermo Del Toro and Chuck Hogan

著作权合同登记号桂图登字:20-2014-052号

图书在版编目(CIP)数据

侵袭/(美)吉尔莫·德尔·托罗,查克·霍根 著;叶妍伶 译.—桂林:漓江出版社, 2014.9(2017.10重印)
书名原文: The Strain
ISBN 978-7-5407-7180-5

Ⅰ.①侵… Ⅱ.①吉… ②查… ③叶… Ⅲ.①长篇小说-美国-现代 Ⅳ.①I712.45

中国版本图书馆CIP数据核字(2014)第161380号

策　　划:刘　鑫　单　鹏
责任编辑:刘　鑫　单　鹏
封面设计:卿　松

出版人:刘迪才
漓江出版社有限公司出版发行
广西桂林市南环路22号　邮政编码:541002
网址:http://www.lijiangbook.com
全国新华书店经销
销售热线:0773-2583322

山东临沂新华印刷物流集团印刷
(山东临沂高新技术产业开发区新华路　邮政编码:276017)
开本:960mm×690mm　1/16
印张:24　字数:250千字
2014年9月第1版　2017年10月第8次印刷
定价:35.00元

如发现印装质量问题,影响阅读,请与承印单位联系调换。
(电话:0539-2925888)

重要评荐

《潘神的迷宫》导演吉尔莫·德尔·托罗交出了一本惊人的小说出道作,他和查克·霍根成功地让悬疑氛围贯穿整本书!

——美国《出版家周刊》

这三部曲的第一集气势非凡,像是被下了咒似的吸引人!一旦读了第一页,就没办法不把这故事看完,我相当期待下一集。

——美国小说家　克莱夫·卡斯勒

把你的心脏病药放近一点,《血族》可能会无声无息地出招!

——美国小说家　格莱葛利·马奎尔

血腥与末世元素混合而成的可怕故事,仿佛是从今日报纸头条截下来的。

——美国小说家　詹姆斯·罗林斯

在各自领域都很成功的吉尔莫和查克这次携手合作,要完成一个不可能的任务:在陈腐的吸血鬼小说当中开启一条新路!

——美国《书签》杂志

“小说写得如同电影”这个评语，在德尔·托罗与霍根这本《血族》上绝对是赞誉。不但动作描绘得极具临场感，在叙事镜头的跳接上也显得相当熟练。他们知道读者的呼吸节奏，了解读者的感官渴望，透过层叠的剧情推移，将吸血鬼这个长期以来被浪漫化、平板化的怪物形象予以颠覆，尽管它们演化于你无法参与的历史，但历史终究会追上并找到你。

然后吃掉。

——台湾作家　曲辰

吉尔莫·德尔·托罗的电影或小说总有个精神是：探究地底的幽暗世界。以现代医学观点——“病毒感染”解释吸血鬼传说，并扩及：人类的战争无不是嗜血的行为。

在灭绝无望的世界里，更坚定地保有爱、希望与信赖……

——台湾作家·影评人　吴孟樵

献给洛伦扎、玛丽安娜、马里萨……

还有

我孩提时的所有奇异幻想：

愿你们永远别让我孤单

——吉尔莫·德尔·托罗

献给丽莎

——查克·霍根

The Strain Trilogy Ⅰ

THE STRAIN

Guillermo Del Toro

Chuck Hogan

血族 三部曲之一

侵袭

尤赛夫·萨铎的传说

“很久很久以前，”亚伯拉罕·瑟拉齐安的奶奶准备说故事了，“有一个巨人。”

小亚伯拉罕眼神灼然，霎时间木碗里的白菜罗宋汤好像变得更好喝了，至少大蒜味不再那么呛。这个男孩脸色苍白、身材瘦小且体质孱弱，他的奶奶一直想把他喂胖点。祖孙俩面对面坐着，孙子喝着汤，奶奶编着毛线讲故事。

奶奶的故事。童话。传说。

“这巨人是阿尔巴尼亚贵族的儿子，他叫做尤赛夫·萨铎。萨铎少爷比所有人都壮硕，比村子里所有的屋顶都还要高耸。他进出房舍都得低着头弯着腰，他长这么高其实很辛苦，这是先天的疾病，而不是上帝的恩赐。这个年轻的巨人很辛苦，因为他的肌肉没有足够的力量支撑他又长又重的骨架。有时候他连走路都痛。举步维艰的他会拄着拐杖，那拐杖比你还高呢，杖头的银制手把刻着一个狼头，那是他们的家徽。”

“然后呢？奶奶？”亚伯拉罕满口都是菜。

“那是他的命，但这种缺陷却教他谦卑，这是一般贵族缺乏的特质。他有一副慈悲心肠，会关怀贫者、病者和辛勤工作的村民。他对村里的小孩特别好，他的口袋又大又深，就像农夫装芜菁的麻袋一样，鼓胀的口袋里装满了零食和玩具。他自己的童年并不愉快，他八岁就和萨铎老爷一样高，九岁就比他父亲高一个头。萨铎老爷心里一直以儿子虚弱的身体和畸形的外表为耻。但萨铎少爷是个温柔的巨人，深受村民喜爱。大家都说萨铎少爷高人一等却不高傲跋扈。”

奶奶点点头，要孙子再吃几口。他咬着煮熟的甜菜根，当地人说这是“婴儿心”，因为甜菜根的颜色、形状都很像颗小心脏，还有那像经络一般的纤维。“然后咧，奶奶？”

“他也爱大自然，对残忍的狩猎活动一点兴趣也没有。不过他身在豪门不得已，十五岁那年他爸爸和叔叔便说服他一起远赴罗马尼亚，进行为期六周的狩猎之旅。”

“是来这里吗，奶奶？”亚伯拉罕问，“那个巨人，他来过这里？”

“是到北边的黑森林。萨铎家族可不猎熊、野猪或麋鹿。他们的目标是狼，那是萨铎家族的纹章标记。他们以动物界的狩猎者为猎物。萨铎家规说吃狼肉可以让子孙得到勇气与力量，萨铎老爷则相信这可以强化儿子瘦弱的肌肉。”

“然后呢，奶奶？”

“他们的旅途漫长又艰险，而且天候恶劣，但尤赛夫都撑过去了。他从来没有离开家园旅行过，旅途中陌生人异样的眼光让他觉得很丢脸。等他们抵达黑森林时，他觉得树丛似乎有生命。日落后动物离开了巢穴，在森林里四处漫步，就像流离失所的难民一样。四周有太多动物了，猎人无法在营地安睡。有些人想要离开，但萨铎老爷一心只想猎狼。他们听到黑暗中的狼嗥，萨铎老爷迫切焦急地想要捕一匹狼，给他的儿子，他的独子。他庞大畸形的外表就像萨铎家族的毒瘤，他要为家族破除诅咒，他要帮儿子找个媳妇，产下健康的后代。

“所以尤赛夫的爸爸在第二天日暮前就离开了团队，独自寻找狼踪。其他人彻夜守候，黎明后又分头去找他。那天傍晚，尤赛夫的表哥没回到营地，隔天又少了一个人。”

“奶奶，然后呢？”

“最后就只剩尤赛夫一个人。隔天他离开营地，在一片之前搜索过的树林里发现了他父亲、叔叔和堂兄弟的尸体，散落在地底洞穴的入口四周。他们的头颅都被强大的力量压碎了，但身体却没有啃噬的痕迹。看得出来，他们是被一种凶猛暴戾的野兽杀害的，但它的动机却不明确，显然不是出于饥饿或恐惧。他也猜不出原因，但他感觉得到未知的生物在幽暗的洞穴里，监视他、观察他。

“萨铎少爷把每一具尸体都搬离洞口，掩埋在深深的地底。当然这工作把他累惨了，他精疲力竭，**耗尽元神**。落单的他又害怕又疲惫，但他当晚还是回到了洞穴里，准备在日落后面对邪恶的力量，为家族复仇，死也不足惜。多年后有人在树林里发现他的日记，我们才晓得这些。那是日记的最后一笔。”

亚伯拉罕的嘴巴张得老大,食物都吞下去了:“发生了什么事?奶奶?”

“没人晓得。在他的家乡,过了六周、八周、十周后,都没人接到过狩猎队员的音讯,大家都担心萨铎家族的安危,所以村民组成了搜救队,可是他们毫无斩获。后来,第十一周,一辆马车停在萨铎庄园,车窗盖上了厚重的窗帘。那就是年轻的萨铎少爷。他把自己关在城堡里,住进一间没有卧床的厢房中。后来几乎没人再见过他。那时候,只有谣言跟他一起回来,大家谣传着罗马尼亚的森林里到底发生了什么事。有人说他们见过萨铎少爷,虽然我们也不知道这话到底是真是假,但他们说萨铎少爷的病都治好了。也有人说他被附身了,高大的身躯里藏着强大的力量。他一直走不出丧亲之痛,所以从来没有在白天出现过,他遣走了所有的仆佣。不过,城堡在夜里才有动静,从窗外可以看到炉火荧荧,但日子一久,萨铎城堡便逐渐荒芜颓圮。

“夜里……有人说他们听到了巨人在村里走动的脚步声。尤其是小孩,他们都说自己听到**笃笃笃**的拐杖点地声了。萨铎少爷已不需靠拄拐杖行走,他是用这声音打暗号,让小孩爬出床外讨零食和玩具。不相信的人从窗隙或门孔往外瞧,结果就看到了刻狼头的手杖。”

他奶奶的眼神一暗,瞄一眼他的碗,都喝得差不多了。

“然后呢,亚伯拉罕,有些农夫的小孩开始失踪了。听说隔壁村落也有小孩失踪。连我的村子也是。没错,亚伯拉罕,你奶奶小时候住的村庄只要走半天就到萨铎城堡了。我还记得我们村里的两姊妹,有人在树林里空旷处发现她们的尸体,毫无血色,就和地上的白雪一样。她们的眼睛还没闭上,蒙上一层霜。我自己也曾经在深夜里听到不远处传来**笃笃笃**的声音,有节奏而且充满力量。我赶紧拉起被子蒙住头,不去听,好几天都怕得睡不着。”亚伯拉罕听着故事,咕嘟一声把碗里的汤都吞了下去。

“最后,萨铎庄园的那村子也荒废了,变成了禁忌之地。吉普赛人的马车成群经过我们小镇的时候,还说他们在那里碰到了灵异事件,在城堡附近发现鬼魂和幽灵。他们说月光下巨人会出来觅食,那姿态就如暗夜冥王。吉普赛人警告我们说:‘多吃点,长壮点,否则萨铎就会把你抓走了。’所以啊,亚伯拉罕,多吃点,长壮点。快吃干净。要不然,他就来了。”奶奶的神情已经不像刚刚陷入回忆时那么黯淡了，她的眼神又闪着光彩，“萨铎会来哦。笃笃笃。”

他吃完了晚餐，连一块甜菜根都不剩。碗底朝天，故事也说完了，但他的肚子和脑袋瓜都胀胀的。奶奶看他吃完就满足了，他觉得奶奶的表情多么慈祥、充满关爱。他们祖孙俩常在这张摇摇晃晃的餐桌上亲密地交谈，分享心灵的粮食，共度不受打扰的时光。

过了十年，瑟拉齐安家族被迫离开他们的木工行和村落，但逼他们的不是萨铎。德国军队到了他们的村落，一位德国军官被分配到他们家住宿，几日下来，也被瑟拉齐安家族的温暖融化。军官会在那一张摇晃不稳的餐桌上拿出面包与他们一家人分享，有一夜，他向瑟拉齐安家族提出警告，叫他们隔天不要听从命令到火车站集合，要当晚就潜逃离开。

瑟拉齐安家族听军官的建议，一家八口人一起带着家当逃跑，能带多少尽量带。奶奶拖累了大家潜逃的速度，更糟的是，奶奶知道她是全家人的负担，她很明白老骨头会害其他人涉险，不断责备着自己不中用的双腿。大家都先走了，就剩下亚伯拉罕。这时亚伯拉罕已经是个强壮的青年，前途不可限量，年纪轻轻就成了雕刻师傅和犹太法典的学者，而且他对犹太神秘主义《光明篇》特别感兴趣。年轻力壮的亚伯拉罕殿后陪着奶奶。后来他们听说其他家人在下一个小镇被逮捕，被迫搭上前往波兰的列车，他的奶奶自责又愧疚，坚称自己应该去自首，以保全亚伯拉罕。

“快跑，亚伯拉罕。你要逃离纳粹的魔掌，就像逃离萨铎的猎杀那样。快逃。”但他听不进去。他不肯离开奶奶。

当晚，一位好心肠的农夫收留他们，让他们两人暂宿同一个小房间。隔天一早，亚伯拉罕发现奶奶躺在房间地上，她一定是夜里跌落床下了。她的双唇发黑干裂，她的喉颈也呈现炭黑色。是服毒自杀。那农夫体恤他，让亚伯拉罕把奶奶葬在花圃下。他耐心地为她刻了一块精美的木质墓碑，上头雕了花瓣、小鸟和她生前最喜欢的各种图案。他哭了好几回，最后终于踏上奔逃的旅程。

他努力逃离纳粹的追击，经常听到身后传来笃笃笃的声音……

而恶灵紧紧跟随。

肇始

THE BEGINNING

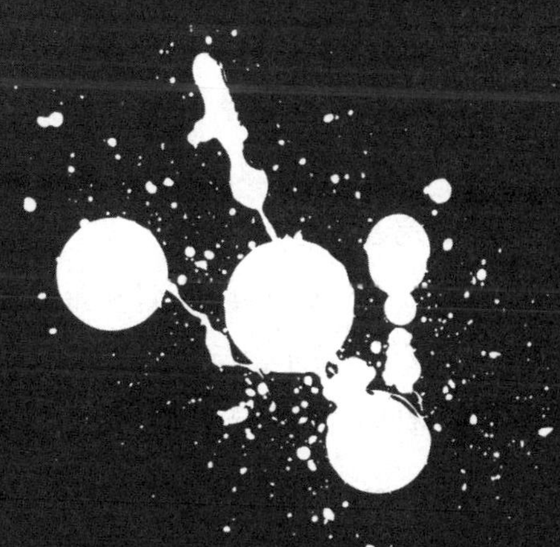

N323RG 驾驶舱通联记录

国家运输安全委员会失事报告

节录自瑞晶航空 753 班机驾驶舱通联记录

2010 年 9 月 24 日,柏林泰格尔机场往纽约肯尼迪国际机场

晚间 8 点 49 分 31 秒【机舱广播系统,开】

彼得·莫尔德斯机长:"嗯,各位乘客,现在是莫尔德斯机长在为各位报告。我们将准时抵达纽约,准备降落。谨代表纳许副机长与全体组员感谢大家搭乘瑞晶航空,并希望能再次为您服务……"

晚间 8 点 49 分 44 秒【机舱广播系统,关】

彼得·莫尔德斯机长:"……这样我们才不会失业。"【驾驶舱内笑声】

晚间 8 点 50 分 1 秒

纽约肯尼迪国际机场航空交通管制组:"瑞晶 753 大型客机,接近左侧,转航向 100 度,降落 13 右跑道。"

彼得·莫尔德斯机长:"瑞晶 753 大型客机,接近左侧,转航向 100 度,降落 13 右跑道。收到。"

晚间 8 点 50 分 15 秒【机舱广播系统,开】

彼得·莫尔德斯机长:"机组人员,准备降落。"

晚间 8 点 50 分 18 秒【机舱广播系统,关】

朗诺·纳许副机长:"放下起落架。"

彼得·莫尔德斯机长:"回到家的感觉真好……"

晚间 8 点 50 分 41 秒【撞击声响。静电噪声。高频噪音。】

传输终止

登陆

THE LANDING

纽约肯尼迪国际机场塔台

大盘,是他们帮这屏幕取的名字。盘上闪着绿光(肯尼迪国际机场这两年多都一直在争取购买新型彩色屏幕)就像一碗青豆汤,上头还有很多小字母闪烁着光点。每一个光点都代表上百条人命,**灵魂**——今日航空界也沿用下来的古老航海术语。

上百条灵魂。

或许就是因为这样,其他航空交通管制人员才会称吉米·门德斯是“吉米主教”。主教是唯一连续执勤48小时都站着不坐下的航空交通管制人员,空勤塔台在321英尺的高空俯瞰着纽约肯尼迪国际机场,他手上的铅笔像一支指挥棒,他一边来回踱步一边指引民航客机来到纽约,就像牧羊犬带领着羊群。铅笔尾端的粉红色橡皮擦就像他所指挥的飞机一样,他可以在脑海里看见每一架飞机的相对位置,弥补平面雷达屏幕的不足。

雷达屏幕每一秒都闪烁着绿点,每一点都代表着上百个灵魂。

“联合642班机,右转航向100度,爬升至5000英尺。”

不过你看着大盘的时候不会这样想,你不会一直意识到有几百条生命都依赖你的指挥:飞机就像是长了翅膀的飞弹,带着人类在瞬间冲向高空。你没办法一次想象这些细节:大盘上的所有飞机;其他航空交通管制人员通过对讲机口中念念有词,对话内容都是航空代码;**别人**大盘上的飞机,还有附近拉瓜地亚机场的航空交通管制塔台……还有美国其他城市里所有机场的航空交通管制塔台……还有全世界各机场……

吉米主教的直属上司,航空交通管制部主任卡尔文·巴斯这时出现在他身边,他提早结束午休回到控制室,不过午餐还没下肚,仍在嘴里继续嚼:“你那架瑞晶753在哪里?”

"瑞晶 753 已经就定位了。"吉米主教快速瞄了大盘一眼,确认一下,"正进入航站。"他在飞机名册上寻找 753 班机,"怎么突然问起来?"

"地面雷达说有一架飞机停滞在第 6 滑行道上。"

"滑行道?"吉米又看了大盘一眼,确定他的信息都没错,然后开启通讯频道,"瑞晶 753,这是肯尼迪国际机场塔台。完毕。"

他等了一下。没响应,连信号都没有。

"瑞晶 753,这是肯尼迪国际机场塔台。听得到吗? 完毕。"

一位航空交通助理出现在卡尔文·巴斯身后。"有通讯问题吗?"他问。

卡尔文·巴斯说:"比较像是机械故障,有人说整架飞机都是暗的。"

"暗的?"吉米主教一边说一边纳闷这种几率有多低。这架飞机在落地后几分钟之内发生机械故障,就像尿床一样。他暗想,明天值完班回家的路上要买乐透,就选 753 的号码。

主教的通讯器有两个耳机孔,卡尔文拿自己的耳机插在另一个孔上。"瑞晶 753,这是肯尼迪国际机场塔台,请回答。瑞晶 753,这是塔台。完毕。"

耐心等,仔细听。

什么都没有。

吉米主教看着自己大盘上的闪烁光点,没有警告灯示,飞机都没问题。"最好先让所有的飞机都改道,避开第 6 滑行道。"他说。

卡尔文拔下耳机,往后退一步。他的眼神聚焦在不远处,视线越过吉米的控制面板,落在塔台的窗户,搜索着滑行道的方向。眼神中有疑惑有关注。"我们得清空第 6 滑行道。"他转身对着航空交通助理说,"找人去帮我们取得画面。"

吉米主教抓着肚子,他真希望可以把手伸进去,揉一揉那恶心作呕的部位。他的工作就像产婆一样。他协助机师,让他们顺利将载满灵魂的飞机安全驶过虚空中的子宫,来到踏实的地面。他现在只感受到一阵阵恐惧,就像第一次碰到难产的菜鸟医师一样。

第3航站楼停机坪

洛伦扎·鲁伊斯开着行李车前往登机门,行李车长得就像是加了轮子的坡道一样。当753班机没按照计划出现在航站时,洛伦扎就决定开远一点去一探究竟,反正她也准备要休息了。她戴了内有对讲机的保护头盔,反光外套下穿着大都会棒球队的连帽上衣,还有防护镜——跑道上的沙尘实在太严重了,她的橘色指挥棒就放在屁股后方的座位上。

搞什么?

她扯下防护镜,仿佛得用肉眼才看得清楚似的。瑞晶的波音777大型客机就在这里,真是庞然巨物,这是新型客机,全机断电,停摆在滑行道上。完全失去电力,连机翼上的航行灯都没亮。在其他飞机的降落灯照映下,她才看到了平滑弧形的燃料舱外壳和机翼。在一英尺之外,汉莎航空1567班机的起落架差点擦撞地面。

"我的老天爷啊!"

她赶紧通知其他人员。

"小洛,我们已经要过去了,"她的主管说,"上面要你先过去看一看。"

"我?"小洛说。

她皱皱眉头。这就是好奇心太旺盛的报应。她只好驶着行李车沿着航站的服务通道,穿越滑行道。她有点紧张,小心翼翼。她以前从来没开到这么远。民航局对行李车和工作车辆的操作范围规定很严格。

她经过了滑行道两侧的蓝色导引灯,这架飞机似乎完全断电了,从头到尾彻底失去电力。导引灯没亮、防撞灯没亮、机舱的窗内也没有任何光源。驾驶室高达十米,就位于波音客机经典的机鼻前方,挡风玻璃就像飞机的眼睛一样,就算你在地面也能看到驾驶舱内部,操控器和仪器的背灯会发出暗房般的红色灯光。不过这架飞机完全不会亮。

小洛从左机翼的顶端往回走了九米。你如果在停机坪做久了自然就会懂一些航空的知识，小洛就做了八年，比她的两段婚姻加起来还久。后缘襟翼和副翼（机翼后方的扰流板）都应该会以名模的站姿挺立着，因为机长在飞机着陆之后都会把它们竖起来。这架飞机的涡轮喷气引擎都很安静，一动也不动，通常引擎就算关掉电源也会继续吸入空气，要好一阵子才会完全停摆，这段时间内还会继续像个贪婪的吸尘器一样不断吸入沙砾和小鸟。所以这架大型飞机安全降落后，一切都很顺利，直到——**断电**。

更令人担忧的是，如果降落的过程都很顺利，那究竟在这两三分钟之内发生了什么事。**什么问题可以爆发得那么快？**

小洛又开近了一点点，来到机翼的后方。如果涡轮风扇突然开始转动，她可不想被吸进去，然后像加拿大雁鹅一样被绞成碎片。她驶近货舱，她对这部分的飞机结构最熟悉。她往机尾的方向前进，停在后出口的下方。她拉上手刹车，使用操纵杆，将货物坡道往上举，到高点大概可以往上倾三十度。不够靠近，不过没关系。她走出车外，从后方拿出了球棒，沿着坡道走向死寂的飞机。

死寂？她怎么会这样想？这玩意儿从来没活过——

不过下一秒小洛的脑海中便浮现出了巨大、腐烂的鲸鱼尸体搁浅的画面。这架飞机给她的感觉就是这样：溃烂的尸体、逐渐死去的庞然大物。

她快走到顶端时风便停了。关于肯尼迪国际机场停机坪的天候状况，你有一点必须知道：这里的风永远不会停。**从不曾停过**。停机坪的风一直都很大，因为一直有飞机进进出出，空气中还有沼盐，该死的大西洋就在海滨小区的另一边。不过，突然间，这里变得很安静——安静到小洛拿下了毛茸茸的大耳罩式对讲机，只为了确认她的听觉没问题。她觉得自己听到了飞机内传出碰撞的声响，后来才发现那是她心跳的声音。她调整手电筒，照向飞机的右侧。

她的视线跟着光线，从机身下腹看过去，机身还是很光滑，散发出珍珠般的光泽。她照着每一扇窗户，遮阳板都从内部拉下来了。

这就怪了，她现在觉得毛毛的。整个人都发毛。造价2.5亿，总重383吨，在这庞大的飞行机器旁边她好像个小矮人。站在这像龙一样的怪兽面前，她有一种浑身发冷的感觉，虽然那感觉一下就消失了，但她确实曾感受到。沉睡中的恶魔只是假装在沉睡，其实他随时都会睁大双眼、张大口。那一刻，她感觉到超自然的气氛，像一阵电流。她的体内一阵冷战，每一条肌肉都绷紧了，打结了。

然后，她发现有个阴影映在她身上。她后颈的毛发都紧张得竖了起来，她伸手过去要抚顺细发，就像要安抚神经质的小宠物。她之前都没注意到，这个影子其实一直在她身上——从一开始就存在。

或许……

机舱里，黑暗搅动着。小洛发现飞机里似乎有个东西一直在观察她。

她抽抽噎噎地哭了起来，就像个孩子，但她却无法控制。她瘫痪了。血流加速，血液好像受了指挥一样全都往上冲，她的喉咙愈来愈紧绷……

她懂了，完全懂了：**那里面的东西要吃掉她**……

强风再起，仿佛从来没停过，小洛不需要人催促便走下坡道，跳上行李车，打了倒车档。车子发出倒车的哔哔声，坡道还高高举着。当她加速驶离滑行道，车轮压过蓝色导引灯时发出了嘈杂的声音，车身有一半在滑行道上，一半在草皮上，她往前方开去，有五六辆紧急应变车迎面而来。

肯尼迪国际机场塔台

卡尔文·巴斯换了另一副对讲机，根据民航局国家滑行道守则来下指令。肯尼迪国际机场方圆五英里的空域内暂停所有出入境。这表示交通量会激增。卡尔文取消了休息时间，要求所有执勤中的管制人员以各频道和753班机取得联系。吉米主教在肯尼迪国际机场塔台工作了那么久，第一次看到这种近乎混乱的场面。

港务局官员穿着西装讲手机，这时都聚在他身后。这从来就不是好兆头，真奇怪，人遇到无法解释的事件时总会自然而然地聚在一起。

吉米主教又试着呼叫瑞晶753，还是没用。

一个穿西装的人问他：“有劫机的信号吗？”

“没有，”吉米主教说，“什么都没有。”

“火警的信号呢？”

“当然没有。”

“驾驶舱的警报器呢？”另一个人问。

吉米主教知道他们已经进入了调查的“白痴问题”阶段。他拿出耐心和精确的判断力，就是这两项特质让他成为杰出空勤管制员的。“飞机进来的时候很安稳，降落的时候也很平顺。我通知瑞晶 753 要到哪一道门去停的时候，他们还跟我确认过，才离开跑道。我关掉空航雷达，然后转用机场地面搜索雷达。”

卡尔文用手捂着耳机的麦克风说：“或许是机长必须切掉飞机的电源？”

“或许吧，”吉米主教说，“或许是飞机不听指令自行断电。”

又有个穿西装的人说：“那为什么他们还不开门？”

吉米主教早就在想这个问题了。一般来说乘客不会乖乖等那么久。上星期，从佛罗里达飞过来的捷蓝航空就差点要处理机上暴动了，而导火线只是**面包酸掉了**。现在，飞机上的乘客已经在位子上呆坐了大约十五分钟。而且是坐在一片黑暗中。

吉米主教说：“机舱内马上就会愈来愈热。如果完全断电的话，飞机内就没有空调。完全不通风。”

“那他们究竟在等什么？”另一个穿西装的人说。

吉米主教觉得每个人的焦虑程度都在飙高。这是本能反应，当你发现有什么事要发生，情况糟到不能再糟的时候就会这样。

“如果他们动弹不得怎么办？”他来不及阻止自己就脱口而出。

“被挟持吗？你的意思是这样吗？”那穿西装的人说。

主教安静地点点头……但他心想的不是挟持。不知为何，他只能想到……**灵魂**。

第6滑行道

港务局的飞机救援防火员已经完成飞机失事的标准部署,六辆消防车,其中包括化学泡沫灌洒车、抽水机、云梯车都已经就位。他们一路驶来,和小洛的行李车会车后便一起停在第6滑行道前蓝色导引灯旁。肖恩·纳瓦罗队长从云梯车后方的阶梯跳下来,戴着头盔穿着消防装站在死亡的飞机前。救援车辆的灯映照在机身上,让飞机看起来仿佛有红色的脉搏。它看起来就像是夜间训练演习摆出来的空机。

纳瓦罗队长走到云梯车前方,爬上阶梯坐到驾驶本尼·楚佛旁边:"叫维修人员过来,在机翼后方架设工程照明灯。"

本尼说:"我们收到的指令是要待命。"

纳瓦罗队长说:"这架飞机载满了乘客。我们领薪水可不是为了打亮灯光而已,我们要拯救生命。"

本尼耸耸肩照队长的命令去做。纳瓦罗队长从驾驶的位子扒出来,往车顶走过去,本尼举起云梯车的支臂让队长能靠近机翼。纳瓦罗队长打开手电筒,沿着两片竖立的襟翼后缘走,他的靴子不偏不倚地踩着一行黑色的大字"**请勿在此行走**"。

他沿着逐渐开展的机翼走下去,大概距离地面20英尺。他走到机翼旁的出口,整架飞机只有这扇门可以在紧急时从外面开启。门内有一扇小窗,双层厚玻璃中有一些凝结的小水珠,他试着透过双层玻璃往里面看,不过什么都没看到,只看到一片黑暗。里面一定像人工呼吸器一样窒闷。

为什么他们不向外呼救?为什么他没听到机舱内有任何动作?如果机内还维持着加压状态,那就代表整架飞机是密闭的,乘客很快就会耗尽氧气。

他戴着手套,推开两条红色的阻力板,拉开门把,按照箭头的方向,将门把转180度,然后用力一拉。这扇门应该会自己往外弹,可是却纹丝不动。他又拉了

一次，不过马上就发现这么做一点用都没有。这道门绝对不可能是里面卡住了，要不是门把故障，就是有人从里面拉着门。

他沿着机翼走回云梯的顶端。他看到一盏橘色的工作灯在旋转，有一辆机场电动车从国际航站的方向过来。等那辆车更靠近一点后，他发现驾驶穿着运输安全署的蓝色外套。

“来吧。”纳瓦罗队长喃喃自语，走下了云梯。

来人总共有五个，他们轮流自我介绍，不过纳瓦罗队长懒得花时间去记他们的名字。他来的时候带了消防车和灭火设施，这些人来的时候却带了笔记本电脑和移动设备。有一阵子他就只是站在一旁，听他们对自己的手机讲话，盖掉彼此的声音：

“我们必须要仔细想、认真想才能宣布国家安全警戒，没有人想要一场乌龙。”

“我们连目前面对的是什么都不知道，如果你按下警铃，把奥蒂斯空军基地的消防员都集合过来，那你等于让整个东岸都陷入惊慌。”

“如果是炸弹，他们会等到最后一秒。”

“或许，会在美国本土引爆。”

“搞不好他们在装死，把无线通信都切断，要引诱我们靠近，等媒体都聚过来。”

其中一人读着手机上的字：“我查到了，这架飞机是从柏林泰格尔机场过来的。”

另外一人对着手机说：“去帮我找个会讲英文的柏林地勤。我们要知道他们那边有没有可疑行动，或任何人违规。还有，我们要看一下他们手提行李的处理程序。”

另一人则指示：“查一下飞行计划，把每个乘客都调查一遍。没错，每个名字，从头查一遍，这一次要连别名一起查。”

“好，”又有人读着手机上的信息说，“飞机规格：牌照号码是 N323RG，波音 777—200 长程型。最近一次过境检查是四天前，在亚特兰大哈兹菲尔德机场。左引擎反推力装置磨损的滑导管换了个新的，右轴瓦的底座磨损也换了个新的。

左方内侧襟翼凹陷本来要修,但因为航班行程往后延。总之,飞机状态很好。”

“777 是新型飞机,不是吗? 才用了一两年嘛?”

“最大容量是 301 人,这一架载了 210 人。199 位乘客、正副机长、9 位空服人员。”

“有人没买票吗?”他要问的是有没有婴幼儿。

“我的资料上没有。”

“典型的战术,”这个人担心恐怖攻击,“先制造不安,吸引第一批记者,吸引观众——这样引爆炸弹的效果最强。”

“如果是这样,那我们早就死了。”

他们不安地面面相觑。

“我们先把救援车辆都调回去。刚刚走在机翼上的白痴是哪来的?”

纳瓦罗队长往前一步。“是我。”他一说完大家都吓了一跳。

“啊,这个嘛。”这个人对着拳头咳了一下,“队长,根据民航局的规定,只有维修人员才能上去。”

“我知道。”

“那么? 你看到了什么?”

纳瓦罗说:“什么都没有。看不到也听不到。每一扇遮阳板都拉下来了。”

“你刚刚说,都拉下来了? 全部吗?”

“全部。”

“你有没有开机翼的出口?”

“我有。”

“然后呢?”

“卡住了。”

“卡住了? 不可能啊。”

“确实卡住了。”纳瓦罗队长对这五个人比对自己的小孩还有耐心。

资深的那个往后退一步去打电话,纳瓦罗队长看着其他人:“那我们接下来要怎么做?”

“我们等一下就知道了。”

“等一下就知道？你知道多少人在飞机上吗？他们打了多少个 911 求救电话？”

其中一人摇摇头：“目前机上还没有人用手机拨打求救电话。”

“还没？”纳瓦罗队长说。

他旁边的人说：“199 人里连 1 个都没有。不妙。”

“情况很糟糕。”

纳瓦罗队长不可置信地看着他们：“我们要想点办法，现在就要。我不需要上级核准就可以拿消防斧头开始砸玻璃，里面的人就快要死了。机舱里没空气了。”

资深的那人打完电话走回来：“他们要去拿喷灯了，我们要把飞机切开来。”

弗吉尼亚暗港

切萨皮克湾，暗夜里不能见物，海潮兀自汹涌澎湃。

这栋豪宅的露台玻璃屋建在峭壁上俯瞰着海湾，屋内的老人斜躺在特制的医疗椅上。为了让他舒服一点，室内的灯光调暗了一点，如此一来这个房间也不会显得太气派。自动恒温设备（这房间里就有三套）让室温保持在摄氏 18 度。隐藏式环绕音响安静地演奏着俄国作曲家斯特拉文斯基的《春之祭》，遮掩了洗肾设备的声音。

他的口中呼出一丝淡淡的雾气，旁观者或许以为他已经快死了，或许见到他占地近七万平米的宅邸后，会认为他繁华的生命就只剩下这最后的几天或几周，或许还会嘲讽地说：就算富可敌国的人最后临死前也和乞丐一样。

只不过，奥狄·帕墨还没走到生命的终点。他走到人生的第七十六年，还没打算放下这一切。他掌握着一切。

他是受人尊敬的投资者、生意人、神学家，同时因为掌握机密而拥有崇高的权力，而他这七年来每天都要花三四小时进行同样的疗程。他虽然身体状况不佳,但还可以靠药物与科技控制,二十四小时都有医师替他监控着健康状况,家里还有一套专用的医院级医疗设备。

顶级的医疗服务对有钱人来说根本不是问题,古怪的癖好也一样。奥狄·帕墨低调隐藏他的怪癖,不为大众探知,就连比较亲近的朋友家人也不晓得。这个人从来没结过婚,也没有子嗣。所以大部分和帕墨有关的话题,都围绕在他死后如何处置庞大的家产上。石心集团是他最主要的投资机构,但他在这集团里没有副手。他和任何基金会或慈善机构都没有关联,不像另外两个年年和他争夺《福布斯》排行榜宝座的美国富豪:微软创始人比尔·盖茨及股神沃伦·巴菲特(如果福布斯将南美洲的金矿和非洲的几个影子企业的持有股份算进去,帕墨稳拿冠军)。帕墨从未写下遗嘱,就连只有他财产千分之一的人也绝对不会漏掉遗嘱这种重要的资产规划。

不过,奥狄·帕墨就只是还想继续活下去罢了。洗肾的过程是将血液通过导管引到血液透析仪,一般通称为人工肾脏,过滤废物和毒素后再流回体内。他的前臂上放置了免拆卸动静脉血管通路,上头有很多针筒让血液能进出他的身体。他用的仪器是德国费森尤斯医疗集团最现代的机型,不但会持续监控他各项重要的指数,只要指数异常就会立刻通知菲茨威廉先生,而他总是在帕墨隔壁房间待命。

忠诚的投资人都已经习惯帕墨枯槁的容貌了。这几乎变成了他的注册商标,和他雄厚的财力形成讽刺的对比。这样风烛残年的老人竟然对国际金融与政治有着强大的权力与影响力。忠心耿耿跟着他的投资人约有三万多名,形成金融界的精英集团:要成为股东须拿出200万美元,但数十年来都跟着帕墨投资的人现在身价都超过九位数。石心集团的购买力让他得以巨额融资,而他运用资金的方式不但有效,有时也很残酷。

西侧的房门打了开来,菲茨威廉先生从宽广的廊道走进来,他不但是帕墨的个人医师也身兼安全总管,他手捧着纯银托盘,上头是保密专线的无线话机。菲茨威廉先生曾在美国海军陆战队服役,不但取得四十二项战斗技能认证,而且思考也很敏捷,退役后在帕墨出资下读完医学院。“报告,国土安全部副部长来电。”他在寒冷的房间内说话时,口中不断冒出雾气。

通常帕墨夜间进行疗程的时候不准任何人打扰，他希望用这段时间静静思考。但他一直在等这通电话，所以他从菲茨威廉先生手上接过话机，静候他退出房门外。

帕墨接起电话，对方告诉他有关于失联客机的消息。他知道目前肯尼迪国际机场的官员并不确定接下来该如何处理。来电者口气焦急，却谦恭有礼，好像得意的小学生向老师报告自己的功劳："这件事非比寻常，我想您一定希望能立刻掌握信息。"

"没错，"帕墨对她说，"我很感激你那么周到。"

"祝，祝您有美好的一夜。"

帕墨结束通话后将话机放在细瘦的大腿上。**的确**是美好的一夜。他很期待，他一直在等这消息。现在飞机已经降落了，他知道这行动已经开始了——而且开场还很引人注目。

他难掩兴奋地打开墙上的大屏幕电视，从躺椅扶手拿出遥控器调整音量。还没有飞机的新闻。不过，就快了……

他按下对讲机的按钮。菲茨威廉先生的声音说，"请问您有何指示？"

"菲茨威廉先生，叫他们备妥直升机。我要去曼哈顿办事。"

奥狄·帕墨挂上对讲机，看着窗外的切萨皮克湾，漆黑而汹涌，海湾北岸就是钢铁般的波托马克河出海口。

第6滑行道

维修人员在机身下推着氧气瓶，切开机身是最不得已的紧急措施。所有的客机在建造时都会规划一个特别的"开膛"区。777 的开膛区在机身后方，机翼下靠机尾右侧的货舱门中间。777—200 长程客机的性能优越，不但可以航行 9000 海里（等于 17000 公里），载油量更高达 20 万升，所以这架飞机除了传统在侧边的燃油槽之外，还在后方货舱加了三个预备燃油槽——他们因此需要安全的开膛区。

维修人员用的是 Arcair 焊烧工具组，这是救灾行动中最常见的放热焊枪，好携带且安全性高，而且它使用的是氧气，而非乙炔等危险气体。要切开机身外壳大概需要一小时。

停机坪上的人都不抱持乐观的想法了。目前机舱内没有任何乘客拨打求救电话。瑞晶 753 内没有灯光、没有声音、没有任何信号。这个状况令人费解。

港务局紧急应变单位行动指挥车清空了停机坪，指挥台架设在工程照明灯后方，明亮的光束都打在飞机上。特警队受过疏散、人质抢救等特殊训练，可以在桥墩、隧道、转运站、机场、铁道与纽约和新泽西港执行反恐突击。战术警官身穿轻型护甲、手持黑克勒—科赫冲锋枪。两只德国牧羊犬在主起落架（有两组，各配有六个巨型轮胎）周围不断地嗅着，一边小跑步一边扬着鼻头，仿佛它们也闻到了不安的气味。

纳瓦罗队长一度怀疑机上有没有人在。他们会不会飞过了某个**神秘的地带**，飞机降落的时候机上早已空无一人？

维修人员点燃焊枪准备要切开机壳内层时，其中一只警犬嚎叫了起来。它不断低吠咆哮，扯着狗链在原地不断地绕着小圈圈。

纳瓦罗队长看到云梯车驾驶本尼·楚佛指着机身中央。他看到一条细细的黑影。那黑色如此深沉，细长的黑线明显地映在光滑的机身表面上。

机翼的出口。纳瓦罗队长打不开的那道门。

现在开了。

尽管百思不得其解，纳瓦罗还是不发一语，因为他被眼前的景象震慑住了。或许是门闩故障，或许是门把失灵……或许是他刚刚不够用力……或许——只是或许，是有人终于开了门。

肯尼迪国际机场塔台

港务局截听了吉米主教的音讯。他就和平常一样，站在一旁，等着和这些穿西装的人一起检视状况，而他们的手机一直疯狂大响。

“开了，”其中一人报告说，“有人开了左侧第三道门。”

每个人都站了起来，想要一探究竟。吉米主教从塔台窗户望向灯光聚焦下的飞机。从这上面看不出来门已经开了。

卡尔文·巴斯说：“从里面打开的吗？谁走出来了？”

那人摇摇头，电话还没挂：“没人，还没有人出来。”

吉米主教从架子上拿了一副望远镜自己看。

看到了。机翼上方有一道黑色的痕迹。一道阴影，就像机壳上的一道裂缝。

吉米看到这景象时突然口干舌燥。这种门在打开的时候会先往外推一点，然后再往回拉，让门靠到机舱内部的墙壁上。所以严格说来目前只是气锁被解开来了，门还没打开。

他把望远镜放回架子上，往后退。不知为何，他的大脑告诉他现在最好赶快跑。

第6滑行道

举到门边的气体与放射线探测器都显示没问题。紧急应变小组人员拿着尾部有挂钩的长杆，打算把门再推开几厘米，地面上有两个荷枪待命的特警在停机坪上掩护着他。他从门缝里塞进一个抛物限定点收音麦克风，传回各种手机铃声：乘客的手机响了，却没人接听。怪异又单调的声音，好像小型的个人安全警报器。

然后他们又在长杆后方加装了镜子（那看起来就像牙医用检查镜的放大版），结果只看到经济舱与商务舱中间的区域有两张折叠椅，都没人坐。用扩音器对机舱喊话也没用，飞机内没有任何回应：没有灯光、没有动作，什么都没有。

两个紧急应变小组的人穿着轻型护甲退到滑行道光线以外的地方听取简报。他们看着机内平面图：他们要从经济舱进去，那里一排有十位旅客，左右各三列，两条过道中间有四列。机舱内部空间狭窄，他们把黑克勒—科赫冲锋枪换成了克拉克 17，比较适合近身搏击。

他们戴上搭载了无线电通讯设备和夜视镜的防毒面罩，把警棍、强化手铐和备用弹匣都系在腰带上。可切换成红外线滤镜的迷你摄影机（尺寸和棉花棒差不多）就加装在两人的头盔上。

他们沿着消防救援梯走向机翼，他们先将身体紧贴机身，其中一人用靴子将门推开抵着机舱墙面后，才匍匐前进，爬向最近的掩蔽处，到达以后仍继续伏着身体。他的队友也跟着进到机舱里。

扩音器传出他们的声音：

“瑞晶 753 的乘客请注意，这是纽约港务局。我们将进入机舱内。为了您的安全，请继续保持坐姿，双手交扣放在头顶。”

先进去的队员背靠着隔板，听着机舱内的动静。虽然戴了面罩之后，就会一直听到嗡嗡嗡的声音，仿佛将耳朵放在保鲜密封罐口似的，但他还是听得出来：乘客一点动静都没有。他戴上夜视镜，整个机舱内部都变成绿色的。他向队友点点头，克拉克手枪举在预备位置，数到三便像旋风一般进入了客舱。

现在登机

NOW BOARDING

纽约中国城,沃福街

伊费·顾威不知道警铃声究竟是**现实世界**的街道传来的,还是电动场景的音效,他和儿子正在电玩里厮杀。

"你为什么要一直杀我?"伊费问。

扎克的发色像海沙一样,他耸耸肩,好像觉得这个问题很无聊:"爸,重点就是要打打杀杀啊。"

客厅里西向宽敞的窗户旁摆了电视机,算是这中国城南缘的二楼小公寓里最醒目的家具。咖啡桌上叠满了中式餐馆的外送餐盒,每一盒的盖子都打开来了,散布在桌面上。除了餐盒,桌上还有一大袋《禁忌行星》漫画、伊费的手机、扎克的手机和扎克的臭脚丫。这套游戏主机才刚买不久,伊费先前就想买来和扎克一起玩了。伊费的奶奶榨橙子汁的时候总是要把每一滴果汁都榨干才甘心,同样,他自己也希望把握有限的相处时间,享受所有亲子同欢的乐趣。他的独子就是他的宇宙、他的空气、饮水、粮食。他必须要尽一切努力珍惜时光,因为有时候一整个星期他只能和儿子打上一两次电话,之后又要连续过一周没有阳光的日子。

"搞什……"伊费手上握着新奇的无线装置,老是按错键。他的士兵一直在捶地板。"给我站起来!"

"太慢了,又死了。"

伊费也认识其他离婚的朋友,对他们来说,离婚不只是离开老婆,也是离开孩子。当然,他们嘴上都会说他们也想念小孩啊,说都是前妻从中作梗不让他们和小孩培养感情,诸如此类的,但他们似乎都没真正尽力去营造亲子关系。他们觉得周末如果要陪孩子一起过,就得**牺牲**自由的单身新生活。对伊费来说,有扎克陪伴的周末才是生活。伊费一直都不想离婚。到现在还是。他知道他和凯莉

的婚姻已经结束了——这一点她讲得很明白,但他打死不放弃扎克的监护权。现在只剩监护权的问题还没有共识,因此他们在法律上还保持着婚配的关系。

这是他的最后一周了,法院指派的家庭咨询顾问给他们一段时间协商。下星期,顾问就要和扎克面谈,旋即作出最终的决定。伊费不管他争取到监护权的机会有多渺茫,这是他人生中最重要的战役。“**为了扎克好,你要作正确的决定。**”凯莉每次提起这话题就希望刺激他的愧疚感,要他接受探视权就好。但伊费认为正确的决定,就是坚持将扎克留在身边。伊费甚至改变了美国政府的决定,替政府工作的他坚持要将研究团队留在纽约,而不去疾病管制局所在的亚特兰大工作,这都是为了扎克。扎克的生活已经不算安定了,如果他去亚特兰大工作只会让扎克的生活更零碎。

他大可以更投入这场官司,用些不堪的伎俩。他的律师曾经建议他不择手段。律师知道有哪些诡计可以打赢离婚案,但伊费没这么做。原因之一是,他还没走出婚姻失败的阴影,另一个原因则是他太过仁慈——这样的特质成就了一位杰出的医师,却也让他成为可怜兮兮的离婚案当事人。凯莉提出的所有要求他几乎都答应了,她律师提出的财产分配方式他也同意了。他一心只想要陪伴儿子。

而他的儿子这时却对他猛扔手榴弹。

伊费说:“你把我的手臂都炸断了,那我要怎么反击?”

“不知道,你踢好了。”

“我现在知道为什么你妈不给你买游戏机了。”

“因为打游戏会让我亢奋,又会让我变成宅男无法适应社会与人群,还……**噢,去死吧!**”

伊费的生命值都归零了。

这时他的手机开始震动,抖到餐盒都跟着发颤,就像饥饿的金龟子一样。大概是凯莉吧,八成要提醒他叫扎克记得用气喘药吸入器。要不然就是来查勤,以免他带着扎克逃到摩洛哥之类的国家。

伊费拿起手机,看了一下屏幕。718 开头的号码,来电地就在纽约市。来电显示是**肯尼迪国际机场隔离室**。

疾病管制局在肯尼迪国际机场里设置了一个隔离区,不是要拘留旅客或提供医疗服务,只是几间小办公室和一个检查室:算是一个小救护站,可以先确认疫情,推迟传染病原入境和威胁全美国人民的生命健康。若班机上有旅客发病,就会先隔离,评估症状,有时候会发现流行性脑脊髓膜炎或SARS病患。

不过在晚上,隔离站通常会关起来,伊费今晚也不用值班或待命,星期一上午之前都没他的事。他早在几个星期前就把工作都排开了,就是希望周末和扎克在一起可以不受干扰。

他按下拒绝接听,把手机放回葱油饼的盒子旁边。这是别人的问题。"卖我游戏机的小子,"他跟扎克说,"打来骚扰我。"

扎克一边吃蒸饺一边说:"真不敢**相信**你竟然买到了明天扬基对红袜的票。"

"我知道,位置很赞。左外野观众区。我只好挪你的大学教育基金来用,不过,你别担心——凭你的技术,你只要高中毕业就能飞黄腾达了。"

"爸。"

"好啦。不过你也知道我根本不想让扬基队老板赚我的钱,让他的邪恶帝国坐大根本就是通敌叛国。"

扎克说:"红袜必败! 扬基必胜!"

"你刚刚杀了我,现在又不挺我的红袜队?"

"我只是觉得,红袜球迷应该都习惯这种奚落了吧。"

"你真是够了!"伊费把儿子一把抱起,双手一直搔他的前胸,扎克最怕痒,扎克一边发抖一边笑。扎克的力气愈来愈大了,他得认真出力,他以前还可以把扎克扛在单肩上在屋子里飞来飞去咧。扎克的头发像妈妈,沙砾般的色泽(她天生的发色,他们在大学里刚认识的时候她还没染发)和细致的发质都像。不过,伊费又惊又喜地发现儿子的双手就和他小时候一模一样。那一双手有宽大的指节,以前他什么都不喜欢,只想摩擦棒球的皮革,那双手痛恨钢琴课,那双手等不及要开启大人的世界。真不可思议,没想到自己又见到这双年轻的手掌了。没错,孩子就是要来取代我们的。扎克就像个完美的人类,他的DNA记载着伊费和凯莉给对方的承诺——两人的希望、梦想、潜能。或许就是因为这样,他们

才各自以自认最好的方式来教养这个孩子，只可惜他们的理念互相冲突。两人的歧异极大，伊费只要想到扎克会在凯莉和她的同居男友马特的影响下成长就睡不着觉。马特是典型的“好”男人，中规中矩但几乎没有存在感。伊费希望儿子能迎向挑战、接受启发，他要出类拔萃！争取扎克身体的监护权或许已经告一段落，但两人对于该如何培养扎克的心智还争执不休——他们也要争取他的灵魂。

伊费的手机又震动了，手机在咖啡桌上横行，就像他叔叔以前圣诞节送他的假牙玩具一样。苏醒的移动通讯装置打断了他们的嬉闹，伊费放开扎克，不想去看手机屏幕。出事了。否则不会有人打电话给他。一定是疫情爆发，一定有感染的旅客。

伊费逼自己不去拿手机。别人会处理，这是他和扎克共处的周末。扎克正看着他。

“别想太多。”伊费把手机放在桌上，对方进到了语音信箱，“我都安排好了，这周末不办公。”

扎克点点头，神采奕奕，又开始找游戏杆：“再来几局？”

“这个嘛，什么时候才能让小玛利兄弟推桶子去撞猴子？”

“爸。”

“我只是比较喜欢看小意大利人跑来跑去，找蘑菇赚分数。”

“最好是。那你每天在雪中要跋涉几公里才能到学校？”

“就是现在！”

伊费又抱起了扎克，不过这次扎克已经准备好了，他用力伸出手肘来挡，保护怕痒的前胸。伊费只好改变策略，朝最敏感的阿基利斯腱进攻，他一边和扎克的脚踝摔跤，一边提防扎克一脚踢中他的脸。扎克连声求饶，这时伊费发现手机**又在**震动了。

这回，伊费跳起来，他已经知道他的工作、他的职业今晚就要把他从儿子身边带走了。他看了一眼来电显示，这回是亚特兰大的区码。一定是很糟糕的坏消息。伊费闭上眼睛，把颤动的手机贴在额头上，清清喉咙说：“抱歉，小扎。”他对扎克说：“让我先了解一下状况。”

他走到客厅旁的厨房才接起电话。

"伊费？我是埃弗里特·巴恩斯。"

埃弗里特·巴恩斯博士，疾管局局长。

伊费背对着扎克，他知道扎克一定在看他，但他无法面对扎克："我就是，埃弗里特，怎么了？"

"我刚刚接到华盛顿的电话，你的小队都出发去机场了吧？"

"啊，局长，这——"

"你看到电视了吧？"

"电视？"

他回到沙发前，对着扎克双手一摊，要他有点耐心。伊费找到了遥控器，连续按了好几个键，不知道哪个才对，屏幕都没画面。扎克将遥控器拿过去，立刻就打开了有线电视频道。

新闻台播出一架飞机在停机坪上的画面。支持车辆远远地围成一道圆，那直径透露着畏惧。肯尼迪国际机场。"我现在看到了，埃弗里特。"

"吉姆·肯特才刚联络上我，他会准备你们金丝雀小组需要的设备。伊费，这件事你们就站在第一线。你们没到之前他们绝不会轻举妄动。"

"局长，你说的他们是谁？"

"纽约港务局，运输安全署，国家运输安全委员会，国土安全委员会都飞过去了。"

金丝雀计划是一群防疫实务专家组成的快速反应小组，负责在第一时间内判定生物威胁。金丝雀计划的范围包括自然病毒、微生物疾病与人为传染病的扩散问题——不过这计划能获得资金主要还是为了防范生化恐怖攻击。纽约是神经中枢，另外在迈阿密、洛杉矶、丹佛、芝加哥也有小型的教学医院型金丝雀组织。

金丝雀计划的名字取自过去矿工会提金丝雀笼一起到地底下的典故。这么做虽然残忍，但却是高效率的生物早期预警系统。这种羽毛鲜黄的小鸟代谢很敏感，只要察觉到微量的甲烷或一氧化碳就会从原本活泼高歌的样子变得安静无声，在鸟笼的支架上摇摇欲坠，这时矿坑里的毒气浓度不高，也不容易爆炸，矿

工撤退还来得及。

时至今日，每个人都可能是前哨的金丝雀。伊费的小组就是要在这些人感染的最初期就隔离他们，控制疫情扩散的速度。

伊费说："埃弗里特，发生了什么事？飞机上有人死掉吗？"

局长说："伊费，全机都死了。无一幸免。"

皇后区林边，凯尔顿街

凯莉·顾威和同居人马特·塞尔斯面对面坐在小桌子前（"男友"听起来太年轻了，"另一半"听起来太老成了）。他们一起吃青酱羊奶干酪阳光西红柿披萨，还有意大利烟熏五香火腿卷，配上一瓶500美金的一年份美洛红酒。厨房的电视转到纽约第一频道，因为马特想看新闻。对凯莉来说，二十四小时联播的新闻台就是她的情敌。

"对不起。"她又对他道歉。

马特轻扬嘴角，手持着酒杯在空气中慵懒地画圈圈。

"我知道，这不是我的错。但我知道我们都希望能两人单独过周末……"

马特撩起挂在领口的餐巾擦擦嘴："他经常这样妨碍我们独处，我说的不是扎克。"

凯莉看着第三张没人坐的椅子。不用问，马特当然很期待她儿子这周末出门。他们的抚养权争夺战旷日废时，现在由法院调解，所以扎克这几个周末都会到曼哈顿下城，住在伊费的公寓里。这表示，凯莉可以和马特亲昵地在家吃顿饭，马特对性生活的期待也燃烧着，这点凯莉也很愿意配合，所以她自然会破例比平常多喝几杯酒。

不过，今晚却不行。尽管对马特感到抱歉，但她自己其实是有点高兴的。

"我会好好补偿你。"她说完便眨了眨眼睛。

马特的微笑不掩失落："你说的哦。"

这就是为什么马特总是让人很安心。经历过伊费暴躁善变的情绪、吹毛求疵的个性、冲动急切的态度后,她需要像马特这样步调较慢的小船。她嫁给伊费的时候太年轻了,做了太多让步——屈就于他的需要、野心、渴望,成就了他的医疗事业。如果要她在任教的皇后区杰克森高地第69公立小学里给班上的四年级女生一点建议,她会说:千万不要嫁给天才,尤其是帅气的天才。和马特在一起时,凯莉觉得很自在,其实还有点享受在感情里略居优势的地位。现在换别人来迁就她了。

白色的小型厨房电视里,所有人都在大肆报道明天的日食。记者试戴各种不同的墨镜,根据保护眼睛的程度来评分,同时又介绍着中央公园里的纪念衫小摊贩。印着"日食之吻,天地见证"的上衣最抢手。主播要观众锁定明天下午的"现场直播"。

"一定很精彩。"马特这么说只是想让她知道,他不会因为失望就毁了一整晚。

"这是天文盛事,"凯莉说,"不过他们报道的好像是另一场暴风雪似的。"

《新闻快报》的画面进来了,通常凯莉看到《新闻快报》就会赶快转台,不过这则新闻的诡异程度引起了她的注意。电视上,记者远远拍摄一架飞机停在肯尼迪国际机场停机坪上的画面,周围有一圈工程照明灯打在整架飞机上,旁边还有好多车辆和小人,不知情的人还以为飞碟降临在皇后区。

"是恐怖分子。"马特说。

肯尼迪国际机场离这里只有十英里。记者说画面中的客机顺利降落后却全机断电,目前无法联络上任何机组人员或乘客。机场已执行预防措施,所有起降全部暂停,原定降落于肯尼迪国际机场的航班都改至纽瓦克机场或拉瓜地亚机场。

她一看到新闻就知道伊费是因为这架飞机才必须带扎克回来。她现在只希望扎克赶快进家门。凯莉是最英勇的战士,而家代表着安全。这是全世界她唯一能掌握的地方。

凯莉站起身走到厨房流理台的窗边,将灯光调暗,抬头看住宅区上方的天空。她看到飞机的灯光盘旋在拉瓜地亚机场的上空,光点一个一个连起来,就像

暴风圈一样。她从来没去过美国中部，在那里，你在龙卷风还有几英里远的时候，就能看见它朝自己的方向奔腾逼近。虽然没亲眼目睹过龙卷风，但她觉得现在的感觉一定和那很像。有个她无法撼动的力量朝她袭来了。

伊费把疾管局配给他的福特探险家停在路边。凯莉在这小坡上买了一座小房子，坡道周围都是两层楼的洋房，家家户户门前都有低矮的篱笆、整齐的前院。她走出来到水泥人行道上，怕他进入她的家门，她通常把他当作流感病毒，死命抵抗。

发色更金、身材更纤细的凯莉还是那么迷人，不过她已经不是他认识的那个人了。变化真大。或许在这个家的某个地方（可能是储藏柜深处某个布满灰尘的鞋盒里）还放着他们的结婚照，照片里无忧无虑的年轻新娘掀开头纱，仍笑意盈盈又娇媚地望着盛装的新郎，两个年轻人沉醉在爱河里。

“我本来把整个周末都规划好了，”他比扎克早一步下车，打开低矮的铁门，只为了抢先开口，“但这是紧急事件。”

马特·塞尔斯走出明亮的门口，来到她身后，在第一阶上停下了脚步。他的餐巾还别在领口，遮住了上衣口袋的席尔斯商标。马特是雷歌公园附近购物中心里席尔斯商城的主管。

伊费当作没看见他，继续把注意力放在凯莉和扎克身上，他看着扎克走进前院。凯莉给扎克一抹微笑，而伊费忍不住想：她是不是觉得“看伊费和儿子分开”比“周末和马特独处”有趣？凯莉拥扎克入怀，保护意味浓厚：“小扎，你还好吗？”

扎克点点头。

“我觉得，有点失望吧。”

他又点点头。

她看到他手上的盒子和电线：“这是什么？”

伊费说：“扎克的新电玩。我这个周末借他玩。”伊费看着扎克，他的头抵着妈妈的胸怀，两眼无神看着前方。“小子，如果我能脱身的话，或许明天，希望明天……反正**只要有办法**，我就会回来找你，我们可以把握剩下的时间玩个痛快，好不好？我会弥补你的，你也知道，对不对？”

扎克点点头，但眼神还是很茫然。

马特在门前阶梯上喊他：“来吧，扎克，我们看这玩意儿要怎么安装上去。”

眼前的马特显得可以依靠、值得信赖，凯莉确实把他训练得很好。伊费看着马特搭着儿子的肩膀走进屋里，扎克回头看伊费最后一眼。

现在就只剩他和凯莉单独站在这小方绿地上了。在她的后方、屋顶上方，等待降落的飞机闪烁着灯光不断盘旋。先别去数有多少行政和执法机构在等他了，至少整个运输网现在都在等这个男人，而他面对着一个说已经不爱他的女人。

“就是那架飞机，对不对？”

伊费点头：“机上的每一个人，他们都死了。”

“全部？”凯莉的双眼灼烧着忧虑，“怎么会？是什么原因？”

“我就是要去调查清楚。”

伊费现在感受到这份工作的急迫了。他已经搞砸了和扎克相处的时光，不过事情既然已经发生了，他现在就得离开。他的手伸进口袋里，拿出个印了条纹的信封交给凯莉。“明天下午的球赛，”他说，“要是我不能在明天下午前回来……”

凯莉瞄一眼门票，看到票价时忍不住扬起眉毛，然后又放回信封里。她看他的眼神儿近同情：“只要你别忘记下星期要和肯普纳医师见面就好了。”

家庭困扰治疗学家，就是他要决定扎克最后会跟谁。“肯普纳医师，没错。”他说，“我一定会到。”

“还有——凡事小心。”她说。

伊费点点头便驾车离去。

肯尼迪国际机场

人群聚集在机场外，大家都被这无法解释、诡异透顶又悲痛不幸的**事件**吸引了过来。伊费开车时听着广播，那主持人认为目前飞机断电，晚点就会发展成劫

机事件,还特别把这件事和海外的战事连结在一起。

航站里,两辆机场电动车经过了伊费身边,其中一辆载了一位伤心垂泪的母亲和两个面色惊惶的小孩,妈妈紧握着孩子的手;另外一辆载了年纪较长的非裔绅士,他的大腿上放了一束红玫瑰。他知道别人的扎克在那飞机上,还有别人的凯莉。他专心想着这一点。

伊费的小组在6号登机口下面等他,他们身后的门上了锁。吉姆·肯特负责联络,所以总是对着挂在耳上的麦克风说个不停。吉姆为伊费处理疾病管制的行政问题和政治面问题。他用手盖住麦克风,和伊费打个招呼顺便说:“国内目前没传出其他飞机断电的消息。”

伊费登上机场电动车,和诺拉·马丁内斯一起坐在后座。诺拉是务实取向的生化学家,也是他在纽约的情人。她已经戴上了手套,尼龙的隔离装苍白、平滑、哀伤如百合一般。她稍微挪一下位置好让他入座。面对两人之间的尴尬,他觉得很遗憾。

车子开了,伊费闻到风中传来沼盐的味道。“这架飞机断电前在地面停了多久?”

诺拉说:“六分钟。”

“没有无线通信吗?机长也死了吗?”

吉姆转身说:“应该是,但还没确认。港务局警察进到客舱,发现全部都是尸体,就立刻出来了。”

“我希望那几位警察都戴了面罩和手套。”

“戴了。”

电动车转了个弯,让停在远方的飞机出现在他们眼前。那是一架大型客机,四面八方的工程照明灯都打在机体上,亮如白昼。光束和光束重叠的地方让机身看起来散发着光环。

“天啊!”伊费说。

吉姆说:“他们说这是777,全世界最大的双引擎喷气机,新设计,新机种。所以他们才不认为是设备故障,他们觉得比较可能是人为蓄意破坏。”

光是起落架的轮胎就很巨大了。伊费看着左翼的黑洞,是一扇开启的门。

吉姆说:“他们做过毒气检测了。所有人为威胁的检测都做过了。他们不知道该怎么处理,只好从最基础的检查做起。”

伊费说:“我们就是最基础的检查。”

这架沉睡、满载着死亡旅客的飞机目前等于是危险有害物质(HAZMAT)。用比喻来说,就像你某天睡醒突然在自己背上发现的肿块。伊费的团队就像切片检查实验室,负责告诉民航局到底这肿瘤是不是癌细胞。

电动车一停下来,穿着蓝色外套的运输安全署官员便抓着伊费不放,要向他简报刚刚吉姆已经说明过的状况。他问了伊费一堆问题,每个人都在说话,大家的声音盖过彼此,和记者一样。

“这样已经拖太久了,”伊费说,“下次像这种无法解释的事情一发生就要立刻通知我们。先通知危险物质应变小组,然后就叫我们。知道吗?”

“是,长官,顾威博士。”

“危险物质应变小组准备好了吗?”

“正在待命。”

伊费在疾管局面包车前慢下脚步:“我认为目前迹象看来这不是传染病。在地面上待了六分钟? 时间太短了。”

“一定是人为事件。”一名运输安全署的官员说。

“或许吧,”伊费说,“就目前说来,不管机舱里面有什么等着我们去发现——我们都已经封锁现场了。”他打开面包车后门让诺拉先上车。“我们先换装,再看有什么发现。”

一个声音打断了伊费的动作:“我们有一位同仁在机上。”

伊费转过身:“哪个单位的?”

“联邦航空警官。根据规定,美国航空公司的国际航班都要有警官随行。”

“配武器了吗?”伊费说。

“配武器才能发挥作用啊。”

“没接到他的电话或任何警讯吗?”

“什么都没有。”

“那所有乘客一定是瞬间被制伏了。”伊费点点头,看着这些人担忧的面孔,

“他的座位几号？我们从他那里先开始检查。”

伊费和诺拉弯身进到疾管局面包车里，关上后门，将停机坪弥漫的焦虑氛围挡在门外。

他们取下架上的危险物质防护装备。伊费脱掉上衣和短裤，诺拉也脱得只剩黑色运动内衣和熏衣草紫色的内裤，两人在狭窄的雪佛兰面包车里不免会撞到手肘或膝盖。很少防疫专家像诺拉这样留一头丰盈乌黑的长发，所以她用条橡皮筋紧紧地扎起来，她的动作利落又敏捷。她的曲线玲珑，温暖的肌肤呈现微棕的小麦色。

凯莉确定要永远搬出去并开始办离婚程序之后，伊费和诺拉曾经短暂地在一起。其实就只有一个晚上，隔天上午非常尴尬难受，这种窘境持续了好几个月……直到他们再度对彼此有感觉，那大概是几周前。尽管这一次他们比之前更热烈，也刻意回避各种陷阱，结果还是陷入了胶着尴尬的冷静期。

从某种意义来说，他和诺拉的合作太密切了：如果他们的工作像普通人一样，有固定的办公室，结果或许会有所不同，那样或许能比较轻易比较自在地面对彼此。不过他们这是“战壕里的恋情”，他们两人都太过投入进金丝雀计划，没有剩余的时间可以给彼此或给这个世界。这么忙碌的感情里，没有人会在下班时问一句“你今天过得好吗?”——因为他们两人根本就没有下班时间。

就像现在。两人在彼此面前几乎脱得精光，但这是全世界最不性感的场景，因为换上生化防护衣就是性感的相反词，完全不挑逗，这是预防措施，要准备消毒。

第一层是 Nomex 防火连身服，背后绣着“疾管局”。拉链从膝盖一直延伸到下巴，领口和袖口都有魔鬼粘，黑色的长筒靴高及小腿，用鞋带绑起来。

第二层是抛弃式白色隔离装——质感与纸接近的泰维克化学防护衣；这一层的长裤要套在靴子外面。银盾化学物质防护手套与脚套要覆过尼龙材质，用胶带黏紧在手腕和脚踝上。另外再背上个人携带式呼吸防护具、轻量钛制压力调节槽、全脸呼吸面罩以及配备消防呼救设备的个人安全警报器。

伊费和诺拉在戴上面罩前都迟疑了一下。诺拉硬挤出半个微笑，双手捧着伊费的脸。她亲了他一下:“你还好吗?”

“好。”

“你看起来一点都不好。扎克呢?”

“生闷气,心情不好。这也难免。”

“这不是你的错。”

“那又怎样?反正这周末已经不可能跟儿子一起过了,我也没办法讨回来。”他准备要戴上面罩,“你知道,我的人生中曾经有个分岔口,要我选择家庭或工作,我以为我选择了家庭。不过,显然我的付出并不够。”

有些时候(通常是最惊惶不安的时候,或危机爆发时),你看着某一个人才晓得,原来没有他们,自己的人生会过得那么痛苦。伊费发现他对诺拉并不公平,因为他一直还紧抓着凯莉——不只是凯莉而已,他对于过去,对于已亡的婚姻,对于曾经拥有的一切都还无法放手,这都是为了扎克。诺拉喜欢扎克。扎克也喜欢诺拉,这很明显。

不过现在,在这一刻,却不能谈这些。伊费拉上呼吸器,检查气瓶。最外层的防护装备是黄色的——像金丝雀的羽毛一样,是全身胶囊式“太空”装,包括了气密式头罩、210 度广角防护镜,还有和袖子相连的手套。这是甲级防护隔离装,也称为“接触装”,因为穿上这套衣服的人会实际接触危险物质,所以隔离装里有十二层纤维,一旦着装完毕,就可以确实将调查人员与外在环境隔离。

诺拉和伊费互相检查是否已确实做好防护措施。生物性危险物质鉴识人员之间的伙伴关系就像潜水员一样,他们的衣服都会因为循环空气的关系看起来有点蓬。防护衣隔离病原体的同时,也让鉴识人员的汗水与体热都密封在衣服内排不出去,装备内的温度可能比室温高十几度。

“看起来很紧。”伊费对着面罩里的声控麦克风说。

诺拉点点头,透过面罩直视着他的双眼。这次四目相对的时间有点太长了,好像她本来想说什么,却又决定改口。“准备好了吗?”她说。

伊费点点头:“我们上场吧。”

外头停机坪上,吉姆打开了移动式指挥台,拿起两人要装在面罩上的摄影

机，这两台摄影机会各自传送影像信号。他在他们肩上的松紧带上加装了探照灯，电源已经开启了，鉴识人员因为穿了厚重的衣服，所以不方便做这些小动作。

运输安全署的人走过来，想要和他们多讲几句话，但伊费装作听不见，摇摇头又摸摸头盔。

他们走向飞机时，吉姆拿一张过塑的客舱座位图给伊费和诺拉看，上头印了每个乘客的座位，机组人员的名单也列在后面。他指着第十八排最左边的红点。

“联邦航空警官，”吉姆对着麦克风说，“他姓沙彭蒂耶，靠出口那排，窗边的座位。”

“明白。”伊费说。

第二个红点。“运输安全署还特别指出一名乘客。德国外交官也在飞机上。罗尔夫·胡伯曼，商务舱，二排，他来纽约参加联合国安理会举办的朝鲜现状会议。可能携带了外交邮袋，不必经过海关检查。或许没什么，不过德国派了个紧急应变小组，从联合国赶过来，就是要拿那个包裹。”

“好。”

工程照明灯的光束在停机坪上打出一个明亮的圈圈，吉姆只送他们到明暗交界处，便回到屏幕旁了。那圆圈里比白天还明亮。他们行走时几乎没有影子。伊费先从消防车的云梯攀到机翼上，沿着宽阔的表面来到那扇已经开启的门。

伊费先进去，一股死寂迎面而来。诺拉跟着进来，和他肩并肩站在机舱中央的入口。

一排接一排安坐的尸体面对着他们。乘客的双眼虽然睁着，但瞳孔对伊费与诺拉的探照灯已经没有反应。

没有人流鼻血，没有人眼球凸出，也没看到尸斑。没有人口吐白沫或嘴角流血。每个人都在座位上，没有惊惶或挣扎的迹象。他们的手臂不是垂在走道上，就是瘫在腿上，没有明显的创伤。

有的手机在腿上，有的在口袋里，或塞在手提行李中，各自发出来电铃声或短信提醒的声音，各种铃声此起彼落。这是机舱里唯一的声音。

他们在门内靠窗的位置找到了联邦航空警官。年约四十岁，黑发微秃，穿着蓝橘色滚边的棒球衫，那是纽约大都会队的代表色，胸前有吉祥物大都会先生的图案，下半身则配了蓝色牛仔裤。他的下巴抵着胸膛，看起来就像是睁着眼睛在打盹一样。

伊费单膝跪下，那一排靠出口所以比较宽阔，让他活动起来比较方便。他抚着航空警官的额头，把他的头往后推，他的颈关节还没僵硬，头部还能动。诺拉在伊费身边，将光束左右移动，打在航空警官的脸上。然而，沙彭蒂耶的瞳孔完全没反应。伊费撑开他的下颚，用灯光照他的口腔内部。他的舌头和喉咙上方都呈现粉红色，没有中毒的反应。

伊费需要更多光源，所以他伸直手臂拉开遮阳板，外头工程照明灯的光束像一道炽亮的白龙冲进机舱内。

没有呕吐，不像气体中毒。一氧化碳中毒的话皮肤上会有明显的水泡和斑点，看起来胀胀的，像皮革一样。从他的姿势看来，死前没有任何不适或垂死的挣扎。他隔壁坐了一位中年妇女，穿了度假风旅行装，半月形眼镜挂在鼻梁上，镜片后方是已经没有视觉的双眼。他们的坐姿就和一般乘客一样，椅背竖直，仿佛等“请系紧安全带”的警示灯熄灭后，就要起身走向登机门。

靠出口处第一排的旅客将个人物品放在机舱内壁前的网状储物柜里。伊费从沙彭蒂耶面前的袋子里拿出一个维珍航空大西洋航线的包包，将拉链拉到底端。他拿出一件圣母院纪念衫，几本翻烂的字谜游戏书，一本恐怖小说有声书，还有一个肾脏形状的小尼龙包，拿起来很沉重，他不必把拉链全部拉开就看到了那把黑色的塑料外壳手枪。

“你看到了吗？”伊费说。

“我们看到了。”吉姆透过对讲机回答他。吉姆、运输安全署的代表和其他围在屏幕旁边的人都通过伊费肩上的摄影机看到了这一切。

“不管死因是什么，所有人都是在不知不觉的情况下死去的，连航警也是。”

伊费拉上拉链，把包包放在地上，站起身，沿着走道往前进。伊费每走过两三道窗就跨过乘客的尸体去开遮阳板，明亮的光线在机舱内画出诡异的阴影，也映出乘客安详的脸庞，仿佛他们是因为飞行途中太靠近烈阳才死亡。

手机一直响，不和谐的声音变得刺耳，好像几十个人的安全警报器同时启动一样。伊费一直要求自己不要去想电话那头的人有多么心急。

诺拉靠近一具尸体说:“完全没有创伤。”

“我知道。”伊费说。他看着成排的尸体,心想:“这实在太诡异了。”他说,“吉姆,通报世界卫生组织在欧洲的单位。让德国联邦卫生署也来了解情况,联络医院。万一这是传染性疾病的话,他们也该看一下。”

“马上去办。”吉姆说。

在商务舱和头等舱之间,四名空服员(三女一男)都系了安全带坐在活动折椅上,身体前倾,还好有肩膀到腰际的安全带撑着。伊费走过他们的身边时有一种“在水下船难遗骸中漂浮”的感觉。

诺拉的声音传了过来:“伊费,我在机舱后方,没有新发现。我现在要过去了。”

“好。”伊费一边说一边穿过明亮的经济舱,拉开门帘,来到走道更宽广的商务舱。伊费找到了德国外交官胡柏曼,他坐在前方靠走道的座位。胖嘟嘟的双手还交叠在大腿上,他的头往下倒,银灰色的刘海遮住了睁开的双眼。

吉姆所说的外交邮袋放在座位下的公文包里,这个蓝色的合成纤维包包上方也有一道拉链。

诺拉来到他身边:“伊费,你没有权力打开……”

伊费拉开了拉链,拿出半条 Toblerone 瑞士三角巧克力还有一个透明的塑料罐,里面装满了蓝色的药丸。

“那是什么?”诺拉问。

“我猜是威而刚。”伊费说完便把东西放回蓝色包包里,再放回公文包。

他走过一对母女的身边时脚步暂停了一下,妈妈还握着小女孩的手,两人看起来都很放松。

伊费说:“没有惊慌,什么反应都没有。”

诺拉说:“不寻常。”

病毒需要传播,传播需要时间。如果有乘客生病或昏厥一定会造成骚动,大家一慌起来才不管警示灯上写着“请系紧安全带”。如果是病毒,那便会是伊费在疾病管制局担任传染病学家的生涯中从没看过的病原体。所有的迹象都指出,机舱密闭的环境内应该是有致命性毒物而非病毒。

伊费说:“吉姆,我要重新做一次气体检查。”

吉姆的声音说:“他们取了空气样本,以百万分之一为单位检测,什么都没有。”

“我知道,不过……这些人好像在毫无预警的情况下就全数丧命。或许毒性物质在门开的时候立刻就散逸了。我要检查地毯和其他透气材质。验尸的时候也要检查肺部组织。”

“好,伊费,你说得对。”

伊费迅速穿越宽敞的头等舱和高级皮椅来到驾驶舱门口。那道门关着,四个门框都是铁制的,天花板上还有个俯瞰入口的摄影机。他伸手转开门把。

伊费的头罩里传来吉姆的声音:“伊费,他们跟我说这是密码锁,你打不……”

他的手透过手套施力,就把门推开了。

伊费站在门口不动,滑行道上的灯光穿过驾驶舱的着色挡风玻璃,照亮了整面仪表板,系统屏幕都没画面。

吉姆说:“伊费,他们要你小心一点。”

“帮我谢谢他们专业的建议。”伊费说完便走了进去。

各开关和控制器旁边的系统屏幕都没画面。伊费一走进驾驶舱就看到右手边有个穿着驾驶员制服的人驼背坐在折叠椅上;舱内还有两个人,机长和副机长,就坐在控制器前方。副机长的双手蜷曲,手中没有握任何东西,就平放在大腿上,他的头往左方倾,帽子还戴在头上。机长的左手还握着控制器的把手,右臂从扶手上垂下来,指节轻轻碰着地板。他的头往前倾,帽子掉在大腿上。

伊费走向两人中间的控制台,好撑起机长的头。他用照明灯检查机长的眼睛,放大的瞳孔动也不动。他轻轻放下机长的头,让他抵着胸前。这时,他突然全身僵硬。

他感觉到了。他察觉到某种东西,在这里。

他从控制台往后退一步,环视驾驶舱,整个人转了一圈。

吉姆说:“伊费,怎么了?”

伊费已经和尸体共处那么久,早就不会紧张兮兮了。不过有其他的东

西……在某个角落，在这里或附近。

这种奇怪的感觉稍纵而逝，就好像被下咒一样，让他一直眨眼睛。他摇摇头甩掉这种感觉："没事，八成是幽闭恐惧症。"

伊费转而检查驾驶舱内的第三个人，他的头垂得很低，他的右肩靠着墙壁，折叠椅的安全带悬在一旁。

伊费大声说："他为什么没系安全带？"

诺拉说："伊费，你在驾驶舱吗？我过去找你。"

伊费看到这尸体的银色领带夹上面有瑞晶航空的标志，胸前口袋上的名牌写着**雷德芬**。伊费在他面前单膝跪下，用他层层包覆的手指扶着他的太阳穴，准备抬起他的头。他的眼睛张开来，向下看。伊费检查他的瞳孔，他觉得他看到了什么。一丝微光。他又看了一次，雷德芬机长突然一阵战栗，发出一声呻吟。

伊费整个人往后弹，咔啦一声跌在正副机长的座位中间，背靠着控制台。副机长往前倾，倒在他身上，伊费用力将他向后推，尸体的重量让他卡在原地一阵子。

吉姆急促的声音唤着他："伊费？"

诺拉的声音中带着不安："伊费，怎么了？"

伊费集中力量，把副机长推回座位上，站了起来。

诺拉说："伊费，你还好吗？"

伊费看着眼前跌坐在地板上的雷德芬机长，他的眼睛睁着，直视前方，他的喉咙努力吞咽，张开的嘴似乎要奋力吸入空气。

伊费张大了双眼说："这里有一位**生还者**。"

诺拉说："什么？"

"我们这里还有人活着。吉姆，我们要给他一个隔离舱，直接拿到机翼。诺拉？"伊费讲得很急，瞄了在地上抽搐的机长一眼，然后说，"我们要再检查一次整架飞机，所有旅客都要一个一个检查。"

插曲一

亚伯拉罕·瑟拉齐安

那老年人在纽约西班牙裔聚集的哈林区东118街经营当铺,他独自站在狭窄的一楼店面里。都打烊一个多小时了,他早已饥肠辘辘,却还舍不得上楼。铁门铁窗全拉了下来,像是金属打造的眼睑。夜行者占领外头的街道。入夜后,别出门。

他走向柜台后方的灯光开关面板,熄灭一盏接着一盏,小店逐渐暗下来。他的心情郁闷哀沉。老人看着店铺,审视着铬制展示柜与纹饰玻璃展示橱。手表下面垫的是毛毡而非天鹅绒,那组光泽饱满的银饰他始终卖不出去,少量钻石和黄金也是。玻璃下方有整组茶具、皮衣外套和现在很引人争议的毛裘皮草。新型音乐播放器很好卖,至于收音机和电视机他现在已经不想再收购了。东看看西看看,到处都是宝藏:一组美丽的古董保险箱(里面铺石棉,但已经合不起来了)、1970年代留下来的木铁制录放机,体积和公文包差不多大,还有古董级16厘米影片放映机。

不过,这家店并非全部商品都是稀宝,也有很多不值钱的垃圾。当铺就像艺品店、博物馆、小区聚宝盆的综合体。当铺老板提供的服务无人能取代,他就是穷人的理财专员,任何人都可以走进来跟他借个五六百块钱,不必担心有没有信用、有没有工作、有没有保证人。在这不景气的年代,500元对很多人来说就很实在了。500元表示不必流落街头,能够找个地方遮风避雨,500元表示能买到药品维持生命。只要有东西能抵押,任何人都可以走进他的店门,带着现金走出去。帅呆了。

他蹒跚地拾阶而上,一边走一边关掉更多灯。他很幸运,拥有一栋自己的房子,他在1970年代早期才花400多块钱就买下来了。好吧,或许没那么便宜,不过也差不多了。当时萧条到人们烧房子取暖。亚伯拉罕·瑟拉齐安从来就不打算靠"纽约人典当质借中心"(他保留了原本的店面和店名)来发财,这家当铺是他的导管,让他在网络还不发达的年代得以进入这街道纵横的城市里不为人知

的地下黑市，满足他对旧世界各种工具、手工艺品、珍宝和神秘文物的兴趣。

三十五年了，他日间为了便宜的珠宝讨价还价，夜间则收集各式工具和军备。三十五年来，不间断地守候、准备、等待。现在，他的时间就快用完了。

犹太人多会在门柱上贴《圣经》章句，他轻抚门上的经文，然后将变形干瘪的指尖靠在唇上吻一下才进门。走廊上那面古老的镜子已经褪色，而且布满裂痕，他得伸长颈子才能找到一小片明亮的玻璃，看看自己的样貌。苍苍白发盖住了额头、耳际和下颚，早该修剪了。他的轮廓愈来愈松垮，下巴、耳垂、眼皮都敌不过那名为地心引力的恶霸。他的双手几十年前曾经碎裂，后来又接受拙劣的复元手术，它们不但扭曲变形还害他受关节炎所苦；他已习惯用开指的羊毛手套长年遮掩丑陋的双手。不过那逐渐崩坏的男性外表下隐藏着激情、胆量。

他用什么秘诀来保持年轻的心灵？只有一个简单的答案。

复仇。

许多年前，有一位颇具声望的东欧文学与民俗传说教授名为亚伯拉罕·瑟拉齐安，他先是在华沙活动，后来到了布达佩斯。德国纳粹滥杀犹太人，他生还了；和女学生结婚这点遭人诟病，但他幸存了。他的学术研究带领他走向世界上最黑暗的角落。

现在的他是住在美国的当铺老板，尽管年事已高，却还有很多未了的任务。

他还有一碗没喝完的汤，美味的鸡汤里加了三角馄饨和鸡蛋面，是熟客从远在北边的布朗克斯郡带来给他的。他把碗放进微波炉里，辛苦地用变形的手指解下松落的领带。听到哔哔声后他便打开微波炉，将碗端到桌上，从抽屉里拿了一条亚麻餐巾（他坚持绝对不用纸巾！）紧紧塞在领口。

他吹着汤。这是一种宽心安神的仪式。他想起了他的**奶奶**——但这不只是回忆；是一种**感受**，是一种**感觉**。当他还小的时候，他们家住在罗马尼亚，在那冰冷的厨房里，在摇晃不稳的木质餐桌前，他奶奶会替他吹吹热汤。那是危机发生前的生活。她老迈的气息将蒸腾的热气吹上他稚嫩的脸庞，这简单的举动当中有神奇的魔力，仿佛为孩子灌注了生命力。而现在，他自己也老了，他一边吹着汤、看着自己的呼吸碰到蒸气而凝结，不禁纳闷自己究竟还剩几口气。

他有个抽屉里装满了各种奇特精美却又凑不成对的餐具，他从中选了一支汤匙,夹在左手畸形的手指间。他吹着热汤,他的呼吸在汤匙上搅出几圈小涟漪,然后送入口中。味道无法细细品尝,舌上的味蕾已像老兵一样逐渐死去:都是因为抽烟斗抽了几十年的关系,教授的恶习。

餐桌旁有台过时的新力牌电视(厨房专用的白色机种),他找到了遥控器。十三英寸的屏幕慢慢发光,让这空间更明亮。他站起身,走廊上堆满了书,整条走廊几乎变成一条铺了破烂地毯的狭窄甬道——到处都是书,靠着墙壁又砌了一道书墙,大部分的书都念完了,每一本他都无法割舍——他扶着书堆走向食物柜,打开蛋糕盒的盖子,拿出最后一块好吃的裸麦面包,他一直很省着吃。面包外层还包着纸,他捧着面包,回到那张加了坐垫的餐椅,颓然坐下,剥掉面包上的小霉斑,享受一口热汤的温暖滋味。

慢慢地,他的注意力被屏幕画面吸引了:一架巨无霸喷气机停在某个地方的柏油路面上,在灯光映照下就像珠宝商黑色绒布上的白象牙。他戴上挂在胸前的黑框眼镜,眯着眼睛想要看清楚屏幕最下方的画面。今日,危机就在河的另一岸,肯尼迪国际机场。

年迈的教授仔细看着,认真听着,全神贯注地凝视那架看来完好无瑕的飞机。一分钟、两分钟、三分钟,整个房间都暗下来了。那则新闻让他怔住了(又有点激动),盛了热汤的汤匙还在他的手里,他的手已经不抖了。

透过眼镜镜片看着电视里那架沉睡的飞机,就仿佛是看着未来预言在眼前播映。碗里的汤凉了;蒸气散逸了、没气了;那片裸麦面包他连一口都没吃。

他早知道了。

笃笃笃。

这老年人早知道了——

笃笃笃。

他歪曲的双手开始发疼。他所见的并不是预兆——而是侵略。这就是入侵的行动。他一直等待着,一直为此准备。花了一辈子终于守到了。

他刚开始还有松一口气的感觉,毕竟自己没白等到死,毕竟自己最后还有复仇的机会,但这感觉立刻被尖锐锥心的恐惧所取代。他的话语和呼吸一起脱口而出。

他来了……他来了……

降临
ARRIVAL

瑞晶航空维修机棚

肯尼迪国际机场必须清空滑行道，所以日出前一小时整架飞机都被拖进了瑞晶航空加长形维修机棚。当失去电力的777客机如巨大的白色棺材载着机上所有的死亡乘客往前滚动时，所有人都不出声。

机棚的水泥地板难免有污渍油渍，所以当飞机放下轮档停妥后，现场立即摊开黑色的防水布盖住地面。飞机左翼和机鼻之间用医院借来的隔间板围出了一个宽敞的隔离区，这架飞机被隔离在机棚里，就如大型太平间里的一具尸体。

在伊费的要求下，纽约市医检总局派遣了曼哈顿与皇后区的几位资深法医调查员，他们还带了好几箱塑料尸袋。纽约市医检总局也是全球最大的法医单位，在大型灾难管理上有丰富的经验，他们也会协助设置有系统的认尸程序。

港务局危险物质应变小组组员换上完整的接触装，先扛出航空警官（过程庄重肃穆，所有的人员看到尸袋从机翼旁的门抬出来时都敬礼致意），接下来万分辛苦地处理第一排乘客。他们拆除第一排座位后，才有宽裕的空间在移出所有乘客前先将他们装进尸袋里。每一具尸体，一次一具，都绑在担架上，从机翼降到铺了防水布的地面上。

这个过程很谨慎，有时候很阴森。事情发生得很突然：一位港务局官员大概处理了三十具尸体后，在传递的过程中踉跄往前跌，他一边呻吟一边扯下头套。两名危险物质应变小组组员立刻靠过去，他一挥拳就把他们撞进了隔间，完全破坏了隔离的规定。顿时大家都慌了，人群散开来让路给这可能受感染的官员，他一面撕扯着隔离装一边逃离这洞穴般的机棚。伊费在停机坪上追到他，在晨光下，那港务局官员成功脱下头套、撕下衣服，就像买了新商品就撕开热缩膜一样。伊费抓住他，而他瘫软在柏油路面上，跌坐不起，眼眶里有泪也有汗。

“这城市，”他泣不成声，“这该死的城市。”

后来，流言蔓生，他们说这港务局官员曾经在“911”攻击后那炼狱般的几周

内担任基层救灾工作，先负责救灾任务，后来又承担重建工作。“911”攻击的阴影还笼罩着许多港务局官员，而眼前这匪夷所思的多人罹难意外又召唤了他们内心的恐惧。

位于华盛顿的美国国家运输安全委员会派了分析员和调查员组成一支“机动小组”，搭乘了民航局的大型豪华公务机抵达现场。他们要面访所有涉入瑞晶航空753班机“事件”的人，记录飞机可航行时最后几分钟的状况，取回飞航数据记录器及座舱语音记录器。由于疾管局危机应变的进度大幅领先，所以纽约市卫生局的调查员正在听取简报，要争取此案管辖权，不过伊费拒绝了。他知道如果这件事要做好，他就必须控制隔离措施。

波音公司的代表从华盛顿州绕过来，已经宣布777客机“以机械运作的角度来说”根本不可能完全失去电力。瑞晶航空副总裁在纽约北部郊区小镇斯卡斯代尔高级住宅区醒来后，便坚持一点：医学检疫程序结束后，瑞晶技师团队就要率先登机检查（目前最多人相信致死原因是空调循环系统故障）。德国驻美大使与他的幕僚人员都在等他们的外交包裹，伊费让他们在第1航站楼内的汉莎航空贵宾休息室里坐冷板凳。纽约市市长的新闻教育计划于下午召开记者会，警政署署长带着反恐局局长一起乘着纽约市警局行动应变指挥中心的车来到了机场。

上午十点，卸下了八十具尸体。认尸的速度很快，因为有护照扫描和详细的乘客列表。

在休息时间，他们可以换下厚重的隔离装。伊费、诺拉和吉姆在隔离区外开会，透过隔板还是看得到飞机庞大的机身。外头的航班起降又恢复了，他们可以听到头顶传来引擎的轰鸣，感受到气压的扰动、气氛的不安。

伊费一边大口大口灌着水，一边问吉姆：“曼哈顿的法医能处理多少尸体？”

吉姆说：“论管辖权是归皇后区，不过你说得没错，曼哈顿总部的设备最好。原则上，我们要把受害人分散到皇后区、曼哈顿、布鲁克林和布朗克斯。所以他们要各收五十具。”

“我们要怎么运送?”

“冷冻货车。法医说他们在运送世贸大楼的遗体的时候也是用冷冻货车,他们和曼哈顿下城的富尔顿鱼市场有签约合作。”

伊费经常认为灾难管制就如同战争。他和他的团队投入战场,而世界上其他人则在细菌病毒攻城略地的阴影下继续过着日常生活。在这场景里,吉姆是地下广播节目主持人,能流利地讲三种语言,而且有求必应,不管是要奶油、军火还是要安全前往法国马赛,他都能帮你搞定。

伊费说:“德国那边都没消息吗?”

“还没。他们关闭了机场两小时,全面安检。机场没有职员生病,医院里也没有急症病人。”

诺拉急着想表达意见:“这里所有的线索都理不出头绪。”

伊费点点头表示同意:“继续说。”

“我们有一架载满尸体的飞机,如果是因为通风系统里有某种气体或烟雾剂——不管是蓄意还是意外,他们都不会死得那么……我只能说,他们走得很**安详**。他们一定会窒息、呕吐、脸色发青。不同体质的人死亡的时间也不同,空服员也会惊慌。现在——如果这不是气体中毒而是传染病,那我们面对的是一种疯狂、突然、全新、史上未见的病原体,我们所有人都没见过。这表示病原体可能是实验室里人为制造的。还有,记得吗,不只是乘客失去生命迹象了——飞机也是。这就好像某种**东西**,某种能取人性命的**东西**袭击了这架飞机,然后再彻底摧毁机内的一切,包括乘客。但这推论并不完全正确,对不对?因为,我想目前最重要的问题应该是,打开门的到底是谁?”她来回看着伊费和吉姆,“我是说——门**可能是**因为气压改变才开的。或许锁一直都开着,机舱减压后才开了。我们可以针对各种现象提出可信的解释,因为我们是医学科学家,这是我们的工作。”

“还有遮阳板,”吉姆说,“乘客在降落的时候都会朝窗外看啊。是谁把遮阳板都拉下来的?”

伊费点点头,他整个上午都在注意细节,现在能退一步从旁观者的角度来看这种种诡异的现象很好:“所以那四名生还者才会是此案的关键,如果他们目击

了当时的场面的话。”

诺拉说：“或者说，如果他们涉案的话。”

吉姆说：“这四个人目前病危但生命迹象稳定，在牙买加医院医学中心的隔离病房。雷德芬机长，驾驶舱内第三位机长，三十二岁，男性。四十一岁女性是威斯彻斯特郡的律师。四十四岁的男性是布鲁克林的计算机工程师。还有三十六岁的男性，乐坛明星，在曼哈顿和迈阿密海滩都很受欢迎。他的名字是杜怀特·穆森。”

伊费耸耸肩：“从来没听过。”

“艺名是加布里埃尔·波利瓦。”

伊费说：“哦。”

诺拉说：“恶。”

吉姆说：“他不用艺名低调搭乘头等舱，没有恐怖的妆也没戴夸张颜色的隐形眼镜，所以媒体一定会更热烈报道。”

伊费说：“这几位生还者之间有没有关联？”

“我们目前没发现，或许他们的诊断报告能提供一点线索。他们的座位也很分散，工程师搭经济舱、律师搭商务舱、明星坐头等舱。雷德芬机长当然就在驾驶舱。”

“没头绪，”伊费说，“不过这总归是我们能运用的信息来源。虽然他们得先恢复意识，意识清醒的时间还要长到让我们可以问出答案。”

一名港务局官员走到伊费身边。“顾威博士，你最好赶快回去，”他说，“货舱。有发现。”

穿越机侧的货舱舱门就能走进777客机的下腹，工作人员早已开始卸下装满乘客行李箱的附轮金属行李柜，让港务局危险物质应变小组打开来检查。伊费和诺拉侧身走过剩下的几个连结金属柜，它们的轮子都锁在地板的轨道上。

整个货舱最末端放了一个长方形黑色木质的箱子，看起来很重，好像是一个大箱子倒了过来。无涂漆的黑檀木，大约长240厘米、宽120厘米、高180厘米。比冰箱还高。表面雕满了精细的刻纹，复杂的花纹像藤蔓般舒展开来，夹杂着古代的文字,或可能是刻意仿古的语言。还有很多旋涡形符号,有些图案看起来很像人——若加一点想象力来看,或许很像尖叫的表情。

“没人打开过吧?”伊费问。

危险物质应变小组组员齐摇头。“我们都没碰过。”其中一人说。

伊费检查箱子的背面,有三条橘色的固定带,金属钩还扣着地板的固定孔,但那三条带子都散落在地上,搁在箱子旁。

“这几条带子呢?”

“我们进来的时候就松脱了。”另一人说。

伊费环顾货舱。“这怎么可能。”他说,“如果这东西在飞行过程中都没绑紧的话,一定会撞坏那几个金属柜,也会撞到货舱内壁。”他又看了一眼。“行李牌呢? 货运清单上面怎么说?”

其中一位组员戴着手套拿着一叠过塑纸,整叠资料都打了洞,用套环整理在一起。“上面没写。”

伊费走过去自己检查清单:“这不可能。”

“列表上记载的不规则形状货物除了三组高尔夫球具之外,就只有一艘爱斯基摩小船了。”那人指向一旁墙边,一艘爱斯基摩小船就停在那里。小船包裹在塑料布里,外头贴了航空公司行李贴纸,也用同样的固定带锁在墙边。

“打电话去柏林,”伊费说,“他们一定有记录。那边一定有人记得这件货物。这东西至少有200公斤重,不可能没印象。”

“我们打过了,没记录。他们要集合所有负责货运的工作人员,一个一个质询。”

伊费转身面对那黑色大箱子。他先不去管那怪诞的雕刻,蹲下来检视箱子的侧边,发现了三道铰链。原来上盖是一道门,中间有一条缝,拉开左右两扇半门就能开启箱子。伊费透过手套抚摸凹凸不平的上盖,然后他往盖子的下方一摸,想要打开沉重的门。“谁可以帮我?”

一名组员往前了一步,站在伊费对面,用戴着手套的双手撑住盖子的下缘。伊费数到三,他们两人一起打开了那道厚重的门。

坚固耐用的大铰链拉开了两扇门,尸臭味扑鼻而来,仿佛这箱子已尘封数百

年。箱子看起来是空的,一名组员拿出手电筒将光束往箱内一照,他们才发现并非如此。

伊费把手伸进去,他的手指陷入了黑色绵密的土壤中,这种土就像做蛋糕的面粉一样柔软好摸,箱子里几乎三分之二的空间都装了土。

诺拉往后退一步,和这打开的箱子保持距离。“看起来好像棺材。”她说。

伊费把手指拉出来,甩掉手上的残土,转过去面对她,本以为诺拉会微微笑但她却没有笑。“就棺材来说又嫌太大了,不是吗?”

“为什么有人要运一箱土?”她问。

“不是要运土,”伊费说,“里面一定还有其他东西。”

“怎么会呢?”诺拉说,“整架飞机都完全隔离了。”

伊费耸耸肩。“我们要如何解释这里发生的每一件事?我唯一能确定的就是,我们这里有一个没打开过、没固定也没登记的箱子。”他转身面对其他人,“我们要化验土壤。泥土会保留很多微迹证据,像放射线。”

其中一名组员说:“你觉得杀害乘客的原因就……?”

“就是藏在这里吗?这是我截至目前为止听到最可信的推论。”

吉姆的声音从下方传来,他在机身外:“伊费?诺拉?”

伊费应他:“吉姆,怎么了?”

“我刚刚接到牙买加医院隔离病房的电话。你要赶快过去。”

牙买加医院医学中心

医院就在肯尼迪机场北边,不过十分钟的距离,沿着范威克快速道路走就可以到了。纽约市为生物恐怖主义预备计划指定了四个医学中心,牙买加医院就是其中一间。伊费前几个月才在那里举办金丝雀研讨会,所以他很清楚要怎么走到五楼的空中感染隔离病房。

双重金属门上贴了一个亮橘色三叶形生物危险标志,表示隔离病房内可能会对细胞质或有机体造成威胁。一旁的警告标语写着：

隔离区

必须执行接触防护措施

未经许可禁止进入

伊费给柜台看他的疾管局证件,行政人员因为之前参与过生物威胁隔离演习所以认得他。她陪他走进隔离病房。

“怎么了?”他问。

“我实在不想危言耸听,”她把医院证件放在扫描仪前,病房的大门自动开启,“不过你得自己看才行。”

隔离区内的走道很狭窄,这是隔离病房的外围,护理站占据了大半空间。伊费跟着行政人员走到蓝色门帘,来到一个玄关,那里放置了各种接触隔离装备:手术衣、防护镜、手套、防护鞋和呼吸过滤器,还有一个附轮垃圾桶,上面套了个红色生物危险物质垃圾袋。呼吸过滤器是 N95 半面罩,过滤 0.3 微米以上的颗粒时,效度高达 95%,可有效隔绝大多数通过空气传染的病毒和细菌病原体,不过无法隔离化学物质或气体中的污染物。

在机场穿过全套接触装之后,伊费觉得即使戴上医院口罩、手术帽、防护镜、手术衣和鞋套,自己还是暴露在隔离的威胁中。行政人员穿上一样的装备后便按下电门,打开内侧的门,伊费觉得一踏进去就有种真空的吸引力,因为病房内有负压系统,会将空气吸入隔离区,这样空气中的微粒就不会离开隔离区。进到里头后,会看到走廊从左到右横贯中央补给站,站内有个收纳推车,上头放了药品、急救用品、备用供电设施,另外还有一部包裹塑料保护套的笔记本电脑和一套对讲机系统,可以和隔离区外通话。

病房其实是一组大套房,里面有八个小房间。这个行政区有 225 万人,但隔离病房只有这么多。“应付重大紧急事故之能力”指的是医疗系统是否有能力迅速扩充能量,以满足大规模公共卫生危机爆发时的医疗需求。纽约“州”的病床数仅六万床,而且这数字还在逐渐递减中,但光纽约“市”的人口就有 810 万,

而且这数字还在不断向上攀升。金丝雀计划之所以能得到政府的经费就是因为政府希望改善统计数据上的差距，计划的功能就像是传染疾病的防波堤。疾病管制局说这种政治考虑很“乐观”，但伊费觉得“想得美”。

他跟着行政人员走进第一间病房。这不是最完备的生物性传染病隔离房，因为没有空气锁或铁门。这只是一般的医院病房，在格局上做点改变后用以隔离每一个病患而已。这间病房铺了地砖，照明系统用的是日光灯。伊费第一眼就看到弃置在墙边的隔离舱。这种隔离舱是在抛弃式担架上加装塑料箱而成的，就像透明的棺材，两个长边各有一对手套槽，让工作人员在移动过程中也能和舱内完全隔绝。另外隔离舱外还会加装可卸式氧气筒。医疗人员用手术剪刀将外套、衬衫、长裤从病患身上剪下来后都叠在隔离舱旁边，机长的帽子转了过来，可以看到瑞晶航空的标志，一顶长了翅膀的皇冠。

病床在病房的中央，四周用透明的塑料布帘围了起来，布帘外有生命监测器和点滴架，架上有好几个点滴袋。病床的两侧有扶手，铺了绿色床单和白色的大枕头，床架已经调整成坐姿，上半身的部分竖了起来。

道尔·雷德芬机长坐在床中间，双手放在大腿上。他身上只穿了医院病袍，双腿赤裸，戒心重重。要不是因为他手腕和手臂上的点滴针还有脸上扭曲的表情（和伊费在驾驶舱发现机长时相比，他似乎已经瘦了四五公斤），他看起来完全就像是在准备体检的一般病患。

他满怀希望地看着伊费走进病房。“你是航空公司派来的吗？”他问。

伊费摇摇头，目瞪口呆。昨晚，这个人吸一口气就跌坐在753航班驾驶舱的地板上，翻着白眼，濒临死亡。

机长调整姿势的时候薄床垫发出吱嘎的声音。他脸部肌肉抽搐了一下，好像是因为身体已经坐麻了，然后接着问，“飞机上发生了什么事？”

伊费无法掩饰自己的失望：“我就是进来问你的。”

伊费面向摇滚明星加布里埃尔·波利瓦站着，而大明星坐在床沿，看起来就像穿着病袍的黑发妖怪。没想到少了舞台浓妆后，他还蛮帅的，只是头发很油，看起来很落魄。

"史上最痛苦的宿醉。"波利瓦说。

"有没有不舒服的地方?"伊费问。

"一堆,拜托。"他的手指滑过黑色的长发,"再也不要搭商务客机了,这就是我得到的教训。"

"波利瓦先生,请你告诉我,飞机降落时你最后的印象是什么?"

"什么降落? 我说真的。我一路上都在喝伏特加汤尼——降落的时候我一定睡着了。"他抬起头,对着灯光眯眯眼睛,"那个,你们的饮料车推过来的时候,可以给我一点止痛药吗? 啊?"

伊费看到波利瓦的手臂上有一堆纵横交错的刀疤,才想起他在演唱会上的招牌动作就是在舞台上划自己几刀:"我们正在厘清每个乘客有哪些行李。"

"这简单,我什么都没带。没有行李,只有手机。包机故障了,所以我在起飞前一分钟才赶搭上这班飞机。我的经理没跟你说吗?"

"我还没跟他说过话。我问的是一个大柜子。"

波利瓦盯着他看:"这是心理测验吗?"

"货舱里有一个陈旧的箱子,里面有一半的空间都填了泥土。"

"我听不懂你在讲什么。"

"你不是要把它从德国运回来吗? 这很像是你这种人会收集的东西。"

波利瓦皱着眉头说:"老兄,这只是噱头,他妈的形象,标新立异。黑暗的哥特妆和耸动的歌词。去网络上搜寻我的名字就知道啦——我爸是最守旧的基督教传道士,而且,我只收集妞儿。说到这个,我什么时候才能离开这里?"

伊费说:"我们还要进行几项检验。我们要确定你健康无虞才能让你出院。"

"我什么时候可以拿回手机?"

"快了。"伊费说完便走了出去。

行政人员在隔离病房的门口被三个人缠住了。其中两个人身材壮硕,睥睨着伊费,他们一定是波利瓦的保镖。第三个人个头比较小,拿着公文包,全身散发出律师的味道。

伊费说:“各位先生,这里是管制区域。”

律师说:“我要办理加布里埃尔·波利瓦的出院手续,他是我的客户。”

“波利瓦先生还有几项检验要做,我们会尽快让他出院。”

“尽快是多快?”

伊费耸耸肩:“如果顺利的话,大概两到三天。”

“波利瓦先生请求转由私人医师提供医疗照护。我不只有代表权,而且当他无法视事时,还能担任他的指定医疗代理人。”

伊费对着行政人员说:“只有我能见他,其他人一概不准。立刻去找个警卫守在这里。”

律师往前走近一步:“医生,听着,我不太懂隔离的法律规定,但我很确定要把人关在医疗隔离病房的话一定要有总统的行政命令。请问我可以看一下这份行政命令吗?”

伊费微笑以对:“波利瓦先生目前是我的病患,也是大型意外事故的生还者。你可以把电话留给护士,我会尽量和你保持联络,让你知道他的复元状况——当然,这必须先得到波利瓦先生的同意。”

“医生,听着。”律师的手搭上伊费的肩膀,让他很不爽,“我可以号召当事人的粉丝,这比申请法院强制令还快。”他威胁的对象也包括了行政人员。“你希望大群的哥特迷和各种怪咖因为想见他一面,就在医院外头抗议、在大厅横冲直撞吗?”

伊费瞪着律师的手,瞪到他手收回去为止。伊费还有两个生还者要看。“我跟你说,我真的没时间跟你耗,所以我就干脆直接问你一些问题好了。你的当事人有没有性病?他有没有使用含尼古丁的产品?我这么问是因为如果你不跟我说,我也只好去查他的完整病历。嗯,你也知道,这种信息很容易就落到有心人士的手中。你也不希望他的完整病历外泄给媒体吧,对不对?”

律师睁大了双眼直瞅着他:“这是个人信息,刻意泄漏的话可是重罪。”

“对他来说也是很难堪的负面新闻。”伊费直视着律师的双眼几秒,以加强效果,“我是说,如果有人把你完整的病历都放在网络上给大家看的话。”

伊费从两个保镖身边走过去,律师只能哑口无言。

琼·卢斯,律师事务所合伙人,两个孩子的妈,斯沃斯莫尔学院毕业,住在纽约州富裕的布朗克斯维尔区,小联盟会员。她坐在隔离病房里的乳胶床垫上,可笑的医院病袍还披在身上。她在床垫保洁包装纸的背面草率地做笔记,写到一半又停下来思考,同时扭一扭脚趾头。他们不肯还她电话,她只好诱迫医护人员给她一支铅笔。

她正准备再按下护士铃时,护士便走进了病房。琼露出"快告诉我结果如何"的微笑:"嗨,你来啦。我想知道一下,刚刚那位医生叫什么名字?"

"他不是医院的医生。"

"我了解,我想知道他的名字。"

"他姓顾威。"

"顾威。"她赶紧写下来,"那名字呢?"

"医生。"她撇撇嘴,"对我来说,他们的名字都一样,都是医生。"

琼眯起眼睛,好像不确定自己听对还是听错,她在床垫上调整了姿势:"他是疾病管制局派来的?"

"应该是吧。他指示我们要做几项测验——"

"坠机事件中还有多少人生还?"

"嗯,飞机并没有坠毁。"

琼一笑。有时候你得骗自己,说英文是他们的第二外语,这样你才能顺利地把自己的想法用浅白的话说出来。"我刚刚问的是,从柏林到纽约的753航班里有多少人没有死掉?"

"这里除了你之外还有三个人。好了,顾威医师要我们抽血还有……"

琼立刻拒绝了。她留在这间病房里是因为她知道她必须遵守规矩才能得到更多信息,不过这招已经玩完了。琼·卢斯是"魔鬼代言人",意思就是黑的都能被她说成白的,她能颠倒是非。整架飞机里的乘客都死了,就只有四个人活下来,而其中一个竟是魔鬼代言人。

可怜的瑞晶航空,若是其他人活下来就好了。

琼压过护士的音量说:"我要最新的医疗报告复印件一份,还有目前各种检

验的完整清单,以及检验结果……”

“卢斯太太?你确定你都没有任何不舒服吗?”

琼有一阵子都晕晕的,但那一定是恐怖航班最后的意外造成的。她带着微笑,用力摇摇头,表示自己健康得很。她目前感受到的愤怒一定可以给她足够的力量,在接下来的一千多个小时里厘清这场灾难,然后把这家危险又粗心的航空公司告到死,而且她准备诉讼的这些时间都还能收取律师费。

她说:“很快我就会完全没事了。”

瑞晶航空维修机棚

“没有苍蝇。”伊费说。

诺拉说:“你说什么?”

他们站在飞机前面对着成排的尸袋。机棚内停放了四辆冷冻货车,车子的外层都礼貌性地罩上黑色帆布以遮蔽鱼市场的标志。每一具尸体都完成身份辨识的程序了,纽约医检总局也已经在他们的大拇指上套了条形码标签。按他们的说法,这件悲剧是“封闭宇宙式”的大型灾难,因为死亡人数已知而且不会再增加——和“911”事件世贸双子楼倒塌的灾难不同。还好有护照扫描系统与乘客列表,而且遗体都很完整,身份比对的过程很简单。追究死因才是真正艰难的重头戏。

危险物质应变小组组员的靴子踏在防水布上,发出叽叽嘎嘎的声音,各组员抬起塑料尸袋放入指定的货车时,都带着庄严的敬意。

伊费说:“应该要有苍蝇。”在机棚四周的工作灯映照下,尸体上方的空气很透明,只有一两只懒洋洋的飞蛾。“为什么都没有苍蝇?”

人活着的时候,消化系统的细菌可以和健康的人体一起共存,但人死了以后,细菌就开始求自保,会先以肠道为食,最后会穿过腹腔,啃噬其他器官。苍蝇在一英里远以外的地方就能感测到尸体分解的腐气。

这里有260顿大餐，机棚里应该会充斥苍蝇嗡嗡嗡的声音。

伊费走过防水布，朝两个危险物质应变小组组员过去，他们正准备要封起另一个尸袋。“等等。”伊费说。他们立起身往旁边退，伊费跪下来，拉开拉链，让里面的尸体露出来。

是那个小女孩，她死的时候还牵着妈妈的手。伊费不知不觉就记下了她尸体摆放的位置。

小孩永远会给人比较深刻的印象。

她的金发已经扁塌了，颈间挂了一条黑绳，上头的坠子是个微笑的太阳。她身上的白洋装让她看起来几乎像新娘一样。

危险物质应变小组组员继续封下一个尸袋。诺拉过来站在伊费身后，看着他。他用戴着手套的双手轻捧她的侧脸，转转颈关节。

死后十二小时，尸体会开始僵直，这现象会持续十二至二十四小时（这些死者目前就在这个阶段），接下来肌肉里的钙开始崩解，身体才会再度恢复灵活。

“还很灵活，”伊费说，“不僵硬。”

他扶着小女孩的肩膀和臀部，把她转过身，背部朝上。他解开洋装背后的扣子，露出她的下背，脊椎的形状清楚可见。苍白、毫无血色的肌肤上带了一点雀斑。

人死后，心跳停止，血液就停在循环系统里。微血管的管壁很薄，厚度才和一个细胞的直径差不多，所以立刻就承受不了压力。微血管破裂后，血液就会渗入周遭的组织里，凝固在身体的最底端。换句话说，人死后大约十六小时，固定在地面的那一面身体就会形成尸斑。

这些乘客失去生命迹象至今早就超过十六小时了。

他们死的时候呈坐姿，后来尸体又平放，下半身应该会有深紫色的大片尸斑。

伊费看着成排的尸袋：“为什么这几具尸体都没有呈现正常尸体腐败的样子？”

伊费松开手让小女孩的尸体再度平放，然后熟练地用拇指翻开她的右眼睑。她的角膜雾雾的，这很正常；伊费接着检查她的巩膜，就是眼球上白色不透明的

保护层，干燥的程度也很正常。他又检查她右手的指尖（当时在飞机上伊费就是看到小女孩用右手牵着妈妈），觉得她的指尖有点发皱，这是因为水蒸气的关系，也是正常的现象。

他颓然地往后坐下，眼前这些复杂难辨的证据让他很烦躁。他把两只受手套保护的大拇指插进她干燥的嘴唇中间，听到她的嘴巴被撑开时有“嘶”的声音，那只是气体散逸的声音。

口腔内部没有明显的特征，但他把手指往内伸去压她的舌头，检查看看是否有干燥的迹象。

柔软的上颚和舌头完全发白，仿佛是象牙雕刻出来的生物构造。舌头很僵硬，奇怪的是舌头竟然往上翘。伊费把舌头拨到侧边，观察口腔其他的部分，也一样都脱水了。

脱水？接下来呢？他想到了电影台。“**这些尸体都脱水了——体内一滴血都不剩。**”如果不是这句台词，那就是1970年代的丹·寇蒂斯执导的电视恐怖影集：“**中尉——那些尸体——他们的血都被吸光了！**”一讲完就要接管风琴的音乐。

他开始感到疲惫了。伊费用拇指和食指掐着僵硬的舌头，拿个小手电筒照她泛白的喉咙。他觉得看起来还有点像阴道。色情雕刻？

小女孩的舌头突然动了。他整个人往后弹，赶紧把手指抽出来。

“天啊！”小女孩的脸还是看起来很安详，双唇微启。

诺拉来到他身边，睁大眼睛问：“怎么了？”

伊费把戴着手套的双手在裤管上擦一擦。“单纯的反射动作。”他站起身说。他凝视着小女孩的脸庞，直到他无法再看下去为止。接着，他拉起拉链，将她封入尸袋。

诺拉说：“死因会是什么？某种能推迟组织腐败的东西吗？这些人都死了……”

“从各种角度来看，他们都呈现死亡状态了，尸体却还没开始腐坏。”伊费不安地摇摇头，“我们不能延误运送尸体的时间。重点是，我们得把尸体送到解剖室，打开来看，把里面的东西找出来。”

他注意到诺拉的眼神朝那华丽的柜子望,那个大柜子已经放到机棚地面,和其他行李分开。“那东西一点儿都不对劲。”她说。

伊费看着不同的方向,盯着头上的大飞机。他想要再回到机舱一趟。他们一定漏掉了什么,答案一定在那里。

不过他回到机舱前,就看到吉姆·肯特陪着疾病管制局的局长走进了机棚。

埃弗里特·巴恩斯博士今年六十一岁,不过气魄还像是当年那个在南方创业的医生。疾病管制局属于美国公共卫生服务署的下级机构,而公共卫生服务署过去是海军先成立的。尽管公共卫生服务署在很久之前就开始独立运作了,许多疾病管制局的高层官员仍喜欢穿军服,埃弗里特·巴恩斯博士也不例外。所以埃弗里特·巴恩斯博士看起来就像个地方士绅,蓄着白色山羊胡穿着挺拔的卡其色军服,胸前佩戴着一大排勋章,像退休的海军将领一样,仿佛是上过战场的肯德基爷爷。

听过初步简报并概略检查过一名乘客的尸体后,埃弗里特·巴恩斯博士问起了生还者的状况。

伊费向他说明:“他们都不记得发生了什么事,没办法帮我们厘清案情。”

“有什么症状?”

“头痛,有些人头痛得厉害。肌肉疼痛,耳鸣。口干舌燥,方向感与平衡感失调。”

巴恩斯博士说:“听起来和搭长程航班的旅客差不多。”

“埃弗里特,这很不寻常。”伊费说,“诺拉和我是第一个进到机舱的。机上的乘客——所有的乘客都没有生命迹象了,全都停止了呼吸。缺氧连续四分钟就会造成永久性脑部伤害。这几个生还者,他们可能在缺氧的情况下待了超过一个小时。”

“显然他们没待那么久,”局长说,“他们什么都没透露吗?”

“他们要问我的问题比我要问的还多。”

“四人之间有共通点吗?”

“我正在追查。我希望你能协助我把他们留在医院,直到调查结束。”

“协助?”

“我们需要这四名病患的合作。”

“我们已经获得他们的合作了。”

“那只是目前。我……我们不能冒任何险。”

局长捋着白须说:“他们想必对自己大难不死感到庆幸。而我确定,只要在病房内用点战术,我们就可以利用他们这份庆幸的感觉,让他们乖乖配合。”他一笑就露出了上排补过瓷釉的假牙。

“那能不能强制执行《国家紧急公共卫生权力法案》?”

“伊费,你知道的。把几名乘客隔离在病房里,在他们自愿的情况下替他们实施预防性治疗,跟强制滞留他们在检疫区是完全不一样的。有很多牵涉更广的层面要考虑——我就坦白跟你说吧,我们也要顾虑到媒体的反应。”

“ 埃弗里特,恕我冒犯,但我不同意——”

局长细瘦的手和缓地搭上伊费的肩膀。他刻意放慢速度地讲,以免听起来太苛责:“我就先帮我们两个都省点时间吧,伊费。我们客观地来看,这场悲惨的意外已经控制住了,可以说是不幸中的大幸。这架飞机降落至今已经接近十八小时,全球其他飞机或机场都没有传出伤亡或感染的个案。这都是很正面的现象,我们一定要强调这个部分。我们要向大众传达这个信息,强化他们对我们航空体系的信心。伊费,我相信深入调查这几位幸运的生还者,诉诸他们的荣誉感与责任感一定就能争取他们的配合。”局长将手收回去,对伊费微微一笑,就好像军官在和反战的儿子开玩笑一般。

“再说,”局长说,“现场的迹象都很符合瓦斯外泄,不是吗?多人同时丧命?封闭的环境?生还者在离开机舱后陆续恢复意识?”

诺拉说:“不过飞机着陆后失去电力,空气循环系统也立刻停止了。”

巴恩斯局长点点头,双手交叠在胸前,思考着这一点:“嗯,显然有很多证据要处理。不过,你们想想——这对你们的团队来说也是很好的训练。你们处理得很好。现在看起来一切都就绪了,我们就看你们查个水落石出吧。等那该死的记者会结束就行了。”

伊费说:“等等。你说什么?”

“市长和州长要召开记者会,还有航空公司代表、港务局官员等都要出席。

你和我则代表联邦医疗人员。”

“噢——不。局长，我没时间。吉姆可以替我去开——”

“吉姆可以是没错，但今天的记者会一定要你出席。伊费，就像我刚刚说的，现在就是你表现的机会。你是金丝雀计划的主要负责人，我希望曾经第一手处理受难者的人出现在记者会上。我们要出面，才表示我们有投入。”所以局长才死都不肯强制拘留生还者。

“但我们什么调查结果都还没有，”伊费说，“为什么那么急着开记者会？”

巴恩斯局长微微笑，又露出他的瓷牙。“医师的准则是‘先控制伤害就对了’，政治人物的准则是‘先上电视就对了’。而且，我也知道这有时间压力。他们要在该死的日食之前先播送几则消息，免得太阳黑子影响无线电波之类的。”

“日食……”伊费都忘了。难得一见的日全食就在今天下午三点半。纽约市区四百多年来首度能目睹日全食的过程，发现新大陆以来第一遭。“天啊，我忘了。”

“我们要传达给全国人民的信息很简单。这里有许多人丧失了性命，目前由疾病管制局全程调查。这是一场人类的灾难，但目前状况已经控制住了，这个事件很特别，但不需要惊慌。”

伊费压抑着怒容，不让局长看到。他被逼着要站在摄影机面前粉饰太平。他走出隔离区，穿越机棚大门间的狭窄通道，走到阳光下。他还在想办法跷掉记者会时，裤子口袋里的手机贴着他的大腿上侧震动了起来。他拿出手机，屏幕上的小信封兀自慢慢旋转。马特的手机传来一则短信，伊费打开来：

扬基四，红袜二，位置很棒，真希望你也能一起看球赛，小扎。

伊费站着看儿子传来的短信，看到眼神都失焦了。他独自站在机场的柏油路面上盯着自己的影子。不过，如果他看到的不是幻觉，那他的影子已经开始在消失了。

望月掩日

OCCULTATION

初亏

当太阳西边的小缺口——初亏——失去光芒时，地面上的人群就愈来愈期待了。午后的太阳像是被啃了一口，愈啃愈大口。刚开始地表上的亮度并没有改变，只是天空中高挂了一道黑色的凿痕，平时都很稳定的太阳这时少了一块，让今天成为特别的日子。

“日食”其实是个错误的说法。“食”指的是天体被另一个天体遮掩的天文景象。日食发生的时候，月球刚好走到太阳与地球的**中间**，阳光无法投射到地球上，所以月球的影子投在**地球上**，地球上的某个地区就会被月球影子所掩蔽。正确的说法应该是“掩日”。月球**掩蔽**了太阳，让地球上黑了一块，所以月球并不是“食日”而是“食地”。

太阳与地球的距离约是地球与月球距离的400倍，巧合的是，太阳的直径也是月球直径的400倍，这就是为什么当月球运行至太阳与地球之间时，从地球的角度看过去，月球和太阳的面积几乎一样大。

日全食只有在满月、月球比较靠近地球的时候才会出现。月球运行的轨道会影响日全食的时间长短，不过日全食绝对不会超过七分四十秒。这次日全食会持续四分五十七秒：美丽的初秋午后时光将出现近五分钟诡异的暗夜。

本来这个时段应该看不到月亮，但这时月球半掩了太阳，明亮的天空开始朦胧了起来：像黄昏，却没有日落时刻的温暖。在地表上，日光很微弱，好像被过滤或稀释了。阴影也变得模糊，仿佛有人在地球上装了个调光器。

太阳被月球遮掩到只剩下一道蛾眉，这道眉愈来愈细瘦，逐渐被月球吞噬，即将被掩熄的光线仿佛在惊慌中迸裂出熊熊的日晖。掩日的过程似乎得到了某种动力，它以急切的速度在广阔的地表上铺了一层灰晕。像抽血一样，正常的色谱里颜色都被榨干了。月影出现时，西边的天空暗得比东边快。

美国与加拿大多数地区只能看到日偏食，地球自转过程中每小时能看到全食的范围仅10000英里长、100英里宽，这时月球最深沉黑暗的影子映在地球上。全食带由西到东横跨了非洲角、大西洋直到密歇根湖西岸，月球的影子以每小时超过1000英里的速度移动着。

眉形的太阳继续变窄，天空的颜色变成令人无法呼吸的深紫色。晦暗的西边凝聚了一股力量，像是无风无声的暴风圈，席卷了整片天空，愈来愈逼近衰弱的太阳，就像一头强壮的动物屈服于自己体内腐败衰退的势力。

太阳细到几乎被吞灭了。透过安全滤镜看过去，这景象就如同有人高举着人孔盖，遮蔽了阳光。细眉放射着炽热的白光，这光在临死前的几分钟转为银色。

明暗相间的游动影带出现在地面上。地球不规则的大气层折射的阳光（这道理就和游泳池底部的光线一样）像一条蛇，在你的眼角扭曲翻转。这种光线鬼魅般的变化让每个观看日食的人都竖起了寒毛。

结局来得很快。最后的挣扎惊心动魄，令人心寒。细眉萎缩成一条曲线，成为天空中一条弧形的伤疤，最后又裂成几颗发亮的珍珠，这是阳光穿过月球边缘的不规则表面所透射出的光芒。珍珠一个接一个迅速地闪烁后消失，像烛光被自己的熔蜡窒灭。绯红色的光线是太阳的色球层，也就是太阳上方薄薄的大气层，它在珍贵的最后几秒钟内绽放光芒——然后太阳就消失了。

全食。

皇后区林边，凯尔顿街

凯莉·顾威不敢相信天黑得那么快。她走出家门站在人行道上，街坊邻居也都出来了——通常这个时间里这条街都很晴朗。前几天买日食牌低糖汽水就送简易遮光镜，凯莉把这赠品拿来戴，盯着灰暗的天空。凯莉受过教育，所以她很清楚日食的原因。尽管如此，她仍惊慌到几近晕眩，有股想逃跑、想躲藏的冲动。天体排成一线、月球的影子落在地球上:日食的现象深入到她内心深处,唤醒了体内怕黑的动物本性。

其他人一定也有同样的感受。日全食的时候整条街都安静了下来。大家都站在神秘怪诞的薄光下,影带像蠕虫钻进了草坪,在他们视线之外沿着房舍的墙边潜行,如漂泊的鬼魂。就好像有一道冷风来袭,没吹起他们的头发,却凛冽透骨。

英文里有种说法,当你无故打冷战的时候,旁边的人就会说:有人刚走过你的坟头。日食的感觉就像这样。某个人或某个东西一口气走过所有人的坟头,死寂的月球踏过了生气蓬勃的地球。

她又抬起头,看到了日冕。她也看到和太阳本质相反的星体,黑暗无脸,在盛怒中从虚无的月球后方散发一圈光芒,顶着蓬乱发亮的白发居高临下怒睨着地球。像是死神的头。

邦妮和多娜是凯莉的邻居,这对情侣租下了凯莉家隔壁那一户,她们的手臂互相搂着对方的腰,邦妮的手就插在多娜垮裤的后方口袋里。邦妮带着笑意转过头来对凯莉喊:"是不是很迷人啊?"

凯莉没回应。她们难道没感觉吗?对她来说,这不是奇观,也不是午后的表演。怎么没有人看出这是一种恶兆?去他的天文解释与科学理论:这怎么可能一点意义都没有?好,或许日食现象本身没有意义,不过就是轨道重叠。但任何人应该都会察觉到一点正面或负面的能量、宗教或心理的反应吧?明白一件事的原理并不代表我们对这件事有**彻底的了解**……

凯莉一人站在屋前,邻居唤着她,跟她说现在很安全,可以把滤光镜拿掉了:"错过就可惜啰!"

凯莉不打算拿下滤光镜,尽管电视上说到了"全食"的阶段就可以放心拿下滤光镜。电视上不也说只要她买昂贵的乳霜和营养品就不会变老?

街上传来"哇"、"啊"等惊讶不绝的声音,大家都把握这罕见的时刻,没有人感到不安,只有凯莉除外。她不禁怀疑:"**我是怎么了**?"

在电视上看到伊费,是她陷入不安的部分原因。虽然他在记者会上没多说什么,但凯莉从他的眼神还有他说话的方式就知道有问题。大问题。显然尽管

州长和市长像机器人一样反复为民众鼓励打气加强信心，他们也没办法处理。这个问题不只是长程航班上206位乘客在原因不明的情况下突然暴毙而已。

是病毒吗？是恐怖攻击吗？还是集体自杀？

现在又加上这个。

她希望扎克和马特快回家，她希望他们立刻回到她身边。她希望日全食赶快结束，她也希望以后永远都不要再经历这种感受。她透过滤镜看着杀手般的月球在黑暗中欢庆着胜利，担心以后再也见不到太阳了。

布朗克斯，扬基球场

扎克站在观众席上，马特坐在他旁边。马特紧盯着日食，鼻子皱在一起，嘴巴张得好大，就像驾驶眯着眼睛看前方路况的模样。5000多名扬基球迷一齐戴上限量版扬基条纹日食滤镜，站起身，抬起头，在最适合打棒球的下午看着月亮让天地黯淡下来。只有扎克·顾威没抬头。日食的确很酷，不过看一眼就够了，所以扎克现在注意着选手休息区。他想要看扬基球员。他看到队长基特了，他和扎克戴着一模一样的眼镜，一脚踩在阶梯上好像等着随时被点名上场打击。投手和捕手都在候补队员区外面，聚集在右外野的草地上，他们和大家一样，都想一睹究竟。

"各位女士、先生，"体育播报员薛帕德说，"各位小女孩、小男孩，您可以将安全镜片拿下来了。"

大家都拿下镜片了。5000人的动作几乎整齐划一。赞叹惊呼声立刻响遍全场，还有人鼓起掌，接下来全场欢呼，仿佛谦逊腼腆的松井秀喜刚挥出强棒，把球打进了左外野全垒打墙外候补队员区旁的纪念碑公园，而观众要拱他出来向球迷致意。

扎克上课的时候学到，太阳就是一个绝对温度6000度的熔炉，不过日冕不知为何比太阳更热，日冕就是由超高温氢气所形成的太阳外缘（只有日全食的时候地球上才看得到)，温度可达绝对温度**200**万度。

他拿下眼镜后，看到一个黑色的大圆盘，外缘绯红的细环熊熊燃烧着，还有一圈微弱的白炽光环。就像眼球一样：月球是又黑又圆的瞳孔，日冕是眼白的部分，瞳孔周围爆裂的红光(从太阳边缘喷射出来的超热气体团)就像泛红的血丝。有点像僵尸的眼睛。

酷。

僵尸天空。不，是**日食的僵尸，蔽日的僵尸，月之行星降生的诡异僵尸！**等等，月球不是行星。**僵尸之月**。这就是他今年寒假要和朋友一起合拍电影的概念。月球的阴影全面侵蚀地球，照到月光的纽约人都变成吸人脑浆的僵尸——就是这样！而且他的死党荣恩长得就像年轻的扬基捕手波沙达。“嗨，波沙达，你可以帮我签名吗……等等……你在做什……喂，那是我的……你怎么搞的……你的眼睛……啊……不……不!!!”

球场传出了管风琴的音乐，几个醉汉化身为乐团指挥，挥舞着手臂，要在管风琴伴奏下唱出老套的《月影纠缠》。棒球比赛观众要欢呼时实在不需要借口，就算今天不是日食而是陨石从太空朝他们砸过来，他们也一样会锣鼓喧天。

哇。扎克这才想到，如果他爸爸也在现场的话一定会说出同样的话。

马特一边欣赏着免费的滤镜，一边用手肘轻推扎克。

“值得收藏，对不对？我跟你赌明天一定有很多人拿这眼镜去网络上拍卖。”

马特一说完就被喝醉的球迷推了一把，他手上的啤酒洒到了他的鞋子上。马特先愣了一下，然后对扎克翻翻白眼，那表情的意思就是：“你又能拿他怎么办?”但他什么都没说，也什么都没做。他甚至也没转过身去看那个人。扎克现在才发现他从来没看过马特喝啤酒，他只有晚上和妈妈在家的时候会喝白酒或红酒。扎克感觉到了，尽管马特对球赛很热衷，但他内心其实很害怕周围的球迷。

现在扎克真的很希望自己是和爸爸一起看球赛。他从牛仔裤口袋里掏出马特的手机，再检查看看爸爸有没有回短信。

手机显示着，**搜寻信号中**。还是不通。之前就有人说因为太阳耀斑与辐射

干扰，无线电波和周围的卫星可能无法正常运作。扎克把手机收起来，又拉长颈子在球场上搜寻基特的身影。

国际太空站

地球上方220英里处，美国航天员塔利亚·查尔斯——远征18号的随机工程师，和俄国指挥官与法国工程师一起飘浮在零重力走廊里，这条走廊连接着**团结号**太空舱与**命运号**实验站的尾舱。国际太空站研究所每天绕行地球十六周，几乎每一个半小时一圈，时速1700万英里。月球掩日对低轨道没有太大的影响：只要用任何圆形的物体在窗内遮住太阳就可以看到壮观的日冕。所以妲莉亚感兴趣的不是月球与日球排成直线的现象（因为她移动得太快了，所以看不出来月球遮掩了太阳），她感兴趣的是日食对于慢速转动的地球有何影响。

命运号是国际太空站的主要研究实验室，长8.5米、宽4.2米，外观看来是圆柱形，不过舱内四方形的墙壁上都固定了许多设备，所以舱内空间只有五个人的身长乘以一个人的身宽。每一条导管、输送管、传输线都看得到、摸得到，所以**命运号**舱内的四面墙壁看起来都好像是墙壁大小的主板背面。有时候妲莉亚觉得自己比较像是大型太空计算机内拼命计算运作的小型微处理器。

妲莉亚让自己的双手游走在天底（也就是**命运号**的“地板”，虽然在外层空间不分上下），借此将身体推进到一个宽阔、像镜片的环前，这个环上加了几道门闩。这种防护门的设计就是要保护太空舱，有它在，太空舱就算遭受微流星体或轨道碎片的撞击也不会损坏。她的脚上套了袜子，她的双脚钩住墙上的握把，便打开了门，门后的光学窗直径约60厘米。

蓝白色的地球立刻映入眼帘。

妲莉亚负责的工作是利用固定式哈苏摄影机和遥控触发器拍摄地球的照片。不过当她从这个难得的有利位置望向地球时，第一个映入眼中的画面却让她发抖连连。月球的影子在地球上印出巨大的黑色墨渍，看起来就像个墓穴。

除了那片黑暗又危险的瑕疵之外,故乡蓝色行星的其他部分看起来都很健康。最令她不安的是,被那暗影中最中心最深沉的部分掩盖的区域——她什么都看不到,仿佛那个地带变成了一个黑洞。那就像是纽约市被大火吞噬后,从卫星图片里去看灾后的景象。只不过,这次的灾区范围遍及整个东岸。

曼哈顿

纽约市民聚集在中央公园里,五十五英亩的大草坪上人潮汹涌,盛况可比夏季音乐会。一大清早就来用野餐毯或凉椅占位子的人,现在也和其他人一样站了起来。小朋友都被爸爸扛在肩上,婴儿被妈妈捧在怀里。公园里的眺望台城堡隐约呈现阴森的紫灰色,在公园东西侧摩天高楼睥睨下,这片田园景色多了令人毛骨悚然的哥特风格。

这座庞大的都会岛顿时陷入停摆状态,所有人在这一小时内都感觉到城市静止下来的感觉。就像停电的时候一样,尽管焦虑,不过大家都一样无电可用。月球掩日为这座城市创造了平等,所有的居民在这五分钟之内没有社会阶级的差别。太阳之前人人平等——或者说阴影之前人人平等。

草坪上四处可听见收音机的声音,五次方乐团将英国女歌手邦妮·泰勒的畅销金曲《心之全食》重新混音,许多人播着这首歌一起哼。

曼哈顿靠东区的桥梁和世界其他部分相连,桥上的车辆停了下来,大家走出车外,或站在车辆旁边、或坐在引擎盖上,有几位摄影师在人行道上透过专用滤镜猛按快门。

很多高楼的屋顶都举办了午后酒会,原本想和跨年一样狂欢的兴致在这一刻都被骇人的天象消磨殆尽。

纽约市中心巨型的全彩屏幕广告牌在如深夜般幽暗的时代广场上,同步为行人播映月球掩日的过程。太阳外缘如鬼魅般的日冕闪烁在“世界的十字路口”,好像是遥远银河深处传来的警讯。播送画面偶尔会被噪声干扰。

911 急难专线与 311 非紧急事务市民专线都忙不过来，几名还没到预产期的孕妇说“因为日食”而导致早产。市政府依然尽责地派出紧急医疗人员，尽管全岛的交通都瘫痪了。

纽约东河上兰德尔岛上的双连精神疗养院强制把有暴力倾向的病患关到房间里，而且命令所有人都拉上百叶窗；没有暴力倾向的病患被请到全黑的用餐区里看电影（令人捧腹大笑的滑稽喜剧）。不过在日食的过程中还是有不少人变得坐立难安，焦急地想离开用餐区，却又说不清楚为什么。贝尔维尤医院里的精神病房在上午月球掩日之前就出现了住院的人潮。

贝尔维尤医院与纽约大学医学中心都在全世界最大的医院排行榜上，而全曼哈顿最丑陋的住宅——纽约医检总局的总部就杵在这两大医疗院所中间。纽约医检总局的总部是个不对称的畸形长方建筑，外观还涂了恶心的蓝绿色。机场运来的尸袋从冷冻货车卸下后，放到担架上运进了解剖室与地下室的冰库，那冰库大到人可以直接走进去。

医检总局目前有十四名法医，戈塞特·贝内特是其中一员，他走到户外稍作休息。医检总局的大楼挡住了视线，所以他从医院后方的小公园里看不到月日重叠的景象，他只好观察其他在观察日食的人。公园下方就是罗斯福大道，这条交通繁忙的要道从不停歇，但这时大家都把车停下来，站在路中间。另一端的东河很阴暗，死水呼应着死寂的天空。河另一端的皇后区也笼罩在阴影下，只有几栋比较高的建筑物西向的窗户反映出日冕的颜色，成为黑暗中破碎的光点，好像化学场爆炸时喷出的白热火焰。

他自言自语说，**世界末日刚降临的时候就会像这样**，然后便回到医检总局的办公室里协助同事分类尸体。

肯尼迪国际机场

瑞晶航空 753 号班机罹难旅客与机组人员的家属正在机场填写各式表格文件。这时工作人员请他们先休息一会儿，放下红十字会的咖啡（为避免刺激情绪，只提供低咖啡因的咖啡），去第3航站楼后方管制区外头的柏油路走一走。这群人互不相识，丧亲之痛是他们唯一的共通点，眼神空洞的伤心人聚在一起，手挽着手一起看日食（有些人靠在别人身上才有安全感，有些人则是得靠在别人身上以免双腿发软站不住），他们的脸都朝向西边深沉的天空。他们还不知道自己就要被分成四组，搭上临时调度的校车前往不同的医检所，到了那里以后，他们会以一户人家为一个单位，分批进办公室去看死者验尸后的照片，正式确认死者的身份。除非亲属要求看遗体，否则他们只会看到照片。接下来就会发喜来登机场酒店的住宿券与自助式晚餐券给家属，如果有需要的话，当晚与隔日随时都可以找到心理咨询师。

目前，他们盯着黑色的盘子在天空发亮，它的效果和聚光灯相反，仿佛正从天空中吸走人世间的光亮。这灭亡感强烈的现象对他们来说，正好代表了他们此时此刻痛失亲人的心境。对他们来说，日食一点也不引人赞叹，是天空与上帝在描述他们的绝望。

瑞晶航空维修机棚外，诺拉站在离其他调查员有点距离的地方，她正等着伊费和吉姆开完记者会回到机棚。她的眼睛对着天空中不祥的黑洞，不过她的眼神却涣散没有焦距。她觉得自己好像陷入了某种无法理解的谜题里。仿佛出现了新的敌人。死寂的月亮吞噬着活跃的太阳，夜晚占据了白昼。

一道影子从她身边飘过。它像是眼角的微光，也有点像日全食之前整个停机坪上布满的蠕动暗影。它就在她视线之外，知觉范围的最外缘。她觉得这道影子如邪恶的幽魂，仓皇逃离维修机棚。她**感觉到**一条影子了。

转瞬之间，不到一眨眼的时间，那道影子就溜走了。

机场行李车操作员洛伦扎·鲁伊斯是第一个开车靠近死亡飞机的人，她觉得这件事一直让她心里毛毛的。前一天晚上她就站在飞机的影子里，小洛一直没办法不去想这件事。她完全没睡，在床上翻来覆去，最后只好起身来回踱步。夜里喝了一杯白酒也没办法助她入眠。这件事一直烦着她，仿佛甩也甩不掉。终于挨到天亮时，她发现自己正看着时钟——这才晓得自己期待着回去上班。

她等不及要回到肯尼迪国际机场了。驱动她的不是病态的好奇心，而是那架沉睡的飞机，它就像眼前一闪的白光一样烙印在她的脑海里。她只知道她得回去再看一眼。

现在又发生了日食，机场在二十四小时内二度关闭。这次关闭机场是几个月前就计划好了——民航局宣布月球掩日的地区内所有机场都要暂停营运十五分钟，主要的考虑是机师的视线，机师在起降的时候不适合戴滤光镜——不过，她心里突然想到的数学习题简单又要命：

死亡班机+日食=糟糕。

此时此刻，月亮扑灭了太阳，像是一只掩住呼救的手。这让小洛感受到一股强烈的惊慌，而她站在行李车上靠近753号死亡客机下腹时也有同样的感觉。两次经验都带给她想逃跑的冲动，只是这一次她清楚地知道，要逃也绝对没有地方可去。

她又听到了。这声音从她过来值班就开始有，只是现在更规律、更大声。嗡嗡的声音，像小虫振翅的声音，但奇怪的是，不管她有没有戴隔音耳罩，那音量都一样。有点像头痛的感觉。在头颅里面。脑子里的声音就像导航灯一样，她一回到机场后它就愈来愈响亮。

在日食停工的十五分钟里，她决定步行去寻找这声音的源头，跟着声音走。当她发现自己走着走着看到瑞晶航空维修机棚被圈在封锁线内，里面就停着那架已死的753号班机时，她一点都不意外。

那种嗡鸣完全不像她听过的任何器材声。几乎像是搅拌奶油的声音，有点急躁，像急流的液体。也有点像好几十人一起低鸣，上百种不同的声音，同时发语。或许是她补的假牙接收到雷达信号。有一群人站在机棚外的空地上，政府官员一起抬头仰望着被掩蔽的太阳——但没有人和她一样潜伏在那里，看起来没有人受嗡鸣之苦，甚至没有人察觉到那声音。所以她决定先保密。不过，不知为何，此时此刻在此地的感觉又很特别，她一边听着那噪音一边盼望能进到机棚里再看飞机一眼，这么做究竟是为了纾解好奇心还是有其他的理由？

突然间她发觉空气中有一股力量，像一阵风似的临时转向，而现在——对，她认定声音的来源已经转移到她右侧的某一点了。突如其来的转变让她惊慑不已。在月亮的阴寒光线下，她跟着那音源走，手上提着耳机和护目镜。

大型垃圾车和货柜牵引车都停在那头，就在几个大货柜前方，再过去一点就是灌木丛，冷风萧瑟中耐寒的松树显得有点灰，树枝上挂了很多垃圾。松树后面是铁丝网，网外几百英亩都是野生的灌木林。

人的声音。她现在觉得听起来更像人的声音了。好像众人念着同样的话，同样的字……但内容听不清楚。

小洛靠近牵引车时，树丛突然沙沙作响，**突如其来的声音**吓得她往后退一步。原来是灰腹海鸥，显然日食也使得它们恐慌了。它们在树丛和垃圾车的上方暴冲，如同窗户被砸碎时四射的玻璃一般，各自扑向四面八方。

嗡鸣的声音更尖锐了，开始变得有点痛。它召唤着她，像是很多人齐声念的咒语。耳里的噪声从低鸣转为咆哮又降为低鸣，这声音似乎是要传递一道指令，她尽力去理解，听起来好像是：

“……**呃呃呃呃呃——这**。”

她把耳机放在柏油路段的边缘，日食结束时她只戴着滤光镜。她的注意力从大型垃圾车和恶臭味转移到货柜牵引车上。那声音似乎不是从货柜车内传来的，或许音源在货柜车后方。

她走在两个1.8米高的货柜中间，经过一个飞机的旧轮胎，看到了另一排老旧的浅绿色货柜。她现在感觉到了。不只是听到那声音，还能**感觉到**鼓动，头颅和胸腔里有好多声音在颤动。召唤着她。她把手放在货柜上，可是货柜没传来任何振动，所以她继续向前行，在转角时放慢步伐，前倾身子。

这一片草皮上有很多被风吹来的垃圾，这里无人修剪，青草都被太阳晒干了。草地上搁了一个看起来很古老的黑色大木箱，上头有许多华丽的雕饰。她鼓起胆子走到那一小块空地上，内心纳闷着：怎么会有人把保存那么好的古董扔到这里来？机场里永远都有窃案，有时是犯罪集团，有时是窃贼单独行动；或许是嫌犯得手后先藏在这里，打算过一阵子再来搬运。

接着她注意到猫群。机场外围有很多野猫，有一些是从运输笼逃出来的宠物猫，大部分都是当地居民不想养了带到机场周边放生的家猫，最恶劣的是有些旅客因为不愿意支付高额的宠物住宿费就直接在机场弃养。一般家猫都不晓得

在野外该如何自保，如果侥幸活下来没成为其他动物的佳肴，就会加入野猫的行列，一起在机场外围荒草蔓生的土地上展开流浪的生活。

好几十只脏兮兮又瘦巴巴的野猫面朝大木箱端坐着，不过小洛的目光沿着挂满垃圾的灌木丛与铁丝网环视时，才发现至少有上百只野猫都面对木盒坐着，完全不理她。

木箱没在振动，她听到的声音不是从木箱传出来的。她一头雾水，走了那么一大段路，在机场外围的野郊发现了这么奇怪的东西——但这竟然不是她在寻找的音源。耳中鼓荡的合音还持续着。这些猫是不是也听到了？不。它们的焦点都放在这个密合的箱子上。

她准备离开时，猫都变僵硬了。每一只猫同时竖起背上的毛，肮脏的脸同时转过来面对她，一百双亮晶晶的猫眼在这如黑夜的白日里一起盯着她。小洛僵住了，生怕被猫群攻击——接下来一片黑暗降临在她身上，如第二回日食。

猫群转身撒腿就跑，逃离了空地，猫爪慌张地攀着高耸的铁丝网，也有几只猫从铁丝网下以前就挖好的地道钻了出去。

小洛动弹不得，她觉得后方有一股热流传来，好像有人打开了烤箱一样。有人。她作势要移动，而头颅内的噪声结合成一个恐怖的声音。

“这儿。”

然后她就凌空离开了地面。

等到野猫大军重新整队时，它们发现她的尸体和碾碎的头颅像垃圾一样被抛到铁丝网这一头，落在它们的地盘上。海鸥先发现她，但野猫立刻就赶跑了海鸥，饥肠辘辘地撕开她的衣服饱餐一顿。

哈林区东118街，纽约人典当质借中心

这栋阴暗的公寓西面有三扇并排的窗户，老人坐在窗前凝视着被月亮遮蔽的太阳。

日正当中，却有五分钟的黑夜。四世纪以来最壮观的自然天象。

这个时机不容忽视。

但目的是什么？

心中的焦虑像一只发烫的手揪着他。他今天没开店，从破晓就忙着把地下工作室的储藏品拖上楼，都是他这几年四处收购的装备和珍品……

已经不记得有什么功能的工具、来路不明的稀有装备、来源难辨的武器。

所以他现在才会那么疲倦地坐在这儿，扭曲畸形的双手隐隐作疼。除他之外没有人预知会发生什么事，只有他——从各种征候判断后，知道什么东西已经来到了纽约。

除了那个谁之外，没有人会相信他。

顾威还是**顾维**？刚刚在电视记者会里讲话的那个人到底姓什么。那场荒唐的记者会里只有他比较清醒，他就站在穿海军制服的医生旁边。其他人都显得很谨慎乐观，找到四个生还者就雀跃不已，可是又不知道到底其他人的死因是什么。**我们向社会大众保证目前威胁都在控制中**。只有选举出身的官员才会在状况不明的情况下就妄下结论，说目前已经安全、风波已经结束了。

那个顾什么的似乎是记者会里、麦克风后头，唯一认为这整件事不单纯是“故障飞机载满了死亡乘客”的人。

顾伟？

代表疾病管制局，设在亚特兰大的那个。瑟拉齐安也说不上来，但他认为只有找这个人才有机会。或许是他唯一的机会。

四名生还者。要是他们知道……

他又朝窗外看出去，望着天空中发亮的黑碟，仿佛在和一颗白内障蒙蔽的眼睛对望。

仿佛直视着未来。

曼哈顿，石心集团

直升机降落在石心集团曼哈顿总部的顶楼停机坪上，这栋黑钢与玻璃外墙的建筑物坐落在华尔街的核心。最高的三层楼是奥狄·帕墨的私人纽约寓所，帝王宫殿般的阁楼铺了缟玛瑙地板，桌上陈列着艺术大师布朗库西的现代雕塑，墙上挂着培根的画作。

帕墨独自坐在视听室，窗帘全部都拉上了，七十二英寸大屏幕上的黑色眼球在周围炽烈红光与耀眼的白光环中和他对看。这间视听室、暗港的豪宅还有他专用的医疗直升机都维持在恒温摄氏十八度。

他也可以走到户外去，毕竟气温够低，他可以找人推他到屋顶去目睹日食实况。但现代科技让他可以更靠近日食——不是看着月球的影子，而是太阳屈服于月亮的画面。这正是浩劫的序幕。他停留在曼哈顿的时间很短暂，纽约市不适合逗留，更不宜久待。

他拨了几通电话，用保密专线沟通机密的对谈。他的货物已经如期抵达。

他带着微笑从椅子上站起身，步伐缓慢地朝大屏幕直接走去，仿佛那不是屏幕而是一道入口，而他准备要踏进去似的。他伸出手摸摸液晶屏幕上愤怒的黑色圆盘，他指头一按下去，液晶就像细菌一样在屏幕下蠕动，仿佛他是直接按在死人的眼睛上。

这次日食是星体失序的乱象，违反自然规律。冰冷死寂的大石罢黜了燃烧着熊熊生命的恒星。对奥狄·帕墨来说，这证明了任何事都有可能，**任何事**，即便是自然法则中最卑鄙的背叛都不无可能。

当天观察日食的所有人当中，不管是亲眼目睹还是在世界上其他角落透过电信广播的人，他可能是唯一为月球喝彩的人。

肯尼迪国际机场塔台

航空管制塔台距离地面97米,在塔台工作间里的人都眯着眼睛,望向西边有如日落般的诡异暮光,这片光远在月球黑影的掌控之外。太阳黑影周围的半影在太阳的光球层照耀下,变得比中央黑影明亮些。这道半影将远处的天空染得又黄又橙,有点像伤口初愈的模样。

光墙逐渐拓展到纽约市,此时这座大城市已经暗了四分三十秒。

"戴上护目镜!"吉姆·肯特听到命令就戴上自己的滤光镜,等不及阳光回来了。他环顾四周寻找伊费的身影——每个开完记者会的人,包括州长和市长,都被邀请到塔台工作间观看日食。没见到伊费,吉姆推测他应该是溜回维修机棚了。事实上,这段时间伊费虽然被强迫离开工作现场,但他也尽可能善用了时间,太阳一消失他就抓了一把椅子,仔细浏览一叠建筑蓝图,里面有波音777客机的剖面图与结构,他彻底忽视整场日食。

复圆

日食结束的现象非凡壮观。耀眼的日珥先出现在月球的西侧,逐渐融合成一道刺目的阳光,如黑幕中的裂缝,像月亮的银戒上镶了一颗光彩夺目的璀璨钻石。不过,这美景让人付出了代价:尽管政府已啰嗦唠叨地宣传,但全市仍有超过270人(其中93人是孩童)因为观赏太阳复出时没有采取眼部防护措施而永久失明。视网膜没有痛觉,这些人完全不晓得自己正在伤害眼睛,等到发觉的时候已经来不及了。

钻戒慢慢地变大,太阳的光线从月亮边缘射出,产生亮珠,呈现所谓的"倍里珠",这时太阳的形状像新月,它正奋力推开搅局的月亮。

地面上的影带又出现了，在地表上微微发光，好似幽魂宣告它要幻化成另一种形体。

自然光线再度回到城里后，地面上的人类终于松了一口气，他们的宽慰中还带了史诗般的壮烈感。欢呼、鼓掌、拥抱。各街道传来喇叭声，扬基棒球场的扩音器播出了凯特·史密斯的歌声。

九十分钟后，月球完全离开日面，日食结束了。实际上说来，根本什么都没发生：天空完全没变也没留下任何影响，一切都维持原状，只不过美国东北部的下午有几分钟笼罩在阴影里。

就连在纽约，人群也立刻开始收拾物品，像是刚看完烟火秀一样。不远千里来纽约看日食的人，这时已把他们对月球掩日的畏惧转为对返程交通状况的关心。无法避免的天象奇观在五大行政区里一度带给众人敬畏与焦虑。不过这里是纽约，结束，就是结束了。

苏醒

AWAKENING

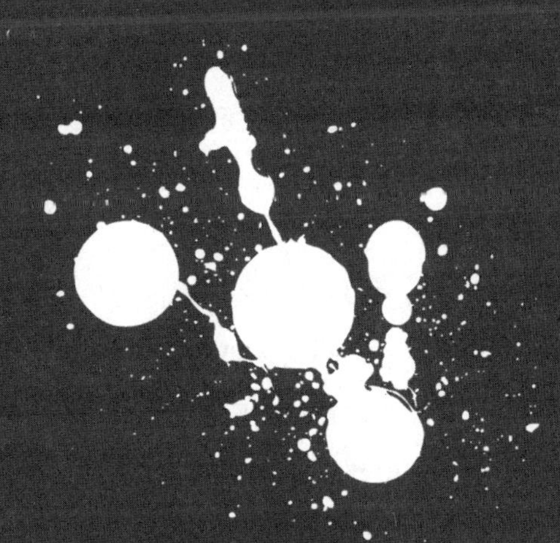

瑞晶航空维修机棚

伊费搭乘电动车回到维修机棚，留下吉姆在后面陪巴恩斯博士，如此一来他和诺拉才有喘口气的空间。777 机翼下的医院幕帘都撤走了，防水布也收起来了。梯子还悬在前后出口上，一群国家运输安全委员会的官员在后货柜舱周围忙碌着。这架飞机现在是犯罪现场。伊费发现诺拉穿着特殊纤维防护连身工作服和乳胶检验手套，头发都扎在纸帽里。她穿这装备不是为了预防生化感染，只是要避免破坏证物。

"很壮观，对不对？"她见到他时这么问。

"对，"伊费把整叠结构图夹在腋下，"一辈子只有一次。"

桌上有咖啡，但伊费从冰桶里拿出一盒冰凉的牛奶，撕开包装，大口灌下去。自从戒酒以后，伊费就像亟须补充钙质的小娃娃一样，嗜饮全脂牛奶。

诺拉说："这里还是没斩获。国家运输安全委员会正要拿走驾驶舱语音记录器和飞航数据记录器。我实在搞不懂他们怎么会认为整架飞机突然失去电力的时候，黑盒子还会持续记录，但我想我还是佩服他们的乐观。目前，各种科技都用了，也没结果。我们已经进来二十个小时了，一切都还是未知。"

他认识的所有人里面，恐怕只有诺拉在情绪压力下还能工作更认真、表现更机灵。

"运出尸体后还有人进过机舱吗？"

"应该没有，还没有。"

伊费带着结构图一起爬上梯子进到机舱里。

座位都清空了，里面的采光也很正常。

除此之外，对伊费和诺拉来说唯一的差别就是，这次没有穿厚重的接触装。他们的五官都能充分感受这环境了。

伊费说："你闻到了吗？"

诺拉闻到了："这是什么味道。"

"有阿摩尼亚和其他物质。"

"还有……磷吗？"这味道让她的脸都皱成一团，"是这个让所有乘客都陷入昏迷吗？"

"不是。飞机做过气体测试。不过……"他环顾四周——他仔细搜寻着他们看不到的线索，"诺拉，请你去拿荧光棒好吗？"

诺拉走出舱外去拿荧光棒的时候，伊费把每一扇遮阳板都拉下来，让客舱都暗了下来，呈现前一晚他们进来时的样子。

诺拉拿了两盏荧光棒回到机舱内。这荧光棒会发出紫外线光，就像游乐园鬼屋里面的那种，洗熨过的白色棉衫被光线照到就会发亮。伊费记得扎克九岁的生日派对举办在"宇宙光"保龄球馆，每一次扎克张嘴大笑，他的牙齿就熠熠发亮。

他们一打开光棒，漆黑的机舱立刻变成了一个疯狂的调色盘，地板上、座位上都是大片污渍，只有乘客的轮廓还是黑的。

诺拉说："喔，我的天啊……"

有一些荧光物质甚至还黏到了机舱的天花板，呈现溅洒的形状。

"这不是血。"眼前的景象让伊费也吃不消，整个末舱看起来就好像现代艺术画家杰克逊·波洛克的作品，他作画的方式就是将颜料泼洒在画布上，"这是某种生物物质。"

"不管是什么，这东西溅得到处都是，好像什么东西爆炸了。但是，是在哪里爆开来的呢？"

"从这里，就在我们站的地方。"他跪下来检查地毯，这里的味道更呛，"我们得取样检查。"

"你觉得这是？"诺拉说。

他站起身，仍百思不得其解。"你看这个。"他拿飞机结构图的其中一页给诺拉看。图上标示着波音777系列客机的紧急逃生路线。"有没有看到飞机前端这个画阴影的部分？"

她看着结构图说："看起来像一道阶梯。"

“就在驾驶舱的后方。”

“‘顶休区’是什么意思？”

伊费沿着走道来到驾驶舱的门口。这几个字就印在墙上的指示牌上。

“舱顶机组休息区，”伊费说，“大型长程客机的标准配备。”

诺拉看着他：“有没有人检查过这里？”

伊费说：“我知道我们没检查。”

他低下头，转开墙上的嵌壁式门把，拉一下。这三折门打开后就看到一条狭窄旋转梯，通往上方阴暗的空间。

“噢，惨了。”诺拉说。

伊费拿灯杖往楼梯上方照：“我想这表示你希望我走在前面。”

“等等，我们去叫别人。”

“不行。他们不知道要找什么线索。”

“那我们知道吗？”

伊费不理会这个问题，扶着狭窄的旋转梯爬了上去。

上面的空间很拥挤，天花板很低。没有窗户。灯杖是给法医验尸用的，不适合室内照明。

这里规划了两个空间，第一区有两张并排的商务舱座椅，椅背都平躺了下来。另一区在座椅后方，有两个卧铺，也是并排，不过空间非常狭小。这两区在紫外线光照射下看起来都是空的。

不过，这里的彩色物质比楼下还多。不只地板上有，还一路延伸到座位和卧铺上。可是这里的污渍像是被抹开的，仿佛有人在污渍还没干的时候就走过去。

诺拉说：“搞什么鬼？”

这里也有阿摩尼亚混合其他物质的味道。呛鼻的臭味。

诺拉也注意到了，立刻把手臂贴在鼻孔下方：“是什么东西？”

伊费在低矮的天花板下，整个身子都得向下蹲，他站在两张椅子中间，想要解释所见的现象。“像蚯蚓，”他说，“我们小时候会挖蚯蚓，然后切两半，只为了看它变成两条各自爬走。它们整天在土里钻，闻起来有泥土的味道。”

伊费拿着灯杖往墙上和地板照，仔细搜寻整个休息舱。他准备要放弃前，刚

好注意到诺拉工作靴的后方。

“诺拉，别动。”伊费说。

他侧着身，这个角度才能看清楚她后方铺地毯的舱板。诺拉一动也不动，显得像差点要踩到地雷了。

地毯的花纹上有一小团泥土，大概才几克而已，少到只能做微迹分析。这团泥土呈饱和的黑色。

诺拉说：“跟我想的一样吗？”

伊费说：“那个箱子。”

他们沿着机舱门外的阶梯爬下来回到机棚，走到货物放置的区域，现在工作人员正在打开食物推车检查空厨餐饮。伊费和诺拉的眼神扫视着堆积如山的行李箱、高尔夫球袋和爱斯基摩小艇。

那个黑色木箱不见了。之前木箱就放在防水布的边缘，这位置空了。

“被人搬走了。”伊费还在寻找，他走了几步，检查机棚其他地方，“不可能搬太远。”

诺拉的眼神炯炯发亮：“他们才正准备要开始检查这些行李，东西都还没拿出去。”

伊费说：“这一件已经被拿走了。”

“伊费，这是管制区。而且那个箱子不是大约长 240 厘米、宽 120 厘米、高 180 厘米吗？至少几百公斤重，少说也要四个大男人才抬得动。”

“一点都没错，所以一定有人知道这箱子现在在哪里。”

他们去问负责机棚门禁管制的值日官，这年轻人立刻查记录表，表上有所有人员和物品进出的时间。“没写。”他说。

伊费察觉到诺拉要反驳他，于是先发制人：“你在这里多久了——站多久了？”

“报告长官，从十二点到现在。”

“都没休息吗？”伊费说：“那日食的时候呢？”

“我就站这里。”他指着门外几米的一个点，“没有人经过。”

伊费看着诺拉。

诺拉说:"究竟是怎么一回事?"她盯着值日官,"还有其他人可能会看到一个巨大的棺材吗?"

伊费听到"棺材"就不禁皱着眉。他的视线又回到机棚,然后抬头看着椽上的监视摄影机。

他指着摄影机说:"它们看到了。"

伊费、诺拉、港务局门禁管制值日官沿着甬长的铁梯走上俯瞰维修机棚的安管室。从那里往下看,几部机器正切开波音客机的机鼻,以检查内部构造。

维修机棚内有四台全自动摄影机:一台在安管室门口与楼梯交界处、一台固定在维修机棚门口、一台在屋椽上(就是伊费所指的那一部),还有一台在安管室内,也就是他们目前的位置。屏幕上有四格分割画面,播出了每一台摄影机录制的影像。

伊费问维修工程队队长:"为什么这间办公室里面也要录像?"

队长耸耸肩:"大概是当初经费花不完。"

他拉张椅子坐下来,这张办公椅残破不堪,扶手还得用胶带绑起来,队长一坐下来后就敲起屏幕下方的键盘,把屋椽上的摄影机画面调为全屏幕,倒带播映。这套保安装置虽然是数字系统,但已经用了好几年,倒带的时候画质很差,根本看不清楚。

他停下画面。在屏幕上,木箱就放在原本的位置,整个卸货区的外缘。

"就在那里。"伊费说。

值日官点点头,"好。我们看看它去哪了。"

队长按下快转键。快转的速度比倒带慢,不过还是很快。月球掩日的时候机棚内也暗了下来,等到天色恢复明亮的时候,箱子就**消失**了。

"停,停,"伊费说,"倒回去。"

队长往回倒一点点,再按播放键。从屏幕下方的时间码可以看出来这次播放的速度比之前慢。机棚暗了下来,箱子又不见了。

"搞什——"队长按暂停。

伊费说:“回去一点点就好。”

队长照他的指示做,然后以正常速度播放。

机棚暗了下来,不过棚内工作灯都还亮着。箱子在那里,然后消失了。

“哇。”值日官说。

队长按下暂停,他也很困惑。

伊费说:“影片不连贯,被剪接过了。”

队长说:“没有剪接,你自己看时间码。”

“那再倒带回去一点。多一点……就是这里……再播一次。”

队长又按下播放键。

箱子再度消失。

“是魔术吧。”队长咕哝着。

伊费看着诺拉。

“它就这样**消失**了,”值日官指着旁边的行李说,“其他东西都还在。动也没动。”

伊费说:“请你再播一次。”

队长又播了一次,箱子又消失了一次。

“等等,”伊费看到了,“倒回去——**慢动作**。”

队长照他的意思又播了一次。

“看。”伊费说。

“天啊!”队长惊呼出声,几乎要从摇摇欲坠的椅子上跳起来,“我看到了。”

“看到什么?”诺拉和值日官一起问。

队长现在也急了,他把影像往前倒几格。

“就要来了……”伊费帮队长估算要倒带多少。“就要来了……”队长的手按在键盘上,好像猜谜电视节目的参赛者等着要按下抢答钮,“……**就是这里**。”

箱子又不见了。诺拉靠近屏幕说:“什么?”

伊费指着屏幕的边缘:“在这里。”

画面的右边很明显有一个模糊的黑影。

伊费说:“有个东西在录像机旁边爆炸了。”

“在屋椽上?”诺拉说,“什么,是鸟吗?”

“鸟没那么大。”伊费说。

值日官靠近屏幕说:“影像干扰啦。是影子。”

“好,”伊费往后一站,“什么东西的影子?”

值日官挺起身,“你能不能一格一格播放?”

队长照做。箱子从地面上消失……和屋椽上模糊黑影出现的时间几乎完全相同。

“这已经是这机器的极限了。”

值日官再次仔细地看着屏幕。“只是巧合吧,”他宣称,“什么东西能移动得这么快?”

伊费问:“能拉近吗?”

队长翻翻白眼说:“这里不是犯罪现场调查组——这他妈的只是一套录放机。”

“反正,箱子不见了。”诺拉转向伊费,其他两人也帮不上忙,“但为什么要拿走箱子——还有他们是怎么办到的?”

伊费的双手环住后颈:“箱内的泥土……一定就是我们刚刚找到的泥土。这表示……”

诺拉说:“我们是不是推测有人从货舱进到了舱顶机组休息区?”

伊费想起他进到驾驶舱、发现正副驾驶都死了(后来才发现雷德芬机长还活着)的时候,他觉得有别人也在场。有个东西在他身边。

他把诺拉从那两人身边拉开:“还要追踪那个……客舱里面那团不明的生物物质。”

诺拉回头看着屋椽上的黑影画面。

伊费说:“我认为我们第一次进到机舱的时候,有人躲在里面。”

“好……”她努力朝这方向思考,“那,他现在在哪里?”

伊费说:“就看箱子在哪里。”

格斯

纽约肯尼迪机场的长期停车场天花板很低矮，格斯从容地走在一排一排的轿车中间。有些准备要离场的车辆因为轮胎胎痕快磨平了，所以走在出口坡道上都会发出尖锐刺耳的声音。这声响回荡在停车场里，让这地方听起来更像疯人院。他从衬衫口袋里拿出索引卡，再次核对区码，这是别人写给他的。然后他再检查一下四周有没有别人。

他找到一辆面包车，布满灰尘、没有后车窗的老旧白色福特穿山虎就停在这一排的最后面，一半在停车格里，一半跨到了工作区，只是这工作区的三角锥没有固定在一起，工作区里的防水布随风拍动，还有几块屋顶掉下来的落石。

他拿出一条破手帕，用来打开驾驶座的门，门没锁，就和他得到的信息一样。他退一步环顾停车场内这荒凉的角落，除了远方传来猴子的叫声之外，四周都很安静。他心想，这应该是个**陷阱**。他们一定在其他车辆上装了摄影机，看着他的一举一动。就像美国南部的电视节目“警视追击”一样，他看过其中一集：警察在货车里面装迷你摄影机，然后就把货车停在街上当饵，好像在克里夫兰还是哪里，然后就等着不良少年或小混混上钩，跳进去兜风或是开去销赃。被警察逮到就已经很糟了，中计之后被拍下来的影像还在黄金时段电视频道播出，这更惨。格斯宁愿在衣衫不整的时候中弹身亡，也不要被当白痴耍。

但他已经从委托人收了五十美元。钱真好赚，他还带在身上呢。格斯把钱塞进绅士帽的带子里，要是整件事突然演变成南部的电视剧，他也还有证据在手中。

格斯去超市买饮料的时候，有个老兄在里头。他付钱的时候，那人就排在他后面。格斯离开超市，还没走到下一个红绿灯口，就听到后面的脚步声一直跟着他，于是他立刻转身。那老兄摊开双手，表示手里没有武器，他只是想知道格斯想不想赚笔小钱。白人，西装笔挺，和这个贫民小区格格不入。他看起来不像警

察，也不像同性恋，反而还有点像传教士。

“机场停车塔里面有一辆面包车。你去开出来，开到曼哈顿，停好之后就走掉。”

“面包车？”格斯说。

“面包车。”

“里面有什么？”

老兄摇摇头。给他一张对折的索引卡，中间夹着五张十元新钞。“先付你订金。”

格斯抽出钞票，就好像从三明治里抽出肉片：“如果你是警察，这是圈套呢？”

“取车的时间写在上面了。不要迟到，不要早到。”

格斯搓一搓那一叠钞票，好像在摸细致的布料。

那老兄把这动作看在眼里。格斯知道他也看到了自己刺在两指之间的三个圆圈，这符号代表格斯在墨西哥裔组成的帮派里担任窃贼。但这老兄怎么会晓得符号的意义？对方是因为看到这刺青才委托他吗？这老兄为什么挑上他？

“钥匙和其他指示都放在乘客座位的抽屉里。”他说完便转身离去。

“唷，”格斯叫他，“我还没答应。”

格斯拉开车门——等了几秒，警报器没响，他才爬进去。

没看到摄影机——就算装了他也看不到，对吧？前座和后座之间有一道铁栅栏，但是没有窗。闩死了。搞不好他载了整车的警察。

不过整辆面包车都没动静。他打开抽屉，这次也用手帕包着。他动作很谨慎，仿佛有蛇会从抽屉里钻出来攻击他一样，抽屉一开灯就亮了。里面有车钥匙、停车票卡和牛皮纸袋。他得有停车票卡才能开出去。

他看了看信封里面，第一眼就见到自己的报酬。五张全新的百元美钞，让他同时又喜又恼。高兴是因为这金额比他预期的多，生气是因为如果他拿面额这么大的钞票要换零钱的话一定会被问东问西，尤其是他那个小区。银行若看到刺青的十八岁墨西哥裔美国人掏出的钞票，也一定会用验钞机验半天。

包在钞票外面的是另一张索引卡，上面写着地址和停车场通行码，仅限单次

使用。

他把两张卡片并排比较，字迹是一样的。

焦虑感解除后，他愈来愈兴奋了。**白痴！**对方竟然把这辆车交给他了。格斯最清楚南布朗克斯郡有哪三间改车厂可以帮这个宝贝**恢复活力**，也可以赶快满足他的好奇心，瞧瞧到底后面载了什么违禁品。

大纸袋里最后一件物品是一个小一点的信封。他抽出几张纸，摊开来，他的背后立刻发烫，一直延伸到肩颈。

第一张纸上写着**奥古斯丁·埃利萨尔德**。这是格斯的前科档案，他因为杀人罪嫌进了青少年监狱，但就在三个星期前，十八岁生日当天无罪释放，重获清白。

第二页，他的驾照复印件下面印了他妈妈的驾照复印件，母子俩都把住址登记在东 115 街。

下面还有一张他们家门口的小照片。

他整整两分钟都盯着那张纸看，思绪飞快地转着，不知道那个看起来像传教士的老兄到底知道多少，他想到了他妈妈，不知自己这回卷进了什么大麻烦。

格斯不太擅长面对威胁，尤其牵涉到他妈妈的时候：他已经给她添够多烦恼了。

第三页的字迹和索引卡一样，写着：**不能停**。

格斯坐在“暴动”餐厅的窗边，吃着辣椒酱炸蛋，看着窗外并排停在皇后大道上的白色面包车。格斯最爱吃墨西哥式早餐，自从出狱之后，几乎每一餐都吃墨西哥式早餐。他点了特色餐，因为他付得起：培根要煎脆一点、吐司要烤焦一点。

去他的，**不能停**。格斯不喜欢这场游戏，尤其因为他们把他妈妈拖下水了。他看着面包车，仔细思考他有几条路可以选，也等着看接下来会发生什么事。有人在监视他吗？如果有的话，离他多近？如果他们能监视他——他们干吗不自己把车开走就好了？

他到底是蹚了什么浑水？

面包车里到底装了什么?

几个流氓靠了过来,在面包车周围探头探脑。格斯从小吃店走出来的时候,他们就摸摸鼻子低头闪人了,他的格子衫下摆被傍晚的凉风吹了起来,前臂上的刺青像袖子一样,除了监狱的黑色刺青外,还有帮派的鲜红图腾。拉丁王朝的名声响遍西班牙裔哈林区的北边,他们的势力范围东到布朗克斯郡,南到皇后区。

帮派人数不多,但上下齐心。不要随便惹其中一人,除非你想和整个帮派开战。

他开上皇后大道,继续往西驶向曼哈顿,时时留意后视镜上的画面。这辆车开过坑坑洼洼的道路时稍微震动了一下,他细听也没听到后面有任何动静。可是从车子的悬吊系统来判断,车上应该有重物。

他渴了,所以又在路口的超市前停下车,买两瓶红金色包装的罐装塔卡迪啤酒。他把一瓶放在杯架上就继续上路,现在可以看到河岸另一段的高楼大厦了。太阳在车流后方缓缓下降。

要入夜了,他想到他哥哥在家里。克里斯平根本是个窝囊的毒虫,格斯正准备当个乖儿子他就出现了。他整天在客厅的沙发上嗑药,格斯只想拿把生锈的钝刀从他的肋骨之间插进去。这人还把病带回家里。他哥哥根本没良心,简直就是一具僵尸,可是他妈妈舍不得赶他出去。她任他赖在家里,骗自己说他没在她的浴室里注射毒品。她会一直隐忍到他再度消失,而且每次离开都会拿一点她的东西。

这笔**脏钱**他得替他妈妈留一点。**等到克里斯平走了**再交给她。多塞一点到帽子里,留给她,让她开心,这样才对。

格斯进隧道前先拨了通电话:"费利克斯,兄弟,来接我。"

"老弟,你在哪里?"

"我等等会到炮台公园。"

"炮台公园?格斯,要跑那么远哦?"

"去你的,来第9大道接我就对了。我们晃一晃,找点乐子。我欠你的钱等会儿就还——我今天赚了一笔。帮我带件夹克或什么的,还有干净的鞋子,要能穿去夜店的。"

“靠——交代完了没?”

“不要再黏着你姐姐,赶快来接我就对了——明白没?”

他穿过隧道进了曼哈顿,先经过市中心才往南边走。他一边沿着运河南边的教堂街走,一边看着路标。目的地是一栋高楼,外墙都是脚手架,窗上都贴了建筑许可,可是周围没有工程车辆。这条街很安静,是住宅区。指示上的车库通行码没问题,自动铁门拉起来的高度刚好可以让这辆面包车过去,门后的斜坡直达建筑物正下方。

格斯停好车后在车上坐了一会儿,静静听着。车库很昏暗,照明不足,他觉得看起来很像是个设计好的陷阱。步道上昏暗的灯光映着空气中打旋的灰尘。他有股冲动想赶快逃,可是他必须确定他离开的时候很清白。他等着等着,车库的铁门就自动关上了。

格斯把抽屉里的纸张和信封折起来,塞进口袋里,把第一瓶啤酒里的最后几口喝光,然后把啤酒罐压扁才走出车外。

深思熟虑个几分钟后,他又回到车内,用破手帕把方向盘、收音机按钮、乘客座位的抽屉、门把和其他印象中曾碰过的位置都里里外外擦了一遍。

他环顾车库,现在唯一的光线透过天花板风扇的扇叶落下来,微弱的光线里旋转的灰尘像一阵雾。

格斯擦一擦车钥匙,走向面包车的侧门和后门。他拉拉门把,只是想确认一下。都锁住了。

他想了一下,好奇心战胜理智。他把钥匙插了进去。

发动引擎的钥匙不能开后车门,其实他反而有点松了一口气。

恐怖分子,他心想。**我搞不好现在也他妈的变成恐怖分子了。这装满炸弹的面包车是我开过来的。**

他唯一能做的就是把车开出去。停在最近的派出所门口,留一张纸条在挡风玻璃上,让他们去检查这葫芦里到底卖什么药。

但这些混球有他的地址,他妈妈的地址。他们究竟是谁?

他怒了,一股羞惭的热火在他背后灼烧。他握紧拳头往白色面包车一捶,宣泄他对这些指令的不满。撞击的回音划破了寂静,让他满足了一点。他放下拳头，把钥匙扔回驾驶座上，手肘用力一撞，甩上车门——那砰的一声让他总算心满意足。

不过就在这时候——车库里并没有立刻安静下来，他听到了一个声音。或者该说，他觉得自己听到了车子里面的声音。从风扇扇叶筛下来的光线还是很微弱，格斯走到上锁的后车门外仔细听，他的耳朵几乎要贴到车门上了。

什么东西。好像……好像肠胃蠕动的声音。就是肚子饿的时候咕噜咕噜的声音在翻搅。

啊，搞什么鬼，他往后退。**任务已经结束了，就算炸弹在110街地底爆炸又干我什么事？**

面包车内沉闷却清楚地发出**砰**一声，让格斯退后一大步。他手上装啤酒的纸袋掉在地上，啤酒爆开来洒在积满沙砾灰尘的地面上。

啤酒喷洒完之后只剩泡沫，格斯弯下身子捡拾垃圾，然后停下动作，伏在地上，手上还捏着湿透的纸袋。

车身微微倾斜，车底的悬吊弹簧动了一下。

里面有东西在动。

格斯站起身，破裂的啤酒罐还在地上，他往后退，鞋子在沙地上磨一磨。走远几步之后，他安安心神，要自己放松下来。他觉得一定有人在看他何时会失控。他转身冷静地走向关闭的车库门。

门旁边嵌了一个黑色面板，上面有个红色开关，他用手背按了一下，可是没反应。他又多按了两次，第一次慢慢、轻轻地按，第二次快速用力地按，开关的弹簧好像坏掉了。面包车又发出声响，但格斯不让自己回头看。

车库门是冰冷的不锈钢，没有门把。没地方可以拉开门。他用力踹门，但这道门根本纹丝不动。

面包车内先传来咯吱咯吱声接着又有砰的声音，好像在和他制造的噪音呼应，格斯赶快去按开关。他急急忙忙连按好几下，才听到滑轮呼呼作响。电动马达有反应了，铰链开始运转。

铁门往上拉，离开了地面。

门才拉到一半，格斯就跑到外面去了。他横冲直撞地往人行道狂奔，然后停下来喘口气。他转过身等了一下,看着车库门完全打开,暂停,然后又慢慢降下。他确定门关紧了,也没有任何东西从门后出现。他看看四周,抚平紧张的情绪,检查帽子——然后才走到街角,心虚地快步向前,想要拉开他和面包车之间的距离。

他穿越维西街,来到一排交通护栏与工程围篱前,这一整区都被围了起来,这里就是世贸中心的遗址。建筑物都被挖出来了,这大坑洞是曼哈顿下城繁复街道网的一个缺口,起重机和工程车辆来到这里,准备进行重建。

格斯甩掉心中的畏惧,打开手机放在耳边。

“费利克斯,兄弟,你在哪?”

“第9大道上,往闹区的方向。怎样?”

“没事,快点来。我刚刚做了一件事,我得赶快忘掉。”

牙买加医院医学中心,隔离病房

伊费怒气冲冲地赶到牙买加医院医学中心:“你说他们都走了是什么意思?”

“顾威医师,”行政人员说,“我们没办法强制他们留在这里。”

“我叫你在这里安排一个警卫,把波利瓦那个惹人厌的律师赶出去。”

“我们的确是安排了警卫,请来的还是警察咧。他看了法律文件就说他也无可奈何。而且——出头的不是摇滚明星的律师,是卢斯女士,她自己就是律师。她的事务所办了法律程序。他们直接找我上司,直接找上董事会。”

“那为什么没人通知我?”

“我们试过要跟你联络,我们曾打给你的联络人。”

伊费转过身去,吉姆站在诺拉旁边,他看起来很错愕,他拿出手机检视来电记录。

“我没接……”他抬起头,满脸歉意,“可能是因为日食和太阳黑子的影响,或什么的。我根本没接到电话。”

“我留言到了你语音信箱。”行政人员说。

他又检查手机。“等等……我可能真的漏接了几通电话。”他抬头看着伊费，“这么多事情要处理，伊费——恐怕我真的没接到。”

伊费听到这句话也没法生气了。吉姆一点也不像是会出纰漏的人，尤其在这么关键的时刻。伊费瞪着他深感信赖的伙伴，怒气顿时泄光了，只剩下沉痛的失望。

“我们能破案的四个关键都从这道门走出去了。”

“不是四个，”行政人员在他身后说，“只有三个。”

伊费转过身看着她：“你这话是什么意思？”

隔离病房内，塑料帘幕后，道尔·雷德芬机长坐在床上。他看起来很憔悴，苍白的手臂搁在大腿上方的枕头。护士说他都不肯吃东西，说喉颈很僵硬，一直晕眩想吐，连一滴水都不喝，只好在手臂上打点滴，避免他脱水。

伊费和诺拉站在他身边，只戴了面罩和手套，没有进行全身隔离。

“工会也希望我出院，”雷德芬说，“航空业的政策就是‘永远都怪机师’——问题绝对不在航空公司身上，和机师超时工作或维修人员减班都无关。他们打算不管调查结果如何都要推给莫尔德斯机长，可能也会推给我。不过——我觉得不大对劲。我是说我的身体，我觉得这不像我的身体。”

伊费说：“你的合作对案情很重要。我不知道该怎么感谢你留在医院里，只能说我们会尽全力让你恢复健康。”

雷德芬点点头，伊费看得出来他的颈子确实很僵硬。他戳一戳他的下颚，摸摸他的淋巴结，蛮肿的。这位机长的确在抵抗某种东西。

这东西和飞机上的死亡案件有关吗？还是他离开机舱到医院的途中才感染的？

雷德芬说：“这么新的飞机，这么精良的仪器。我真搞不懂怎么会全部出故障。一定是人为破坏。”

“我们检查过空调系统和饮水设备，都没问题。目前没有确切的原因指出

为什么乘客都死了,飞机也断电了。”

伊费揉一揉机长的腋窝,发现几颗绿豆大小的淋巴结:“你还是完全不记得降落的过程吗?”

“什么印象都没有,我快疯了。”

“你想得出任何理由解释驾驶舱门为何没锁吗?”

“想不出来。这完全违反民航局的规定。”

诺拉说:“你有没有上过舱顶机组休息室?”

“楼上?”雷德芬说,“我有啊,对,我在飞越大西洋的时候上去打了个盹。”

“那你记不记得自己把椅背放倒?”

“我上去的时候就已经是倒着的。这样才有空间让腿伸展。为什么要问这个?”

伊费说:“你有没有看到任何不寻常的东西?”

“上面? 什么都没有。要看什么?”

伊费往后站一步:“你有没有看到货物舱里的一个大箱子?”

雷德芬机长摇摇头,想要解开疑惑:“没印象。听起来好像你们在追查什么线索。”

“也不算。我们和你一样困惑。”伊费双臂交叉在胸前。

诺拉打开了她的灯杖,扫过雷德芬的手臂。

“所以我们才会把‘你愿意留下来’这点看得那么重。我想要替你做一回完整的试验。”

雷德芬机长看着靛紫色的光线照在肌肉上:“如果你觉得你能搞明白到底发生了什么事,我就当你的白老鼠。”

伊费点头表示感激。

“这个疤是什么时候弄的?”诺拉问。

“什么疤?”

她正在检查他的颈子,喉咙前侧的部位。他的头往后仰,让她在灯杖下可以摸到呈蓝色的细线:“看起来就好像手术切口。”

雷德芬自己往颈子一摸:“没有啊。”

的确,当她关掉灯杖,那条线就看不到了。

她又打开光棒让伊费检查那条线。只有一厘米长,几毫米宽而已。伤口上的组织看起来是最近才刚复元的。

“我们今晚会做一些扫描。脑部断层扫描应该可以提供一点线索。”

雷德芬点点头,诺拉关了灯杖。“你知道……还有一件事。”雷德芬吞吞吐吐,机长的自信瞬间消去了,“我记得一件事,但对你们没有用,我觉得不……”

伊费轻轻耸肩,动作之微旁人几乎察觉不到:“你愿意给我们任何信息都好。”

“好吧,我昏过去的时候……我梦到一样东西——很久没梦到了……”机长看着四周,很难为情的样子,然后把音量压得很低很低,“我还小的时候……夜里……我以前住我奶奶家,一个人睡一张大床。每天晚上到了半夜,附近的教堂敲钟时,我都会看到有个东西从古老而华丽的大衣柜走出来。每晚都会,从不间断——他会伸出黑色的头颅、长长的手臂、瘦削的肩膀……然后**盯**着我……”

“盯?”伊费问。

“他的嘴很尖,嘴唇又薄又黑……他会看着我,然后……对我笑。”

伊费和诺拉都不知该怎么反应,他们没料到机长会突然用梦呓般的口吻袒露这么私人的事情。

“然后我就会开始尖叫,奶奶会过来开灯,带我去她床上睡。这情况持续了好多年。我叫他水蛭怪,因为他的皮肤……黑色的皮肤看起来就像我们在附近小溪抓到的肿胀水蛭一样。儿童心理医师曾经看着我,跟我说那是‘夜惊’,他针对这现象作出解释,要我别去相信水蛭怪的存在,不过……他还是每天晚上都会出现。每天晚上我都得埋在枕头下,躲起来——根本没用。我知道他就在那里,在房间里……”雷德芬的表情抽搐了一下,“过了几年我们搬家了,我奶奶把大衣柜卖掉了,我就再也没见过他了。再也没梦到他。”

伊费仔细地听着:“抱歉,机长……这件事和……”

“我正要说,”他说,“在我们降落和我到医院醒过来的过程中我只记得一件事——他回来了。回到我的梦里。我又见到他了,水蛭怪……而且他脸上带着笑。”

插曲二

焚洞

他的噩梦始终都一样：亚伯拉罕在梦魇中有时看起来年老，有时年少，但始终都是裸身跪在地上，面前有个巨大的坑洞。洞里有很多尸体在焚烧，所有的俘虏在洞前跪成一排，纳粹军官在他们身后走着，从后脑勺枪毙他们。

那个焚烧尸体的洞就在特雷布林卡灭绝营的医护所后方。太年老或太孱弱而无法工作的俘虏就会被带进那个洞里，途中会经过全数涂上白色的底漆和红色十字的纳粹营房。年轻的亚伯拉罕看过很多人死在那里，他自己也曾经差点进了鬼门关。

他一直避免引起注意，安静地工作，独来独往。

每天早上他都会扎破自己的手指，把血滴抹在两颊上，让自己在点名的时候看起来比较健康红润。

他第一次见到那个洞的时候正在修理医护所的置物架。

亚伯拉罕·瑟拉齐安当年十六岁，是个小工匠。没有人偏袒他，他也不巴结任何人，只是一个会木工的奴隶。不过在灭绝营里面，木工就是一项能让他活命的才华了。他对纳粹军官来说还算有点用处，所以军官毫不同情、毫不尊重地奴役亚伯拉罕，也从不给他休息的机会。亚伯拉罕竖起了带刺的铁丝网，打造了书柜，修复了铁路，他还在1942年的圣诞节前雕刻了一组精致的烟斗给乌克兰籍的守卫长。

他的双手让他免于焚洞死劫，每日黄昏他都能看到坑洞中冒出熊熊的火焰，有时候他从工作室就能闻到人肉、汽油和木屑混合的味道。恐惧盘旋在他的心中，而那焚洞也在他的心里占据了一席之地。

直到今日，亚伯拉罕·瑟拉齐安每每感到恐惧时（不管是经过阴暗的街头时，夜里当铺打烊时，还是被噩梦惊醒时），都还能感觉到他心里的焚洞，破碎的回忆就会重新复活。

他自己裸身跪着、不断祷告。他在梦里仍能感觉到枪口抵着后颈。

灭绝营唯一的功能就是杀戮。特雷布林卡被伪装成一般火车站，有旅游海报和时刻表，带刺的铁丝网都铺了绿色植物。他 1942 年 9 月到了灭绝营之后，所有的时间都在做工。“就为了赚一口气。”他说。他是个安静的人，尽管年轻却很有教养，充满智慧且有悯人的胸襟。他尽自己的能力去帮助其他俘虏，而且每时每刻都在心中默祷。尽管他每天目睹凶残暴力的行为，他还是相信上帝看顾着所有人。

但某个冬季的夜晚，亚伯拉罕在一具尸体的双眼里见到了恶魔。他立刻明白这个世界将会背离他的认知。

当时已经过了午夜十二点，亚伯拉罕·瑟拉齐安从未见过灭绝营那么安宁的模样。森林的低语已经静了下来，冷冽的空气刀刀入骨。他在床铺上安静地更换睡姿，张开眼睛盲目地看向身旁黑暗的环境。然后他听到了——

笃笃笃。

就和他奶奶说的一模一样……那声音就和她描述的完全一样……但不知为什么实际听起来更令人畏惧……他的呼吸暂停了，他可以感觉到心里那个焚烧的坑洞。在营房的一角，黑暗移动了。有个东西，一个高耸但憔悴的人影从漆黑的深处现形，滑到熟睡的室友旁边。

笃笃笃。

那是萨铎。或者该说，“曾是萨铎”的东西。他的皮肤干瘪枯皱又黝黑，外层罩着宽松的深色长袍，就像一团会移动的墨渍。他的脚趾像猛禽的爪轻轻地刮着木板。

不过——不可能。这是个真实的世界——邪恶的灵魂确实存在，而且就活在他的身边——但这东西不可能是真的。那是奶奶说的故事，奶奶所——

笃笃笃……

就在几秒之间，那早已死亡的东西就来到了瑟拉齐安对面的床铺。他都可以闻到他的味道了：枯叶腐土的气味和霉味。当他的头从那一团漆黑的身体伸出来时，亚伯拉罕可以看到那张黑脸的一部分，而那张脸微往前倾，嗅着杰多斯

基的颈子，那是个年轻且认真的波兰籍工奴。那东西站起来和营房一样高，他的头在高处的横梁之间奋力、空洞、兴奋地、饥渴地呼吸着。他又往前走到下一个床铺旁，窗户透进来的光线在一瞬间微微照亮了他的脸庞轮廓。原本全黑的脸转为半透明，好像光线下的一小片干肉。干燥黯淡没有光泽，除了眼睛的部分：那两个球体一闪一闪地发出微光，就像火堆快熄灭时余炭抢食着最后的空气，一点一点冒红光。他干燥的嘴唇往后一撇，露出了斑斑点点的牙龈和两排又小又黄的牙齿，尖锐得不可思议。

他走到拉迪兹拉·查扎孱弱的身躯上方，那个老人家来自白俄罗斯与波兰交界的格罗德诺省，他最近才住进灭绝营，来的时候就已经染上严重的肺结核了。自从查扎住进来以后，瑟拉齐安就很帮他的忙。有时候帮忙递绳子，或是在检查内务的时候罩着他。光是染有肺结核这点就会让他立刻被拖去枪毙了，但亚伯拉罕·瑟拉齐安说查扎是他的助手，所以好几次在关键的时刻让他逃离了纳粹军官或波兰守卫的毒手。但现在查扎已经不行了。他的肺功能几乎全失，更重要的是，他已经失去了求生的意志：他封闭了自己，几乎不与人交谈，经常一个人默默掉眼泪。他变成了瑟拉齐安的负担，可能还会危及瑟拉齐安的生命，但他再怎么诚恳也无法打动这个老人家——瑟拉齐安有时会听到他在夜里直哆嗦，低哑地狂咳或安静地啜泣到天明。

不过现在，那东西从高处俯瞰着查扎，那老人不规律的呼吸似乎让他很开心。他就像死亡天使，在那颓老的身躯上方展开了一片黑暗，渴望地弹弹干燥的上颚。

接下来那东西做了某件事……瑟拉齐安不敢看。他发出了一些声响，但他的耳朵拒绝听进去。那个巨大的东西得意洋洋地弯下身靠近老人的头颈。这个姿势看起来就像……在进食。查扎老迈的身躯抽动了一下，然后轻轻痉挛了一阵子，接下来，很明显地，那老人一直没醒来。

他再也没醒过来。

瑟拉齐安捂着嘴，压下他倒吸一口气的声音。那进食中的东西好像没注意到他，他从容地走过或病或弱的室友身边。

等到那个夜晚结束时，房舍里已经多了三具尸体，那东西看起来很激动，他的肌肤看起来光滑多了,但色泽还是依旧黑暗。

瑟拉齐安看那东西渐渐化为一团黑影离开了营房,这才小心翼翼地起身走到那几具尸体旁边。他在微弱的光线下看着他们,表面上他们没受任何创伤——除了颈间有一道细细的裂缝。那伤痕细到几乎肉眼无法察觉。

如果他没目睹那恐怖的画面……

他这才恍然大悟,那东西可能还会回来,或许立刻就会折回来。灭绝营对那东西来说简直是片丰沃的农田,他只要采收纳粹军官不注意、不重视或早已遗忘的俘虏就行了。他在这里衣食无虞。

所有人都是他的盘中餐。

除非有人起身阻止他。

那个人,

就是瑟拉齐安。

行动

MOVEMENT

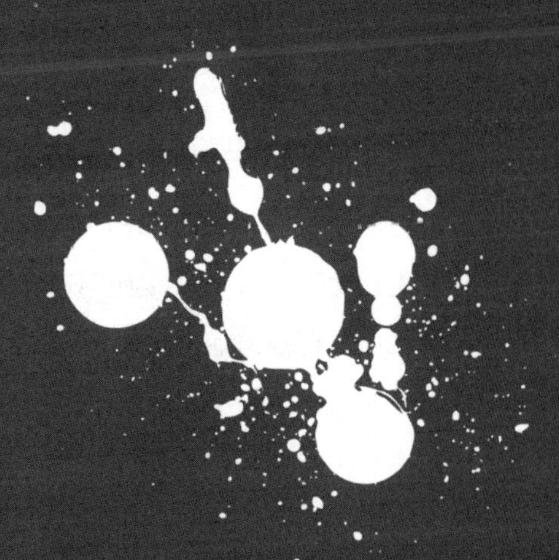

经济舱

瑞晶航空753号班机的生还者安塞尔·巴伯拥着妻子安-玛丽和两个孩子，八岁的本杰明与五岁的海莉。他们一家四口住在纽约布鲁克林的弗拉特布什区，这间房子有三间卧室，而他们都齐聚在后方的日光室里，坐在蓝色的印花棉布沙发上。就连老爹和格蒂这两只大型圣伯纳犬都难得能进到屋子里，它们见到他也开心得很，大手掌直接搁在他的膝盖上，感激地频频顶他的胸膛。

安塞尔在飞机上的位子靠过道，是经济舱第39排G位，公司出钱让他去德国西南的波茨坦市参加数据库安全训练课程。他的职业是计算机工程师，有一家新泽西的零售商被窃取了上百万笔顾客信用卡数据之后便和安塞尔的公司签约，所以安塞尔回国之后就要花四个月的时间为他们打造安全的软件。

他从来没出过国，所以特别想念家人。

四天的会议行程里也包括休息时间和市区观光，不过安塞尔这几天从来没离开过旅馆房间，他只想留在房间里用笔记本电脑，通过视频和孩子讲讲话，或是在网络上找陌生人一起打牌。

他的妻子，安-玛丽，是个很重视家庭又有点迷信的人，所以这次753航班的悲剧更让她害怕搭飞机，她也不敢再尝试新奇的体验了。她自己不开车，生活中也有很多几近强迫症的规矩，譬如说在家里要摸镜子然后擦干净，她相信这样就能扫除厄运。她的父母在她四岁的时候就死于车祸意外（她自己侥幸逃过一劫），她是由单身的阿姨抚养长大的，但阿姨在她和安塞尔举办婚礼的前一周就撒手人寰了。生了孩子只让安-玛丽变得更封闭，让她的恐惧得到强化，有时她甚至会连续几天都不出门，待在安全的家里，所有的采买工作、与外界接触的工作都托给安塞尔。

她一听到客机意外的新闻立刻双腿发软，不支倒地。

后来得知安塞尔生还才给了她一股狂喜的力量，恢复了元气。她以虔诚的口吻解释说，这更证明了她那些繁琐的生活仪式的确有保佑生命的功效。

至于安塞尔，他觉得自己能回到家就值得放松宽慰了。本杰明和海莉都想爬到他身上，不过他却必须把他们赶下去，因为他的脖子一直持续在疼。那种紧绷的感觉在喉咙的正中间——他的肌肉就好像被拧转的绳子一样痛苦难耐，不过疼痛感一直蔓延，沿着下颚往上扩散到耳际。绳子被扭紧的时候就会变得比较短，他的肌肉现在正有这种感觉。他伸展颈子，希望可以舒缓肌肉神经的疼痛。

啪……咔啦……砰……

痛到他几乎晕厥过去。实在太痛了，不值得他这样奋力去拉。

过了一会儿，他在厨房里要把神经痛止痛剂的瓶子放回瓦斯炉上的高橱时，安-玛丽正好走了进来。他一口气吞下六颗止痛锭，那是成人单日可服的最大剂量了，却只能稍微降低一点疼痛的程度而已。

所有的欢欣愉悦都从她充满恐惧的双眼中流泻殆尽："那是什么？"

"没什么。"他虽然这么说，但其实已经难过到没办法摇头了，不过最好不要让她烦心，"只是搭完飞机会腰酸背痛、全身僵硬，可能是我在飞机上头都歪一边睡吧。"

她仍站在厨房门口，伸出食指说："或许你不应该出院。"

"那你受得了吗？"他反驳道，只是连他也没想到自己会对她那么不耐烦。

啪……咔啦……砰……

"但如果……如果你得回医院呢？如果，这次回去，他们要你住院呢？"

要安抚她的心情、消除她的恐惧还真是累人。"我没办法搁下工作。你知道我们的经济状况很吃紧呀。"

他们以单薪家庭的收入过着双薪家庭的生活，而且安塞尔没办法再兼差，因为如果他下班还得去赚外快，那谁负责采买生活必需品呢？

她说："你知道我……我不能没有你。"他们从来没讨论过她的病，至少从来没说过她这种封闭的情结是一种疾病。

"我需要你。**我们**需要你。"

安塞尔的肩膀没办法挺直，往前弯的弧度像一道弓，瞄准着他的腰际而不是颈子:“我的天啊,只要我想到所有的乘客。”

他想起了那长程航班里隔壁座位的旅客,那一户人家里三个孩子都已经长大了,坐在前两排,而老夫妇和他只隔一条走道,他们几乎一路上都在睡觉。满头银发的夫妻共依着一个旅行用枕头。他又想到了漂染金发的空服员曾经不小心把健怡可乐滴在他的大腿上:“为什么是我,你知道吗?要我活下来有什么特别的理由吗?”

“**有**。”她说话时把两掌平摊在胸前,“为了我。”

一会儿过后,安塞尔带两只狗回到后院的狗棚里。他们当初会买这一套房子都是因为这个院子:有了它,小孩和狗就会有足够的空间玩耍。安塞尔在认识安-玛丽之前就养了老爹和格蒂,她爱这两只大狗的程度至少和爱他的分量一样多。它们也爱她,无条件地爱,安塞尔和两个孩子也一样无条件地爱着她,虽然老大本杰明已经会开始问她为什么经常有古怪的行径,尤其是当夫妻两人为了这个八岁大的儿子哪天要练棒球、哪天要玩游戏而争执不休的时候。

安塞尔已经可以感觉到,原本在婚姻关系中安-玛丽比较弱势,但现在两人逐渐打成平手了。不过老爹和格蒂从来不会怀疑她,只要她继续供应超大分量的狗食就好了。他看着孩子长大时也会替他们担心,怕他们可能在还很年幼的时候就比妈妈更成熟懂事,因而永远无法理解她为什么好像爱宠物胜过爱小孩。

庭园的狗棚地板中央有一根金属杆,杆上系了两条链子。前几个月格蒂曾经跑出去,结果回来的时候背上和腿上满是鞭痕,或许在外头被人鞭打了。所以他们现在每晚都会把狗拴起来,这是为了保护它们。安塞尔慢慢地(尽量维持头颈成一直线,避免疼痛)放下饲料和清水,然后在狗狗低下头吃饭的时候摸摸它们大头上茂密的毛发,这么做只是要感受到它们的真实存在,感谢它们在这幸运的一日中相陪到最后。他把狗儿拴起来以后就走出狗棚、关上门,从屋子后方看着自己的家,想象着这个世界没有他会是什么模样。安塞尔今天看到孩子流泪,他也陪他们一起哭泣。他的家人最需要的就是他了。

颈间突然一阵锐利的疼痛,他紧抓着狗棚的角落才不会跌倒在地。他保持同一动作站着好几分钟,弯着腰站不直身子,一边发抖一边抵御着这股如刀割、如火烧的疼痛。终于,疼痛感消失了,但他一直听到嗡嗡的回音,好像有个贝壳

贴在耳朵上一样。他用手指轻轻地戳了脖子一下，但这部位太脆弱了，连摸都会痛。他想要伸展颈子，活动活动关节，所以他尽量把头往后仰，抬头看着夜空。那里有飞机的灯光，和星星。

我活下来了，他想着。**最糟的时刻已经过去了。这很快就会结束了。**

那天晚上他做了个很恐怖的梦，他的小孩被横冲直撞的怪兽追着，在家里逃窜。当安塞尔跑过去救他们的时候伸出了双手，却发现那是一对兽爪。他醒了过来，汗水浸湿了半张床，他立刻爬下床——另一波疼痛立刻袭来。

啪！

他的双耳、下颚、喉咙同时感受到同一种紧绷的疼痛感，让他无法吞咽。

咔啦！

食道猛一收缩让他几乎失去意识。

紧接着他又觉得口干舌燥。他从来没有像现在这样急着想喝水——这迫切感没有尽头。

移动能力恢复后，他通过走道，进了黑暗的厨房。他打开冰箱，灌下一大杯柠檬水，再一杯，又一杯……不一会儿他就把整壶都喝完了。但这都没办法止渴，为什么他会流那么多汗？

睡衣上的汗渍有一股很重的味道——仿佛带着麝香——而且他的汗水呈琥珀色。这里好热……

他把水壶放回冰箱里的时候，看到了一盘腌肉。他看到血水混合着油醋和在一起就流口水了。他不是想烤来吃，而是想直接啃咬——让牙齿陷进肉块里撕咬，大口吃肉、大口喝血。他流口水是因为他想喝那盆血水。

砰！

他慢慢地往走道前进，朝孩子看一眼。

本杰明在史努比狗卡通被子下缩成一球，海莉轻轻地打着鼾，手臂探出床垫外，悬在空中，应该是要伸手去拿掉在地上的图画书。看着他们，他放松了肩膀，调整了呼吸。他走到屋外，在后院里降温，他的汗已经干了，晚风一吹便有点凉。他觉得，回到家，回到家人身边就可治疗他所有的疾病。他们会帮他。

他们会协助他。

曼哈顿,医检总局

这位法医今天下午和伊费与诺拉见过面,而他现在身上一滴血都没有。这一点就够诡异的了。通常在解剖尸体的时候血迹会溅上他们的防水验尸袍,而且塑料袖套从手指到手肘的部分也会沾满血液。今天却没有。他看起来不像法医,反而像比弗利山庄的妇科医师。他自我介绍的时候说他的名字是戈塞特·贝内特,他的皮肤是棕色的,眼睛的棕色又比皮肤更深一点。塑料护目镜掩不住他果断有决心的表情。“我们才刚开始。”他一边说一边对着桌子挥挥手。解剖室很吵。医院手术室是个安静的无菌空间,但停尸间的环境完全相反:这是个忙乱的空间,不但有电锯声、流水声,而且法医还会念念有词地一边解剖一边录音:“我们正在解剖你们那班飞机送过来的八具尸体。”

八张冰冷的不锈钢桌子周边都有排水沟,上面各躺了一具尸体。每个机上罹难者的解剖进度都不一样。这里的味道就像是把帕马森干酪、甲烷和腐烂的蛋炖成一锅那样地怪。

“和你通过电话以后,我就开始检查他们的脖子。”贝内特说,“目前每一具尸体都有你说的那种裂痕,不过都没有疤。是开放性伤口,但我从来没见过这么精准干净的伤口。”

首席法医给他们看其中一张验尸桌上还没切开的女尸。

她的颈子下枕了15厘米厚的金属块,让她仰着头、拱着胸、拉长了颈子。伊费戴上手套,按了一下女尸的喉咙。

他注意到那条不容易发现的线(就和被纸张切到的伤口一样细),然后轻轻剥开伤口。他没想到伤口那么平整,那么深。伊费放手后,伤口两旁的皮肤慢慢地并合,好像爱困的眼睑或害羞的微笑。

“造成伤口的原因是什么?”他问。

“绝对不是自然因素,也不在我的知识范围内。”贝内特说,“你看那伤口精

准得像手术刀切出来的一样,你也可以说,不管是准度还是长度都几乎是精确校准过。还有,伤口边缘呈圆角,也就是说,这应该是有机物造成的。"

"多深?"诺拉问。

"干净的切口,笔直地进入肌肤里层,刺穿颈动脉壁之后就不再深入。没有从动脉另一侧穿出,也没有扯破动脉。"

"每一具尸体都一样吗?"诺拉倒吸了一口气。

"我必须老实说,这伤痕很细小,而且这些尸体又还有其他异常的状况,如果你们没通知我的话,我可能根本不会注意到。不过,我目前检查过的每一具都一样。每具尸体都有同样的裂痕。"

"什么其他状况?"

"我等一下会跟你们说明。几乎每一道伤痕都在颈部,不是在正面就是侧面,除了一具女性尸体的伤痕是在胸口,心脏的上方。有一具男性尸体我们找了很久,最后才在大腿内侧上方发现了伤痕,就在股动脉上方。每一道伤口都穿过了肌肤和肌肉,直达主动脉的内壁。"

"是用针吗?"伊费试探性地提问。

"比针还细。我……我要做更多研究才晓得,我们这里的解剖工作才刚开始。除此之外还有很多狗屁倒灶的怪事。我想你们也知道吧?"贝内特带他们走到大冰柜的门口。冰柜内部的空间很大,停两辆车都还绰绰有余,里面大概有50多张轮床,大部分的床上都有一个尸袋,拉链拉到胸腔的位置。有几个尸袋的拉链都没拉上,那几具尸体都赤裸着(已经由验尸单位人员测量体重、身高、摄影),准备要移到解剖桌上。大概还有八具和753航班无关的尸体,没有用尸袋装起来直接放在轮床上,只有脚趾头上系了标准的黄色标签。

低温会减缓尸体腐化的速度,这和低温冷藏蔬菜、水果、肉类,避免食物腐坏的道理一样。不过753航班的尸体根本就没有腐化。都过了36小时,他们看起来还像伊费第一次登机时一样"新鲜"。相对地,那些系上黄色标签的尸体已经开始浮肿,而且因为气体蒸发而皮肤干瘪,看起来像皮革一样。

"他们算是很好看的死人。"贝内特说。

伊费感到一阵寒意,但这和冷气温度一点关系都没有。他和诺拉踏着艰难的步伐往冰柜深处走,到了第三排。这几具尸体看起来——不能说健康,因为他们都很苍白无血色,而且也皱缩了起来——好像才刚去世不久。他们的确有死亡迹象,但看起来却像是不到半小时前才断气一般。

他们跟着贝内特回到了解剖室,看刚刚那一具女尸——她大约四十出头,身上没有明显的特征或刺青,除了比基尼线下方有一道剖腹产的疤痕,看来是十年前动的手术——法医准备要开膛验尸了。但贝内特没拿出解剖刀,反而拿出了一样停尸间从来没看过的工具:听诊器。

"我之前就注意到了。"他把听诊器递给伊费。伊费戴上听诊器之后,贝内特叫解剖室里所有的人先停下动作保持安静。一个病理学助理立刻冲到流理台旁把水龙头关起来。

贝内特把听诊头放在尸体的胸口,胸骨的下方。伊费惶惶不安地听着,害怕自己听到不该出现的声音,但他什么都没听到,他又看了贝内特一眼,而这个法医什么表情都没有,继续等着。伊费闭上眼睛,集中注意力。

微弱,很微弱,一个蠕动的声音,几乎像是某种东西在泥浆里钻扭的声音。这声音很慢,又微弱到令人抓狂,他根本不确定是不是他幻听了。

他把听诊器交给诺拉,让她听一听。

"是蛆吗?"她挺直身子的时候说。

贝内特摇摇头:"其实这具尸体根本完全没发炎,因为没有任何腐败的迹象,不过却有几点不正常的情况,令人匪夷所思……"

贝内特挥挥手,让所有人继续手边的工作,他从置于一旁的托盘中选了一个大型六号解剖刀。通常验尸官都会从胸腔的Y字形切口开始解剖,但他却从瓷釉的柜子里拿出了一个大开口储存罐放在尸体的左手下方,然后突然用解剖刀在手腕下方划一大刀。

切口处先是洒出乳白色的液体。刀子一划下去时,有几滴溅上了他的手套和臀部,接下来其他的液体就汩汩而流,都滑进了储存罐里。刚开始流动的速度很快,不过后来因为心脏停了,循环系统失去压力和动力,只流出三盎司左右。贝内特把死者的手臂压低才能多收集一点。伊费看到法医快刀切开手腕时大为震惊,但这震惊立刻被液体带给他的疑惑所取代。这一定不是血。血液在死后

就停止流动，开始凝结，不会像机油一样流出来。

血液也不会变成白色。贝内特放下死者的手臂，靠在身体的左侧，然后举起储存罐让伊费检查。

中尉——那些尸体——他们被……

“刚开始我想或许是蛋白质分离了，就像水面上的油脂一样。”贝内特说，“不过这又和那情形不太相同。”

“这个组织呈白色，有黏性，有点像是血管里打进了酸奶。”

中尉……喔，天啊——

伊费对眼前所见根本无法置信。

诺拉说：“其他尸体也是吗？”

贝内特点点头：“血液都被抽干了。他们体内一滴血也没有。”

伊费朝罐里的白色物质看一眼，他嗜饮全脂牛奶，这时整个人都反胃了。

贝内特说，“我还有其他发现。尸体的温度上升了。不知怎么一回事，这几具尸体还会有体温。此外，我们发现某些器官上有深色斑点。不是坏疽，反倒比较像是……淤血。”

贝内特把储存罐放回柜子里，然后叫一名病理学助理过来。她拿着一个不透明塑料碗，就像去餐厅外带汤点时用的那一种。她打开碗盖，贝内特伸手进去拿出一个器官。那是一颗人类的心脏，还没切开来。“看到这几片瓣膜了吗？显得好像它们本来就是开着的。人活着的时候不可能这样，瓣膜应该会随心脏律动开合，使血流仅能朝着单一方向前进，所以这个状况一定不是天生的。”

伊费惊骇不已，光是这种瓣膜异常的情况就足以致命。每个解剖学家都知道，每个人的外表不一样，他们的内部构造也不一样。但再怎么不同，也没有人可以靠这颗心脏活到发育完成。

诺拉问：“你有这个患者的病历吗？或任何我们可以查询的数据？”

“还没有，可能最快也要等到明天上午才能拿到。不过这个发现让我的解剖进度都变慢了。**严重**影响进度。我要停下解剖工作去拜访几位专家，今天晚上这里会全面停工，希望这样一来能在明天之前获得专家的协助。我要仔细检查每一个小细节，像这个。”

贝内特带他们走到一具解剖完的尸体旁,那是个身材中等的成人男性。他的脖子被切开来,可以看到喉头上方的声襞,或称声带。

贝内特说:“看到前庭襞了吗?”

前庭襞又称为“假声带”,因为前庭襞是一对厚的黏膜组织,唯一的功能就是在喉头上方保护真正的声襞。前庭襞的确是生物结构上非常奇特的组织,因为它们可以完全再生,就算手术摘除后也可以。

伊费和诺拉更往前倾一些,两人都看到前庭襞增生的部分形成一个粉红色的凸起——没有破裂也不是变形的肿瘤,是从舌下、咽喉里面分岔出来的组织。这个新的组织看起来像是柔软的下颚骨自己变大形成的。

他们在解剖室外头消毒身体,这次比平常还要仔细认真。两个人都被在停尸间里的所见所闻吓到了。

伊费先开口说:“我真不知道这些现象什么时候才会合理。”他吹干双手,让手掌在脱下手套后感受一下流动的空气,然后他摸摸自己的颈子,摸着咽喉上方的部位,就是尸体上切口的位置。“颈部有一道笔直且深入的切痕,而且这里还有一种病毒一方面能减缓死后身体腐败的速度,另一方面又能造成组织增生?”

诺拉说:“这是某种过去没见过的病毒。”

“也可能——是非常非常古老的病毒。”

他们出了门往伊费的车走过去,他的福特探险家违规停放在门口,他把紧急运送血液的通行证放在挡风玻璃上。白昼的最后一丝温暖即将离开天际。诺拉说:“我们得去其他停尸间看看他们是不是发现了相同的异常状况。”

伊费的手机铃声大响。扎克发了一则短信给他:

你在哪?小扎

“该死,”伊费说,“我忘了……监护权听证会……”

诺拉脱口说:“现在吗?”然后又说:“好,你快去。我晚点跟你会合——”

“不,我打给他们——没关系。”他环顾四周,觉得自己蜡烛两头烧,“我们还得去看看机长的状况。为什么他的伤口合起来了,其他人的却没有?我们要先了解这个状况的生理病理学。”

“还要看其他生还者。”

伊费皱着眉头，这倒提醒他其他生还者都出院了："吉姆不像是会把这种事搞砸的人。"

诺拉想帮吉姆说话："如果他们身体不舒服自然会回医院。"

"只不过——到那时候不管对他们或我们来说可能已经太迟了。"

"你说'对我们'是什么意思？"

"那时候我们要彻查这整件事情就可能来不及了。某处一定有答案或有方法可以解释这些奇异的现象，一定有个原因。我们看到了很多不可能发生的事，我们必须查出原因并阻止它。"

新闻媒体工作人员已经在第1街医检总局大门外的人行道上架设了同步转播器材，也吸引了不少人旁观。在街角就可以感受到旁观民众有多么紧张。

空气中弥漫着不确定感。

不过有个人突破了人墙，伊费之前走进医检总局时就注意到这个人了。那个老先生满头桦白色的银发，拄着一根拐杖，不过那拐杖太长了不适合他，银色把手偏高，所以他握着把手下端的部分，看起来就像握着令牌。他的姿态就像餐饮剧院的主管，只是他的衣着非常得体合宜，正式而复古。他在犹太式西装外加了一件轻盈的黑色大衣，背心上扣了一条金表链。唯一和这身高雅装扮不搭的就是灰色的露指羊毛手套。

"顾威博士？"

那老人知道他的名字，伊费又看了他一眼，然后说："我认识你吗？"

那人讲话有点口音，或许是斯拉夫民族："我在盒子上看过你，我是说电视盒。我知道你必须来这里一趟。"

"你一直在这里等我吗？"

"博士，我要跟你说的事很重要，至为关键。"

伊费分了神，看着那老人长拐杖上的握把：银色的狼头造型。"嗯，现在不行……你可以打到我办公室，预约会谈的时间……"他迈开步子，迅速地在手机上拨号。

老人看起来很焦虑，内心激动却尽可能保持声音平稳冷静。他展露出最有绅士风度的笑容，自我介绍时也没冷落诺拉。

“我的名字是亚伯拉罕·瑟拉齐安,这名字您应该一点印象也没有。”他握着拐杖朝停尸间一指,“你在里面都见过他们了,那架飞机上的乘客。”

诺拉说:“您有相关的信息吗?”

“的确。”他还她一抹感激的微笑。瑟拉齐安又朝停尸间看了一眼,就好像等待了太久反而不知道该从哪儿开始说起才好:“你应该发现他们没什么变化,对吧?”

伊费在电话接通之前挂上了手机。老人的话呼应着他自己不合理的恐惧。“没什么变化是指哪一方面?”他说。

“死者。尸体没腐化。”

伊费口气中的关切更胜不解:“这是大家在外面听到的消息吗?”

“博士,我不是从旁人那里听来的。我知道会这样。”

“你‘知道’?”伊费说。

“快告诉我们,”诺拉说,“你还知道什么?”

老人清清喉咙:“你们有没有找到一个……棺材。”

伊费感觉到诺拉在人行道上跳了起来,至少离地十厘米。伊费问:“你刚刚说什么?”

“一具棺材。如果棺材在你们手上,那他还在你们手上。”

诺拉说:“他是谁?”

“快销毁,立刻去做。不要留下来研究。你们一定要立刻销毁棺材,刻不容缓。”

诺拉摇摇头。“不见了。”她说,“我们不知道棺材的下落。”

瑟拉齐安带着苦涩的失望感受咽咽口水,才说:“我正担心这个。”

“为什么要销毁?”诺拉问。

伊费在这时候打岔,对诺拉说:“如果这种对话散播开来,大家会恐慌。”他看着老人问:“你是谁?你怎么会听到这些事情?”

“我是个当铺老板。我什么都没听到。这些事我都**知道**。”

“你知道?”诺拉说,“你怎么知道?”

“拜托。”老人现在对着诺拉说话,因为她比较听得进去,“我接下来要讲的

话不是信口胡说,我说这些话是孤注一掷,句句属实。里面的那些尸体,"他指着停尸间,"我跟你说,一定要在夜幕低垂之前全部销毁。"

"销毁?"诺拉第一次对他做出负面的反应,"为什么?"

"我建议用火化的方式。焚化,既简单又确实。"

"**就是他**。"侧门传出了一个声音,停尸间官员带着身穿制服的纽约市巡警朝他们走过来,朝瑟拉齐安走来。

老人不理会他们,只是加快了讲话的速度:"求求你们。现在几乎就算太迟了。"

"就在那里,"停尸间官员一边说一边大步前进,指着瑟拉齐安给警察看,"就是这家伙。"

那个警察看起来很和蔼又有点兴趣缺缺,他对瑟拉齐安说:"先生?"

瑟拉齐安没理他,直接向诺拉和伊费恳求:"那个人违反了停战协议,那个古老神圣的契约。他早已不是人类,而是瘟神。会走动、会吃人的瘟神。"

"这位先生,"警察说,"先生,我可以跟您谈一下吗?"

瑟拉齐安伸出手紧抓住伊费的手腕,要争取他的注意:"他已经来了,就在新世界,在这座城市里,就在今日。今晚。你懂吗?一定要阻止他。"

老人羊毛手套下的手指都变形了,像爪子一样。

伊费把手抽回来,虽然动作不粗鲁,但力道足以让老人连连后退。他的拐杖敲到警察的肩膀,差点撞到他的脸——本来警察态度还不是很积极,这下子立刻发怒了。

"好,够了。"警察扯下他手中的拐杖,钩住他的手臂,"我们走。"

"你一定要在这里阻止他。"瑟拉齐安尽管被拖着走仍然继续说。

诺拉转身看着停尸间的官员说:"这是怎么一回事?你在做什么?"

那人看一看他们脖子上挂的识别证(红色的字体写着疾管局),才回答她的问题:"他之前想闯进去,还佯称是死者家属,坚持要看遗体。"停尸间的官员看着老人被逐渐带远。"真没良心。"

老人仍继续呼喊着。"紫外线。"他转过头大叫说,"用紫外线检查尸体……"

伊费愣住了。他有没有听错啊?

"然后就会证明我是对的。"他喊完这句话就被押进警车后座了,"销毁尸体。趁现在,否则就太迟了……"

伊费看着警察在老人面前用力甩上车门,警察上了驾驶座,然后开走了。

包袱过重

伊费、凯莉、扎克原定要和法院指定的家庭困扰治疗专家,肯普纳医师会商五十分钟,但会议开始后过了四十分钟他们才接到伊费的电话。她的诊所位于艾斯托里亚区战前留下的豪宅一楼,他想到自己现在没坐在那间诊所里就松了一口气,他们的监护权之争最后会在那里敲板定案。

伊费在电话里求情,肯普纳医师把对话都用扩音器播了出来。"让我解释——我整个周末都在处理世上最难解的悬案,就是肯尼迪机场的飞机失事意外。这种事谁也没办法控制。"

肯普纳医师说:"这不是你第一次缺席。"

"扎克在哪里?"他说。

"在外面的候诊区。"肯普纳医师说。

她和凯莉已经单独会谈过了。其实她已作出了决定,这场战争还没开始就结束了。

"听我说,肯普纳医师——我只希望您同意再安排一次会谈的时间……"

"顾威博士,恐怕我——"

"不——等等,听我说。"他直接切入重点,"听我说,我是完美的爸爸吗?不,我不是。我承认。诚实也可以加分,对吧?其实,我甚至不确定自己想不想要当个'完美'父亲,然后教育出一个品学兼优却根本没有特色的小孩,我确定的是,我要尽力当个最棒的爸爸,因为这是扎克应得的。这就是我目前唯一的目标。"

“但你说的和做的完全相反。”肯普纳医师说。

伊费对着手机比中指，诺拉就站在离他几米远的地方。他感到愤怒无比，却又觉得自己弱点尽显，非常脆弱。

“听我说，”伊费尽量保持冷静，“我知道你明白我已经在现有状况下为扎克重新调整生活重心了。我在纽约市成立这个单位无非是为了住在这里，靠近他妈妈，这样扎克才能有父母在身旁。我，通常来说，上下班时间是很固定的，生活很规律，执勤班表也很稳定。我周末会加班，这样才能少值一点班。”

“你这个周末去参加了戒酒团队聚会吗？”

伊费安静了下来，突然泄气了：“你到底有没有在听我说话？”

“你还会觉得自己一定得喝酒不可吗？”

“不，”他咕哝一声，尽最大的努力保持冷静，“我已经连续二十三个月都没碰酒精了，这你也清楚。”

肯普纳医师说：“顾威博士，这不是谁比较爱儿子的问题。在离婚的时候监护权归属从来就不是根据爱的程度来决定。你们都那么**关心**、那么**疼他**，当然很好。你对扎克的付出大家都看得到。不过，通常在这种案子里，似乎没办法避免父母双方彼此竞争。我必须根据纽约州的规定将我的建议呈递给法官。”

伊费苦涩地吞吞口水。他想要插话，可是她继续说了下去。

“法庭原本做出的监护权安排你不接受，你这一路上一步一步地争取。我认为这就是你爱扎克的表现。你个人也做出了重大的改变，这点很清楚也很值得敬佩。不过我们发现你只剩最后一个选项了，如果你愿意接受的话。我们会仲裁监护权。至于探视权，这绝对没问题……”

“不，不，不。”伊费低声说，就好像站在路口看着飞车快速迎面奔来的样子。他这整个周末都有这种虚脱的感觉。他想要努力倒带——回到他和扎克在公寓里吃中国菜打游戏的那一刻。两个人可以一起打发整个周末，那感觉多么愉快美好。

“我的重点是，顾威博士。”肯普纳医师说，“我觉得再坚持下去也不会有其他结果了。”

伊费转身面对诺拉，她抬头看着他，一眼就立刻知道他当下的处境。

“你可以跟我说这已经结束了，”伊费小声地对话筒说，“但这一切还没有结束，肯普纳医师。永远不会结束。”他说完这句话就挂断了电话。

他转开身子，知道诺拉这时一定会尊重他，不会靠近。他很感激她的善解，因为他眼里有泪，不希望她看见。

第一夜

THE FIRST NIGHT

几小时过去了,曼哈顿医检总局地下室停尸间里的贝内特医师,总算要为这漫长的一日收尾了。他理应感到精疲力竭,实际上却觉得欣喜若狂。有些离奇不寻常的事情正在发生,仿佛死亡与尸体腐烂的定义正在重写,就在这间解剖室里。这些稀奇古怪的现象超越了已知的医学范畴,颠覆了人类的生物结构……甚至或许进到了奇迹的领域里了。

他按照原订计划中止夜间的解剖工作。其他工作还是继续,医法调查员在楼上的办公室里继续奋斗,不过整个停尸间都是贝内特的个人空间了。他在疾病管制局那位博士来访时注意到了几件事,和他取出的血液样本(就是他在样本罐里收集的乳白色液体)有关。他把罐子放进标本冷藏室里,藏在几个玻璃瓶罐的后面。

他把罐子放在水槽旁的检验桌上,拉张凳子坐下来,然后旋开盖子,仔细端详。过了好几分钟后,那六盎司左右的白色血液表面掀起了涟漪,贝内特看了连连发颤。他深深吸一口气才能回神。他想了一下该怎么办,然后从上方的架子里拿出一个相同的储藏罐。他装了同等分量的水,把两个罐子摆在一起。他必须确定那串涟漪不是因为卡车经过等原因所造成的震动。

他看了看,等了等。

又出现了,黏稠的白色液体起了涟漪——他亲眼看到了,但密度更低的水却完全没有波动。

这份血液样本里面有东西在动。

贝内特思考了一下。他把水倒进流理台里,然后把油腻的血液慢慢地倒进另一个罐子里。这个液体的质地很像糖浆,虽然流得很慢却很干净。他在流动的过程中没看到任何东西。第一个罐子的底部还有一层薄薄的白色血液,不过

他却看不出里面有任何东西。

他把第二个罐子放下来，再继续一边看一边等。没看多久，这罐血液的表面就开始波动了。贝内特差点从椅凳上跳起来。

他听到身后有个声音，好像指甲刮门或是衣服沙沙作响的声音。

他转过身，刚才的新发现让他变得提心吊胆。头上的灯光照着他后方的空解剖桌，每张桌面都擦过了，地板上的排水设备也都拖干净了。753 航班的罹难者都锁在停尸间另一头的大型冰柜里。

或许是老鼠。他们不管怎么做，这栋建筑物里还是会有蟑螂老鼠——他们真的各种方法都试遍了。在墙里。或是在地板排水设备下。他又听了好一会儿，然后才把注意力转回储藏罐上。

他又把白色液体从一个罐子倒进另一个罐子里，不过这次只倒一半。两个罐子里的容量差不多了。他把罐子放在灯光下，看着乳白色的表面，寻找生命迹象。

看到了，在第一个罐子里。只是一个小水波，就好像小鱼在不清澈的池塘里浮到水面吃东西时制造的小气泡一样。贝内特看着另一个罐子，看到他心满意足才将内容物冲进水槽。他又重新开始，把血液分装到两个玻璃试管里。

街道上传来警车汽笛声，让他坐直了身子。警车开远了，接下来应该是一片寂静，但他却又听到了声响。

好像是脚步声，从他身后传来。他又转过身，觉得自己紧张兮兮又很愚蠢可笑。解剖室空荡荡的，停尸间消毒过后无菌也无人。

不过……的确有什么东西在制造声响。他从椅凳上站了起来，静静地，转过头东看西看，想要找到声音的源头。

他根据听觉判断，把注意力集中到大型冰柜的铁门上。他朝那方向走了几步，所有的感官都变得很敏锐。

窸窸窣窣的声音，翻搅扰动的声音。好像是从冰柜里面传出来的。他过去在解剖室里花了很多时间，所以就算靠近尸体也不会觉得发毛……不过他想到了那些尸体死后组织增生的情况。显然，焦虑的情绪逼得他重拾一般人对死亡的敬畏和恐惧了。他所有的工作细节闪过脑海，这时他只能以一般人的本能去面对。切开尸体、亵渎尸首。割下器官。他在空无一人的解剖室里对自己微微笑。他终究还是会有正常人的反应。

他的大脑在开他玩笑。或许只是冰柜风扇的小故障或什么的。冰柜里面有安全开关,任何人如果不小心被困在里面,只要按那个红色的大按钮就可以出来了。他又回头去看储藏罐。看着罐子,期待更多波动。

他真希望把笔记本电脑带了下来,这样就可以记录他的想法和印象了。

啵。

他这次准备好了,他的心跳加速,不过身体却僵着不动。涟漪还是出现在第一个罐子里。他把另一个罐子里的液体倒出来,分装了第三次,所以现在每个罐子里几乎都只有一盎司。

他这次分装的时候看到有个东西顺着水流从第一个罐子流到第二个罐子里。很细的东西,长度不超过四厘米——如果他看到的和他想的一样……

一条蠕虫。一条吸虫。这是寄生虫引起的疾病吗?确实有不同的研究个案指出寄生虫会改变宿主的样貌,只为满足它们自己繁衍的需要。这能解释他在解剖桌上看到的,奇妙的死后尸变现象吗?

他把那个储藏罐举高,在灯光下晃晃稀薄的白色液体。他仔细谨慎地看着内容物……没错……不是只见到一次,他两度看到那东西在里面滑动。扭动。那条虫像线那么细,像那液体一样白,移动速度很快。

贝内特必须隔离它,泡在福尔马林溶液里,然后研究一番,确定它是什么物种。如果他都能找到这一只,他就能继续在其他尸体里面找到几十只,或许几百只,或许……天晓得到底有几只。尸体都放在……

冰柜里传出猛烈的砰然声响让他大受惊吓,整个人跳了起来,还推了储藏罐一下。罐子掉到桌面上,没有碎裂——反而弹了一下,当啷一声就把内容物都泼洒了出来。他爆出一串脏话,在不锈钢的水槽里寻找那条虫,然后他感觉到左手手臂上一阵温暖。几滴白色血液溅到他的手上,正在螫咬他。不是灼热感,而是有点像腐蚀性物质,会痛。

他赶紧用冷水冲手,然后用实验袍擦干,避免造成肌肤伤害。

然后他转个身子,面朝冰柜。他刚刚听到的撞击声绝对不是机械故障,比较

像是几张轮床撞在一起的声音。不可能呀……他的愤怒这时又冒了出来。他的蠕虫流进下水道了。他得再取一份血液样本，然后隔离这种寄生虫。这是他的发现。

他继续用外套下摆擦着手，同时走到冰柜门口，拉下门把，打开密封的冷冻库。柜门敞开的那一刹那，一丝酸腐的冰箱味迎面扑来。

琼·卢斯让自己和其他生还者都离开医院隔离病房后，就租了一辆车直接开到康涅狄格州新迦南。她法律事务所的合伙人在那里买了一栋宅邸，每个周末都在那里度假。她在途中两度要求司机停车，让她探头朝车窗外呕吐。流行性感冒加上神经焦虑，不过没关系。她现在是受害者代表兼辩护律师了。是悲伤的原告和伸张公义的律师，她要为死者家属和四名幸运的生还者争取赔偿。凯比莉法律事务所在业界赫赫有名，专接大案子。瑞晶航空 753 航班意外可能是史上金额最高的企业赔款案，凯比莉法律事务所的佣金可能高达赔款的百分之四十，比当年美国制药业巨擘默克药厂为消炎止痛药“万络”所付的赔款还要庞大，也可能超过世界通讯集团假账风波后败诉的赔款。

琼·卢斯，可望升为合伙人。

纽约布朗克斯维尔已经是个富裕的小区了，你可能以为在那里买豪宅就算事业有成，但你开进新迦南后才晓得什么是比上不足。琼的家就在布朗克斯维尔，这个充满绿意的威彻斯特郡小区位于曼哈顿中城北方二十四公里处，搭乘北线地铁只要二十八分钟。罗杰·卢斯在库伦与费思坦事务所里负责国际金融业务，大部分的时间都在国外。

琼之前也常出差，不过当妈妈以后就没那么频繁了，因为要避免给人不好的印象。可是她很想念出差的生活，所以她格外珍惜上星期在柏林波茨坦广场上丽池酒店的时光。她和罗杰都已经习惯了饭店生活，所以在家里复制同样的生活方式：不但有可加温的浴室地板，楼下还有一间蒸汽室，每周花店会宅配两次鲜花，每天都有园丁负责庭院造景，当然管家和洗衣妇就更不用提了。除了铺床服务以及每晚在枕头上放一颗精致糖果之外，旅馆有的他们家几乎都有。

他们几年前买下布朗克斯维尔的大房子，尽管不是新式建筑而且税率高得令人生畏,但是他们往上流社会前进了一大步。不过现在嘛,她才刚见识到新迦南的奢华(首席合伙人朵丽·凯明就在这里买了一整个庄园,里面有三栋房子、鱼池、马厩和骑马场,居住在庄园里就像封建时期的郡主一般),所以当她回到布朗克斯维尔后,竟觉得这地方很朴素粗鄙,甚至还有点……住腻了。

回到家后,她傍晚时小睡了一下,不过睡觉的时候一直发抖,刚刚才起床。罗杰还在新加坡,她一直听到房子里面有噪音,这个噪音最后害她惊醒过来。休息不足导致焦虑。她认为这是那场会议造成的,那或许是她人生中最重要的会议。

琼从她的书房走出来,下楼的时候还得扶着墙。她走进厨房时看到最称职的保姆妮华正在收拾餐桌,用湿抹布擦掉桌上的菜肴残屑。"喔,妮华,这个我来就行啦。"琼只是讲讲客套话,说完便直接朝高大的玻璃柜走去,他们家的药品都放在那里。妮华是海地籍的老奶奶,就住在布朗克斯维尔旁边的扬克斯。她大概六十几岁,不过看起来一点都不老,她总是穿着长及脚踝的花洋装和舒适的帆布鞋。妮华可以提供卢斯家最需要的安抚人心之力。他们一家人都很忙碌,罗杰经常出国,琼每天都花好几小时在市区里,小孩放学后又有各种才艺课程,每个人都忙得团团转。

妮华是这个家的舵,也是琼保持家庭稳定的秘密武器。

"琼,你的气色好差。"

妮华说话时带着岛屿民族的明快节奏,所以听起来像是"圈安,你的七色好差"。

"喔,我只是有点累坏了。"她吞下几颗止痛药和两颗肌肉松弛剂,就坐在厨房中岛上,翻开《漂亮家居》杂志。

"你应该吃点东西。"妮华说。

"连吞口水都会痛。"琼说。

"那就喝点汤。"妮华做了决定,准备替她盛一碗。

妮华像是他们全家人的母亲,不只是照顾小孩而已。

为什么琼不尽点母亲的责任呢?天晓得,她自己的妈妈(离婚了两次,目前住在佛罗里达州海厄利亚市的公寓里)也承担不了这个任务。让妮华来尽母职

有什么优点呢？当妮华无微不至到令人烦躁时，琼只要分派一些家事让她和小孩做，就可以打发掉她了。**世上最完美的安排莫过于此。**

“我看到那架飞机的**新闻**了。”妮华本来看着开罐器，这时回头看着琼，“不好。邪门。”

妮华和她亲切可人的小小热带迷信让琼微微扬起嘴角——不过那抹微笑立刻被下颚尖锐的疼痛所掩盖。

汤碗在微波炉里旋转时，妮华走过来看着琼，举起她粗糙棕黄的手贴在琼的额头上，伸出灰指甲的手指检查她的扁桃腺。琼痛得往后一缩。

“肿得很严重。”妮华说。

琼合上杂志：“或许我该回去继续躺。”

妮华往后一站，不可思议地看着她：“你应该回医院去。”

如果笑不会痛的话，琼就会哈哈大笑。回皇后区？“妮华，相信我，你比他们还会照顾我。更何况——你问内行的人都知道，住院只是航空公司设下的保险圈套。住院是为了他们好，可不是为了我好。”

她一边揉揉酸疼肿胀的脖子，一边幻想着即将登场的诉讼官司，精神又振奋了起来。她环顾厨房。真没想到她花了那么多时间和金钱重新装修的房子，看起来竟然会如此……简陋。

凯比莉法律事务所……准备更名为凯比莉卢法律事务所。

小孩这时都走进了厨房，基恩和奥德丽又为了玩具而拌嘴争执。他们的声音传进琼的脑子里，她突然有股冲动想反手一挥打在孩子身上，把他们震飞到厨房的另一边。不过她还是循平常的模式，把她对孩子的凶残转化为敷衍的关心，筑一道墙把愤怒的自己关起来。她合上杂志，提高音量才能让他们闭嘴。

“你们想不想有自己的小马和自己的池塘？”

她相信她的大诱饵让小孩都安静了下来，但其实是她的微笑、怪兽般狰狞的面孔和怒目瞪视组合而成的充满极度恨意的表情，让他们都傻了。

对琼来说，这片刻的安静就是上天的恩赐。

警察接到911报案电话，通报皇后区通往曼哈顿的隧道出口有一个裸男，派遣中心便按紧急性较低的社会治安案件来处理。纽约警局第一大队第七分队的警察在八分钟之内抵达现场,发现隧道口已经塞车塞得比平常周日夜晚还要严重了。不少驾驶狂按喇叭,指着上城的方向。他们朝着嫌犯嘶吼,那是个全身赤裸的胖子,他一丝不挂,只有脚趾头上系了个红色标签。

"我车上有小孩!"一个男人在克莱斯勒道奇凯领休旅车里大声咆哮。

坎恩警官负责开警车,他对伙伴卢波警官说:"我觉得是公园大道那一种案件,常去色情俱乐部,周末胡搞的时候喝太多混酒了。"

卢波警官解开安全带,打开车门:"我负责指挥交通,花花公子是你的。"

"多谢。"坎恩警官对着猛力关上的车门说。他开启头灯,很有耐心地等着其他车辆让路,反正他动作加快也不会领更多薪水。

他沿着第38街搜寻,仔细地扫视街道。在街头游荡的胖裸男应该不难找。街道上的行人看起来神色自若,没有受到惊吓。有个热心的市民在酒吧外抽烟,看到警车慢速巡逻便走上前,叫他往下继续走。

报案中心又接到了第二个、第三个报案电话,都说裸男在联合国总部前漫步。坎恩警官踩下油门,准备结束他的夜间散步。在联合国的前门,各会员国的国旗在风中飘扬,还有夜间照明,坎恩警官经过了万国旗,又到北侧的访客入口。到处都有纽约警局的蓝色拒马和汽车炸弹侦测器。

坎恩靠近拒马的时候碰到了一个无精打采的警察小队:"我在找一个全裸的胖子。"

其中一位警察耸耸肩:"我可以给你几个电话号码。"

加布里埃尔·波利瓦搭乘礼车回到曼哈顿翠贝卡区教堂街上的新家。他买了那排房子的其中两户,最近正在大规模装潢改建。等装潢工程结束后,他1300平方米的新家里就会有31个房间、马赛克瓷砖游泳池和员工宿舍供16名佣人使用,地下室有录音间,另外还有26席电影室。

目前只有阁楼已经装修好,工程团队是趁波利瓦到欧洲巡回演出时赶工完成的。低楼层的房间才刚拟出草图,有些已经铺上灰泥了,其他几间则封上塑料布禁止进入。锯木屑铺天盖地,淹没了所有物品的表面,也填满了所有的缝隙。

波利瓦的经纪人之前就向他简报过工作状况,不过他对巡回演出的成果没兴趣,他只想回到即将呈现颓废奢华风格的皇宫。

“耶稣哭了”巡回演唱票房不佳。主办单位还得努力找人填满会场,这样波利瓦才能宣布每一场表演的门票都销售一空——他也的确这么宣称了。

巡回用的包机又在德国故障,波利瓦不愿意在别人后面排队,因此同意跳上民航飞机回家。他到现在都还能感觉到这个重大决策失误的后坐力。其实,情况愈来愈严重了。

他和随员小组以及俱乐部里的三个年轻美眉一起从前门走进去。他有几样大型珍宝已经搬进去了,包括一对玛瑙黑豹,分别立在挑高六米的门厅两侧。除此之外还有两个装工业废弃物的铁桶,据说原本是杀人魔杰夫瑞·达莫的所有物。他还有好几排精帧画作:超现实主义画家马克·莱登、罗伯特·威廉姆斯、切特·扎——都是巨幅又昂贵的作品。墙上没固定的灯光开关点亮了大理石旋转楼梯上方的工程灯,楼梯会经过一个巨大的天使像,天使张开翅膀、流着眼泪,不知是谁的作品,只知是齐奥塞斯库政权统治罗马尼亚期间从当地教堂里“拯救”出来的。

“他真美。”其中一个女孩抬头看着天使充满阴影、被时光磨蚀的线条。

波利瓦往天使走过去的时候踉跄了一下,因为肠子突然一痛,比绞痛还难受,更像是被周遭器官猛烈推挤。他紧抓着天使的翅膀才能站稳脚步,三个辣妹全部靠了过来。

“宝贝。”她们温柔地低声说话,搀扶着他让他站起来;他试着甩开疼痛。难道是俱乐部里有人下药吗? 之前就发生过这种事。天啊,曾经有女歌迷对他下药,她们实在太想要拥有加布里埃尔·波利瓦了——想要接近浓妆下的传说人物。他推开三个正妹,挥手把保镖也支开了,虽然疼痛但他还是挺直腰杆站着。他挥着镀银拐杖要那几个女孩沿着蓝丝白大理石阶梯上楼进到阁楼里,随员人员还是继续在楼下待命。

他让那几个女生自己调酒或到另一间浴室去补妆。波利瓦把自己锁在主浴室里,拿出一瓶含镇定剂的止痛药,自己开处方。他吞下两颗白色药片,然后又灌了一大口威士忌。他捏捏脖子,按摩着喉咙有刺痛感的部位,担心这个痛会伤到嗓子。他想要转开乌鸦头造型的水龙头，泼些水在脸上降温，可是他还没卸妆。如果不化妆的话，在夜店里根本没人会认出他。他看着浓妆呈现的苍白病容：两颊打上憔悴的阴影，瞳孔则因为变色隐形眼镜看起来全黑且毫无生气。他其实很俊美，用再多化妆品都掩盖不了这一点，他也清楚帅气的脸庞是他成功的秘诀之一。他的工作内容包括：为美好添加腐败的气息；先带出悦耳美妙的音乐，再用哥特式嘶吼和工业风格的编曲来推翻先前的铺陈。这样才能引起年轻人的共鸣。涂污美貌、推翻善良。

瑰丽的腐败。或许这就是下一张专辑的标题。

《阴惨的冲动》在美国发行时，第一周就卖出 60 万张。在数字媒体时代里这算是卖很好了，可是根本比不上**《挥霍的残酷》**150 万张的佳绩。大家已经很习惯他的诡异风格了，不管是在台上还是台下。他已经不再高举着反世的旗帜了，沃尔玛全球连锁企业集团最爱禁止他的专辑上架，信仰虔诚的美国人（包括他爸爸）也誓言反对他的主张。真好笑，他爸爸竟然会和沃尔玛全球连锁企业集团同一鼻孔出气，这更证明了他的观念：人生枯燥、凡事无聊。不过，除了宗教自由之外，现在要撼动听众已经愈来愈困难了。他的演艺事业碰壁了，他也知道。波利瓦再怎么潦倒也不会考虑去咖啡厅工作（虽然这种转型一定会撼动全世界），但是戏剧性的开膛剖肚或是在舞台上把自己划得遍体鳞伤都已经是老梗了。大家都知道他每次都会来这招，就像所有人都知道演唱会结束一定还有返场一样。他在讨好观众，哥特风偶像应该要激怒观众，他要比他们更前瞻大胆，因为他们如果赶上他，他就被淘汰了。

但他难道还没拉出足够的距离吗？如果站在时代尖端也还得再往前奔的话，要去哪里才行？

他又听到那些声音了，好像没排练过的合唱，声音里传递的痛苦呼应着他自己的不适。他在浴室里转一圈，确定只有他一个人在。他用力甩甩头，那就好像是把贝壳贴在耳朵上时听到的声音，只不过，他不是听到澎湃的海潮声，而是地狱传来的灵魂呐喊。

当他走出浴室时，明迪和谢里正在接吻，克莱奥躺在大床上，一手捧着酒，径自对着天花板傻笑。当他一出现，所有的女孩儿都动了起来，期待他继续向前。

他爬上床,肚子还是继续翻搅着,不过他觉得这正符合他的需要。他的肠胃要好好清干净。金发的明迪先靠近他,她的纤指梳着他丝缎般的黑发,不过波利瓦选择了克莱奥,她有种魅力,他苍白的手抚着她颈部棕色的肌肤。她调整上半身的姿势让他更好摸,她的双手则覆上了他的臀部,蹭着上好的高档皮裤。

她说:"我从好久以前就是你的歌迷——"

"嘘。"他说。每次换新的床伴总会有这种对话,他只想跳过这步骤。刚刚吃的止痛药一定抑制了脑中的杂音,因为那个哭喊已经减弱为连续的单音,有点像是电流的噪声,不过多了点节奏。

另外两个美眉也爬上床来到他身边了,她们的手像螃蟹不断地在他身上抚摸探索。她们开始褪下他的衣衫,想要揭开他的男性本色。明迪又把手指伸进他的头发里,他反感地转开头,好像嫌她的抚触太笨拙。下面还没有任何反应。这就怪了,甚至让他觉得不舒服。

他又把注意力集中在克莱奥的双肩、颈子、喉咙上。真细致——不过迷人之处不仅于此。他觉得自己的嘴巴有一股异样、不顺畅的感受。不是晕眩想吐的感觉,或许刚好相反:他感受到一种介于性爱与滋养之间的需求。不过——那比需求更强烈,是一种难以抵制的冲动,是非吃到不可的食欲,是想要施暴、摧毁、强取豪夺的欲念。

明迪啃啮着他的脖子,波利瓦终于正眼看她了,他把她推倒在床单上——他的力道刚开始是怒气使然,后来则带有一种不自然的温柔。他先让她的下颚放松,伸展她的颈子,用他温暖的手指滑过她柔嫩有弹性的喉咙。他可以感受到肌肤下青春的肌肉多么有力,他想要那一块肌肉,他不要她的胸、臀、腰。盘踞他脑海的噪声都是因为她引起的。

他的嘴靠近了她的咽喉。他的唇不断地亲吻,但这还不够,他又轻轻啃咬,他的直觉对了,但方法错了。

他不知怎的还想要更多。

那股噪声现在已经流窜到全身不断震动了,他的肌肤就好像古代仪典中被敲打的鼓皮一样。他感觉床转了一下,他的脖子和胸膛有种既需求又嫌恶的感觉。他恍惚了一下,就好像在欢愉的性行为中暂时失忆了一般。不过当他回过神的时候，他听到女人的尖叫声。他双手捧着明迪的脖子，吸吮的力道远强过青少年烙吻痕的蛮劲。她的微血管破裂，血液都浮到肌肤表层了，明迪失声尖叫，另外两个半裸的女孩奋力把她从他手中拉回来。

波利瓦站直了起来，看到她喉咙上大块淤血的时候先和缓了情绪——然后他又想到自己是这场性爱派对的核心，立刻拾起权威。

“滚出去！”他一声喝令，她们都捧着衣服遮住裸体鱼贯走了出去，金发的明迪下楼时一直抽抽搭搭地吸着鼻子啜泣。

波利瓦摇摇晃晃地下了床，走回浴室里去找他的化妆箱。他坐在皮凳上，开始进行夜间修护美容疗程。他的妆都卸下来了（他看着卸妆棉，知道已经卸干净了），可是镜子里他看起来还是一样苍白无生气。他又用力搓几下，还用指甲刮刮脸颊，但是已经没有残妆可卸了。难道是妆容附着在他的皮肤上了吗？还是他真的那么憔悴枯槁？

他脱下衬衫仔细检查：像大理石一样白的肌肤上看得到泛绿色的静脉纵横交错，还有紫色的淤血。

他拿下隐形眼镜，仔细地把那两片造型用变色片捏出来，放入隐形眼镜盒，以保养液浸泡。他放心地眨眨眼，用手指揉揉眼睛，然后觉得好像不太对劲。他凑近镜子前，眨眨眼睛，检查一下。

瞳孔还是呈死黑色，好像隐形眼镜还没拿出来一样，只是看起来更有质感——更逼真。而且，当他眨眼的时候，他注意到眼睛里面好像有其他动作。他在镜子前站起身，眼睛睁大，几乎不敢再合上。

他的眼睑下形成了一张会眨动的薄膜。那是外层眼睑下多出的第二层半透明眼睑，在眼球上横向滑动，就像白内障的翳膜掩蔽了他的黑色瞳孔，封住了他狂乱又惶恐的凝望。

奥古斯丁·埃利萨尔德，人称“格斯”，他瘫坐在餐厅一隅，他的绅士帽放在隔壁的座位上。这是个小馆子，距离时代广场的东侧只有一个路口。汉堡造型的霓虹灯在橱窗里兀自闪耀，餐桌上铺了红白相间的格纹桌布，在曼哈顿算是平价餐饮。你可以走进来，到前面的柜台点餐（三明治、披萨或烧烤类），付钱，把

食物端到后方餐桌紧密相连而且没有窗户的饮食区。威尼斯和缆车的壁画围绕着所有的顾客。费利克斯把餐巾纸别在领子上就开始大吃干酪通心粉。他平常就只吃麦香堡和干酪,橘味浓得愈恶心他愈爱。格斯低头看着自己吃一半的油腻汉堡,突然对可乐比较有兴趣,他需要咖啡因和糖分,才能平复震惊的情绪。

他还是觉得那辆面包车很不对劲。格斯在桌下把帽子翻过来,又检查了一次里面的松紧带。除了原本那人给他的五张十元钞票外,还有他把面包车开进市区所赚来的500美元,全部都塞在这里。

充满诱惑。他和费利克斯只要一半的金额就可以玩个爽快了。剩下的一半拿回家给妈妈,她**需要**钱,她**用得到**钱。

问题是,格斯很清楚自己的个性。问题是,他不可能**只**花一半。问题是,他没花完的钱不能带在身上。他应该叫费利克斯立刻送他回家,如此一来就可以卸下这个重担。要赶快把钱塞给妈妈,而且不能让窝囊的克里斯平发现。那个毒虫对金钱有敏锐的嗅觉。话说回来,这是一笔脏钱,是他做不正当的工作换来的(就算他不知道自己到底做了什么,也晓得那差事不正当),把这钱交给他妈妈就好像是把诅咒转移到她身上。拿到脏钱时最好的做法就是赶快花掉,别留在身上——来得容易去得快。

格斯拿不准主意。他就知道,他只要一开始喝酒就没办法控制冲动。费利克斯只会火上加油。他们两个会在日出之前就把550元全部花光,然后他就没办法买点漂亮的东西回家给妈妈,就没办法买点好东西回家了。他只会喝个烂醉,神志不清地回到家里,口袋里一毛钱也不剩。

“格斯,跟我讲你在想什么,我就给你一块钱。”费利克斯说。

格斯摇摇头:“我是我自己最大的敌人,兄弟,我就像是在街头翻垃圾的混蛋,完全不知道明天有什么意义。我也有阴暗的一面,朋友,有时候那一面会完全控制我。”

费利克斯吸着超大杯可乐:“那我们还在这油腻的餐馆里做什么?我们快离开,今晚多认识几个小妞。”

格斯的大拇指抚着帽子里的皮革内缘,摸到那叠费利克斯完全不知情的钞票——他还不知道?或许只要100。

200,一人一半。只要拿这么多出来就好,这是他的上限,不能花更多了。“出去玩就要花钱,不是吗? 兄弟?”

“靠,对啊。”

格斯转过头,看到隔壁桌为了去剧院看戏而精心打扮的一家人,他们正准备起身离开,没吃完的甜点就放在桌上。格斯猜,他们大概是听到费利克斯骂脏话了吧。他们的小孩看起来有中西部的气质,应该从来没听过粗话。你到纽约来的话,九点以后就别让小孩出门了,免得他们看到完整的街头秀。

费利克斯终于把那一盘恶心的通心粉吃完了,格斯把装现金的帽子戴回头上,他们悠闲地走出餐厅,走进夜色。他们走在44街上,费利克斯抽着烟;就是在这时听到了尖叫声。在曼哈顿闹区听到尖叫声并不稀奇,所以他们没有因此加快脚步,直到他们看到那个肥胖的裸男在第7街与百老汇大道穿梭。

费利克斯差点吐掉香烟哗然大笑:“格斯,你看到那白痴了吗?”他开始往前跑,过去凑热闹。

格斯没兴趣,所以在后面慢慢跟着。

时代广场的人群让路给这个裸男和他白白胖胖的大屁股。女生看到了都频频尖叫,虽然叫声中带着笑意,有人遮眼有人遮嘴,有人两边都捂起来。有一群年轻人要参加单身派对,他们纷纷拿起手机拍照。每次这个裸男转身就会有一群人看着他干枯的身躯大声号叫。

格斯很纳闷警察去哪了。让你了解一下美国吧:有色人种就连找个隐秘的地方进门去尿尿都会被骚扰,可是白人就有豁免权,可以在“世界的十字路口”裸体游街。

“这**大屁股**未免喝太醉了吧。”费利克斯轻蔑地叫着,他和其他行人三三两两地跟在那个蠢蛋后方,有些起哄的人也喝醉了,为街头剧场更添风味。时代广场是全世界灯光最明亮的路口,重要的街道在这里交会,还有各种令人眼花缭乱的广告和招牌,川流不息的交通就像是弹珠台——胖裸男看花了,一直打转。他东奔西跑,就像马戏团的熊获得自由不受羁绊。

当胖裸男转过身朝费利克斯那一群嬉闹的民众蹒跚走来的时候,他们还嬉笑着向后退。他愈来愈放肆了,或是有点受惊吓,就像害怕的动物,而且也更困

惑，看起来还很痛苦——有时他的手会按着喉咙，好像是呛到了。一切看起来都很有趣，直到这个苍白的胖子往前冲向一个张口大笑的女生，紧抓着她的后脑勺。

那女生一边尖叫一边转动身体，她脱身的时候头还有一部分被他抓在手里——在那一瞬间看起来，他好像扯下了她的头皮，但那只是她鬈曲的黑色假发。

他的攻击让这场闹剧跨越了界线，变成骇人的危险。胖子摇摇晃晃地闯进车阵中，拳头中紧抓着一绺假发，人群跟在后方，愤怒地一边叫一边追。费利克斯带头跟着他穿越马路到了安全岛。格斯也朝同一个方向走，穿过频按喇叭的车辆，但他和人群保持了距离。

他大声叫费利克斯离开，不要搅和。这件事收场一定很难看。

胖子朝安全岛上的一家人走过去，他们正欣赏时代广场的夜景。前方车流汹涌，所以他从后面困住这家人，爸爸被胖子从背后狠狠一殴。格斯认得他们就是餐厅里要看戏的那一家人。妈妈只顾着要捂住小孩的眼睛不要看到胖子的裸体，没注意到要保护自己。

胖子抓住她的后颈，拉到自己松垮的肚皮和下垂的乳房前。那个疯子张开口好像想强吻那个妈妈，可是他的嘴巴愈张愈大——像蛇张开大口一样，只听到微弱的**啵**一声他的下巴就脱臼了。

格斯不喜欢观光客，可是他根本来不及思考就冲上前给胖子一记勾拳，施展搏击的锁喉功将胖子的头紧夹于腋下。格斯用力掐住他的脖子，没想到胖子看来松垮但肌肉却很结实。不过格斯还是比较占上风，胖子放开了那个妈妈，她在小孩面前跌坐在丈夫旁边，孩子则吓得惊叫连连。

现在换格斯被困住了，他虽然锁住了裸男的咽喉，但这只大熊的前臂还不断向前划。费利克斯到他面前要帮忙……却停下了脚步。他紧盯着裸男的脸，好像那张脸上有什么奇怪的东西。他后方的那几个人也有同样的反应，其他人则害怕地争相走避，可是格斯却不知道原因。他确实感觉到胖裸男的脖子在他的手臂下波动着，很不自然——仿佛他是用单边口腔吞咽。费利克斯一脸恶心的表情让他怀疑胖子是不是被锁太紧快窒息了，所以他放松一点点——刚好足够让那个疯子凭恃狂乱的动物本能，挥动多毛的手肘猛揍格斯。格斯跌在人行道上，他的帽子掉了。他刚好转过身看着帽子滚到马路上，卷进车流中。格斯跳起来准备要追他的帽子和现金——不过费利克斯的呼喊把他给拉了回来。

那个裸男发狂地熊抱着费利克斯，身形硕大的胖子张大口对准费利克斯的颈子。格斯看到费利克斯的手从背后的口袋里抽出一个东西，手腕一甩就打了开来。

费利克斯还没来得及用刀，格斯就跑了过去，用肩膀往那胖子的侧面用力一撞，感觉上把对方的肋骨也撞断了。那肉球被撞倒在地，费利克斯也跌倒了。格斯看到血从费利克斯的颈子前面流出来，而且，更骇人的是，他死党的脸露出彻底的恐惧。费利克斯站起身，丢下小刀才能紧握着脖子，格斯从来没见过费利克斯这种表情。格斯当下就知道一定出怪事了——或许怪事还没完，只是他不知道那究竟是什么事。他只知道他必须振作，才能让他的朋友恢复正常。

格斯伸手去拿小刀，手中握着黑色的平滑刀把，这时裸男也站了起来。那人站起来的时候用手挡着嘴，好像是要继续含着什么东西。会扭来扭去的东西。他肥嘟嘟的两颊和下巴都沾到了血——费利克斯的血。他松开手后，双手伸直，开始往格斯走来。

裸男的速度很快(通常这么胖的人没那么敏捷)，从后方把格斯撞倒，格斯根本来不及反应。他的头撞上人行道——那当下全世界都安静了。他看到时代广场上的招牌在他头上以慢动作流动闪烁……一个年轻的模特儿低头看着他，她只穿了内衣裤……然后又是那个肥大的男人，阴森地靠近他，那人的嘴里有个东西在波动，还用空洞漆黑的眼睛瞪着他……

那个人单膝跪下，把喉咙里的东西咳出来，那个粉红色的东西很饥饿，它用贪婪的速度射向格斯，就像青蛙的舌头一样。格斯拿刀一挥，好像熟睡中的人在噩梦里和不知名生物对决一样猛刺猛砍。他不知道那是什么——只知道他希望那东西不要靠过来，只知道他想杀了它。胖子整个人倒退，发出又长又尖的叫声。

格斯继续挥刀，砍了那人的颈部，把他的喉咙切成碎片。格斯踢他一脚，胖子跌倒在地，一手掩着嘴巴，一手掩着喉咙。他没流出鲜红的血液，却流出白色

乳状的物质，比牛奶的质地还要黏稠，颜色还要淡。他蹒跚往后退，跌下了人行道，摔在马路上。迎面而来的卡车设法紧急煞车。这是今晚最糟糕的画面。卡车前轮辗过他的脸之后，后轮刚好停在他破碎的头骨上。

格斯艰难地站起来。刚刚摔一跤之后还是觉得很晕，他低头看着手中那把费利克斯的刀，上头沾满了白色的液体。

有人从他背后攻击，他的手臂被扭到背后，他的肩膀被压在人行道上。他当下以为是那胖子还继续攻击他，所以他拼命扭动、不断踢腿。

“**放下刀子！放下！**”

他转过头，看到三名满脸通红的警察，其中两人在后方举起枪瞄准他。

格斯松开刀子，他把手臂放在背后，然后被警察戴上手铐。他的肾上腺素快爆炸了：“**干，你们现在才来？**”

“不要再抗拒了！”警察一说就猛力把格斯的脸压在人行道上。“他在攻击那一家人——你问他们！”

格斯转头。

那一户观光客已经走了。

大多数起哄的人都走了。只有费利克斯还留着，茫然恍惚地坐在安全岛的边缘，紧抓着喉咙——一个戴蓝色手套的警察推他一下，然后单膝跪在他身边。

格斯看到费利克斯后方有个小小的黑色物体在车流中愈滚愈远，那是他的帽子，他的脏钱全都在里面——一辆慢速前进的出租车把帽子压扁了。格斯在心中对自己说：**这就是你的美国生活**。

加里·吉伯顿替自己倒了一杯威士忌。亲戚（两边的大家庭）和朋友终于都走了，留下一大堆外带餐点的包装盒在冰箱里，还有垃圾桶里满满的面纸。明天他们就会回归自己的生活，还有这个故事可以说给别人听。

我十二岁的侄女就在那架飞机上……

我十二岁的表妹就在那架飞机上……

我邻居的小孩才十二岁，就在那架飞机上……

加里觉得自己像游魂在家里游荡。他的家在纽约市郊充满林荫的弗里堡小区,一共有九间卧室。他摸着每一件物品(椅子或墙壁),可是一点感觉都没有。一切都不再重要了。回忆能抚平他的伤痛,但更能使他疯狂。

他把所有电话线都拔掉了,因为记者一直打电话给他,想进一步了解机上最年轻的罹难者。想要为意外报道添一点人性。她是谁?他们一直问他这个问题。加里要耗尽余生才能写出一段关于他女儿埃玛的文章,而那或许会是史上最长的一段文章。

他的妻子伯温也在意外中丧命,不过他的注意力主要集中在埃玛,因为孩子是我们的第二个自己。他爱伯温,而她已经走了,但他的心思还是不断绕着痛失爱女的情绪打转,就像水流在永远装不满的水槽里打转。

那天下午,一位当律师的朋友(加里大概将近一年没请他来家里做客了)把他拉进书房里。他要加里坐下来,然后说加里马上就要发大财了。像埃玛这么年幼的受害者,她失去的人生比其他人都要多,航空公司绝对会提出巨额和解金。

加里没有反应,他看不到货币符号。他没把那律师轰出去。他真的不在乎,他什么都感觉不到。

亲朋好友提议要留下来过夜,他才不会孤单,都被他拒绝了。加里让所有人都相信他没事,尽管想自杀的念头一直没停过。不只是个念头而已:他暗自下定了决心,他很笃定。不过时机还没到。现在还不能死,确定要寻死的决心像镇痛软膏舒缓他的悲愤。只有这种"和解"对他才有意义,唯有知道自己也将结束生命他才能熬过这一切。他选在办完丧事以后。

等纪念埃玛的游乐园竣工以后。

等成立埃玛奖学金以后。不过他自杀前要先卖掉这栋充满哀思的房子。

门铃响的时候他正站在客厅中间,都已经过午夜十二点了。如果是记者的话,加里一定会杀了他,就这么简单。怎么有人无礼到在这个时间这个地点来打扰他?他会把按门铃的人撕成两半。

他用力拉开门……然后他压抑在心中的愤恨全部都消失了。

一个小女孩打着赤脚站在门垫上。他的埃玛。

加里·吉伯顿不可置信地垮下了脸,他急忙在她面前蹲下来。她的脸上一

点反应都没有，一点情绪都没有。加里伸手要抱女儿——却犹豫了。如果她像肥皂泡泡般破灭然后又永远消失怎么办？

他摸摸她的手臂，捏捏她细瘦的上臂，她洋装的布料。她是真的，她在这里。他牵起她的手，拥她入怀。

他稍微放开手，再看着她，把纠结的发丝从她布满雀斑的小脸上拨开来。这怎么可能？他看看屋外，扫视着薄雾中的前院，看是谁带她回来的。

马路上没有车，也没有汽车引擎逐渐离去的声音。

她独自一个人吗？她妈妈呢？

“埃玛。”他说。

加里站起身，带她进屋里，关上前门，开灯。埃玛看起来很恍惚。她身上的洋装是她妈妈特地为了这趟旅行买的，让她看起来好像长大了。她第一次试穿给他看的时候还转了一圈。其中一条袖子上有污渍——或许是血渍。加里把她转了一圈，仔细地检查，然后发现光脚上有更多血迹（没穿鞋？），全身都有污渍，手掌破皮，脖子上有几块淤青。

“埃玛，发生了什么事？”他捧着她的脸蛋问，“你怎么会……？”

宽心感再度袭来，让他差点晕厥，他紧紧抱着她。他把女儿抱到沙发上，让她坐好。她的精神受到创伤，异常地被动。一点都不像他那笑口常开、爱任性耍赖的埃玛。

他摸摸她的脸，每次埃玛行为怪异的时候她妈妈都会这么做，她的脸好烫。烫到皮肤都黏黏的，而且她好苍白，看起来皮肤好像是透明的。他都可以看到血管了，不过他从来没看过这么鲜红的血管。

她眼眸中的湛蓝似乎褪色了，或许是因为头部受伤了吧。

她一定是受惊了。

他虽然考虑要送她去医院，但是他不会再让她离开家了，永远都不会。

“埃玛，你回到家了。”他说，“你会没事的。”

他牵起她的手，用力一拉，让她站起来，然后又带她到厨房找食物。他让她坐在餐桌旁的椅子上，他在流理台后方烤两片她最爱的巧克力豆松饼时，目光还是没离开女儿。她坐在那儿，双手搁在两侧，看着他，其实眼神也没有对焦，也没意识到这个空间。她不像平常会说些好笑的故事或学校里的活动。

烤吐司机把松饼弹了出来，他抹上奶油和糖浆就把盘子放在她面前。他坐在自己的椅子上看。第三张椅子，妈咪的座位，依旧是空的。或许晚点门铃会再响一次……

"快吃啊。"他对女儿说。她完全没拿起叉子。他切下一小块，举到她唇边。她没开口。

"不想吃吗？"他说。他示范给女儿看，把松饼送进嘴里，咬了几口。他又喂她一口，可是她的反应依然。

一滴泪珠从加里的眼眶滑下了脸颊。他已经知道他女儿严重失常，但是他不管。

她在这里，她回来了。

"过来。"

他陪她上楼回到她的卧室。加里先进去，埃玛停在门口。她看着卧房的眼神表明她好像认得这地方，但感觉更像是在追溯久远的记忆。就像老太太奇迹似的回到童年时期的卧房。

"你得好好睡一觉。"他在她的衣柜抽屉里翻找睡衣。

她还是站在门边，双手垂放在两侧。加里捧着睡衣转过身："你要我帮你换衣服吗？"

他蹲下来，拉起她的洋装，这个即将步入青春期的端庄女儿完全不抗拒。加里发现她胸口有更多抓痕，还有一块大淤青。她的脚很脏，趾头缝隙里还有凝固的血块。她摸起来很烫。

不要去医院。他绝对不会再让她离开他的视线。

他放了一缸冷水，让她进去泡澡。他跪在浴缸边，温柔地用沾满肥皂泡沫的脸巾擦拭她擦破皮的地方，而她连手都没有缩回去。他清洗了她肮脏扁塌的头发，再接着润发。

她看着他，但她暗沉的眼神里没有感情。她好像被催眠了。惊吓。创伤。

他可以让她好起来。

他帮她穿上睡衣，从角落的藤篮里拿出大梳子，梳开她的金发。

梳子卡在头发打结的地方，但她没有缩起身子，连一句抱怨都没有。

她是我的幻觉，加里心想着。**我已经失去承受现实的力量了**。

不过，他还是继续梳她的头发：**我才不在乎**。

他轻拍床单，拉开被子，让女儿躺在她的床上。她两三岁的时候，他也会哄她睡觉。

他把被子拉到盖住她的脖子，将她整个人裹在被子里。埃玛平躺下来呈睡姿，但她的黑眼睛还是睁得大大的。

加里迟疑了一下才往前倾，在她还是很烫的额头上亲一下。

她比较像是女儿的鬼魂。他也愿意欢迎这个鬼魂，愿意疼爱这个鬼魂。

他感激地落下眼泪，沾湿了她的眉毛。“晚安。”他说，但她没反应。埃玛躺在夜灯粉红色的光晕里，紧盯着天花板。她不认得他，也不合上眼睛。她不像是在等着酝酿睡意，反倒像是在等……其他东西。

加里沿着走廊回到自己的房间。他换上睡衣，独自爬上床。他也睡不着，他也在等，尽管他不知道自己在等什么。

直到他听到那个声音。

他听到卧室门槛上有微弱的咯吱咯吱声，他转过头，逆光中看到埃玛的黑色轮廓。他的女儿站在这里。她来找他了，在阴暗之中，小小的身影站在漆黑的房间里。她走到他床边的时候停下了脚步，张开口，好像突然要打呵欠。

他的埃玛回到他身边了。这样就够了。

扎克辗转难眠。大家说得都没错：他很像他爸爸，还不到得溃疡的年纪，不过全世界那么重的负担已经落在他肩膀上了。

他是个热情、认真的男孩，不过也因此受苦。伊费跟他说过，他从小就是这个样子。他在婴儿床上就会以忧郁的表情往外看，深邃的大眼睛一直想要和大家对望。他稚嫩的忧郁表情总逗得伊费哈哈大笑——因为他总是在儿子身上看到自己浓烈的影子，婴儿床里烦恼的小宝贝。

这几年来，扎克都可以感受到父母分居、离婚、争夺监护权的重担。他花了不少时间才让自己相信，这一切真的不是他的错。不过，他其实心里很清楚：不知为何,他就是知道,如果他深究一切,家里所有的愤怒其实都和他有关。这几年来他们在他背后怒气冲冲地低声交谈……深夜里争执的回音……模糊的捶墙声曾经让他在睡梦中惊醒……一点一滴都累积成伤害。扎克现在已经十一岁,成熟了,也开始失眠了。

有时候他会在夜里戴上随身听耳机(这样就听不到屋内的吵闹声),然后从卧室的窗子往外看。有些时候他会打开窗,听着夜晚里的所有细小声音,认真听到耳朵因为充血而耳鸣。

他就像同年纪的男孩子一样,也希望夜里的街道会在没察觉到任何窥视的情况下,上演起街头传说:鬼魂、谋杀案或恋人的亲热戏码。不过他到目前为止,只在破晓之前看到过街道另一头屋顶的电视天线爆出蓝色火花。

这个世界没有英雄也没有怪兽,虽然扎克在他的想象中曾经寻找过这两种角色。睡眠不足当然也会影响这个小男孩,他白天一直打瞌睡。他在学校上课的时候忍不住分神,有些小朋友爱欺负人,总是拿别人的不同点开玩笑,每一群不同的学生都帮他取了不同的绰号,从“瞌睡虫”到“阿懒”都有。

扎克忍辱负重地过每一天,只期待着他爸爸下次来访。

他和伊费在一起的时候就感觉很自在,就算不说话也无妨——**尤其是**不说话的时候特别自在。

他妈妈太完美、太仔细、太善良了——她虽然不说,但她“为了他好”而设下的标准根本都不可能达到。他自己明白,从他出生的那一刻起他就一直让她失望(虽然这想法有些奇怪)。因为他是男生,因为他太像他爸爸了。

他和伊费在一起的时候就觉得充满活力。他会跟爸爸说一些妈妈很想知道的事:她渴望了解他那些疯狂作为。都不是严重的事,只是个人的私事。因为很重要所以不能泄漏,因为很重要所以要留给爸爸听,扎克向来如此。

现在,扎克清醒地躺在被子上,思考着未来。他很确定他们以后不是一家人了。没机会了。不过他不确定情况还能糟到什么地步。扎克就是这样:简单说,他就是永远在怀疑“**事情还能糟到什么地步?**”的人。

答案永远都是**糟糕透顶**。

至少那些忧心忡忡的大人都会从他的生活中滚开了,或者说,他是这么希望

的。治疗师、法官、社工,还有妈妈的男朋友,他们全部都为了自己的需要和愚蠢的目标而挟持他当人质。每个人都很“关心”他和他的幸福,但根本没有人真正在乎。

随身听里《血腥情人》的音乐停了下来,扎克拿出耳机。外头的天色还没亮,不过他终于觉得累了。他现在喜欢疲倦感了。他喜欢停止思考。

所以他调整姿势准备入睡,不过当他要窝下去的时候,却听到了脚步声。

啪——啪——啪。听起来像是赤脚走在柏油路上。扎克从窗户看出去,看到一个人,裸体的人。

他沿着街道走过来,皮肤苍白如月色,泄气的肚皮上肥胖纹纵横交错,在夜里反着光。显然,那个人以前很胖——不过后来瘦了很多,所以他的皮肤才会出现不同方向的折痕。他的身形改变太多了,旁人根本不可能看出他原本的身形轮廓。

他似乎很老,可是却看不出老态。他的头发染得很难看,而且已经开始掉发了,腿上还有静脉曲张的现象,所以大约有七十岁。不过他的步伐很强健,步履充满节奏,会让你觉得他是个年轻人。扎克会注意到这一切、寻思这一切,都是因为他这个儿子太像父亲伊费了。他妈妈会叫他别再盯着窗外看,打911,而伊费会指出那怪男人的所有特征细节,帮警察画肖像。

那个苍白的生物一直绕着对街的房子。扎克听到轻微的呻吟声,紧接着听到后院篱笆发出吱嘎声。那男人回来了,朝邻居的前门走去。扎克想要报警,但这只会让妈妈对他提出一大堆问题:他一直不让她知道他失眠的情况,否则他就要连续好几天,甚至连续好儿周都得看医生、做检查,更别提她会多烦忧了。

那男人走出去到街道中央,然后停下脚步。

松弛的双臂垂在两侧,他的胸腔扁平(他究竟有没有呼吸啊?),他的头发在柔和的晚风里飘动,露出红棕色的发根,看起来是用了劣质的男性洗发精。

他朝扎克的窗户抬起头,他们尴尬地对看了一下。扎克的心跳狂飙,这是他第一次看到他的正面。扎克先前只看到他的侧面或是肌肤垮坠的背部,但现在扎克看到他完整的身体了——正面那一个苍白的丫形刀疤。

还有他的眼睛——死人的组织,目光呆滞,甚至在微弱的月光中显得晦暗不透光。但最糟糕的是，他的眼中有一股狂乱的能量，前后扫视，最后定睛在他身上——他抬头看着扎克的那种感觉很难说清楚。

扎克整个人往后一缩，立刻从窗边闪回来，看到那刀疤就快吓死了，还有那对空洞的眼睛一直盯着他看。那是什么表情……？

他认得那刀疤，知道那是什么意思。那是验尸的疤痕。不过怎么可能呢？

他冒险从窗户边缘再往外瞄一眼，动作谨慎，不过街道上已经没人了。他坐起身把外头看个清楚，发现那人已经走了。

他刚刚真的在这里吗？或许长期失眠**真的**影响他的健康了。看到裸体男尸走在街上——这可不是离婚家庭的小孩想跟治疗师分享的画面。

他突然想起来了：饥饿。就是这样。那双死眼看着他时透露着极度的**饥饿**……

扎克蒙上被子，把脸埋进枕头里。那人消失后并没有让他比较放心，恰好相反。他人不在街道上，可能无所不在。他或许就在楼下，试图从厨房窗户闯进来。他很快就会爬上楼梯，步伐很缓慢。（**他是不是已经听到脚步声了?**）然后他就会站在扎克门外的走廊上，轻轻转动他的锁——那道烂锁撑不住的。很快地他就会来到扎克的床边，然后……会怎样？他好怕那人的声音和死寂的对望，因为他了解一个恐怖的事实。那个人早就已经死了，尽管他会动。

僵尸……

扎克躲在枕头下，脑筋和心跳都快到不行，充满畏惧，他祈祷白昼快来拯救他。他讨厌上学，但他还是祈求日光出现。

街道另一端，在邻居的房子里，有一面窗户被打破了，电视光源突然消失。

安塞尔·巴伯穿着睡前换好的上衣和短裤，喃喃自语地慢慢踱上自家二楼，因为他一直挠头抓发，所以头发翘成各种奇怪的角度。他不知道自己是怎么一回事。安-玛丽怀疑他发烧了，不过当她拿着温度计走过来的时候，他根本不愿意把那个金属头的细棒子放到着火的舌头下。他们也有耳温枪，是给小孩用的，可是他连测温度的那几秒都坐不住。安-玛丽熟练地用手掌摸摸他的额头侦测体温——很烫，不过，这他自己也知道，何必要她摸。

她吓坏了,他看得出来。她根本没费心遮掩心中的恐惧。对她来说,任何疾病都会玷污神圣纯洁的家庭。小孩上吐下泻的时候,她也会用这种畏惧的眼神来面对,其他人可能要看到抽血报告异常或是体内莫名出现肿瘤时,才会有同等程度的惊恐。**大事不妙了**。她很确定惨痛的悲剧迟早会降临在她的身上。

他愈来愈无法容忍安-玛丽这种神经兮兮的个性。他面对的问题很严重,而且他需要她的协助,而不是要她施加更多压力。他现在没办法当那个强壮有力的支柱了,他需要她来接棒。就连小孩也都避着他,被爸爸空洞的眼神吓到了,也可能是因为(他自己隐约察觉到)他身体传出不舒服的怪味道。他自己闻起来觉得那味道像是水槽下锡罐里的食用油凝结之后放太久的味道。他看到小孩时不时地躲在一楼阶梯的扶手后面,看着他在二楼活动。他想要缓和他们的畏惧,可是又担心他在解释的时候可能会失去耐心而乱发脾气,这样一来只会愈弄愈糟。如果要让他们放心,最肯定的方法就是赶快康复,要撑过这段晕头转向、痛苦难耐的日子。

他走进女儿的房间,停下脚步,觉得紫色的墙壁太紫了,然后又退回走廊上,他下楼梯的时候停在楼梯平台上,站着不动,尽可能维持同样的姿势。然后他又听到了。那个重击声,拍打声——很靠近、很小声。完全和他头颅里猛烈的疼痛不相干。几乎像……像是乡下电影院里,电影播到比较安静的桥段时,后方传来的放映机转动声。那声音会害你分心,一直把你拉回现实世界,让你知道电影里面的情景**都不是真的**,仿佛只有你才知道这点。

他用力甩甩头,疼痛让他露出狰狞的表情……他想要把这股疼痛当作漂白剂,厘清思绪……不过那撞击声。**规律有节奏的疼痛**,蔓延到了全身。

就连狗也一样,对他的反应怪怪的。老爹和格蒂,那两只高大又笨拙的圣伯纳一看到他就咆哮嗥吠,平常他们只有看到奇怪的动物闯进院子才会这样。

安-玛丽后来独自上楼,发现他坐在他们的床脚,手捧着头,就像捧着一颗易碎的蛋。“你该睡一觉。”她说。

他紧抓着头发,好像用缰绳控制着野马,压抑着自己想斥喝她的冲动。他的喉咙怪怪的,每次他躺下来,不管多久,他的会厌就会往上顶,盖住气管让他无法呼吸,让他几近窒息。

他现在很怕自己睡着以后就死了。

“我要怎么做?”她问他,继续站在门口,用手掌和手指贴着额头。

“帮我倒水。”他的声音嘶哑地穿过严重发炎的喉咙,像蒸汽一样烫,“微温的,倒一点止痛剂进去,或消炎剂——随便都好。”

她没动身,仍站在原地看着、担心着:“你完全没觉得好些了吗……?”

她那胆怯的模样通常会激起他的保护欲,但现在只激得他快发飙。“安-玛丽,给我倒水不难吧。还有,把小孩都带出去,不管怎样都**不要让他们靠近我!**”

她噙着眼泪快步走开。

安塞尔听到他们推开门、走到幽暗的后院里才冒险下楼,步行时紧抓着楼梯扶手。

她把玻璃杯放在桌上,水槽旁边,杯子下还垫了一张对折的餐巾纸,水面上浮着溶解的药片。他双手捧着玻璃杯,凑到嘴边,强迫自己喝下去。他把水倒进嘴里,让喉咙别无选择只能吞下去。他吞了几口,其他的都呕了出来,咳在水槽旁边的窗户上,窗外正好对着后院。他咳到上气不接下气,眼睛看着水滴滑下窗格,让窗外的景象都变形了,外头安-玛丽站在孩子背后推着秋千,无神地看着夜晚的天空,双手交叠在胸前,只有偶尔才会放下手臂推着轻轻晃的海莉。

他手一滑,玻璃杯便落在水槽里。他离开厨房,走进客厅,恍惚麻木地跌坐在沙发上。他的喉咙肿胀,他觉得自己从来没病得那么严重过。

他必须回医院去。安-玛丽这一阵子得靠自己了。她在别无选择的情况下一定可以坚强起来,或许这样的安排最后会对她比较好……

他想要集中注意力,想清楚离开家之前要做哪些事。格蒂从门口走了进来,微微发喘。老爹跟在它后面,停在壁炉前,蜷伏了下来。

老爹开始规律地低吠,那个撞击声立刻在安塞尔的耳里来回激荡。安塞尔发现:那个噪音是由它们引起的。

是吗?他从沙发上起身,伏低身体往老爹爬过去,想要靠近一点听清楚。格蒂呜咽一声退到墙边,但老爹还继续维持警戒的姿势。老爹的吠声愈来愈高,安塞尔在老爹还来不及站起身走开时就抓起它的项圈。

嗡……嗡……嗡……

就在它们体**内**。不知道为什么，不知道在哪里，不知道**是什么**。

老爹一直拉扯着、呜咽着，安塞尔虽然身材高大平时却很少施蛮力，这时他用另一只手臂圈着圣伯纳的颈子，固定住它。他的耳朵贴着老爹的脖子，狗毛戳进了他的耳道里。

没错，规律的单音。是动物的心跳声吗？就是那个噪音。老爹痛得叫喊出来，绷紧了肌肉拼命想逃，但安塞尔把耳朵贴得更紧，想要查清楚。

"安塞尔？"

他赶紧转头（转太快了，过度疼痛造成眼前突然一片黑），他看到安-玛丽在门口，本杰明和海莉站在她后面。海莉抱着妈妈的大腿，儿子自己站着，两个小孩都瞪大了眼睛。安塞尔放开手，老爹就撤退了。

安塞尔还伏在地上。"你要怎样？"他大叫。

安-玛丽还是愣在门口，整个人吓傻了："我要……我不……我要带他们去散步。"

"好啊。"他说，他在孩子的视线下气势就消了。喉头又一噎，让他只得用粗嘎的嗓门说话。"爸爸没事，"他一边对孩子说，一边用手臂擦掉咳出来的唾沫，"爸爸很快就没事了。"

他转头看着厨房，两只狗都在那里。耳朵里的噪音一响起他就没力气去装温柔了。这噪音比以前更大声，一阵又一阵。

都是它们害的。

一股厌恶感从他心里油然而生，他全身一颤，用拳头抵着太阳穴。

安-玛丽说："我把它们放出去好了。"

"**不**！"他突然住口，整个人跪在客厅地板上，张开手掌对着她。"不。"他这次以比较平稳的口气说。他试着调整呼吸，让自己**听起来**正常一点。"它们没事，让它们留在屋子里。"

她迟疑了一下，欲言又止。她想做点什么，什么都好，不过最后她只是转身走了出去，拉着本杰明一起离开。

安塞尔扶着墙壁站起来，走进一楼的浴室，拉一下镜子上的灯串，想看看自己的眼睛。灰黄象牙色的眼白里布满红色闪亮的血丝。

他擦掉额头和人中的汗珠，张开嘴，往下看着喉咙。他以为会看到红肿的扁桃腺，或白色斑点，不过看起来只是暗暗的。要抬高舌头都会痛，可是他还是抬起来了，这样才能检查舌下。舌下的部位呈猩红色，一碰就痛。那里胀成愤怒的红色，烫得发亮，就像火炭发光的样子。他伸手一摸，结果痛到头快炸裂了，痛觉扩散到下颚的两侧，绷紧脖子里的所有管道。他的喉咙强烈反抗，让他猛然一咳，喷出深色的斑点在镜子上。那是血液混合着某种白色的东西，或许是痰。有几点比较黑，仿佛他把某种固态的残余物也吐出来了，例如，他自己身体里腐烂的部分。他伸手去摸摸其中一块颜色较深的斑点，用中指指尖去抹玻璃。他放到鼻子嗅一嗅，然后中指和拇指互相摩擦。好像是褪色的血块。他把那一小块放在舌尖上，自己都没有意识到他正在品尝。他把那一小团软趴趴的黏液放进嘴里，然后，一融化他就从镜子上再抹另一块，放进嘴里品尝。没什么味道，不过舌尖的感觉却似乎有舒缓痛苦的效果。

他整个人往前倾，舔掉冰冷玻璃上的血渍。这么做舌头应该会痛才对，但刚好相反，他口腔里和喉咙的肿胀感都获得了舒缓。就连舌头下面最娇嫩部分的剧痛都已减轻为轻微的刺痛。耳中的嗡鸣也变安静了，虽然没完全消失。镜子上有很多红色抹痕，他看着镜中的倒影，想要理解这一切。

这种舒缓只是暂时的，时效短到令人抓狂。那种紧绷的感觉又出现了，好像有一双有力的手扭着他的喉咙，他的视线从镜子上转移开，蹒跚地离开浴室到走廊上。

格蒂哀鸣一声，在走廊上倒退，和他保持距离，最后快步走进了客厅。老爹狂抓后门，想要出去。当它看到安塞尔走进厨房就飞奔离去。安塞尔站在原地，感觉喉头阵阵作痛，然后伸手去开放狗食的柜子，拿出一盒狗饼干。他伸手进去抓一大把，就和平常一样，走进客厅。格蒂趴在阶梯最底层的木板上，脚掌往外伸，随时准备要跳起来逃跑。安塞尔坐在脚凳上，摇摇狗饼干。“宝贝，来啊。”他无心地吹着口哨，但哨音只让他的灵魂更烦躁。

格蒂毛茸茸的鼻孔不断开合，嗅着空气中的味道。

嗡……嗡……

“来啊，乖女孩，来吃饼干。”

它慢慢地站起来，往前一小步，然后又停下来闻半天。本能告诉它这场交易不太正常。

不过安塞尔还是捧着饼干，好像让它卸下了心防。

它慢慢走到地毯上，头低低地，眼神很警戒。安塞尔点着头，鼓励它，当它靠近时，他脑中的嗡鸣又增加了强度。

他说："来嘛，格蒂，都几岁了。"

格蒂走过来，用厚实的舌头舔舔他手中的狗饼干。它又舔了一次，想要信任他，想要更多点心。安塞尔把另一只手放在它头上，用它喜欢的方式摸摸它的头。他这么做的时候突然飙出眼泪。格蒂往前一步，咬着饼干，准备从他手中带走的时候，安塞尔乘机抓住它的项圈，用全身的重量压着它。

格蒂在他下方奋力挣扎，不断狂吠，还想要咬他。它的惊惶让他的愤怒得以集中，他用手推开它的下颚，抬高它的头让它闭嘴，然后他的嘴凑上它毛茸茸的颈子。

他猛力一咬，咬穿了它柔软中带点油腻的毛皮，刺出了一个伤口。他品尝它的毛皮时，它不断哭嗥，皮肉厚嫩的口感立刻消失了，取而代之的是渴血的需求。格蒂被咬到痛得发狂，在他的身体下乱扭，但他用力一举，把格蒂的大头抬得更高，完全露出脖子。

他在喝那只狗。不知怎么回事，他一直豪饮，但完全没有吞咽。摄取。仿佛他的喉咙里有个他不认识的生理构造。他无法理解事态，只能理解他所感受的满足。在这过程中有一种暂时舒缓疼痛的满足。

还有权力。没错——权力。仿佛可以从其他生物中撷取生命。

老爹一边吠一边走进客厅，听起来像悲切凄惨的低音管。安塞尔必须阻止这只眼神悲伤的圣伯纳惊扰邻居。软绵绵的格蒂在他下方无力地抽搐，他跃起身，全新的力量与速度充盈着他，让他冲过客厅追着老爹。往前扑上这只憨拙的大狗时，他还把立灯撞倒在地。

畅饮第二只狗时，这种痛快的感受简直销魂。他可以感觉到体内的临界点，就像在感觉虹吸管内水位上升，水压如预期改变。液体毫不费力地流进他体内，滋血补气。

安塞尔喝完之后往后一坐，麻痹了一会儿，晕晕然，之后才缓慢地回到他所处的时空。他低头看着地板上他脚边的死狗，突然惊醒，全身发冷。

悔恨自责一股脑涌上来。

他站起来，看到了格蒂，然后低头看着他自己的胸膛，用力抓着被狗血濡湿的上衣。

我是怎么了？

格纹地垫上的血形成一块黑渍，令人作呕。不过面积不大，他当下就想起自己喝血的情状。

安塞尔先走向格蒂，摸摸它的毛，知道它已经死了（是他杀了它）。他无视自己的恶心感，把它裹在那条脏污的毯子里。他闷哼一声用力把那一捆尸体扛起来，走过厨房，出了门，下阶梯走到后院狗棚里。他进到狗棚里后跪下来，摊开毯子，把那只沉重的圣伯纳从毯子里抱出来，就离开格蒂回头去找老爹。

他让它们并排靠着狗棚的墙，躺在放工具的木栓板下。他很难理解自己的感受，他的脖子还是很紧，但是不酸疼了，他的喉咙立刻冷了，头脑清醒了。他看着血淋淋的双手，他必须接受这无法理解的事实。

这么做让他康复了。

他转身回到屋内，走进二楼的浴室，撕开血腥的上衣和短裤，穿上一件旧汗衫，知道安-玛丽随时会带着孩子回家。他在卧室里找运动鞋的时候又感觉到那阵嗡鸣了。

他听不到：只是感觉到。那声音的意涵让他吓得魂不守舍。

前门有声音。

他的家人回来了。

他赶紧下来，在大家看到他之前从后门溜出去，光脚踩在后院草地上，逃离脑中盘旋的意念。

他转身面对马路，但阴暗的街头传来人声。他之前没关上狗棚的门，所以在情急之下，他钻进狗屋躲了起来，关上身后的两道门。

他不知道自己还能做什么。

格蒂和老爹的尸体躺在侧面墙下。安塞尔的唇间差点迸出哭声。

我干了什么事?

纽约的冬季把狗棚的门都给吹弯了,所以合不紧。他可以从门缝中看出去,偷瞄到本杰明在厨房水槽接了一杯水,从窗户里看得到他的头,海莉小小的手往上举。

我到底是怎么了?

他就像一只突然转性的狗。染上狂犬病的狗。

我得了某种狂犬病。

听到声音了。小孩沿着后门的阶梯走下来,门廊上的安全灯照着他们,他们喊着狗狗的名字。安塞尔环顾四周,从角落抓起一根耙子,尽量迅速安静地用耙柄抵着内侧的门把。把孩子锁在外面,把自己锁在里面。

"葛——蒂!老——爹!"

他们的声音中没有焦虑,还没有。这两只狗前几个月曾经跑出去好几次,所以安塞尔才在狗棚内的地面上立了这根铁桩,以便在夜里把狗拴起来,确保它们的安全。

他们呼唤狗狗的声音在他耳中逐渐减弱,被脑子里的嗡鸣盖过去了:血液在他们幼嫩的血管里循环,打出规律持续的节奏。

小小心脏的脉动强壮有力。

天啊!

海莉来到门口,安塞尔从门下的缝看到她的粉红色布鞋,整个人往后一缩。她想要开门,但那两道门只晃了一下,打不开。

她叫哥哥来帮忙。本杰明过来用八岁小男孩全身的力量用力摇门。四边墙壁都在晃,不过耙柄还是抵着门。

嗡……嗡……嗡……

他们的血,召唤着他。安塞尔全身震颤不止,把注意力转移到面前系狗的桩上。铁桩入地深达两米,固定在坚硬的水泥块里,足以在夏日雷阵雨里紧紧系着两只圣伯纳。他很确定自己之前曾把一副旧枷锁留在这里。他等到孩子都离开,彼此之间有一段安全的距离以后,才起身拿出铁镣。

病房里，透明塑料隔间门帘后方，雷德芬机长穿着医院的病人袍躺在病床上。他张开双唇，看起来似乎很痛苦，他的呼吸沉重而且费力。天色愈黑他就愈不舒服，雷德芬已经施打了足够的镇定剂，应该可以睡几个小时。他们摄影的时候需要他静止不动。伊费把隔间的灯光调暗，打开光棒的电源，将靛蓝色的紫外线光照向雷德芬的颈子，想要再看一次那个伤疤。不过现在，其他灯光都暗下来以后，他还看到了其他异状。雷德芬的皮肤上——或者，应该说是皮肤下，有涟漪状的反应。有点像肤色不均，或皮下癣，在黑灰色的光影下看起来就像是皮肤表面之下的污痕。

当他把灯杖拿近一点想要更详细检查的时候，皮肤下的阴影竟然有反应，不断旋转、扭动，好像要逃离那道光。

伊费退后一步，把灯杖拿远。雷德芬的皮肤不在紫外线照射下时，看起来就像个熟睡中的正常男人。伊费又往前进，这次把紫外线灯光挪到雷德芬的脸上。有个图案出现了，皮肤下面第二层颜色异常的肌肤，看起来好像一种面罩，仿佛第二张脸在机长的皮肤后面潜伏着，看起来更年长、轮廓更畸形。令人生畏的阴森面孔，这个病人熟睡的时候，他体内的恶魔觉醒了。伊费把灯杖拿更近一点……发现肌肤里层的阴影又开始转圈，表情好像很难过，一直想逃。

雷德芬张开双眼，好像是被灯光惊醒的，伊费见状，吓得往后跳了一步。这机长注射的镇定剂量足以让两个大男人睡上好一阵子，他不可能在这时恢复意识。雷德芬眼眶里的那对眼睛睁得圆大，紧盯着天花板，看起来很害怕。伊费把灯杖移开，站在雷德芬的视线范围内。

“雷德芬机长？”

机长的双唇动了一下。伊费靠过去，想听听雷德芬要说什么。

他张开干巴巴的嘴唇说：“他在这。”

“雷德芬机长，谁在这？”

雷德芬的双眼直视着前方，好像亲眼目睹了一幕恐怖的情节在眼前上演。

他说：“水蛭怪。”

又过了好一阵子，诺拉回来了，她在放射科走廊的末端找到伊费。他们站着

交谈了一会儿，身旁的墙上贴满了感激的小病患的蜡笔画。他把自己在雷德芬皮肤下看到的状况告诉她。

诺拉说："灯杖的黑光不是低光谱紫外线光吗？"

伊费点点头，他也在想医检总局外头那位老人所说的话。

"我想看看。"诺拉说。

"雷德芬目前在放射科做检查，"伊费对她说，"为了做脑部断层扫描，我们又打了更多镇定剂。"

"我拿到检查报告了，"诺拉说，"就是机舱内四处溅洒的液体，结果你说得没错。成分包括氨和硫——"

"我就知道——"

"不过还有草酸、铁、尿酸，那是细胞间质。"

"什么？"

"原生质。还有一大堆酵素。"

伊费撑着额头，看起来好像是在量自己的体温："是消化过程中产生的液体吗？"

"那，这让你想到什么？"

"排泄物。鸟或蝙蝠的，像鸟粪，但怎么会……"

诺拉摇摇头，她觉得自己兴奋和疑惑的程度一样高。

"不知道是什么人或什么东西在那班飞机上……到机舱内去拉了超大一坨屎。"

伊费正想好好思考这一点，走廊上突然有个工作人员冲了过来，一路喊着他的名字。伊费认得他就是计算机断层扫描室的技术人员。

"顾威医师——我不知道发生了什么事。我不过是走出去倒杯咖啡，绝对不超过五分钟。"

"什么意思？怎么了？"

"你的病患，从扫描仪上消失了。"

吉姆·肯特在楼下，就在打烊的礼品店附近。他要打手机，所以和其他人保持距离。

“他们在帮他做摄影检查。”

他对着电话另一端的人说：“报告长官，他好像身体状况衰退得很快。对。他们应该只要几个小时就可以拿到扫描的报告了。不——目前还没有其他生还者的消息。我想您可能想了解。是，长官，我目前独自在——”

他的注意力突然分散了，因为他看到一个高大黄发的男人穿着医院病袍，踏着不稳的步伐在走廊上闲晃，手臂上还插着静脉注射针，拖着一根注射软管。除非吉姆认错人了，否则这人一定是雷德芬机长。

“长官，我……这里有状况……我晚点回您电话。”

他挂上电话，拔下耳机，塞进口袋里，就往机长那里追过去，两人之间大概距离几十米。那个病人放慢了速度，转过头来，仿佛知道有人在后面追。

“雷德芬机长？”吉姆说。

那病患跑过了转角，吉姆继续追，过了这个转角以后，才发现走廊上空无一人。

吉姆检查门上的标示，其中一道门上写着“楼梯间”，他打开门，看着楼梯间里狭窄的墙壁。他在阶梯上发现了一根静脉注射软管。

“雷德芬机长？”吉姆的声音在楼梯间回荡。

他沿楼梯下楼的时候，拿出手机想要打给伊费。不过画面上却写着没信号，因为他到地下室了。他打开门，进到地下室的走廊。他看着手机，所以根本没注意到雷德芬从他的侧面奔撞过来。

当诺拉在医院里搜寻雷德芬的踪影，寻着阶梯来到地下室走廊时，他发现吉姆张开双腿靠墙坐在地上，脸上的表情很疲倦呆滞。

雷德芬机长赤脚站在他上方，医院病袍后方只有绳结，所以她面对着他的裸背。他嘴里含着什么东西，血滴落在地上。

“吉姆！”她大叫一声，但吉姆对她的声音完全没反应。

雷德芬机长听到声音却僵了一下。他转身看她时，诺拉发现他嘴里没有东西。她看到他的肤色时惊讶不已，原本那么苍白，现在却红光满面。他的袍子正

面的确沾满了血迹，嘴唇周围也都是血。她先判断那血迹是争执打斗造成的伤，她担心他咬断了舌头，所以才满口是血。

不过等她更靠近之后，她就不确定她的判断是否正确了。雷德芬的瞳孔呈死黑色，人类巩膜应该是白色的，但他的却是红色。他张开大嘴的角度也很奇怪，好像脱臼了，仿佛他的下巴固定在比下颚关节更低的地方。而且他的体温异常地高，一般正常人发烧也没那么烫。

"雷德芬机长。"她一遍又一遍地唤着他，想要让他回过神来。

他朝她走来，朦胧的双眼里透出秃鹰般饥饿的眼神。吉姆还是瘫在地板上一动也不动，雷德芬显然很暴戾凶残。诺拉心想，要是她手上有武器就好了。她环顾四周，只看到一具医院电话，555 是警报号码。她从墙上拿起话筒，根本还来不及拨号就遭到雷德芬攻击，被扑倒在地了。诺拉紧抓着话筒，电话线已经从墙上扯下来了。雷德芬的力量超越凡人，他突袭之后立刻把她的双臂固定在光滑的地板上。他绷起了脸，弯着喉咙。她以为他要吐在她身上。

伊费从楼梯间的门飞奔过来时，诺拉正放声尖叫。伊费用全身的重量撞在雷德芬身上，把他撞翻，让他无法再压制诺拉。伊费自己站直以后，小心翼翼地朝雷德芬伸出手，而雷德芬把自己从地板上拉起来了："等等——"

雷德芬发出嘶嘶的声音，不像蛇的声音，不过是嘶哑的喉音。他黑色的眼珠空洞无神，他开始笑了，或者说，他看起来好像想笑——他牵动着微笑时要用的脸部肌肉，只是他张开嘴之后，就愈张愈大。他的下颚愈拉愈低，然后有一块粉红色的肉一边扭一边从他的口腔跑了出来，但那不是他的舌头。比舌头更长，更有肌肉，更复杂……而且还一直蠕动。仿佛雷德芬之前吞下了一只活乌贼，而那只乌贼急切地要从他的嘴里伸出触手。

伊费往后一跳，他扶着点滴架，以免跌倒。接着他又举起点滴架当作棍棒，避免雷德芬和他嘴里的东西靠近自己。雷德芬抓住铁架，这时他嘴里的东西全速向前弹射。那东西一跃将近两米，超越了点滴架的长度，还好伊费实时放开手转身。他听到那尖尾生物拍上墙壁的声音。雷德芬把铁架往旁边一掷，断成两截，伊费踉跄一翻往后退到了一个房间里。

雷德芬跟着他进去，又黑又红的眼睛里仍然散发着饥饿的表情。伊费狂乱地左寻右找,想找能帮他赶走这家伙的物品,结果只找到架上还在充电的环锯。环锯是一种手术仪器,刀刃可以旋转,通常是解剖的时候用来切开头颅。

环锯如直升机叶片的刀刃立刻转了起来,雷德芬向前一步,他那像刺的舌头已经缩回去一大截了,不过仍垂在嘴外,两侧都有肉。伊费想在雷德芬展开下一波攻击前,就把那怪东西切下来。

他没命中目标,反而削下机长脖子上的一块肉。白色的血液流了出来,这画面和他在停尸间看到的一样——它不像动脉血液喷洒出来,而是往下滴到雷德芬的正面。伊费放下环锯,免得旋转的刀刃把那白色液体溅到他身上。雷德芬掐着颈子,伊费拿起手边可用的重物,灭火器。他用灭火器较粗的底端砸雷德芬的脸——伊费的主要目标是那奇怪的刺。他又多砸了两次,最后一击终于让雷德芬的头往后倒,他的脊椎发出明显的断裂声。

雷德芬倒下了,他的身体阵亡了。伊费放下灭火器,脚步往后一绊,震惊地看着自己造成的景象。

诺拉手持一截断裂的点滴架冲了进来,看到雷德芬倒在地上。她放下利剑,奔到伊费身旁,被他抱在怀里。

"你还好吗?"

她点点头,一手捂着嘴,一手指着雷德芬。

伊费低头看到很多虫从他的脖子里钻出来。红色的虫,体内似乎吸满了血,它们不断从雷德芬的颈子涌出,就像打开房间的灯以后,满室蟑螂一起往外冲一样。

伊费和诺拉往外退到敞开的门口。

"刚刚那究竟是怎么一回事?"伊费说。

诺拉掩口的手放了下来。"水蛭怪。"她说。

他们听到走廊上传来呻吟声——是吉姆,便立刻冲到他身边。

插曲三

1943 年起义

八月循着日历灼烧着每一天，亚伯拉罕·瑟拉齐安躺在半悬的屋顶上，感受着阳光。他觉得今天的日光特别猛烈。阳光烘烤着他，每天都像这样。不过不只这样，他愈来愈厌恶夜晚了——夜晚曾经代表他的床铺、他对家乡的思念，曾经可以安抚他，让他抽离对灭绝营里的恐惧。如今夜晚也成了无情残酷的时段。

那道暗影，萨铎，前来瑟拉齐安的营舍饱餐的频率渐渐固定为每周两次，或许他也以同样的频率到其他的营舍掠食。守卫和俘虏都完全没注意到这几起死亡。乌克兰籍的守卫把这几具尸体都记成自杀，对纳粹党卫军来说，这只是俘虏数目的差别而已。

自从萨铎第一次造访之后，瑟拉齐安（满脑子都想着要如何击溃恶魔）就开始尽可能地从其他当地俘虏口中收集森林深处古罗马地窖的相关传说。他现在很确定，那地窖就是萨铎的藏身处，他每晚都从那里出发，四处猎食，满足那股邪恶的饥渴。

直到那天，瑟拉齐安才终于体验到真正的口渴。虽然很多俘虏都被烈日晒到热衰竭，但那天焚洞已经满了。瑟拉齐安之前已经收集好他需要的材料：一段长的白桦枝和一小块白银（要装在树枝尖端）。这是斩杀**僵尸**或吸血鬼的古法。他花了好多天把白桦树枝的底端削尖，才镀上银。光是拟定把桦剑偷偷带进营房的方法就花了他两个星期，他把桦剑藏在床铺正后方的空位里。如果被守卫发现，他们会立刻当场处决他，因为任何人都看得出来这树枝的造型就是一把武器。

前一夜，萨铎很晚才进到营区，比平常更晚。瑟拉齐安躺在床上一动也不动，耐心地等他吞食孱弱的罗马尼亚俘虏——这是他计划中不可或缺的环节，他必须等他在进食中降低警觉心才能行动。

破晓前的微蓝天光穿过营区东侧的百叶窗，形成细细的光束，瑟拉齐安就在等这个。他扎破食指，干瘪的皮肤上滴出绯红的血珠，不过他完全没准备好要面对接下来发生的事。

过去，他从来没听过那魔物发出任何声音。每一场邪恶的飨宴都在静默中进行。不过这会儿，闻到瑟拉齐安年轻的鲜血味之后，魔物闷哼了一声。那声音让瑟拉齐安想到干柴被拧转时的吱嘎声，或是水管堵塞的声音。

刹那间，魔物已经站在瑟拉齐安的床边。

这年轻人谨慎地把手往后伸，要拿出桦剑时，两个人对上了眼。当他靠近床边的时候，瑟拉齐安不由自主地转身面对他。

魔物朝他一笑。

“我们已经很多年没有直接看着活人的眼睛进食了，”魔物说，“好多年了……”

他的呼吸有泥土和铜的味道，他的舌头在嘴里弹一弹。他低沉的声音听起来像很多人齐声说话，好像是喉咙经过人血润滑后才能出声。

“萨铎……”瑟拉齐安低声自语，忍不住念出这个名字。

那双晶亮如珠的眼睛睁得更大了，那短暂的一瞬间，看起来几乎像是人类的眼睛。

“他只是我体内的一部分，”他用气音说，“你岂敢呼唤他？”

瑟拉齐安紧握着床边的桦剑，慢慢抽出来。

“人在见到上帝前都有权以本名现世。”瑟拉齐安年轻无畏，正气浩然。

魔物得意地咯咯笑：“那好，年轻人，你快报上名……”

瑟拉齐安立刻出手，不过桦剑的银端发出细微的摩擦声，还没刺向魔物的心脏就被他察觉了。

他迅捷如电，伸出利爪，在武器锥心之前挡了下来。

瑟拉齐安想要抽身，挥出另一只手，但魔物再度挡下他的攻势。魔物的刺划破瑟拉齐安的侧颈——不过一瞬间就划出又深又长的切口，让他可以在瑟拉齐安体内注射令人麻痹的溶剂。

这下瑟拉齐安的双手都被捉住了，魔物把他从床上高举了起来。

“不过你不会见到上帝，”魔物说，“因为我和他是旧识，而且我知道他已经走了……”

他的利爪像虎钳紧紧拴着瑟拉齐安的手，压力大到几乎要让瑟拉齐安昏厥了。那双手是他在集中营里赖以活命的工具。他的头脑疼痛欲裂，张大嘴巴，肺部缺氧，但他完全发不出叫声。

魔物深深地看着瑟拉齐安的双眼，然后，看到了他的灵魂。

“亚伯拉罕·瑟拉齐安，”他以低沉震颤的声音说，“如此柔和，如此甜美的名字，配上精力充沛的男孩子……”他凑近他的脸。“小鬼头，你为什么要杀我？为什么你这么恨我，即便我不在的时候，你的生活周遭也充满了死亡与杀戮啊。我不是妖怪，上帝才是。你的上帝和我的上帝，很久以前就遗弃我们。长期缺席的天父……我从你的眼中看到你最深沉的恐惧，年轻的亚伯拉罕，你怕的不是我……是那个坑洞。如果我把你喂给那个坑洞，而上帝又不出手阻止，事情会如何演变呢？你等着看吧。”

就在此时，残暴的咔啦声响传来，魔物捏碎了亚伯拉罕双手的骨头。

男孩跌在地板上，痛苦地缩成一球，把粉碎的手指护在胸前。他倒在一摊微弱的晨光中。

破晓了。

魔物嘶叫一声，想要再靠近他。

不过营房里的俘虏开始一个一个苏醒，年轻的瑟拉齐安失去知觉的时候，魔物就消失了。

点名之前大家就发现亚伯拉罕负伤流血倒在地上。他被送到医护所，而进过医护所的俘虏都不会回来。手骨碎裂的工匠对灭绝营一点价值都没有，舍监立刻同意把他处理掉。他和其他点名时被认定为不合格的俘虏一起被拖到焚洞旁，被押着跪下，排成一条直线。浓重油腻的黑烟遮掩了上方的太阳，灼烈炙热而无情残酷。瑟拉齐安被五花大绑，拖到焚洞的边缘，他托着残废的双手，凝视着焚洞，在恐惧笼罩下频频发抖。

灼烧的坑洞。饥饿的火焰不断翻腾，油腻的浓烟向上飘，看起来像一种催眠的芭蕾。还有处决线的旋律——枪响、弹匣咔嗒声、弹壳轻轻落在泥土上的声音——如死亡的催眠曲让他渐渐呆滞。

他低头直视着火焰熊熊吞噬人肉与骨骸，卸下凡人的外表：让他们回归本质。可任意丢弃、可轻易碾碎、可以火销熔的一团肉——简简单单就化为一堆焦炭。

魔物是恐惧的专家，擅长令人生畏，不过人类制造的恐惧比宿命更令人害怕。不只是因为人类冷血无情，更因为他们的举动完全基于理性，而且毫无必要。

这是人类做出的一种选择，这样的杀戮和战争无关，目的无他，就是邪恶。人类选择用这种方式残害其他人类，并强加理由、地点、误解，只为了用合逻辑有条理的方式满足他们的欲望。

当纳粹军官机械地在每个俘虏的后脑勺开一枪，并把他们踢到坑洞里的时候，亚伯拉罕的意志便溃蚀如泥。他觉得晕眩想吐，不是因为嗅觉或视觉造成的影响，而是知性面的——他百分之百确定，他知道上帝已经不在他心里了。只有那个焚洞在。

当德国军官配备的鲁格枪枪口抵着他的肌肤，年少的他因为斩魔失败而滴下泪来，因为信仰溃堤而哭泣——

他的颈子上就要开一个洞了——

他听到了枪声。从空地的另一端传来，一群奴工攻占了瞭望塔，控制了灭绝营，射杀视线内每一个穿制服的军官。

他背后的那个人倒下来了，留下瑟拉齐安维持原本的姿势，定在坑洞边缘。

他旁边的波兰人站起身开始奔跑——意志力又一点一滴灌注到年轻的瑟拉齐安体内了。他把双手缩在胸前，发现自己也站了起来，快步奔跑。全身赤裸的他冲向挂满藤蔓的铁丝网。

周围烽火连天枪弹四射，喷血而倒下的有守卫也有俘虏。浓烟弥漫，但不只是从坑洞喷出来的而已，营区内外都燃起大火。他走到铁丝网，靠近其他人，不知怎么的，有双不认识的手把他拉了上去，否则他那残废的手绝对办不到，然后他落到网外的另一侧。

他倒在地上，来复枪和机关枪的子弹持续落在他身旁的泥土上——这一次

又有热心襄助的手掌和手臂扶他站起来。当那素未谋面的恩人被子弹贯穿时，瑟拉齐安只能拼命跑，拼命跑，泪水不断滚下来……他在上帝缺席的时候发现了人性。人类互相残杀，人类互相帮助，两者皆无名：其一给人折磨，另一赐人幸福。

只是选择的问题。

他跑了几公里。即使差点被奥地利援军包围，他也不放弃，继续跑。他的脚掌被地面划破，他的脚趾被石头戳破，但他穿过铁网之后已不畏险阻。他专心致志、心无悬念，最后跑进树林里，跌坐在黑暗中，隐匿在夜色里。

破晓

DAWN

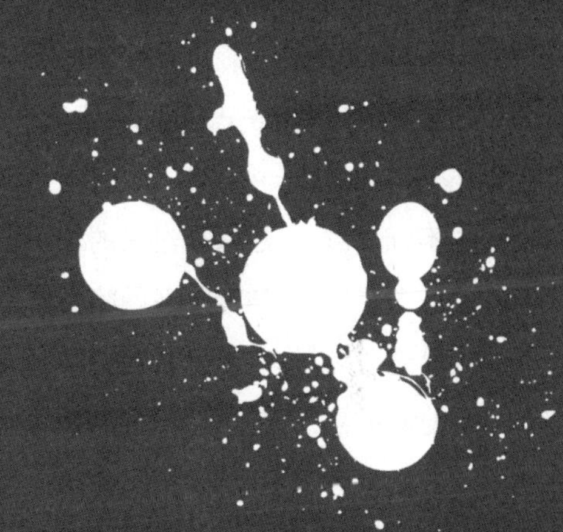

曼哈顿东51街，纽约第17警察分局

瑟拉齐安调整坐姿，试图在警局拘留所内靠墙的长凳上换个舒服的姿势。他整个晚上都待在这个玻璃隔间里，和窃贼、变态、醉鬼关在一起。他在漫长的等待中有足够的时间去反省他在医检总局外头闹场的画面，这才了解他已经毁了当面与联邦疾病管制权责单位的顾威医师对谈的良机。

别人觉得他是个疯老头子也不为过，或许他失态了。就像陀螺在原地不停旋转，最后摇摇晃晃地倒了下来。或许是因为他等待这个时刻多年，长期活在绝望与失望的交界上，终究赔上健康与理智了。

老化的症状之一就是会常常自我检查。譬如说，会偶尔紧紧抓着扶手，确定你还是你。

不，他现在也还保有过去的智识。他唯一的错误就是被逼急了，所以显得疯癫。他人在这里，被监禁在曼哈顿中城的警察局里，而他四周都是……

灵光一点，你这老呆子。想办法离开这里，过去更恶劣的环境也没困住你。

他回想自己在做笔录时的画面。他在登记姓名、住址后，警察便说明他已被控妨碍安宁与擅闯公务机关，并要求他签下个人随身物品清单，他的拐杖（他对警察说"这把拐杖对我意义深重"）和心脏病药都暂由警方保管。这时一个年约十七八岁的墨西哥裔青年被带了进来，双臂反转在背后，手腕上被铐住了。那个年轻人看起来很狼狈，脸上有抓痕，上衣也破了。瑟拉齐安注意到他的黑色长裤和上衣都被灼出一个个小洞。

"这真是狗屁，去你的！"那年轻人的手臂被紧紧扣在背后，他被警探推着走的时候，整个人微向后倾，"那王八蛋疯了，那家伙跟白痴一样，裸体在街上乱跑，四处攻击路人。**是他在**攻击我们啊！"那警探推他一下，用力很猛，让他跌坐在椅子上。"老兄，你没看到他，那个混球流**白色**的血。他的嘴巴里……有个他

妈的**怪东西**！他妈的，那根本不是**人类**！”

一位警探走到替瑟拉齐安做笔录的警察办公桌旁，拿纸巾擦掉脸上的汗：“墨西哥神经病，进过青少年监狱，还是只会惹是生非，才刚满十八岁。这次在斗殴中杀人了。他和朋友一定是扑在那人身上，把他的衣服都撕碎了。竟然想在时代广场中央把人撂倒。”

做笔录的警察翻翻白眼，继续敲着键盘。警察又问瑟拉齐安一个问题，可是他没听到。他甚至快感觉不到屁股下坐的椅子了，他也没察觉到自己老残的手掌握成了拳头。他想到要再度面对那无法面对的魔物，就陷入极度恐慌之中。他预见了未来。他看到家庭破碎了、人类被毁灭了。未来是一场痛苦的末世录。黑暗统治了日光，地球化为地狱。

那一刻，瑟拉齐安觉得自己是这颗行星最年长的人。

倏忽间，他那深沉的惊惶被同等深刻的冲动所取代：复仇。第二次机会。反抗、决斗——战争势不可免，必须由他发起。

返魂尸。

祸疫已经开始了。

牙买加医院医学中心，隔离病房

吉姆·肯特穿着他原本穿的衣服，躺在病床上气急败坏地说：“这实在太扯了。我根本没事。”

伊费和诺拉站在病床的两侧。“那就当作是预防措施吧。”伊费说。

“什么事都没发生。我一定是在穿越那扇门的时候被他撞昏了。我想我大概晕了一分钟，可能是轻度脑震荡。”

诺拉点点头说：“只是……吉姆，你是我们的一分子。我们要确定一切正常。”

“那——为什么要在隔离病房？”

“为什么不在隔离病房?”伊费硬挤出一抹微笑,“我们都已经在这里了,而且你看——医院这整个区域都是你的。纽约市中心最划算的病房了。”

吉姆笑了一下,表示他根本不买账。“好吧,”他终于让步,“不过我可不可以至少拿回手机,这样我才会觉得自己没耽搁工作?”

伊费说:“这简单,等你做完几项检查以后就可以。”

“还有——拜托你跟希薇亚说我没事,她一定吓坏了。”

“好,”伊费说,“我们一离开这里就马上打电话给她。”

他们离开病房的时候还频频发抖,走出隔离病房前,两人都停下了脚步。诺拉说:“我们必须告诉他。”

“告诉他什么?”伊费的声音有一点儿太尖锐了,“我们必须先查清楚我们面对的是什么。”

吉姆的女友希薇亚在隔离病房外,她把干硬的头发梳到脑后,用宽发带扎了起来,从大厅拖了一张塑料椅到隔离病房外。她和吉姆同居在东 80 街的公寓里,专责撰写《纽约时报》的星座专栏。她把五只猫也带进这段感情里,他则养了一只雀鸟,所以他们的家居生活张力十足。她一见到伊费和诺拉就站起来问:“我能进去吗?”

“抱歉,希薇亚。这是隔离病房的规定——只有医疗人员能进去,不过吉姆要我跟你说他觉得一切无恙。”

希薇亚抓着伊费的手臂:“那**你的判断**呢?”

伊费迂回地说:“他看起来很健康。不过安全起见我们还是得做各种检查。”

“他们说他昏倒了,有点头昏眼花。为什么要进隔离病房?”

“希薇亚,你也知道我们的工作性质。要排除各种危险因素,按部就班。”

希薇亚看着诺拉,女性的意见更能消除疑虑。

诺拉点点头说:“只要检查通过我们就会尽快把他还给你。”

伊费和诺拉下楼到医院地下室,发现一名行政人员在太平间门口等他们。“顾威医师,这完全不合理。这扇门从来不上锁,而且医院坚持要了解院内

所有——"

"很抱歉,格雷厄姆女士。"伊费念出她医院识别证上的名字,"这是疾管局的案子。"他最讨厌摆官架子,可是在政府工作偶尔还是有点好处。他拿出稍早向医院索取的钥匙,打开门,和诺拉一起进去。"感谢您的配合。"他说完就锁上门。

室内照明自动开启,雷德芬的尸体平放在铁桌上,用被子盖起来。伊费从灯光开关旁边的箱子里选了一双手套,然后打开装验尸器材的推车。

"伊费,"诺拉戴手套时说,"我们连死亡证明都还没有,你不能把他剖开。"

"我们没时间办手续了。吉姆还在楼上等着。更何况——我根本不知道我们要如何解释他的死亡。不管你怎么看,都是我杀了这个人。我自己的病患。"

"出于自卫。"

"这点我知你知,但我真的没办法浪费时间去跟警方解释。"

他拿起大解剖刀,划下雷德芬的胸腔。从左锁骨和右锁骨各划一条对角线到胸骨上端,然后刀锋直直往下,在躯干上切出Y字形,直线划过小腹直到耻骨。然后他翻开皮肤与肌肉,露出肋骨笼和腹腔。他没时间执行完整的医学解剖,不过他需要确认几个细节,雷德芬虽然没做完脑部断层扫描,但扫描出来的部分已经显示出一些异状了。

他用橡胶软管冲掉像血的白色液体,检视着肋骨笼下的主要器官。胸腔简直惨不忍睹,塞满了恶心的黑色黏稠物,被一条条细细长长的小虫蚕食着。机长干枯的器官上衍生了很多像血管一样的分枝。

"我的天啊!"诺拉说。

伊费通过肋骨研究着那些增生的状况:"这些东西早就把他害死了,你看他的心脏。"

那颗心脏皱缩成一团。动脉结构也变了,循环系统变得比较简单,动脉上覆着一层像癌细胞一样的深色物质,导致动脉都干涸萎缩了。

诺拉说:"不可能,从飞机降落到现在不过三十六个小时。"

伊费剥开雷德芬脖子的皮,露出他的喉咙。那个新的生理结构深植在颈子中间,从前庭襞长出来。那个像刺一样会伸缩攻击的肉瘤已经缩回去了,它直接连在气管上，其实应该说是和气管纠结在一起，就像癌细胞一样。伊费决定先解剖到这里，希望把这个不知像肌肉还是器官的结构完整留在原处，晚点再做更全面、深入的检查，确定它的功能。

伊费的电话响了。他转过身，让诺拉用她干净的手套从他的口袋里拿出手机。她看着来电显示说："是医检总局打来的。"她帮他接起电话，听了几秒后就跟对方说："我们马上到。"

曼哈顿，医检总局

疾管局局长埃弗里特·巴恩斯博士抵达30街与第1街街口的医检总局时，伊费和诺拉刚好也到了。他从车门走出来，一如往常蓄着山羊胡、身穿海军制服，谁来看都不会认错人。路口挤满了警车，电视台新闻记者在停尸所大楼正面蓝绿色的墙外都架起了采访设备。

他们三人拿出证件进了医检总局，直接走进纽约市首席法医朱利叶斯·莫恩斯坦医师的办公室。莫恩斯坦的头顶已经秃了，不过两侧和后脑还有几撮棕发，他的脸很长，天生就是张苦瓜脸，他穿着一条灰色长裤，披上医师袍。

"我们认为昨晚有人闯入——但无法断定。"莫恩斯坦医师看着倾倒的计算机屏幕、笔筒和散落的铅笔说，"我们打给昨晚所有的值班人员，都联络不上。"他和身旁正在拨电话的助理又确认了一次，她把话筒夹在耳边，摇摇头。"跟我来。"

地下室的停尸所里，每样东西看起来都收拾得有条有理，从干净的解剖台到桌面、磅秤、测量工具。完全没有破坏的痕迹。莫恩斯坦医师带头走进大冰柜里，等伊费、诺拉和巴恩斯博士进来。

这座冷藏尸体的冰柜空空如也。轮床都还在，除了几张床单被扔在地上之外，还有几件衣服。左侧墙边还有几具尸体留在那里，至于飞机罹难者则全部消

失了。

“他们在哪?”伊费说。

“问题就是,”莫恩斯坦医师说,“我们不知道。”

巴恩斯局长盯着他看了好一会儿:“你的意思是,你认为有人昨晚强行闯入,偷走四十几具尸体吗?”

“您的推断和我的一样,巴恩斯局长。我还希望您的同仁可以为我解开疑窦。”

“嗯,”巴恩斯说,“他们绝不可能自己走掉。”

诺拉问:“那布鲁克林呢? 皇后区呢?”

莫恩斯坦医师说:“我还没接获皇后区医检处的消息,不过布鲁克林医检处回报了同样的状况。”

“同样的状况?”诺拉说,“机上乘客的尸体都**不见**了?”

“完全正确,”莫恩斯坦医师说,“我请你们过来这里,就是因为贵单位或许在未通知我们的情况下取走了这些尸体,我希望是这样。”

巴恩斯看着伊费和诺拉。他们都摇头。

巴恩斯说:“天啊,我得立刻打电话给民航局。”

伊费和诺拉在巴恩斯拨电话之前,把他从莫恩斯坦医师身边拉开。

“我们得谈一谈。”伊费说。

局长先后看着他们两人的脸:“吉姆·肯特现在状况如何?”

“他看起来没事,他说他自己也觉得没事。”

“好,”巴恩斯说,“那你们要谈什么?”

“他的脖子上有一道穿孔,划过喉咙,就和753班机上的受害者一样。”

巴恩斯蹙起眉头说:“这怎么会?”

伊费简短地向他报告雷德芬从检验室逃跑后做出暴力攻击的情况。他从放了X光片的大信封里抽出雷德芬的脑部断层扫描影像,贴在墙上的读片灯上,打开灯源:“这是机长‘染病前’的影像。”

照片中可看到各主要器官,一切看起来都很正常。“然后呢?”巴恩斯说。

伊费说:“这是‘染病后’的影像。”他拿出一张扫描影像,雷德芬的躯干都被阴影蒙住了。

巴恩斯戴上阅读用的老花眼镜:“是肿瘤吗?”

伊费说:“这——呃——很难解释,不过这是新的组织,会使二十四小时前还很健康的器官急速衰退。”

巴恩斯局长拿下眼镜,又怒道:“新的组织?你这句话是什么意思?”

“我的意思就是这个。”伊费拿出第三张扫描影像,指着雷德芬的颈部内层结构。舌下增生的新组织很明显。

“这是什么?”巴恩斯问。

“螯针,”诺拉回答,“某种刺,发育中的肌肉组织,会伸缩的肉团。”

巴恩斯看她的表情好像觉得诺拉疯了:“螯针?”

“是的,长官。”伊费立刻声援诺拉,“我们相信就是这道螯针划破了吉姆的脖子。”

巴恩斯来回看着他们:“你们是说飞机意外中的生还者之一长出一道螯针,然后用针攻击吉姆?”

伊费点点头,指着扫描照片当证据:“埃弗里特,我们必须隔离检疫其他生还者。”

巴恩斯看着诺拉,她严肃地点点头,这整件案子她都和伊费站在同一阵线。

巴恩斯局长说:“这样推论的意思是,你们相信这……这像肿瘤一样的增生组织,这种生理结构的变化……是会传染的?”

“这是我们的假设,也是我们担心的状况,”伊费说,“吉姆可能也被感染了。如果我们还想要遏制这种病症蔓延并抢救吉姆的话,我们就必须了解这种症状的发展过程,不管这种疾病到底是什么。”

“你是说你见过这个……你所说的……会伸缩的螯针吗?”

“我们都见过。”

“那雷德芬机长目前在哪里?”

“在医院里。”

“你对疾病后续发展的判断是什么?”

伊费抢在诺拉之前回答说:“不清楚。”

巴恩斯看着伊费，他现在开始感觉到不寻常了。

伊费说："我们唯一的要求就是能下令强制其他生还者接受治疗——"

"隔离三个人意味着三亿人都可能陷入恐慌。"巴恩斯又端详着他们的表情，仿佛要获得最终的确认，"你们认为这和罹难者尸体消失之间有关联吗？"

"我不知道。"伊费说。其实他差点脱口而出的是，**我不想知道**。

"好吧，"巴恩斯说，"我会开始办强制隔离的行政程序。"

"**开始**办行政程序？"

"行政程序总免不了啊。"

伊费说："我们现在就要拿到命令。马上。"

"伊费，你刚刚给我看的报告非常诡异，任何人看了都会感到不安，而且这显然是单一个案。我知道你很关心同事的安危，但要发布联邦政府的隔离命令，就代表着我必须取得总统的行政命令。你以为这种文件只要从皮夹里抽出来就有吗？我目前还没看到任何大规模传染病的征候，所以一定要走正常管道。在我取得命令之前，我不准你骚扰其他生还者。"

"骚扰？"伊费说。

"我们就算不逾矩都可能会造成恐慌了。我提醒你一下，如果其他生还者真的病了，为什么还不就医呢？为什么我们到现在都还没有他们的消息呢？"

伊费答不出来。

"我会和你保持联络。"

巴恩斯离开他们去打电话了。

诺拉看着伊费说："别这么做。"

"别怎么做？"她可以读他的心思。

"不要去查其他生还者的下落。不要毁了我们救吉姆的机会。如果你惹毛了那个女律师或把其他人吓跑了，我们就没办法救吉姆了。"

伊费还在焦急不安地思考时，外面的门打开了。两位紧急救护技术员推着一张救护车上的轮床进来，床上放了一个尸袋，两位医检所的助理立刻迎上去。尸体会一直送进来，不会等他们解开谜团。伊费可以预见纽约市碰上真正的疫情会变成什么样子。只要市区资源（警力、消防人员、环卫人员、殡葬业者）忙不过来,这整座岛不出几周的时间就会沦为一座堆肥场。

一名医检助理把尸袋拉链拉开一半——然后发出不寻常的惊呼声。他从桌边往后退,白色不透明的液体从黑色塑料袋里渗出来,沿着他的手套往下滴,沿着担架往下滴,落在地板上。

"该死,这究竟是什么东西?"那名助理问紧急救护技术员,而他们站在门口看起来一脸嫌恶。

"车祸致死。"其中一人说,"先打架然后才被车撞死的。我不知道……可能是被载牛奶的货车那一类撞到的吧。"

伊费从桌上盒子里抽出一双手套,靠近尸袋,往里面一瞧:"头在哪里?"

另一名紧急救护技术员说:"在里面就对了。"

伊费看到那具尸体从肩膀处被斩首。

"**还有**,那家伙没穿衣服。"紧急救护技术员说,"今晚还真热闹。"

伊费把拉链拉到底。无头男尸有过重的倾向,年约五十。然后伊费注意到他的脚了。

他看到他的光脚大拇指上有一圈伤痕,看起来就像原本挂着尸体标签。

诺拉也看到大拇指上的伤痕,立时脸色刷白。

"你刚刚说,他打过架?"伊费说。

"他们是这样跟我们说的。"紧急救护技术员一边说一边推门往外走,"祝你好运,祝你有个愉快的一天。"

伊费拉上尸袋的拉链。他不希望其他人看到这个标签绳圈的伤痕,他不希望任何人问任何他无法回答的问题。

他转身看着诺拉:"那老人。"

诺拉点点头。"他要我们销毁尸体。"她回述他的话。

"他也知道紫外线光的事。"伊费脱下乳胶手套,又想到吉姆独自躺在隔离病房里——或许他身体里也开始长出谁也不晓得的怪东西了,"我们必须查清楚他还知道什么。"

曼哈顿东51街，纽约第17警察分局

瑟拉齐安数一数，这只有一般房间大的拘留所里面除了他还有十三人，其中包括一个刚遇袭的人。他的颈子上有几道新的创伤，蹲伏在角落，粗鲁地抹抹手中的唾液。

瑟拉齐安看过比这还惨的，当然——惨多了。在另外一块大陆上，另一个国家里，在第二次世界大战中，罗马尼亚犹太人的身份使他被关进特雷布林卡灭绝营。1943年，灭绝营被拆毁的那年他十九岁，还是个男孩。如果他当初以现在这个年纪进到灭绝营，他绝对撑不了几天——或许还没抵达灭绝营就死在火车上了。

瑟拉齐安看着长凳上坐在他旁边的墨西哥裔少年，也就是他在做笔录时第一次见到的那个男孩，他的年纪和战争结束时瑟拉齐安的年纪相仿。他的脸颊气得发蓝，眼睛下面有一条割痕，血已经结块凝成黑色了。不过他看起来好像没受到感染。

瑟拉齐安比较担心这个少年的朋友，在他旁边的长椅上缩起身体侧躺着，一动也不动。

格斯自己觉得又怒又痛，肾上腺素消退之后，就开始有点紧张不安了。他提防着旁边那个一直盯着他看的老人。

"你有问题吗？"

拘留所内的其他人纷纷抬起头，注意到墨西哥帮派分子和老迈的犹太人快要打起来了。

瑟拉齐安对他说："我确实有个很大的问题。"

格斯恶狠狠地瞅着他说："哼，谁没有。"

瑟拉齐安感觉到其他人都转开头了，没有擂台赛可以解闷了。瑟拉齐安仔细看着那墨西哥裔少年全身蜷缩的朋友。他的手臂遮住脸和脖子，他的膝盖缩到胸前，就像胎儿的姿势。

格斯看着瑟拉齐安，现在认出他了："我知道你是谁。"

瑟拉齐安很习惯这个状况，他点点头说："118 街。"

"纽约人典当。对——该死。你有一次狠狠揍了我老哥。"

"他偷东西吗？"

"没得逞，他看上了一条金链子。他现在是个窝囊的毒虫，失魂落魄跟鬼一样。不过那时候他还很壮，比我大个几岁。"

"他不该那么笨。"

"他**其实**没那么笨。他为什么要偷呢，那条金链子只是个战利品，真的。他想要称霸街头。每个人都警告过他'不要招惹当铺老板'。"

瑟拉齐安说："我顶下当铺的第一个星期，就有人打破前面的窗户。我换了一扇新的——然后一直看一直等，就逮到第二群要砸窗户的家伙了。我给了他们一顿教训，让他们好好反省，也要劝阻他们的朋友。那是三十多年前的事了，从那以后我的玻璃都很完整。"

格斯看着老人羊毛手套下变形的手指。"你的手，"他说，"怎么了？偷东西被逮到吗？"

"不是偷窃，不。"老人摸摸羊毛下的双掌说，"是旧伤。等我接受治疗的时候已经太迟了。"

格斯给老人看他手上的刺青，紧紧握拳这样指间的薄肉才会凸出来。他刺了三个黑色的圆圈。"就像你当铺招牌的图案。"

"古时候当铺的符号就是三颗球，不过你的图案有不同的含意。"

"帮派的记号，"格斯往后一坐，"这是窃贼的意思。"

"不过你从来没在我这里下手。"

"只是你不知道而已。"格斯笑说。

瑟拉齐安看着格斯的裤子，黑色布料上烧出许多小洞。"我听说你杀人了。"

格斯的笑容消失了。

"你没受伤吗？脸上的割痕是警察弄的吗？"

格斯改瞪着他看，这老人仿佛是监狱里的爆料大师。"干你啥事？"

瑟拉齐安说:“你有没有看到他嘴巴里面?”

格斯转身看着他。那老人往前倾,姿势几乎像是在祷告。格斯说:“你怎么知道?”

“我就是知道。”老人没抬起头,“一场祸疫已经在这座城市里蔓延了,很快就会散播到全世界。”

“这才不是什么祸疫。那是个神经病,他长了个……怪里怪气的舌头从他的……”格斯觉得大声讲出来很可笑,“所以这他妈的**到底**是什么?”

瑟拉齐安说:“和你搏斗的是个死人,他被瘟神附身了。”

格斯回想那胖子脸上的表情,苍白又饥饿。

还有他白色的血。“什么——靠,是**他奶奶**的僵尸吗?”

瑟拉齐安说:“换个角度想,这个人穿着黑色披风,尖牙,口音奇怪。”他转头面对格斯,好让他听清楚。“现在把披风和尖牙拿掉,至于奇怪的口音,现在也不怪了。”

格斯认真思考老人的话。他必须想通。他清醒的声音、悲伤的恐惧,这是会传染的。

“仔细听我说,”那老人又开口说,“你这个朋友,他已经感染了。你也可以说——他被咬了。”

格斯看着完全不动的费利克斯:“不。不,他只是……警察,他们把他敲昏了。”

“他正在变态,他现在经历的一切超越你能理解的范围。这种病会把人变成非人类,这个人已经不是你朋友了。他已经变了。”

格斯记得他看到那个胖子压在费利克斯身上,他猛力熊抱,牙齿狠狠咬住费利克斯的颈子。还有费利克斯的表情——一脸惊恐与敬畏。

“你现在觉得他有多烫?他的新陈代谢全速快转,因为变态要耗费许多能量——他的体内正在进行痛苦又折磨人的转变。为了供养寄生虫,他必须调整各种器官机能,他即将蜕变为一个有生命的宿主。很快地,感染后十二到三十六小时之内,但最可能是今晚,他就会苏醒,他会口渴难耐。为了满足渴望,他会不择手段。”

格斯瞪着老人,好像动画片播到一半暂停了下来。

瑟拉齐安说:“你爱你的朋友吗?”

格斯说:“什么?”

“我所谓的‘爱’是指敬爱、关爱。如果你爱你的朋友——那就在他完全变态之前毁了他。”

格斯的双眼沉了下来:“毁了他?”

“杀了他,否则他会把你也变成非人一族。”

格斯以慢动作连连摇头:“不过……如果你说他已经死了……我要怎么杀他?”

“有一些方法。”瑟拉齐安说,“你怎么杀那个攻击你的人?”

“用刀。他嘴里伸出那东西——我就把那恶心巴拉的东西砍断了。”

“他的喉咙呢?”

格斯点点头:“也断了。然后一辆卡车把他压过去,任务终结。”

“尸首分离是最确定的方法。阳光也可以——要直接照射日光。另外还有其他更古老的方式。”

格斯转身看着费利克斯。他躺在那里,一动也不动,几乎没呼吸。

“为什么没有其他人知道这件事?”他又转头看着瑟拉齐安,怀疑他们其中一人是不是疯了,“老头,你到底是谁?”

“**埃利萨尔德!托雷!**”格斯太认真对话,根本没注意到警察走进来。他听到自己和费利克斯的名字就抬起头,然后看见四名警察戴着乳胶手套走过来,他准备要挣扎一番。但他自己都还不知道发生了什么事就被压在地上了。

他们拍拍费利克斯的肩膀,轻打他的膝盖。警察发现这样都叫不醒他,就把他抬起来,手臂架着他。费利克斯垂着头、拖着双脚,就被带走了。

“拜托,听我说。”瑟拉齐安在他们身后站起来,“这个人病了,他得了很危险的病,会传染!”

“你以为我们干吗要戴手套,老头子。”其中一位警察对他大叫。他们扳着费利克斯疲软的手臂,拖着他走过拘留室的门。

“我们每天都在处理有性病的人。”

瑟拉齐安说:“他一定要隔离,你有没有听到? 要单独锁起来。”

“老头子,别担心,杀人犯都有特别待遇。”当警察关上拘留室的门,把格斯拖走时,他的双眼始终都没离开老人。

曼哈顿,石心集团

这就是集团龙头的卧室。

这里温湿平衡,而且全自动化,所有的设定都可以通过他手边的小遥控器调整。角落那部增湿机的鸣声、负离子空气净化器的嗡吟、空气清净机的呢喃一同唱和,就像母亲哄孩子入睡的低语那样令人安心。

奥狄·帕墨认为,每一个人夜里都该在子宫入眠。

像婴儿般沉睡。

距离破晓还有几个小时,他已经没耐心了。现在一切都在运作中——紧绷的疼痛感在纽约市蔓延,这个族群以指数成长,每个晚上都会成倍数增加——他快乐地轻哼,像一个贪婪的银行家。他已多次体验过赚大钱的满足感,但,没有任何财务的丰收能像这场大规模行动这样让他如此生气蓬勃。

床边小桌上的电话响了,话筒闪着光。任何来电都要先经过他的个人看护兼特别助理菲茨威廉先生,他的判断力优于常人。

“午安,帕墨先生。”

“菲茨威廉先生,对方是谁?”

“报告,是吉姆·肯特先生。他说是急事。我现在就把他转过来。”

过一会儿,帕墨刻意安排的石心会社成员之一,肯特先生就说话了:“喂?”

“肯特先生,请说。”

“是——请问您听得清楚嘛? 我必须压低音量……”

“很清楚,肯特先生。我们上次通话匆匆结束。”

“是的,机长逃跑了。检查到一半就走了。”

帕墨微笑着说,“那他现在离开了吗?”

“不。我当时不确定该怎么做,所以我跟着他穿过医院,直到顾威医师和马丁内斯医师追上来。他们说雷德芬没事,但我无法确认他的状况。我听另一位护士说这里只有我一个人,而且金丝雀小组占据了地下室的一个房间,还锁起来。”

帕墨沉下了脸:“你一个人在哪里?”

“在隔离病房里。这只是预防措施。雷德芬一定撞到我或怎么了,他把我撞昏了。”

帕墨沉默了一会儿:“我了解了。”

“如果您可以清楚告诉我该寻找什么,我就可以尽更多力——”

“你说他们控制了医院里的一个房间?”

“在地下室。或许是太平间。我晚点会查清楚。”

帕墨说:“怎么查?”

“我一离开这里就去查。他们只是要我做几项检查。”

帕墨提醒自己,吉姆·肯特本身不是传染病学家,而是金丝雀计划的执行人员,缺乏医学训练。“肯特先生,你听起来喉咙好像不太舒服。”

“是有点。只是有点发炎。”

“嗯。肯特先生,晚安。”

帕墨挂上电话。肯特遭袭不过是加快攻击的进度,但他在报告中提到医院太平间,这点很令人困扰。所有的冒险中都有障碍要克服,他这一辈子也都在斡旋。经验教导他,挫折和险阻才会让最后的胜利更为甜美。

他又拿起话筒按下星号。

“是?”

“菲茨威廉先生,我们已经失去金丝雀计划的内线了。以后他的手机来电都不要接。”

“是的。”

“我们必须派一个团队到皇后区,牙买加医院医学中心的地下室里似乎有个东西得回收。”

纽约布鲁克林，弗拉特布什区

安-玛丽·巴伯再度检查她是不是每一道门都上锁了，家里的环境也检查了两次（一间一间仔细地从天花板检查到地板），每一面镜子都摸两次，好让自己冷静下来。她每次经过会反光的平面就会忍不住用右手食指和中指摸一下，这是一种类似屈服的仪式。然后还有第三次，这次则是用清洁剂和圣水一比一混合的溶液擦拭，擦到她满意为止。

她觉得自己能控制情绪以后，就打给她的小姑，住在新泽西中部的吉妮。

“他们没事，”吉妮指的是本杰明和海莉，她前一天来把小孩接过去住，“很乖呀。安塞尔情况如何？”

安-玛丽闭上眼睛，眼泪渗了出来：“我不知道。”

“他有没有好一点，你有没有给他喝我带过去的鸡汤？”

从安-玛丽害怕的嗓音中，听得出她的下颚连连发颤：“我会。我……晚点回你电话。”

她挂上电话，从屋后的窗户往外看，看着坟墓。两个小土丘。她想着躺在尘土之下的狗。

安塞尔。他对它们做的事。

她用力擦洗双手，然后又前后检查整间房子，这次只检查楼下的部分。她从厨房餐具橱里拿出桃花心木盒，打开精致的银器，她的结婚礼物。闪闪发亮、暖暖含光。这是她的私房收藏，就像其他女人会在家里藏些甜点或药品一样。她抚着每一件餐具，她的指尖来回点着银器和双唇，她觉得如果没有每一件都摸一下，自己就要被击垮了。

然后她走到后门，停在那里，心力交瘁，手握着门把，祈祷着力量、祈祷着方向。她在祷告中祈求知识，请神让她能了解发生了什么事，让她知道怎么做才对。

她打开门,走下阶梯到狗棚。她就是从那个狗棚里拖出狗尸,拉到院子一角的。她不知道还能做什么。还好,前门廊下有一把旧铲子,所以她不必走回狗棚里。她把它们埋在浅土下,在它们的坟上啜泣。

为它们、为孩子、为自己落泪。

她走到狗棚侧面,那里的四格小窗下方有黄菊和橙菊的小盆栽。她迟疑了一下才往狗棚里面看,用手遮着眼睛挡住阳光。园艺工具都挂在棚内木栓板上,其他工具叠在架子上,里面还有一张小工作凳。阳光穿过窗户在泥土地板上印出一个完整的四方形。安-玛丽的影子落在深入地底的铁桩上。桩上有一条链子,就像门后的一样。因为角度的关系,这条链子另一端系了什么她看不到。地板看起来有挖凿的痕迹。

她走回狗棚前方,在上链的门前停下脚步。

她细细听着。

“**安塞尔?**”

她发出的声音只能说是呢喃。她又仔细听了一下,结果什么都没听到,两扇门都被雨打湿了,中间有大约一厘米的空隙,她把嘴凑上去。

“安塞尔?”

有沙沙声。那带着兽性的声音吓到她了……但同时也让她很安心。

“安塞尔……我不知道该怎么做……拜托……告诉我该怎么办……我不能没有你。亲爱的,我需要你。快回答我。我要怎么做?”

她又听到沙沙声,好像抖落泥土的声音。有个喉音,又好像是水管堵塞的声音。

如果她能看到他就好了,他的脸能让她安心。

安-玛丽伸手到衬衫正面的口袋里,拿出绑着鞋带的短钥匙。穿过门把的铁链中间有个锁头,她拿起锁头,把钥匙插进去转了一下,听到咔一声,沉重的铁座就开了。她松开链子,把它从金属门把中拉出来,再让它落在地上。

门开了,两扇门摆动了一下,张开几厘米的空隙。日正当中,狗棚里面很阴暗,不过还是有几束阳光透过小窗进到棚内。她站在门缝前,想要往里面瞧。

“安塞尔?”

她看到一团影子在晃动。

“安塞尔……你晚上要更安静一点……对面的欧提许先生昨晚报警了,他以为是狗在吵……狗狗……”

她又泪盈盈,她无法再独守这些秘密了。

“我……我差点跟他说你的事。我不知道要怎么办,安塞尔。怎么做才对。我好迷惘。拜托……我需要你……”

她正准备要开门的时候,被一阵呻吟般的呼喊震慑住了。

他朝狗棚的门冲撞过来(朝着她),从里面发起攻击。不过桩上的铁链把他拉了回去,勒得他发出动物般的吼声。

不过门被撞开了,她看到(在她失声尖叫之前,在她把门板甩向他,仿佛像要闪避暴烈的龙卷风之前)她的丈夫蜷缩在泥土地上,全身赤裸,只有狗项圈套在紧绷的脖子上,张开黑色的大嘴。他几乎把头发都拔光了,就像他先前把衣服撕碎那样。他苍白冒着蓝色血管的身体因为睡在(藏身在)土中,所以污秽肮脏,整个人看起来就好像从坟里爬出来的死尸一样。他露出沾血的牙齿,眼球翻到背面去,躲着阳光。恶魔。她的双手抖个不停,赶紧用铁链绑着门把,然后上锁转身逃回屋里。

翠贝卡区,教堂街

礼车直接载加布里埃尔·波利瓦到他个人医师的诊所,那间大楼有地下停车场。何医师是纽约电影、电视、音乐界明星所信赖的首席名医。他不会刻意假装自己是摇滚迷,也不是埋头猛开药只想让你好过一点的、治标不治本的医生——不过他开药的权限还是很高。他是受过严格训练的内科医师,毒瘾矫治中心的人都说他特别擅长治疗性病、C型肝炎和其他随名利而来的疾病。

波利瓦坐在轮椅里搭电梯,身上只罩着一件黑袍,他的头和肩膀都筋疲力尽地垂下来,活像个老头子。柔软如丝的长发变得干燥粗糙,落发严重到头皮看起来东缺一块西秃一块。他的手不但细瘦,还像是得了关节炎,他用手遮着脸避免被认出来。他的喉咙又肿胀又刺痛,连话都说不出来。

何医师立刻替他看诊。他原本在看检验所传输给他的照片,检验所主任还在照片上留言致歉,说他只看到扫描结果没帮本人看诊,之后一定会修好机器,过一两天再安排其他检查。不过何医师看到波利瓦之后就知道他们的设备没坏。他用听诊器听着波利瓦的心跳,要他深呼吸。他想要检查波利瓦的喉咙,不过被病人无声地拒绝了,他又黑又红的双眼闪烁着痛苦的光芒。

"你这副隐形眼镜戴多久了?"何医师问。

波利瓦张着嘴干吼一声然后摇摇头。

何医师看着站在门边的壮汉,身材魁梧得像后卫球员,身穿司机制服。波利瓦的随员伊力亚身高近两米,体重达120公斤,何医师看他那副紧张的模样自己也害怕了起来。他检查这个摇滚明星的双手,看起来又老又瘪,一碰就痛,但是完全没有受伤。他想要检查波利瓦颚下的淋巴结,可是波利瓦受不了那剧烈的疼痛。检验所里的温度计测到他的体温是摄氏五十点五度,人类的体温不可能那么高,可是何医师现在站在波利瓦身边,近到可以感觉到他的体温,何医师相信波利瓦的体温确实那么高。

何医师往后一站。

"我不知道该怎么说,加布里埃尔。你的身体,看起来,好像长了恶性肿瘤。就是癌症,我观察到癌细胞、肿瘤和淋巴瘤,而且每一个都在往不同的部位转移。据我所知,过去从来没有这种病例,不过我坚持要找几位专家一起研究。"

波利瓦呆坐在那里听着,变色的眼珠里有一种邪恶的表情。

"我不知道这是什么,不过有个东西控制你了。我是说真的。就我目前的理解,你的心脏已经自己停止跳动了。看起来癌细胞……操纵了你的器官,在为你收缩心脏。你的肺脏也一样,它们都被入侵了,而且……几乎被吞噬了,变形了。就好像……"何医师恍然大悟道,"就好像你在经历一种蜕变。以医学角度来说,你已经没有生命现象了,不过你的癌症让你还活着。我不知道还要对你说什么。你的器官都在衰退,不过你的癌症……嗯,你能活着都要多谢你的癌症。"

波利瓦坐着，恐怖的双眼看着远处。他的脖子微微一弓，好像打算说话，可是声音却被挡住了。

何医师说：“我希望你能立刻住进纽约斯隆凯特林癌症专科医院，我们可以用别名和伪造的社会安全码登记。我希望伊力亚先生可以立刻载你过去——”

波利瓦的胸口发出咕噜一声，那意思绝对是**不**。他把手放在轮椅扶手上，伊力亚走上前握住轮椅的推把，这时波利瓦站了起来。他摇晃一下才取得平衡，然后用疼痛的双手抓起腰带，拉开袍上的结。

袍下露出软绵绵的阴茎，又黑又干，垂在鼠蹊部，好像得病虫害的无花果，随时会从枯树上掉下来。

布朗克斯维尔

妮华，卢斯一家人的保姆，仍在为过去二十四小时内发生的事件感到惴惴不安。她把小孩交给侄子埃米尔照顾，要女儿塞巴斯蒂安载她回布朗克斯维尔。

她带着琼的小孩，基恩和他八岁的妹妹奥德丽，逃离卢斯家的时候也打包了玉米片和水果丁，所以她让这两个小孩在她家里继续吃东西。

不过她现在必须回去拿更多东西，卢斯家的两个小孩不肯吃她做的海地料理，而且更急迫的是，妮华之前忘了带基恩的气喘药，现在这个小男孩气喘发作了，而且看起来脸色很苍白。

她们停好车之后，发现吉尔德太太的绿色房车在卢斯家车道上，妮华犹豫了一下。她要塞巴斯蒂安在车上等她，然后就下了车，拉拉衬裙，拿出钥匙从侧门进去。开门的时候没有任何声音，显然保安系统没有启动。妮华走进机能完善的外出衣物间，这里有系统衣柜、大衣挂钩和可调节温度的地板，一般来说雨天用的外套鞋子都会放在这里，所以难免会有点泥泞，不过卢斯家的外出衣物间一尘不染。妮华经过外出衣物间之后就推开落地门，走进了厨房。

看来，自从她带着孩子离开后就没有人再进来过了。她静立在门口，聚精会神地提高听觉,连大气都不敢呼一口。她没听到任何声音。

“哈罗?”她喊了几回,不晓得吉尔德太太在不在。吉尔德太太是琼的管家,平常根本不会和妮华说话,所以她怀疑对方其实有种族歧视只是不说出口,因此她不确定吉尔德太太会不会出声打招呼。她也不确定琼(这个严重缺乏母亲本能的妈妈尽管是个成功的律师,自己却像个孩子)会不会理她。其实她心里知道这两个人根本就不会回她的话。

既然没听到任何声音,她就走过厨房中央,轻轻地把袋子放在桌面上,水槽和流理台中间。她打开点心柜,手脚利落,动作比她自己所想象的更像小偷,不一会儿就在食品商场的购物袋里塞满了饼干、果汁和微波爆米花——中途只有一次停下动作听听屋内的声音。

打开冰箱搜刮干酪条和酸奶之后,她注意到厨房电话旁边的墙上有一张联络电话表,上头有卢斯先生在国外使用的电话号码。不确定的念头闪过她的脑海。她能跟他说什么?**你太太病了,她不太对劲,所以我把小孩带走了**?不行。她平常就很少跟卢斯先生交谈。这座豪宅很邪门,她最重要的、唯一的任务——不管是身为员工还是人母——就是要守护孩子的安全。

她检查了恒温储酒柜上方的橱子,不过气喘药已经没了,这正是她最担心的。她必须去地下室的储藏室拿。妮华站在铺地毯的旋转梯上端,先迟疑了一下,然后从袋子里拿出她的黑釉十字架。她手持着十字架往下走,站在最底阶看过去。就算是白天,整个地下室也很阴暗。她把每一个开关都打开,灯亮了以后还是站在原地听着动静。虽然他们家说这里是地下室,但其实这一层也全部装潢过了。他们在楼下辟了一间家庭剧院,不但有电影院座椅还有爆米花推车。另一个小房间则塞满了玩具和游戏板;另一间是洗衣房,吉尔德太太把这家人的衣物都收在那里。此外还有第四间浴室、储藏室和最近装设的恒温酒窖。因为是欧式酒窖,所以装潢工人还得拆除地下室的地板,才能创造泥地质感。

热气一阵一阵涌上来,而且她听到好像有人踢到暖气炉的声音(事实上真正的暖气设备都嵌在某一扇门的后面,做隐藏式设计),那声音害妮华差点跳起来撞到天花板。她回头往楼梯走,可是那男孩需要他的喷雾式气喘药,他的气色真的很糟。

她毅然决然穿过地下室。就在她穿过两张电影院皮椅，快要走到储藏室的折门时，她注意到杂物都堆在窗边。难怪天还亮着这里却那么暗：玩具和旧纸箱在墙边堆成了一座塔。旧衣物和报纸扼杀了每一丝阳光。

妮华睁大眼睛看，不知道这是谁堆的。她赶紧走向储藏室，发现基恩的气喘药、琼的维他命、一罐一罐裹糖衣的胃片都堆在铁置物架上。气喘药塑料罐都装在盒子里，她从架子上扯下两大盒，匆忙之间也没拿其他食物就立刻离开储藏室，连门都没关。

她得再度穿越地下室往回走，这时才注意到洗衣房的门没关。那道门不太对劲，因为平常绝对不会打开，这更证实了妮华的感觉——这间房子明显异于平常。她看到厚绒地毯上有几块深色、油腻的污渍，彼此间隔的距离就好像脚印一样。她的眼神循着足迹望向酒窖门，她必须穿过酒窖才能回楼梯。她看到门把上面有泥土的抹痕。

妮华在靠近酒窖门的时候感觉到了。她感觉那布满泥地的房间里，有一股墓地般的黑暗。灵魂空洞的感觉。不过——却不阴寒，反而还矛盾地温暖。一股热气，潜伏着、翻腾着。

她急忙穿过酒窖往楼梯走时，门把开始转动了起来。

妮华已经五十三岁了，膝盖不中用了，她的双脚一边往楼梯上爬，一边踢着阶梯。她失足踩空了一阶，用手扶着墙才稳住步伐，十字架在灰泥墙上砸出一道凹痕。有个东西在她身后，沿着阶梯上来追她了。她一边用克里奥尔语叫喊一边爬上采光充足的一楼，穿越长长的厨房，抓起她的手提包，撞翻了食品商场的购物袋，零食和饮料倒了一地，可是她害怕到不敢回头。

塞巴斯蒂安看到妈妈一边尖叫一边从屋里奔逃出来，就赶紧下车。“不！”她妈妈大声叫，比着手势要她回车里。她急窜的模样仿佛有人在后面追，但其实她后面一个人影也没有。塞巴斯蒂安一屁股坐回驾驶座，保持警戒。

“妈妈，怎么回事？”

“快开车！”妮华大声嚷嚷，她宽阔的胸膛上下起伏，眼神依然狂乱，注视着大宅敞开的侧门。

“妈妈，”塞巴斯蒂安开始倒车，“你这是绑架。他们有法律的。你有没有打给她先生？你说你会打给她先生的呀。”

妮华摊开手掌，发现上头有血。她把镶珠珠的十字架握得太紧了，竟然把皮都划破了。她的手一松，十字架就掉在脚踏垫上。

曼哈顿东51街，纽约第17警察分局

老教授在那间上锁的房间里，坐在长凳的尾端，尽量和那个袒胸打鼾的男人离愈远愈好，因为他刚刚懒得问其他人厕所在哪里，也懒得脱裤子，直接就地解放。

“瑟拉契安……瑟拉启安……瑟拉七安……”

“我就是。”他应了一声，站起来，朝拘留室门口那个穿警察制服却有阅读障碍的人走过去。警官让他走出去，随即关上门。

“我被释放了吗？”瑟拉齐安问。

“大概吧。你儿子来接你了。”

“我——”

瑟拉齐安住嘴不语，他跟着警官走到一间没标示的侦讯室内。那个警察拉开门，做个手势要他走进去。

瑟拉齐安花了几秒钟（正好可以让警察关上背后的门）才认出空桌子对面坐的，就是疾病管制局的顾威医师。

之前和他在一起的那个女医师也来了。

瑟拉齐安感激地以微笑感谢他们想出这招，不过他见到他们其实并不意外。

瑟拉齐安说：“看样子，事情已经开始了。”

黑眼圈——就像是疲倦和失眠造成的淤血，挂在顾威医师的眼下，而他正上下打量着这个老人。

“你想要出去，我们可以让你出去。我要先得到解释。我需要信息。”

“我可以回答你许多问题，但我们已经失去太多时间了。我们必须立刻开

始行动——从这一刻开始，如果我们还有机会可以遏止这场灾难的话。”

“这就是我想问的。”顾威医师的手用力捶了一下，“这场灾难是**什么**？”

“飞机上的乘客，”瑟拉齐安说，“死人已经苏醒了。”

伊费不知道要怎么接下去。他无法说出口，不愿说出口。

“顾威医师，你要放下你的成见。”瑟拉齐安说，“我能理解，你认为自己信任一个陌生老人的话是在冒险，不过，从另一个角度来看，我把这个责任托付给你所承担的风险是你的千倍。我们现在讨论的范围几乎是全人类的命运了——尽管我不要求你现在就能相信，或理解。你认为你要把我纳入你的行动计划内，但事实上，是我把你纳入我的计划中。”

老教授

THE OLD PROFESSOR

哈林区东118街,纽约人典当质借中心

伊费把**紧急运送血液**通行证贴上挡风玻璃后(那辆车子停在东119街的卸货区里),就跟着瑟拉齐安和诺拉往南走一个路口,到他那个位于街角的当铺。大门外还有铁栅,每扇窗也都锁上金属栓。尽管店门玻璃上用**公休**的纸牌盖住了营业时间,还是有个人站在店门口。他穿着破旧的蓝色厚呢短大衣、戴了一顶长毛帽——就是像牙买加黑人喜欢戴的那种,只不过他少了一头细发辫把帽子撑起来,所以戴起来就像是软塌的舒芙蕾——他的手里捧着一个鞋盒,不断左摇右摆,站没站相。

瑟拉齐安抽出一条尾端系了一串钥匙的链子,忙着打开大门上下的锁。尽管手指都变形了,它们还是能干活。“今日公休。”他开锁的时候抽空往旁边瞄了一眼,瞥见那人手上的盒子。

“你看这个。”那人从鞋盒里拿出一捆亚麻餐巾,摊开来,里面有九或十样餐具,“上好银器。你收购银器的,我知道。”

“没错,我会收。”瑟拉齐安解开栅门的锁之后,将长拐杖的把手架在肩上,选了一把餐刀,掂掂斤两。手指抚过刀刃。他拍拍背心口袋后,转身对伊费说:“医师,请问你有十块钱吗?”

为了赶快结束这插曲,伊费伸手拿出钞票夹,抽了一张十元美钞交给捧鞋盒的人。

瑟拉齐安接着把银器还给他。“你收着,”他说,“不是真银。”

那人感激地接过去,把鞋盒夹在腋下就走了。“愿上帝保佑你。”

瑟拉齐安走进店铺里的时候说:“这我们很快就能查证了。”

伊费看着他的钱迅速消失在街头,然后跟着瑟拉齐安走进去。

“灯的开关都在那面墙上。”老人一边说一边将栅栏关起来,锁上。

诺拉一口气把三盏灯都打开，照亮了玻璃柜、展示墙和他们所站的店门口。这是一间街角小店铺，格局不方正，呈楔形，简直像是被人用木槌敲进十字路口的。

伊费脑海中出现的第一个字是“垃圾”，一堆又一堆的垃圾。旧音响系统；录放机和其他过时的电子用品；一面墙上展示了许多乐器，包括五弦琴和吉他形肩背式键盘，那可是1980年代的产物；宗教塑像和瓷盘收藏系列；还有几部唱机转盘和混音器；上锁的玻璃柜里面有廉价胸针和金光闪闪的劣质饰品配件；许多架子上堆满了衣服，大部分是毛领冬季外套。

垃圾多得让他的心情沮丧了起来。他把宝贵的时间托付给一个疯子了吗？

“听我说，”他对老人说，“我们有一个同事，我们相信他已经受感染了。”

瑟拉齐安走过他身边，用过长的拐杖轻轻敲着地板。他掀开柜台长桌，邀请伊费和诺拉走过去：“我们从这里上去。”

柜台后的楼梯通往二楼的门。老人在进门之前先轻抚门上的经文，把他的长杖靠在墙边。这栋老旧的公寓天花板很低矮，地毯也都磨破了。里面的家具可能三十年都没移动过。

“你们饿了吗？”瑟拉齐安问，“四处看看，应该可以找点东西吃。”瑟拉齐安掀开精致糕点贮藏盒的盖子，里面有一盒已经开封的巧克力夹心蛋糕。他拿出一包，撕开玻璃纸包装：“不要让能量下降，要保持体力。你会需要体力的。”

老人一边咬着巧克力夹心蛋糕，一边走去卧室换衣服。伊费环顾这间狭小的厨房，然后看着诺拉。这地方虽然看起来凌乱，但闻起来很干净。诺拉从桌上拿起一帧黑白照：相片里有个年轻女性顶着一头黑发，穿着一套简单的深色洋装，沙滩上空无一物，只有一块大岩石；她坐在岩石上，手指交叠放在光洁的膝盖上，神情愉悦、笑容迷人。这张桌子旁边只有一把椅子。伊费回到他们刚刚穿越的走廊，看着墙上悬挂的旧镜子——这里有好几十面，每一面的尺寸都不一样、都不完整而且褪色了。陈年旧书堆在走廊两侧，让通道更狭窄。

老人又出现了，他已经换了衣服，不过样式没变：一件旧花呢西装外套配毛背心、长裤吊带、领带和棕色皮鞋。看得出来这双鞋原本很坚固，是被他穿得变薄了。他伤残的手上依然戴着羊毛开指手套。

“我看到你收集镜子。”伊费说。

“某几种。我发现古代的玻璃最能反映真实。”

“你现在准备好要告诉我们发生什么事了吗?”

老人微微地歪着头:“医师,这不是三言两语就能说清楚的事。这种事一定要眼见为凭。”

他走过伊费身边到他们刚刚经过的那道门。

“请——跟我来。”

伊费跟着他又下了楼,诺拉则在他后面。他们穿过一楼的当铺,走过一道上锁的门,来到另一条向下的旋转梯口。老人走下去了,一次踩一阶。每一阶的角度都不一样。他变形的手顺着冰冷的铁栏杆往下滑,他的声音回荡在狭窄的楼梯间:“我把自己当成博物馆馆员,看守着古代的知识、已逝的生命、久为世人遗忘的书籍。知识不断累积,花一辈子研读也不够。”

诺拉说:“你在医检总局外头拦下我们的时候说了几件事。你提到你知道飞机上的乘客尸体不会正常腐化。”

“没错。”

“你的根据是什么?”

“我的经验。”

诺拉感到疑惑:“其他飞机事件的经验吗?”

“那些人在飞机上只是纯属巧合。的确,我之前就看过这种现象。在匈牙利布达佩斯,在伊拉克巴士拉,在捷克布拉格,在法国一个离巴黎不超过十公里远的地方。我还在中国黄河河岸的小渔村,以及蒙古阿尔泰山海拔超过2100米的地方见过这种景象。还有,没错,这块大陆上也发生过。我看过他的踪迹。侥幸的话,他不会酿成灾害,有时候被解释为狂犬病或精神分裂症、发疯,或最近有起连续杀人——”

“等等,等等。你自己见过慢速腐化的尸体?”

“那是第一阶段,没错。”

伊费说:“第一阶段。”

阶梯底端是一道上锁的门。瑟拉齐安拿出一把钥匙,它没和其他钥匙串在

一起,单独挂在他的项链上。

老人用弯曲的手指把钥匙插进两个挂锁里,一大一小。那道门向内开了,热光源自动开启,他们跟他走进一间嗡鸣不止的地下室,又深又亮。

伊费的视线立刻被整墙的盔甲所吸引,从全套骑士装备到锁子甲、日本武士铠甲一应俱全,还有更原始的皮制颈套、胸甲、护裆。也有武器:墙上挂着刀剑,薄刃上闪着锻铁冷冽的光芒。看起来更现代的装置都放在一张低矮的旧桌子上,电池组放在充电器里。他认出一套夜视镜和多功能钉枪。还有更多镜子,大部分都是携带型的大小。这些镜子排列得很整齐,所以他可以看到自己一脸迷惑地看着这座莫名的收藏馆。

"那家店,"老人指指上方,"让我可以勉强维生,不过我可不是为了晶体管收音机和祖传珠宝才踏进这一行。"

他关上他们身后的门,门框周围的灯都暗了。固定的灯管和门等高等宽(伊费认得紫色的灯管就是紫外线灯)、围绕着门框,就像一个光的力场。

是为了杀菌吗?还是为了避免其他东西进来?

"才不是咧。"他继续说,"我选择以当铺为业,就是因为开当铺可以让我进入黑市,取得各种秘传真品、古代遗物、古籍卷册。这都是违禁品,虽然有时候不犯法。我会收购都是为了自己的收藏,和研究。"

伊费再度环顾四周。这看起来比较不像博物馆藏品,反而像个小型军火库。"你的研究?"

"没错,我曾经在维也纳大学担任东欧文学与民俗传说教授很多年。"

伊费重新评估了这个人,他的穿着确实很像维也纳教授。

"然后你退休了,就来哈林区开当铺兼博物馆管理员?"

"我没有退休,是被迫离开的。遭人贬谪,被某些势力连手逼退。不过,我现在回想起来,在那时潜入地下正好救了我一命。事实上那是我目前做过最正确的事。"他转身面对他们,双手扣在背后,像教授一样,"目前我们所见到的,是最初始的阶段,这个祸害已经存在好几世纪了。尽管无从证实,但我推测,他已存在逾千年,始于最古老的年代。"

伊费点点头,并不是因为他听得懂,他只是很高兴事情终于开始有点进展:

“所以我们在讨论的是一种血凝病毒啰。”

“没错,这算是某种病毒。这种疾病不但会侵蚀肉体也会腐蚀心灵。”从伊费和诺拉的角度看老人所坐的位置,墙上的剑阵仿佛在他的背后织成一双锋锐的翅膀,“嗯,要说他是血凝病毒?没错。不过我也要向你提起另一个和血有关的字。”

“是什么?”

“吸血鬼。”

老人以严肃认真的口气说这字眼,让它回荡在空气中。

“你们想到的,”这位从前的教授说,“是黑色缎面披风下的阴沉脸孔,或是力大无穷、迅捷如电、隐藏尖牙的吸血鬼,再不然就是永生不死的灵魂。或者是——好莱坞电影《吸血狂魔》、《吸血鬼与科学怪人》。”

诺拉再度环视这个房间:“我没看到十字架、圣水或大蒜串。”

“大蒜可以提升人体免疫系统,确实有它的功效,所以大蒜出现在吸血鬼的传说里就生物学观点来说也情有可原,但十字架和圣水?”他耸耸肩,“只是时代的产物。一个是维多利亚时代作者对爱尔兰文化的幻想,另一个则是当时宗教氛围下的产物。”

瑟拉齐安早料到他们会露出不以为然的表情。

“他们一直都在,”他继续说,“在巢居、在狩猎。在黑暗中秘密进行,因为这是他们的天性。一开始吸血鬼的世界里有七个吸血鬼始祖,也就是七位血祖,但并不是七大洲各有一个。原则上他们并非独立生存的,而是会拥有各自的氏族。直到最近——所谓‘最近’也是以他们无限的寿命来说——他们的活动范围都分布在最大块的陆地上,也就是我们今日所称的欧洲、亚洲、俄罗斯联邦、阿拉伯半岛和非洲大陆,也就是旧世界。后来他们分裂了,因为吸血鬼内部的冲突。为什么会出现分歧,我不知道。不过,这场分裂比新世界的发现还早了好几个世纪。接下来发现美洲殖民地就像开启了一扇门,通往肥沃的新土地。三位血祖留在旧世界,另外三位前往新世界。两派尊重彼此的领域,井水不犯河水,从此立下停战协议,并世代遵循。

“问题出在第七位血祖,他背叛了新旧两派。虽然我现在还无法证实,但这

次飞机事件如此意外唐突让我相信他就是这一切的幕后黑手。”

“这一切是指?”诺拉说。

“侵略新世界的行动,违背神圣的停战盟约,破坏族群存在的平衡。基本上这就是战争行为。”

伊费说:“吸血鬼之间的战争。”

“在棺材里,在货舱里。”

伊费说:“吸血鬼之间的战争。”

瑟拉齐安勾起嘴角,促狭一笑。“你之所以简化这一切是因为你不能相信。你化繁为简,因为你受的教育要你提出怀疑、拆除假象,要删除许多信息,留下一点点已知的知识,才能消化信息。因为你是一名医生,有科学背景,因为这里是美国——每一件事都能合理解释。因为上帝是慈爱的独裁者,因为未来一定很光明。”他尽力扣住双手,在这忧郁悲伤的时刻,用手套没裹住的指尖碰着嘴唇,“这就是我们要的精神,这种信念很美。我是说真的——我这人不说假话。能够只相信一切你想相信的事情而否定其他,这点很厉害。顾威医师,我的确很尊重你持保留、怀疑的态度。我这么说,是希望你听了以后会尊重我这方面的经验,希望你那颗高度文明且信任科学的脑袋也能接纳我的观察。”

伊费说:“所以你的意思是,那班飞机……他们其中一个也在里面,那个不合群的吸血鬼。”

“正是。”

“在棺材里,在货舱里。”

“装满泥土的棺材。他们是土系生物,喜欢回到土里,也会从泥土中复活。就像虫子,**蚯蚓**。他们必须掘土隐身才能休息。我们称之为睡眠。”

“躲避日光。”诺拉说。

“逃避阳光,没错。他们在变态的时候最脆弱。”

“但你说这是吸血鬼之间的战争,不过现在吸血鬼不是在攻击人类吗?那些乘客都死了。”

“这对你们来说也很难接受,但对他们来说我们不是敌人,我们不堪一击。他们根本不把我们看在眼里。对他们来说我们是猎物,是食粮。我们和猪圈、牛栏里的牲畜并无二致,就和架上的水瓶一样。"

伊费感到一阵阴寒,不过立刻压抑了哆嗦:"对某些人来说,他们可能会觉得这听起来很像科幻小说?"

瑟拉齐安指着他:"你口袋里的那个装置,你的移动电话。你按下几个号码,就可以和地球另一端的人通话。那才是科幻,顾威医师。科幻小说的情节已经成真了。"说到这儿,瑟拉齐安微笑了。"你需要证据吗?"

瑟拉齐安走向墙边的一条矮凳子。那里有个东西被黑色丝幔盖住了,他伸手过去拿的动作很别扭:他拉长手臂,让身体离那东西愈远愈好。指尖碰到丝幔边缘后,就把那层布掀开来。

一个玻璃容器。一个样本罐,在任何医疗器材行都可以买得到。罐子里黑黝黝的液体里浮着一颗保存完善的人类心脏。

伊费弓着身子从几米外端详。"从大小来判断应该是成人,女性,健康、很年轻。刚制作的标本。"他回头看瑟拉齐安,"你从哪弄来的?"

"阿尔巴尼亚北边斯库台州外围小村庄里有个年轻寡妇,我 1971 年春天从她胸口挖出来的。"

伊费听完老人不寻常的故事后,微笑以对,又往前凑一点仔细看着罐子。

有个像触角的东西从那颗心脏伸出来,触角底端的吸盘牢牢黏着伊费眼神对到的那一小片玻璃。

伊费立刻挺直身子,整个人愣住了,目光仍停留在罐子上。

诺拉在他旁边说:"呃……这到底是什么鬼玩意儿?"

那颗心脏开始在溶液中移动了。

它在搏动。

脉动。

伊费看着那个像嘴一样的扁平吸盘触角头刷过玻璃。

他看着诺拉,她就在他身边紧盯着那颗心脏。然后他看看瑟拉齐安,老人不动如山,双手插在口袋里。

瑟拉齐安说:"只要人类血液靠近,它就会充满活力。"

伊费完全不相信,只得紧紧盯着。他又更靠近玻璃罐一点,这次让脸凑向吸

盘苍白光滑的接收端。那一块肉团从玻璃内侧拔起来——倏地又往伊费射过来。

“**天啊!**”伊费大喊一声。那块会搏动的器官就像一只肥厚的突变鱼在那里头漂着。“它不需要……”里面没有血液供它存活。他看着它残缺的血管、动脉、静脉。

瑟拉齐安说:“它现在不算活着也不算死了,只是尚存一息。你也可以说是被附身了、着魔了,只不过这个说法很切实,不是比喻。你仔细看就知道了。”

伊费看着它的脉动,发现它的脉动其实很不规律,完全不像真正的心跳。他还看到有个东西在那颗心脏的里面动来动去。

扭动。

“一条虫?”诺拉说。

细细的、颜色很淡像嘴唇一样,大概只有五六厘米长。他们看着它在心脏里面绕圈圈,像是个孤单的哨兵,尽忠职守地在废弃已久的基地里巡逻。

“血虫,”瑟拉齐安说,“是一种毛细血管寄生虫,会在被感染的人体里繁殖。虽然现在还没有证据,但我怀疑这就是病毒的载体,真正的媒介。”

伊费还是不愿置信,他摇着头说:“那这个……吸盘呢?”

“病毒会模仿宿主的体型,同时重新打造它的维生系统才能活下去。换言之,病毒为了生存等于是把宿主的身体当作自己的殖民地。这个案例中,宿主就是一颗在玻璃罐里载浮载沉的残破心脏,而病毒设法演化出它自己的维生机制,以获取养分。”

诺拉说:“养分?”

“这种虫靠血液为生,人类的血液。”

“血液?”伊费眯着眼睛看那颗被病毒附身的心脏,“谁的?”

瑟拉齐安的左手从口袋伸出来,手套的末端露出他皱巴巴的指尖。中指的指腹只有刀疤没有皱纹。

“每隔几天喂个几滴就够了。它应该很饿了,我这几天都不在。”

他走到长凳边,掀起玻璃罐的盖子(伊费往后退几步观察),然后在玻璃罐上方用钥匙圈上的袖珍笔刀戳破手指,毫不畏缩,显然他已经习惯到不会痛了。

他的血滴进了保存液里。

那个吸盘饮血时，末端开合的模样就好像饥饿的鱼。

他喂完之后就拿起长凳上的小瓶子，抹一点创伤药膏在指尖，盖上罐子。

伊费看着那团东西愈来愈红。心脏里的虫有了体力之后，游动得更顺畅了。“你说一直在这里保留着这东西已经多少……？”

“从1971年春季到现在。我不常休假……”他说完这个小笑话后径自莞尔，看着刚刚扎破的手指，揉揉指尖，“那个寡妇已经被感染而丧失心神了，完全**变态**。那七位血祖都希望自己的存在能保持隐秘，不被人类发现，所以在进食完毕会立刻杀死猎物，以免病毒散播。但其中一人不知怎地逃走了，回到家里杀了所有的亲戚、朋友、邻居，隐身在他们的小村庄里。我发现这个寡妇时，她的心脏变态还未满四小时。”

“四小时？你怎么知道？”

“我看到那疤痕了，**返魂尸** * 留下的疤痕。”

伊费说：“**返魂尸**？”

“旧世界对吸血鬼的称法。”

“那疤痕呢？”

“是侵入口。喉咙前方一道细细的裂痕，我想你们都见过了。”

伊费和诺拉点点头，他们都想到了吉姆。

瑟拉齐安补充说：“我应该说明一下，我不会常常把人类的心脏挖出来。我只是意外碰到了那个机会，才做了这见不得人的勾当，不过这么做绝对有其必要。”

诺拉说：“然后你从那时候就开始定时喂它……像宠物一样？”

“没错。”他低头看着玻璃罐，眼神中几乎带着感情，“我每天只要看到它就会想起我要起身面对的威胁。应该说，**我们**现在要起身面对的威胁。”

伊费惊骇不已：“这么多年来……你为什么从来没把这东西给其他人看过？可以拿去医学院做研究。或是夜间新闻？”

---

* Strigoi，罗马尼亚神话中的“自坟墓归来的死者”，能够变形成动物、隐身，也会吸食人血。

“医师,如果有那么简单,这个秘密多年前就守不住了。有很多势力结盟在一起对抗我们。这是个古老的奥秘,牵涉极广。会牵连到很多人。真相永远都不能让大众明白,只能隐藏,我自己就得藏着这个秘密。我为什么在这里隐身那么多年——大隐隐于市,我就是在等待。”

这谈话内容让伊费寒毛直竖。事实就在这儿,摊在他眼前:玻璃罐里有一颗人类心脏,里面住了一条渴血的虫,依赖老人的鲜血维生。

“我个人不擅长保守这类会使人类未来岌岌可危的秘密。没有其他人知道这件事了吗?”

“噢,有些人知道。没错,位高权重的人。血祖没办法独自旅行,他一定是靠人类盟友的安排才能安全通行。你想想——吸血鬼必须靠人类的协助才能跨越海域,是人类邀请他们过来的。现在这个誓约,这个停战协议已经被破坏了,因为返魂尸和有些人类结盟。这就是为什么这次的入侵行动那么惊人,危险的程度超越我们的想象。”

诺拉转身看着瑟拉齐安:“我们还有多少时间?”

老人之前就计算过了:“这魔物不到一周之内就可以毁灭整个曼哈顿,不到一个月就可以侵蚀全美国。两个月之内——全世界就完了。”

“不,”伊费说,“这种事不会发生。”

“你能如此肯定,我很钦佩。”瑟拉齐安说,“但你还不太晓得你到底要面对什么。”

“好,”伊费说,“那就跟我说吧——我们该如何开始?”

翠贝卡,公园广场

瓦西里·费特把他的面包车停在曼哈顿下城的公寓外。这栋建筑物看起来不太起眼,不过门口有雨篷和看门警卫,毕竟这是名流出没频繁的翠贝卡。要不是因为门口有一辆卫生署的面包车违规停放,还闪着黄灯,他一定会怀疑自己走错了。说来讽刺，这城市里大部分地区的建筑物和住宅都会热忱欢迎灭鼠大队，就像欢迎警察走到犯罪现场一样。但瓦西里不认为他们是来灭鼠的。

他自己的面包车后面写着纽约有害生物管制局。卫生署稽查员比尔·弗伯在公寓里的楼梯等他。他常嚼戒烟口香糖，让脸部运动，所以金色八字胡显得有点歪歪斜斜。“阿瓦。”比尔唤他，那是他的俄文名字简称，熟人会这样叫。阿瓦（有时候只叫他瓦）虽然是第二代俄国裔，不过他的发音可是地地道道的布鲁克林口音。

他块头很大，几乎把楼梯口都挡住了。

比尔拍拍他的手臂，感谢他跑这趟：“我表哥的侄女住在这里，被咬到嘴巴了。我知道——这不是我住得起的房子，不过我还能怎么说呢，人家就是嫁得好嘛。不过你知道的——亲戚嘛，我跟他们说，我已经把这五个行政区内最优秀的捕鼠员找来啦。”

瓦西里点点头，散发出捕鼠大队队员式的、安静内敛的自豪。捕鼠员总是默默把事情做好。任务圆满成功就表示他离开时没留下任何成功的指标，没有任何痕迹，看起来就像问题从来不存在过，从来没看见任何害虫，也从来没留下任何陷阱。表示秩序得以延续。

他拉着身后的滚轮设备箱，就像计算机维修员的工具箱一样。在这间客厅往上可以看到挑高的天花板，往侧边看则会看到宽阔的房间，167平米的公寓在纽约房产市场轻轻松松就可以喊到美金300万元。玻璃、柚木、铬金属打造的高科技房间里，有个小女孩紧抱着洋娃娃和妈妈一起坐在硬挺的篮球橙色短沙发上。小女孩的上唇和脸颊盖了一张大绷带。妈妈的短发几乎像平头，她戴着细长的方框眼镜，穿了一条绿色及膝拼布羊毛裙。瓦西里觉得她看起来好像是未来雌雄同体的人类，是特地来拜访现代的。小女孩年纪很轻，可能才五六岁吧，这时她还是一脸惊恐。瓦西里想要硬挤出一抹微笑，可是他长得就是一副会让小朋友害怕的样子。他的下巴很方，就像斧头刀，而且他的眼睛又分很开。

墙上的平面电视看起来像一幅裱在玻璃框里的长版画。电视上，市长正对着一大束麦克风说话。

他正在回答飞机乘客遗体从停尸所消失的问题。纽约市警局高度戒备，在

桥梁和隧道的出口拦下冷冻货车进行检查。市政府已成立快速通报专线。罹难者的家属都气疯了,所有的葬礼都必须往后延。

比尔带瓦西里进到小女孩的房间。公主床,小型个人电视和笔记本电脑上面贴满了水钻,房间角落还有一匹奶油色的电子小马。瓦西里的眼神立刻注意到床边的食物包装纸。烤饼干夹花生酱,这连他自己也喜欢吃。

"她在这里睡午觉,"比尔说,"因为觉得有什么东西在啃她的嘴唇就醒过来了。那东西在她的枕头上。阿瓦,老鼠就在她床上呀。这样小朋友一个月之内都不敢睡觉了,你听过这种事吗?"

瓦西里摇摇头。曼哈顿每一栋建筑物里面或附近都有老鼠(不管房东怎么说、房客怎么想,有就是有),不过老鼠不喜欢暴露行踪,尤其在大白天。被老鼠攻击的通常是小孩,而且都是嘴巴附近受伤,因为食物的味道就是从那里传出来的。挪威鼠(学名为沟鼠,城市里最常见的老鼠)的嗅觉和味觉都极度敏锐。它们的门牙又长又尖,可以咬穿铝、铜、铅、铁。纽约市区里有四分之一的电缆被老鼠啃断了,起火原因不明的消防意外应该也是老鼠害的。它们的牙齿硬度和钢差不多,而挪威鼠的下颚像鳄鱼的构造,啮咬时可承受上千磅的压力。就连水泥或石头都能嚼得动。

瓦西里说:"她看到老鼠了吗?"

"她不知道那是什么,她大声尖叫猛力连拍之后它就跑掉了。是急诊室的人说那是老鼠。"

瓦西里走到窗边。窗户之前就开了几厘米的缝以保持空气流通,他又把窗户推开一点,从四楼俯瞰那条窄小的鹅卵石巷道。防火逃生梯离窗户约三米,不过百年建筑的砖造外墙已经凹凸不平了。

很多人以为老鼠总是维持低姿势,边走边晃,但其实它们的灵活度和松鼠一样高,尤其是被食物吸引或被吓跑的时候。

瓦西里把小女孩的床从墙边拉开来,掀开被子。

他挪动了娃娃屋、书桌和书柜才能看到这些家具后面的样子,不过他不奢望那只老鼠还留在房间里,他只是要确认一下。他离开卧室,来到走廊上,在平坦光滑的木质地板上拖着工具车。老鼠的视力很差,行动都是靠感觉。它们反复走同样的路线,熟悉环境,所以才能敏捷地行动。它们也习惯沿着矮墙行走,行动范围几乎不离巢穴二十米。它们不信任陌生的环境。这只老鼠得先找到门,绕过转角,经过右手边的墙壁,下腹的毛一定会滑过木质地板。走廊上下一道敞开的是浴室门,是女儿自己的浴室,里面有草莓形状的脚踏垫、浅粉红浴帘和一整篮的泡泡沐浴乳及泡澡玩具。瓦西里先扫视整个空间,寻找老鼠能藏身的角落,然后再嗅嗅空气。他对比尔点点头,比尔就替他关上了浴室门。

比尔犹豫了一下,竖起耳朵,然后就决定回头去安慰那位妈妈。他快要走回那位妈妈身边时,听到了浴室传来砰然巨响!瓶瓶罐罐都掉进浴缸里了,盛怒的瓦西里大吼一声,然后吐出一串激烈的俄语脏话。

那一对母女看起来很惊讶,比尔对她们做出稍安勿躁的手势(他不小心把口香糖吞下去了),然后就冲回走廊上。

瓦西里打开浴室的门,他穿着附碳纤维耐磨袖套的捕鼠手套,手里抓着一个大袋子。袋子里面有个东西一直扭动个不停。那东西的体型真大。

瓦西里立刻点点头,把袋子递给比尔。

比尔别无选择只好接过来,要不然那袋子掉在地上,老鼠就会跑掉了。他希望这袋子确实有外表看起来那么坚韧,老鼠在里面挣扎乱扭。比尔把手臂伸得老长,希望那袋子离身体愈远愈好,同时又还能握紧袋口,将老鼠困在空中。瓦西里这时冷静地(不过动作太慢了)打开工具车。他拿出一个密封袋,还有一块沾满氟烷吸入性麻醉剂的海绵。瓦西里把袋子接过去,比尔为自己终于能放手这点感到庆幸。他打开袋子,袋口宽度刚好让他可以扔麻醉海绵进去,然后又立刻束紧袋口。那只老鼠刚开始不肯就范,过一阵子动作就变慢了。瓦西里摇摇袋子要加快麻醉的速度。

他多等了一会儿,等到老鼠的动作完全停下来,然后打开袋子把手伸进去,先拉出老鼠尾巴。镇定剂已经发挥药效了,但老鼠还有意识,粉红手指的前掌还伸出锐利的指甲在空中划,下巴继续开合,亮晶晶的黑眼睁得很大。

这只老鼠不小,身长大约20厘米,尾巴也有20厘米。粗硬的鼠毛尾端是灰色的,根部则是脏脏的白色。这绝对不是走丢的宠物鼠,是野生的都市老鼠。

比尔往后退几步,他工作的时候也见过不少老鼠,可是他到现在还是不习

惯。瓦西里好像比较坦然。

“它怀孕了。”他说。老鼠的孕期只有21天，一胎最多可以产下20只。一只健康的雌鼠每年可产下250只幼鼠——其中有一半是雌鼠，又能继续交配。“要我抽血送去检验吗？”

比尔摇摇头，露出恶心的表情，仿佛瓦西里问的是“要不要吃老鼠”。“那个小女孩已经在医院打过针了。阿瓦，你看它的体积。我的天啊，我是说，这里又不是——”比尔压低声音说，“——这又不是布什维克的贫民窟，你懂我意思吧？”

瓦西里懂他的意思，明白得很。瓦西里的爸妈刚到美国的时候就是先在布什维克安顿下来。十九世纪中期，布什维克接纳了许多波移民潮：德国来的、英国来的，爱尔兰人、俄国人、波兰人、意大利人、非洲裔美国人、波多黎各人。现在则是多米尼加人、圭亚那人、牙买加人、厄瓜多尔人、印度人、韩国人、东南亚人。瓦西里在全纽约最贫穷的住宅区生活了很多年。他知道很多人在家是用抱枕、书本、家具来挡住墙上的洞，避免老鼠入侵。

不过这次老鼠袭人的事件确实很不同。光天化日，嚣张放肆。在一般情况下，最孱弱的老鼠被鼠族驱逐之后，才会涉险觅食，但这是一只健康强壮的雌鼠。实在不寻常。鼠类和人类共存在非常脆弱的平衡上，它们仰赖文明的弱点维生，吃人类不要的或剩余的食物，潜伏在人类视线之外，躲在墙后或楼板之下。老鼠一出现就会引起人类的焦虑和恐惧。若老鼠改变它们夜间觅食的模式或范围，就表示环境出现了异状。

老鼠就和人类一样不愿意冒不必要的风险：它们一定是出于无奈才会离开地下空间。

“要我梳梳看它身上有没有跳蚤吗？”

“天啊，不要。只要装起来处理掉就好了。不管你做什么，都不要让那小女孩看到。她现在心理创伤就已经够大了。”

瓦西里从工具箱里拿出一个大塑料袋，又放了一块沾满氟烷吸入性麻醉剂的海绵，再把老鼠封进去，这个剂量足以致命。他把塑料袋放进袋子里藏起来，然后继续他的工作，从厨房开始。他把沉重的瓦斯炉和洗碗机搬出来，检查水槽下的管孔。他没发现任何粪便或洞穴，不过他既然来了，就还是在橱柜后面撒了一点药饵。他不会跟住户说，大家听到毒药就很紧张，尤其是家长，但其实曼哈顿每一栋楼、每一条街都撒满了老鼠药。你只要看到任何像蓝色可乐糖或绿色鸟饲料的小颗粒，就知道那附近有老鼠的踪迹。

比尔跟着他一起到地下室。这里一尘不染、井然有序，没有垃圾或适合当窝的软质废弃物。瓦西里扫视整个空间，嗅嗅空气中有无粪便的味道。他的鼻子对鼠类很灵敏，一如老鼠对人类的味道也很敏感。瓦西里关掉灯光，让比尔很不舒服，他接着打开蓝色连身服腰带上的手电筒，但光线是紫色不是白色的。老鼠的尿液在黑光照射下会呈靛蓝色，不过他在这里没发现任何鼠尿。他沿着老鼠爬行的间隔撒下灭鼠药，并且在角落放下"捕鼠屋"，以防万一，然后就跟着比尔上楼回到大厅。

比尔谢谢瓦西里，说欠他一份大人情，两人就在门口分道扬镳了。瓦西里还是百思不得其解，他先把工具车和死老鼠放回面包车后座，点了一根多米尼加长雪茄烟，就沿着街道往下走，弯进鹅卵石巷道。这就是他从小女孩的卧室窗口往下看到的那一条巷子。

瓦西里没走几步就看到了第一只老鼠。

它一边轻捷地沿着建筑物的边缘跑，一边感觉着周遭环境。有棵长不高的小树攀着矮砖墙，瓦西里在那树的枝丫上又看到了一只。第三只伏在石头排水沟里，喝着某处垃圾或污水管流出来的棕色液体。

他站在那儿看着看着，就有愈来愈多老鼠出现在鹅卵石上。

精确地来说，应该是老鼠沿着残旧磨损的石头，从地下冒出来。老鼠的骨骼可以收缩曲折，所以可以钻过比自己骨架还小的洞，就连不到两厘米宽的开口都能钻过去。它们三三两两地穿过孔隙，迅速散开。若以一块石砖长 30 厘米、宽 8 厘米为比例尺，那么瓦西里估计这些老鼠身长约 20 到 25 厘米，再加上等长的尾巴。也就是说，这都是发育完全的成年鼠。

他身旁两个鼓胀的垃圾袋自顾自扭着，老鼠正从外面一路吃进去。一只小老鼠想要从他脚边快闪到垃圾堆去，瓦西里抬起工作靴一脚就把它踢飞到四五米外。它落在巷子中间，一动也不动。几秒钟之内，其他老鼠便贪婪地围上去，

又长又黄的尖牙直接从皮毛外啃下去。灭鼠最有效、最省时的方法就是从环境中移除食物源，让它们自相残杀。

这些老鼠又饿又急。大白天内老鼠出来抛头露面的事情根本前所未闻，这种群体移动只会发生在地震或建筑物倒塌等危机前。

或者，有时候大型建筑项目也会吸引老鼠。

瓦西里又往南走了一个路口，穿越巴克莱街走到天际线突然开阔的地方，接近6500平方米的工地。

他走上其中一座观景平台，俯瞰世界贸易中心的旧址。新建筑自由大厦的地基已经快要竣工了，水泥和钢筋从地底往上伸。这块工地的存在像是纽约地表的凿孔——就像那个小女孩脸上的咬痕。

瓦西里还记得2001年那个世界末日般的9月。纽约世贸双子大楼倒塌后几天，他和卫生署一起进到遗址内，先从外围残破的餐厅开始，清理废腐的食物，接下来到地下室和地下楼层。他在清理工作中完全没看到活老鼠，只有它们存在的痕迹，像是被尘埃封存的足迹，绵延了几公里。他最清楚地记得菲太太饼干店，几乎完全被吃光了。遗址内鼠群数量激增，当时大家最担心老鼠为了寻找新的食物源，会从世贸废墟溢向纽约各地。

所以联邦政府出钱执行了一项大规模灭鼠计划。地面层放置了上千个药饵站和铁丝捕鼠笼，幸亏有瓦西里和其他同事的高度戒备，大家所害怕的鼠疫始终没发生。

瓦西里到现在还是政府承包商雇员，他的部门负责监督纽约炮台公园周遭的鼠害控制研究调查，所以他很了解当地老鼠出没的状况，从这个建筑项目一起步就开始投入，到目前为止一切都很正常。

他低头看着卡车倾倒水泥，挖掘机搬移瓦砾。他排在一个小男孩后面，花了三分钟等他用完观景望远镜（那和帝国大厦顶楼的望远镜是同一型），然后投下两个25分硬币，开始检视整座工地。

不多久，他就看到它们了。棕色的小身体从角落仓皇窜出，快跑通过石堆，有几只埋头拼命朝自由街路口跑。它们狂奔过自由大厦地基的钢筋，好像在参加障碍赛。他透过望远镜寻找工地缺口，将来自由大厦会有个地下通道连往纽约港务局城铁系统和纽约市地铁。他把观景望远镜抬高一点，跟着一列老鼠队伍灵活地登上工地东边角落的强固基础钢台，再辛苦地攀上悬吊钢缆。它们纷纷从低洼处往外奔逃，大规模集体逃亡，随意挑选着逃跑的路线。

牙买加医院医学中心，隔离病房

隔离病房的第二道门后，伊费抽出乳胶手套戴上。他本来坚持瑟拉齐安也要戴乳胶手套，不过他看了老人畸形的手指之后，也不确定那双手能不能戴手套。

他们走进吉姆·肯特的隔间，除了这里之外，整间隔离病房都空荡荡的。吉姆现在躺下睡着了，他还穿着原本的衣服，胸口和手上的管线连到床边的检测仪，目前一切指数正常。负责照顾吉姆的护士说他的指数一度直线下降，低到所有的自动警报器——针对心跳、血压、呼吸、含氧率——都必须关成静音，否则就会一直响。

伊费推开透明的塑料隔帘，感觉到瑟拉齐安变紧张了。他们靠近时，屏幕上肯特的生命指数全部一齐上升——这是很不正常的现象。

“就像玻璃罐里的虫，”瑟拉齐安说，“他感觉得到我们。他感觉到附近有血液。”

“不可能。”伊费说。

他又往前一步。吉姆的生命指数和脑波活动立刻增加。

“吉姆。”伊费说。

他的脸部表情很放松，确实睡着了，深色的肌肤变成灰泥色。

伊费看到他的眼睑下瞳孔快速转动，就好像进入了睡眠过程的快速动眼期，只是眼部动作的激烈程度很不寻常。

瑟拉齐安用长杖的银狼头将透明隔帘的最后一层拉过来。“不要太靠近，”他警告说，“他在变态。”瑟拉齐安把手伸进外套口袋里。“你的镜子，拿出来。”

伊费的夹克很沉重,因为内袋里放了一面四乘三照片大小的银框镜子,是老人从地下吸血鬼防御兵工厂拿来的物件之一。

“你在镜子里面可以看到自己吗?”

伊费看了那面老旧玻璃里的影像说:“当然。”

“请你用那面镜子来看我。”

伊费把镜子角度调了一下,好看到老人的脸。

“没问题。”

诺拉说:“吸血鬼没有镜像。”

瑟拉齐安说:“不完全是这样。现在请你——小心翼翼地,用镜子看他的脸。”

镜子很小,所以伊费得靠床更近一点了。他伸直手臂,转个角度用镜子照吉姆的头。

他刚开始没办法捕捉到吉姆的映像。那画面看起来好像是伊费的手震动太厉害造成的,问题是背景、枕头、床架都静止不动。

吉姆的脸一片模糊。仿佛是因为他的头在剧烈摇晃,或是整个人在猛力震动,所以他的轮廓才会看不到。

他马上把手臂收回来。

“银底。”瑟拉齐安敲敲自己的镜子说,“这是关键。现在量产的镜子都是镀铬做底,没办法显示任何东西。银底玻璃永远都能显示真相。”

伊费又看了镜子里的自己一眼,是正常的。只不过他的手微颤不止。

他又换个角度再照吉姆·肯特的脸,想要固定手中的镜子不动——不过吉姆的映像还是糊成一团,仿佛他的身体承受着极端剧痛,所以整个人才会快速激烈地拼命扭动,看不清轮廓。

可是用肉眼看的话,他显得很平静,睡得很安稳。

伊费把镜子递给诺拉,她和他同等惊愕、同样恐惧。

“所以这表示……他正转变成……像雷德芬机长一样的东西。”

瑟拉齐安说:“通常感染之后,他们会在一天一夜后就完成变态,开始吸血。彻底变形则需要七个夜晚,到那时候疾病就会占据身体,改变宿主的身形以符合自己的需要——寄生状态将进入新的阶段。三十个夜晚后,就会完全成熟。"

诺拉说:"完全成熟?"

老人说:"我们就祈祷不要见到那个阶段吧。"他指指吉姆。"人类颈动脉是最容易下手的部位,股动脉也是另一个可直接获得血液的位置。"

吉姆颈部的伤痕利落到现在用肉眼是看不见的。伊费说:"为什么要血液?"

"氧、铁和其他营养素。"

"氧?"

瑟拉齐安点点头:"他们宿主的身体会产生变化,变化的过程中循环系统和消化系统会合并为一,就像昆虫一样。他们自己的血缺铁氧复合物。人类血液中有铁氧复合物所以才呈现红色,而他们的血是白色的。"

"那器官呢?"伊费说,"雷德芬的器官看起来好像得了癌症。"

"宿主的身体被侵蚀、转化,由病毒所主宰。他们不会继续呼吸,虽然会吐纳,但那只是反射动作,呼吸系统不继续供氧了。无用的肺脏最后会萎缩,重新调整机能。"

伊费说:"雷德芬攻击的时候,嘴巴里露出一个很发达的增生物,仿佛舌头下面有一条肌肉发达的螫针。"

瑟拉齐安点点头,就只像是在同意伊费对天气的看法:

"宿主吸血的时候,那东西会狼吞虎咽地抢食。这些东西近乎血红色,眼球和触角都是。你刚刚所说的螫针,其实是原本的咽喉、气管、肺泡转化而成的组织,上面还加了新生的肌肉以提供新功能。有点像是外套的长袖翻过来。吸血鬼的这个器官可以从胸腔弹出来,伸缩距离可达120至180厘米。你如果解剖一个成熟的宿主,就可以发现一个囊状的肌肉组织,负责推动、弹射螫针。他们需要的就是定期摄取人类血液,或许吸血鬼在这方面有点像糖尿病患。我不知道,你是医生。"

"我以为我是医生,"伊费嗫嚅着,"现在不觉得了。"

诺拉说:"我以为吸血鬼只喝处女的血,会施催眠术……会变成蝙蝠……"

瑟拉齐安说:"吸血鬼在各种乡野传奇中被赋予不同的想象,但其实他们比

较……我该怎么说呢?”

“变态。”伊费说。

“恶心。”诺拉说。

“不,”瑟拉齐安说,“平凡。你们有没有发现氨?”

伊费点点头。

“他们的消化系统很精巧,”瑟拉齐安继续说,“没有空间可以储存食物。任何未消化的浆液和其他残余都必须排出去,才有空间吸收营养。很像虱子,进食的同时排泄。”

隔间里的温度突然变了。瑟拉齐安的声音降为冷峻的低语。

“**返魂尸**,”他嘶声说,“就在这里。”

伊费看着吉姆。吉姆睁开了眼睛,瞳孔暗黑,巩膜变成灰橘色,几乎像是太阳未升起前的蒙蒙天色。他正盯着天花板。

伊费感到一阵畏惧,瑟拉齐安僵了一下,变形的手握上了拐杖的狼头——准备挥击。伊费接收到他的意念电流,发现老人眼中有深沉长久的仇恨,并为之震惊。

“教授……”吉姆的唇间溜出小声的呻吟,然后他的眼皮又合上,再度陷入快速动眼的睡眠。

伊费转身看着老人:“他怎么会……认识你?”

“**他**不认识我,”瑟拉齐安继续维持蓄势待发的警戒状态,“他现在只是在合音,变成人群之一。他是由许多的器官组合成的一个身体,但只有一个意志。”他看着伊费。“一定要销毁。”

“什么?”伊费说,“不行。”

“他已经不是你朋友了,”瑟拉齐安说,“他是你的敌人。”

“就算真是如此——他还是我的病人。”

“他不是病人,他已经在疾病的范畴之外了。只要几小时,原本的他就会完全消失,不仅如此——把他留在这里极端危险。就像那个机长一样,你让这栋大楼里的人都暴露在高风险的环境下。”

“如果……如果他喝不到血呢?”

“缺乏养分的话,他的身体会渐渐不支。若四十八小时内都没有摄食,他就会开始衰退。他的系统会开始吃掉体内的肌肉和脂肪,慢慢地、痛苦地把自己吃光。最后只有吸血鬼的系统能活下来。”

伊费摇摇头,动作很用力:“我要做的就是建立一套治疗程序,如果这个疾病是病毒引起的,我就得找出疗法。”

瑟拉齐安说:“疗法只有一个,死,销毁尸体。用慈悲的方法让他死。”

伊费说:“我们不是兽医,不能看他活不下去就送他去死。”

“你就让机长死了。”

伊费结结巴巴地说:“那不一样。他攻击诺拉和吉姆——他攻击我。”

“你那套出于自卫的逻辑完全符合这个状况。”

“种族屠杀的逻辑也符合。”

“如果他们的目标是这个——是完全消灭人类的话,那你的答案是什么?”

伊费不想陷在这些抽象的概念里。他看着同事,他的朋友。

瑟拉齐安发现他不打算改变想法,目前还不打算。“那就带我去看机长的遗体,或许我可以说服你。”

搭电梯到地下室的时候,没有人说话。他们原本要到地下室那上锁的太平间,却发现门开着,而且警察和医院行政人员围在门口。

伊费走上前:“你们以为自己在干吗……?”

他看到门边有刮痕,金属门框凹陷,有撬开的痕迹,门锁是从外面被破坏的。

行政人员没开门,是别人强行进入的。

伊费立刻朝里面看。

桌上空了,雷德芬的尸体不见了。

伊费转身看着行政人员,想要更多信息,但却惊讶地发现她在走廊上连连后退,一边和警察说话一边回头瞄他。

瑟拉齐安说:“我们该走了。”

伊费说:“但我必须查出他的遗体在哪里。”

“不见了,”瑟拉齐安说,“永远找不到了。”

老人用惊人的力量抓紧伊费的手臂:“我相信他们的任务已经结束了。”

“他们的任务？是什么？”

“基本上，就是要分散注意力。他们和一度躺在陈尸所里的其他机上乘客都没有生命了。”

纽约布鲁克林羊头湾

近日才刚丧偶的格洛里·穆勒在网络上搜寻“配偶死前未立遗嘱该怎么办”时，注意到一则新闻报道指出瑞晶航空753班机的乘客遗体消失了。她按下链接，有一则报道标示着**实时追踪**。根据这则新闻，联邦调查局将在一小时内举行记者会，并提供更高额的奖金，希望大家能提供瑞晶航空意外悲剧罹难者遗体的相关信息。

读完这则报道，她变得惴惴不安。不知道为什么，她想到前一晚自己从梦中醒来，听到阁楼有些动静。

关于那场让她惊醒的梦，她只记得前些日子刚走的丈夫赫尔曼死而复生回来找她的场面。有人搞错了，753班机那场离奇的悲剧根本没发生，赫尔曼回到羊头湾的住家后门时脸上还挂着笑容，那表情写着：你以为这么轻易就能甩掉我吗？他只想在家好好吃顿饭。

在公共场所，格洛里扮演暗自悲伤的寡妇，不管有多少追求者或爱慕者，她都会继续称职地演下去。但或许只有她一人独自认为悲剧是天上掉下来的礼物，终结了维持十三年的婚姻。

结婚十三年，被无情虐待了十三年。

年复一年，他的暴力倾向愈来愈重，他们九岁和十一岁大的儿子也愈看愈多。格洛里活在他情绪起伏的恐惧中，甚至还开始考虑（她只敢做做白日梦，在现实生活中尝试风险太高了）趁他去海德堡探望病危的母亲、离开美国的那一周内，赶紧带着小孩远走高飞。但她能去哪？还有，更重要的是——他如果找到他们母子，又会下什么毒手？她知道他一定能找到他们。

不过上帝是慈爱的。他终于允诺了她的祈祷,实现了她和孩子的愿望。暴力的阴霾终于离开他们家。

她走到楼梯底端,抬头看着二楼和楼梯顶端的活板门,有条绳子从门上垂下来。

是浣熊,它们又回来了。过去若有浣熊闯进家里,赫尔曼会先把它困在阁楼里,等它吓疯了以后再抓到后院去,当着儿子的面示范……

以后不会了。她现在已经无所畏惧了。儿子还要至少一个多小时才会回到家,她决定现在上楼。她已经计划好要先整理赫尔曼的遗物了。

垃圾清运日是星期二,她希望在星期二那天就能把赫尔曼的遗物一扫而空。

她需要一件武器,她脑中第一个念头就是赫尔曼自己的印第安大刀。他几年前带了一把回家后,就用油布包起来,一直锁在屋子侧边的塑料工具柜里。当她问他怎么会想要那种东西(这种丛林工具在羊头湾,或世界上任何地方都用不上)时,他只冷笑着说:"很难说。"

他每天都要这样或直接或迂回地威胁恐吓她好几回。她从储藏室门后的挂钩拿出钥匙,走出门,转开锁。她发现油布包被压在园艺工具下,还有一套老旧破裂的槌球杆,那是他们的结婚礼物之一(她现在可以劈来当柴烧了)。她把油布包拿进厨房,放在桌上,打开之前还是犹豫了一会儿。

她老是觉得这东西带着邪气。她始终认为这把大刀会对他们家的命运带来剧烈的影响,赫尔曼可能会亲手用这把大刀结束格洛里的生命。为此,她打开油布包的动作格外谨慎,仿佛要将沉睡中的魔婴的襁褓解开来。赫尔曼向来讨厌她碰他的精心收藏。

刀刃又长又宽又薄,刀柄的部分用皮带缠起来,已经被前一任主人握到棕黄而柔软了。

她提起大刀,翻过来,感受手中这诡异物品的重量。她在微波炉炉门上瞥见自己的倒影,吓了一跳。一个女人手持大砍刀站在自己的厨房里。

他已经把她逼疯了。

她握着大刀上楼。走到天花板下的活板门前先停下脚步,伸手去拉白色绳子系在门上的结。活板门的弹簧铰链吱嘎一声,门开了四十五度角。打草惊蛇,

任何小动物听到这声音应该都会怕。她仔细听着阁楼有没有逃窜的声音，不过她什么都没听到。

她伸手去按高墙上的开关，不过却没有任何灯光照下来。

她开开关关了几回，不过灯还是完全不亮。她自从圣诞节过完就没上过阁楼了，或许是这段时间内灯泡已经烧坏了。屋椽上有一道小小的天窗，光应该够。

她拉开折叠梯，开始往上走。往上踩三步，她的视线就高过阁楼地板了。这里的装修工程只做到一半，粉红色铝箔底的玻璃纤维绝缘毯散落在外露的托梁间，胶合板有些呈南北向、有些呈东西向交错铺放，暂时充当走道，通向储藏空间的四个方向。

她没想到阁楼这么阴暗。这时，她看到自己的两排衣物架被挪动过了，它们遮住了低矮的天窗。那是她嫁给赫尔曼前穿的衣裳，全部都封进塑料袋的拉链里，弃置在储藏室十三年。她沿着胶合板，推开衣物架，让更多阳光透进来，同时她心想：或许可以整理这些衣服，让自己风华再现。不过在这时，她看到在胶合板走道另一侧，两条长梁之间有一道没铺走道的地板，那里的绝缘层不知为何被掀起来了。

她又看到另一条光秃秃的地板。

又一条。

她愣在那儿，倏地感觉到背后有东西。她害怕到不敢转身，不过她立刻想到自己手中的大砍刀。

她身后，阁楼的墙边，离日光最远的角落，所有被撕下的绝缘纤维条高高低低地堆在一起。有些玻璃纤维被撕开了，就像是有个巨兽在这里筑巢。

绝不是浣熊，体型还要更大，大很多。

这一座纤维堆纹丝不动，摆置的方式似乎是要隐藏什么东西。难道赫尔曼将她蒙在鼓里，自己进行什么计划吗？他在这里存放了什么晦暗的秘密？

她右手握着大刀，从那一堆里抽出一条长长的玻璃纤维，然后发现……

……什么都没有。

她又抽出第二条——看到一只毛发浓密的胳臂，便立刻停下了动作。

格洛里认得那条胳臂,她也认得胳臂末端的手掌。

她立刻就认出来了。

她不敢相信眼前所见。

她举起大刀挡在身前,然后再抽出一条玻璃纤维。

他的上衣。那是他最喜欢的纽扣短袖衬衫之一,就连冬天也照穿不误。赫尔曼很爱慕虚荣,而且以自己多毛的手臂为傲。他的腕表和婚戒都不在了。

格洛里见状便像被钉在原地一样,整个人因为惧怕而融化了。不过,她还是得眼见为凭。她又伸手抽了一条玻璃纤维,结果所有的绝缘纤维都滑到了地上。

她的亡夫,赫尔曼,躺在她的阁楼里酣睡。以碎裂的粉红玻璃纤维为床,全身衣着整齐,除了一双赤脚看起来像是因为长程步行而变得肮脏。

她无法面对这股惊骇,她无法承受。她以为自己已经摆脱这个丈夫,暴君、虐妻犯、强暴犯了。

她站着俯视他的睡姿,大砍刀就像已经上膛的枪。只要他稍微移动,她就会砍下去。

接着,她一点一点放低手势,刀刃最后垂在她身边。她发现,他现在只是个鬼魂。这个男人死后复生,他出现只是为了永远纠缠着她。她永远都逃不开他的掌心了。

她才这么想,赫尔曼就睁开了双眼。

眼睑往上收,露出了眼球,直盯着上方。

格洛里整个人僵了。她想逃跑、她想尖叫,可是跑不动也叫不出来。

赫尔曼转转头,最后眼神聚焦在她身上。那奚落辱骂的眼光,一如往昔。那个眼神就代表接下来惨了。

她突然动了一个念头。

这时,在同一条街上,从格洛里家数下去第四栋屋子里,三岁大的露西・尼达姆正站在自家车道上喂洋娃娃(它叫亲亲宝贝)吃干酪口味的小包装饼干。她原本咯吱咯吱地大声吃着香脆干酪饼干,此时突然停下动作,听着闷闷的尖叫声,还有用力劈砍的**撞击声**,那是……从附近某处传来的。她抬头看看自己的

家，然后朝北边看，皱起鼻头一脸天真困惑的模样。她一动也不动，张大嘴巴露出橘色的舌头，上面沾满了饼干上的干酪粉，凝神注意着。她从没听到过如此奇怪的声响。她原本要等爸爸打完电话走出来的时候告诉他，但后来她的干酪饼干撒落一地，她蹲在车道上一边捡一边吃，被爸爸叱喝一声后就全忘光了。

格洛里站在阁楼里倒吸一口气，忍不住作呕，双手还紧握着印第安大砍刀。赫尔曼的尸块错落在黏糊糊的粉红色绝缘布上，白色的液体沿着阁楼墙壁往下滑。

白色？

格洛里震颤连连，连灵魂都想吐。她检视着自己造成的破坏。

有两次，刀刃卡在木桁上。她认为那是赫尔曼要从她手中夺下大刀，所以更猛烈地前后甩动，才能移出刀刃继续开膛剖肚。

她往后退一步，有一种灵魂出窍的感觉。她的作为实在太过骇人了。

赫尔曼那颗带着讥笑表情的头颅滚到两条木桁之间，脸部朝下，几丝蓬松的玻璃纤维黏在他的脸颊上，看起来像棉花糖。

他的躯干满是凿痕，还有黏液凝结成块，大腿从股骨处切开，鼠蹊部则冒出白沫。

白色？

她感觉到有个东西在戳她的拖鞋，答答答。她看到鞋面上有血——红色的血珠，才晓得她也划伤自己了。伤到的是她的左臂，不过她一点都不觉得痛。她抬起左臂检查一番，圆润通红的血珠扑通　声滴在胶合板上。

白色？

她看到一样小小的东西，颜色很深，不断滑行。她眨眨朦胧的双眼，行凶杀人时的愤慨还未平息，她无法信任自己的视觉。

她觉得脚踝一痒，从沾血的拖鞋之下传来。酥痒的感觉沿大腿而上，她抡起白色黏稠刀刃，用钝的那一面拍拍大腿。

接着，另一条腿的前侧也痒了起来，同时又有另一阵痒——在腰际。她恍然明白自己的身体开始出现歇斯底里的反应，全身都像被虫子啮咬一般。她蹒跚往后退一步，差点跌在胶合板走道上。

这时突然胯下有一股难受的感觉,好像虫在钻——紧接着直肠突然难过地绞了起来。体内的扭绞让她整个人跳起来,紧抓着裤裆仿佛随时都要失禁了。她的括约肌紧缩,她维持这个姿势站了很久,全身瘫痪,直到那感觉慢慢消退。她让自己慢慢松弛下来。她得去浴室。她又感觉到衬衫袖子里面一阵万虫钻动,还有手臂伤口一股灼热麻痒。

紧接着一阵无法忍受的痛楚从内脏爆发,她立刻弯下腰抱着肚子。大刀落到胶合板上,格洛里奇痛难耐,口中暴出一声尖叫,她感觉到有个东西沿着手臂而上——在她的肌肉里面,虫子爬过的地方皮肤就会隆起。她张嘴继续尖叫时,另一条毛细管那么小的虫从她的颈子后方往前爬,经过了下巴,来到了嘴唇,从颊边钻进去,一扭一扭地沿着喉壁而下。

纽约,弗里堡

夜色急速降临,伊费驾车穿过跨岛快速道路,朝拿骚郡向东行。

伊费说:"所以你是说,市立验尸所里的乘客,也就是整个纽约都在寻找的那批人——他们全都回家去了?"

老教授在后座,帽子放在大腿上。"血亲相吸,"他说,"变态之后,这些活尸会先找到还没感染的家人和朋友。他们会在夜里回到能寄托情感的人身边,也就是'最挚爱'的人,我认为这就好像导航的本能。狗也是靠同样的动物直觉,它们即便迷路数百公里最后还是能回到主人身边。复杂的大脑失能之后,动物本能便取而代之。这些活尸是被本能驱动主宰的生物,要吃、要躲、要休息。"

"回到那些为他们服丧、哀悼的人身边,"诺拉坐在前面的乘客座说,"然后攻击他们？让他们也感染?"

"为了进食,活死人尚存一口气的目的就是要折磨活人。"

伊费缄默地下了交流道。这整桩吸血鬼疑云之于脑子就好像难吃的食物之于口腹:他的心智拒绝消化这一切。他一直嚼一直嚼,但是咽不下去。

当瑟拉齐安要他从753班机罹难者名单中选一位乘客时，他第一个想到的就是年幼的埃玛·吉伯顿。他在飞机上看到她还牵着妈妈的手。这似乎可以证明瑟拉齐安的假设。

十一岁的女孩死后怎么能从皇后区的停尸所一路夜行回到位于弗里堡的家呢？这会儿，当他把车停在吉伯顿家登记的地址外（宽阔的街道上，这栋庄严的佐治亚风格英式别墅和相邻的几间宅邸都保持了空旷的距离），伊费才想起一件事：如果他们错了，那他就是在夜里无端吵醒一个兀自承受丧失爱妻与独女之痛的男人。

这种心情伊费还算能体会。

瑟拉齐安跨出他的福特探险家，端正地戴上帽子，提着他根本不需要的长杖。夜阑人静，有几户室内仍有灯光，不过室外无人也无车。

吉伯顿家的灯光全暗。瑟拉齐安给伊费和诺拉一人一支深色灯泡的手电筒，看起来就像他们用的灯杖，只是拿起来更沉重。

他们走到门口，瑟拉齐安用拐杖的狼头按下门铃。他用手套覆盖的部分转转门把，完全不用裸露的指尖去碰触，也不留下指纹。无人应门。

伊费明白这老人过去也做过类似的事。

前门锁得很牢。“来吧。”瑟拉齐安说。

他们沿阶梯而下，绕着屋子走。后院是一片宽敞的空地，紧挨着一片郁郁树林。银月初上，天光缈缈，连草地上三人的影子都显得模糊。

瑟拉齐安停下脚步，以长杖一指。地窖的隔板凸出来了，窖门敞开，直入黑夜。

这老人继续朝隔板走去，伊费与诺拉在后面跟着。

石阶往下通往幽暗的地窖。瑟拉齐安环顾在后院与森林间缓冲的高树。

伊费说：“我们不能就这样进去。”

“日落之后这么做极度危险，”瑟拉齐安说，“不过我们没有余裕空等了。”

伊费说：“不，我是说——这是擅闯民宅。我们应该先报警。”

瑟拉齐安以斥责的眼神看着伊费，拿过他手中的灯具。“我们要做的事……他们不会懂。”

他按下电源，两颗紫色灯泡便发出黑光，很像伊费所用的医疗级紫外线光，但是光线更亮，温度更高，用的电池也比较大颗。

“这是黑光吗?”伊费说。

“黑光只是长波紫外线，也就是 UVA。穿透力强，但却不会造成伤害。UVB 是中波紫外线，会导致晒伤和皮肤炎。这个——”他谨慎地避免灯光照到他们和自己，“——是短波 UVC，可以杀菌，通常用于消毒，因为可以直接破坏脱氧核糖核酸（DNA）的结构。人体肌肤直接暴露在短波紫外线下很危险，不过对付吸血鬼——这是武器级配备。”

老人一手持灯一手持杖趋步往下，紫外线光的照明不足，这种情况下短波紫外线光不但没有扫除阴霾，反而更增诡谲。当他们从寒夜往下走到凉飕飕的水泥地窖时，苔藓在阶梯两侧的石墙上映出鬼魅般的惨白荧光。进到地窖后，伊费勉强看出通往一楼阶梯的灰暗轮廓。这里有个洗衣区和复古弹珠台。

地上有一具尸体。

一个男人穿着格呢睡衣瘫在地上。伊费信步朝他走去，全凭专业医师的本能——然后又自己缓下步伐。诺拉在黑暗中摸向内门对面的墙壁，按下开关，但是灯却不亮。

瑟拉齐安往那人靠近，用灯照他的颈子。诡异的靛色光泽照出一条发出蓝色荧光的笔直小缝，就在喉咙中央的左侧。

“他已经变态了。”瑟拉齐安说。

老人将灯杖塞回伊费手中，诺拉也打开她的，照向那人的脸，映出皮肤下一张盛怒、皱眉、枯槁的面具，他不停地扭曲闪动。很难形容他散发出的感觉，但是绝对可以说是邪恶的。

瑟拉齐安四处查看，发现角落工作台边有一把新斧头，木柄还充满光泽，钢制锐锋闪着银红色的霍霍刀光。他用变形的手掌提着斧头回到他们身边。

“等等。”伊费说。

瑟拉齐安说:“医师，请退后。”

“他只是躺在这儿。”伊费说。

“他即刻就会苏醒。”老人指指敞开板门下的那道石梯，不过眼神始终没离

开地上的男人，“那个小女孩就在外面，以其他人为食。”瑟拉齐安举起斧头准备好了。“医师，我不要求你的赦免，我只要求你往旁边站。”

伊费看到瑟拉齐安毅然决然的表情，深知不管他退不退让，老人都会挥下刀斧。伊费往后退。

以瑟拉齐安的体型和年纪来说，那把斧头太沉重了，老人两臂高举过头，刀刃的另一面几乎碰到后腰。

他的双手一软，手肘放低，头转向敞开的板门，凝神静听。

伊费紧接着也听到了。干草被踏平的声音。

他刚开始认为是动物，但不是。从踩踏的单纯节奏听来是两足生物。

脚步声。人类——或曾经是人类的生物，愈来愈接近了。

瑟拉齐安放下斧头。“靠门边站。**别出声**。等她一走进来就关门。”他以斧头换走伊费手中的紫外线灯，“绝不能让她逃了。”

他抽身走向拐杖斜倚的墙边，到门的另一边——他关掉温热的灯具，消失在全然的黑暗中。

伊费站在敞开的窖门边，他背靠着墙，完全平贴。诺拉在他身边，两个人在陌生人的地下室微微颤抖。脚步声愈来愈近，踩在地上步伐很轻很柔。

脚步声到石梯上方就停了，月光将稀微的影子印在地板上：一颗头、一对肩膀。

脚步开始往下移动了。

就在石梯底端，快到门前的地方，脚步停了下来。伊费（离脚的主人不到三米远，斧头横抱在他胸前）见到女孩的侧影时心中一怔。她的个子很娇小，穿着长及小腿的端庄睡裙，金发垂在肩上。打着赤脚，双臂放松地垂下，不过站姿却出奇僵硬。

她的胸口若有起伏，但从朦胧月光中却看不到口中呼出蒸气。

等一下，他就会了解更多，他会知道她的听觉和嗅觉已大幅提升。他会知道她可以听到他、诺拉和老教授体内的心跳，闻到他们吐纳的二氧化碳，他会知道视觉是她最不灵敏的感官。她在目前这个阶段开始失去辨色能力，而她的热影像辨析能力（不同温度看起来有不同的颜色）又还没成熟。

她往前几步，走到了微弱月光投映的四方形之外，走进地窖的全然黑暗中。鬼进门了。伊费本该关上门，但女孩出现后他整个人惊愕到动弹不得。

她转朝瑟拉齐安所站之处走去，锁定方向。

老人打开手电筒，女孩面无表情地看着。老人旋即持着手电筒往她走去，她感觉到热意，转身往门口逃。

伊费甩上门，厚重的门板立时合紧，整个地下室都能听到回音。伊费的脑海里出现房子就要崩垮埋着他们的画面。小女孩，即埃玛·吉伯顿，看到他们了。她的侧脸在灯光下显得紫紫的，伊费看到她的嘴唇和小巧的下巴都绽出靛蓝色的光泽。很奇怪，好像去参加狂欢派对被泼了荧光漆。

他想起来了：血液在紫外线照射下会发出靛蓝色的荧光。

瑟拉齐安将灯具举在胸前，用来逼她后退。她的反应就和动物一样，既不知所措又畏缩惊惧，好像躲着熊熊火炬。

瑟拉齐安残酷无情地追着她，把她逼到墙边。她的咽喉深处传来低沉的喉音，痛苦地呻吟。

“医师。”瑟拉齐安朝伊费喊，“医师，快。趁现在！”

伊费靠近那女孩，将斧头递给瑟拉齐安，并接过他手中的紫外线灯——过程中紫外线光始终未离开女孩。

瑟拉齐安往后退。他将斧头往旁边一扔，哐当一声落在硬木地板上。他用带着手套的双手举起长杖，紧握着狼头把手的下方。手腕用力一转，狼头和拐杖一分为二。

瑟拉齐安从木鞘中抽出一把银剑。

“快。”伊费说，他看着女孩依着墙痛楚地扭动，困在致命的光线下束手无策。

女孩看到老人的剑闪着银白光芒，神色畏惧，登时惧意变得更加激烈。

“快！”伊费希望这一切赶快结束。女孩嘶声一喊，他看到了她体内的阴影。皮肤下的恶魔张牙舞爪呼之欲出。

诺拉看着埃玛躺在地上的爸爸，发现他的身体开始活动，睁开了双眼。“教授？”诺拉说。

不过老人全神注意着小女孩。

诺拉亲眼目睹加里·吉伯顿起身，打着赤脚站起来。死人睁开眼睛穿着睡衣站起来了。

“教授？”诺拉又喊一声，同时打开她的手电筒。

手电筒失灵了，她摇一摇，用力敲一下底部电池槽的位置。紫色灯光亮了一下随即熄灭——然后又亮了。

“教授！”她大叫。

瑟拉齐安注意到忽明忽灭的紫外线光。他转头看着活男尸，后者看起来一脸疑惑，脚步都站不稳。瑟拉齐安猛刺加里的胸膛和下腹（他是技巧纯熟而非身手矫健），在他的睡袍上衣划了几道伤口，白色血液直流。

伊费现在独自应付那个女孩。他看着恶魔准备夺下控制权，主宰她的身体。他看不到背后发生了什么事，只能急喊：“瑟拉齐安教授！”

瑟拉齐安挥剑掠过加里的腋窝，卸下他双臂，接着朝跟腱一劈。活尸跌落在地，呈大字形。加里头颅上扬，脖子伸得长长的，瑟拉齐安见状就举起长剑，念了一句外国语言——如庄严的判词。刀刃横截过颈，尸首分离，身体垮在地上。

“教授！”伊费的灯光仍锁定在女孩身上，不断折磨她。她和扎克年纪相若，狂乱的眼眸漾出靛蓝色彩——血泪盈眶，而她体内的魔物恼怒若狂。

她张开嘴仿佛要说话，更像是要唱歌。

她的嘴愈张愈大，那东西出现了，舌下软颚冒出了螯针。那团增生物更加肿胀，而女孩的眼神也从凄怆转为饥饿，几乎散发出期待的光芒。

老人回到她面前，长剑护在胸前。“退后，**返魂尸**！”他说。

女孩转身面朝老人，双眼灼灼。瑟拉齐安的银刃覆了一层白色黏液。他喃喃念出先前所说的外语判词，双手持剑高举过肩。

伊费刚往后退，剑刃便直扫而下。

她在最后一刻抬手挡剑，不过剑身削过手腕后便划过颈部，卸下头颅。

切口利落平整，白血溅上墙壁——血迹不是像动脉压力造成的喷雾状，而是更恶心的斑点状。她的身体坍落在地，头颅手掌坠在一旁后，头颅又往旁边滚去。

瑟拉齐安放下利剑,从伊费手中接过灯具,以微弱的灯光照着女孩颈部的切口,俨然带着胜利之姿。但那不是胜利:伊费看到伤口渗出一摊浓稠的白色血液,里面有小虫钻动。

寄生虫,他们被光一照就蜷缩为一团不动了。老人打着灯光往四处照。

伊费听到石阶上有脚步声,是诺拉急驰上楼冲到门外了。他在她身后追,差点被斩首的父亲尸体绊倒,最后在莽莽黑夜里从草地探出头来。

诺拉朝摇曳的幽暗树林疾奔。他在她冲进林子前追上她,伸手一拉,与她紧紧相拥。她在他的怀里失声大喊,仿佛担心叫声逸入夜中。他抱着她,直到瑟拉齐安从地下室走回后院。

老人的呼吸在凉夜里呵出白雾,喘息之间胸口起伏难平,他抚胸调息,月光下他的白发纷乱而闪耀,让他看起来很疯狂——不过对伊费来说,这一切都显得很疯狂。

他在草地上抹抹剑刃才把剑收回杖中。用力一转,木鞘和狼头就合一了,过长的拐杖看起来就和之前一样。

"她已经获得救赎了,"他说,"小女孩和爸爸都安息了。"

他依着月光检查鞋子和裤管有没有沾上吸血鬼的白液。诺拉以狂乱的眼神看着他。"你是谁?"她说。

"只是一个客居异国的侨民,"他答道,"和你一样。"

他们踱回伊费的福特探险家。伊费站在前院户外觉得很紧张,觉得自己毫无防备。瑟拉齐安打开乘客座的门,拿出备用电池。他把伊费的手电筒换了新电池,然后在车旁检查紫灯。

瑟拉齐安说:"请你在这里等。"

"为什么?"伊费说。

"你看到她唇边和下巴的血了,既然沾到血表示她进食过了。这里还没完。"

老人迈开步伐往隔壁一户走去。伊费看着他,诺拉离开伊费,靠在车上。她用力一咽口水,好像快吐了:"我们刚刚杀了两个人,就在他们自家的地窖里。"

"这场祸疫就是由人类散播开的。应该说,由非人类。"

“吸血鬼,我的天……”

伊费说:“对抗疾病,而非受害者,一向是首要原则。”

“别将病患妖魔化。”

“不过现在……现在病患就是恶魔。现在被感染的人就是积极散播疾病的人,我们必须阻止他们,杀死他们,摧毁他们。”

“巴恩斯局长会怎么说?”

伊费说:“我们不能等他,我们已经等太久了。”

他们静默无语。没多久,瑟拉齐安就提着他的拐杖兼斩魔剑以及温热的手电筒回来了。

“结束了。”他说。

“结束了?”诺拉仍为她见到的画面魂不守舍,“现在呢?你知道那架飞机上还有另外200多名乘客。”

“情况比那还糟。今晚已是第二夜,第二波攻击感染正如火如荼。”

第二夜 THE SECOND NIGHT

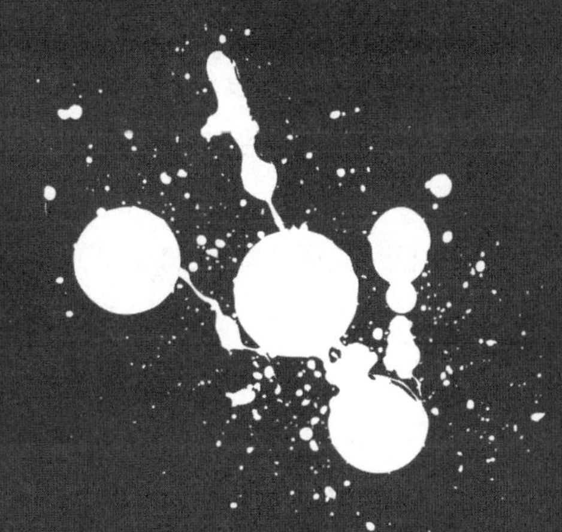

帕特里夏兴奋地拨拨头发,仿佛是要摆脱前一天记忆失落的时间。她发现自己竟然在期待马克赶快回到家,这样她就可以满足地把孩子扔给他说"接手"了。不只如此,她也很想快点把今天唯一的新闻说给他听:卢斯家的保姆(帕特里夏是从对街餐厅窗户的薄纱窗帘后方窥视的)刚到卢斯家不过五分钟就急忙往外冲,没看到卢斯家的孩子,不过那个黑人老妇提步疾奔,好像被人紧追在后似的。

喔,卢斯家。真奇怪,邻居怎么能那么讨人厌呢。每次她想到皮包骨的琼描述她家的"欧式原土酒窖",就忍不住朝卢斯家比中指。她想要赶快知道马克对罗杰·卢斯的了解有多少,他是不是还没回国,想都想死了。

她想要比对情报。她和她先生只有在批评朋友、亲戚、邻居的时候才有共识。或许是因为唱衰别人的婚姻、丑化别人的不幸遭遇会让她和马克的生活感觉起来没那么惨。

八卦配一杯皮诺红酒更精彩,她一口饮尽第二杯。她看了厨房的时钟一眼,认真地想要稳下速度,因为马克每次回到家若发现她已经先喝了两杯酒,就会很不耐烦。管他的,他成天窝在城里的办公室,四处吃午餐,悠闲地散步下班,再搭晚班的火车回家,在车上和邻座乘客逍遥地谈天说地,她却被困在这里,她的生活只有婴儿、马可斯、保姆和园丁……

她又替自己斟了一杯。不知道马可斯那个嫉妒心重的小恶魔还要过多久才会去吵醒酣睡中的小妹妹。保姆离开前已经哄杰奎琳睡着了,她一直睡到现在都没醒。帕特里夏又看看时钟,家里难得安静那么久,令她欣喜不已。哇——真能睡。她又喝了一口皮诺红酒。她想到调皮的四岁恐怖分子,就把几乎全是广告的《饼干》杂志推开,踏上厨房后方的台阶。

她先去看看马可斯,发现他面朝下躺在雪橇床旁纽约骑士队的地毯上,摊开

手掌,一旁电玩游戏的电源还没关。**累死了**。如果这个精力旺盛的小鬼头吵着不上床睡的时候能像这样瘫在床上,他们夫妻绝对愿意付一大笔钱——不过下次负责哄他的人轮到马克就是了。

她沿着走廊往下走——看到走道上有几撮深色泥土的时候不禁感到一阵困惑,同时皱起眉头(那个小皮蛋)。她继续走到下一间房门口,门把上挂了个丝枕头,周边有粉红蕾丝,枕头中间绣着**嘘——嘘——嘘!天使安睡了**。门关着,她轻轻打开昏暗温暖的婴儿房,没想到摇篮旁边的摇椅上坐了个大人,前后地摇着。一个女人怀中抱着一个小布包。

陌生人正摇着小杰奎琳。不过在房内安静温暖,灯光柔和,而且地上又有厚厚的地毯,所以一切看起来都没问题。

"谁?"帕特里夏壮胆往里走,前后摇摆的女人好像调整了姿势,"琼?琼——是你吗?"帕特里夏靠近一步。"你怎么……你是从车库进来的吗?"

琼(是她没错)停下缓慢的摇椅,站了起来。光线从琼身后的粉红色灯罩透出来,所以帕特里夏几乎看不出她脸上的怪异表情——尤其怪的是她嘴巴瘪成的线条。她闻起来脏兮兮的,帕特里夏立刻想到了她姐姐,还有去年那场恐怖、骇人的感恩节。

琼也崩溃了吗?

为什么她在这里,抱着小杰奎琳?

琼伸直手臂,将小婴儿还给帕特里夏。帕特里夏抱着宝宝摇一摇,立刻就发现不对劲了。

她女儿全身僵硬,不像婴儿熟睡时那么放松。

帕特里夏焦虑地伸出两根手指,掀开杰奎琳脸上的毯子。

小宝宝如玫瑰花苞的双唇被撑开了。她的小眼睛发黑,僵直地往前瞪。毯子围了她细致的颈子一圈。帕特里夏的手指收回来时,上面沾满黏糊糊的血液。

帕特里夏的喉咙发出一声尖叫,不过那叫声始终没出口。

安-玛丽·巴伯确实已经智穷才尽、束手无策了。她站在厨房里低语祷告,双手仅抓着流理台的边缘,仿佛她婚后所住的房子是滚滚汪洋中的一条小舟。

她不停祈祷着，求指引、求解脱。求希望的曙光。她知道她的安塞尔不是恶魔。他不是表面上看起来那样，他只是病得非常非常严重。（**可是他杀了两条狗。**）不管他染上什么病，终究会像发烧一样退却，一切就会回归常轨。

她看着幽暗后院里上锁的狗棚，现在已经安静下来了。

疑虑浮上心头，她看到753班机乘客遗体消失的新闻报道时，也有相同的疑虑。出事了，恐怖的事。（**他杀了两条狗。**）她每每被惊惧淹没时，只能反复到镜子前或流理台前才能稍微舒缓。洗手、抚摸、担虑、祷告。

为什么安塞尔在日间总把自己埋在泥堆里？（**他杀了两条狗。**）为什么他用饥饿若狂的眼神看她？（**他把狗给杀了。**）为什么他什么都不说，只一味地低吼、嚎叫（**就像被他杀死的狗一样**）？

夜晚再度占据天空——她整天都在怕这件事。

为什么他这时又如此安静？

她还来不及细想自己在做什么，犹豫之心还来不及浮现，便开门沿门廊阶梯往下走了。她刻意不看庭院角落的狗坟——以免陷入狂乱的情绪里。她现在必须坚强起来，再撑一下……

狗棚的门。门锁和门链。她站在那里，凝神静听，拳头紧压着嘴，直到门牙开始发疼才稍稍松手。

安塞尔会怎么做？如果换作是她在里面，他会开门吗？他会逼自己面对她吗？

会，他会。

安-玛丽拿下颈间的钥匙，旋开锁。她解开厚重的铁链，这次往后退一步，她知道他没办法朝这儿扑过来——狗链的长度不够。门开了。

臭气冲天，恶臭逼人。光闻到这股气味她的眼眶就湿了，里面的人是她的安塞尔呀。

她什么都没见到，她仔细听。她不会被吸引入内。

“安塞尔？”

她的声音细若蚊鸣，没有任何响应。

“安塞尔。”

窸窸窣窣，泥地上有动作。喔，她怎么忘了带手电筒？

她往前一点点，用手肘轻轻将门缝开宽一点，让更多月光透进去。

他在那里。半躺在泥地上，他的脸朝门口扬起来，双眼深陷，痛苦地挣扎着。她立刻明白他快死了。她的安塞尔快活不下去了。她又想起以前住在这里的狗儿：老爹和格蒂，她爱那两只宝贝的圣伯纳犬，绝不只是把它们当宠物而已。他却杀了它们，并心甘情愿以狗窝为居……没错……他是为了保护安-玛丽和孩子。

她当下就懂了。他必须要伤害别人才能恢复精力，才能活下去。

她在月光中连连震颤，面对着她丈夫所幻化为的可怜怪物。

他想要她为自己献身。她明白，她感觉得到。

安塞尔的喉咙闷响，没有声音，好像是从空腹底端传出来的。

她不能这么做。安-玛丽一边啜泣一边当着他的面，关上棚门。她的肩膀靠在门上，把不生不死、行尸走肉的他关在里面。他已经孱弱到无法撞门了。她只听到他再度抗议地呜咽一声。

她用铁链绕门把第一圈时，听到身后有踩在沙砾上的脚步声。安-玛丽僵在原地，心想是警察回来了。她又听到另一个脚步声，才转过身。

他年纪较长，头发稀疏，穿一件硬领衬衫、开襟羊毛衫和宽松的灯芯绒长裤。那是他们对面的邻居，报警的就是他：丧妻的欧提许先生。他会把自家落叶扫到街上，风一来就吹到你家；这种邻居他们平常根本见不到面也说不上话，除非有问题发生，他又怀疑那是你或你的小孩搞的。

欧提许先生说："你的狗半夜吵醒我的方法愈来愈有创意了。"

他的出现就像鬼魅侵入梦魇中，使安-玛丽大为困惑。**狗？**

他指的是安塞尔，还有他夜里制造的噪音。

"如果你的动物病了，你就应该带去看兽医，看是要治疗还是要安乐死。"

她惊愕到无法回话。他又走过来，靠得更近了。他走下车道，走上后院草坪，一眼睥睨地看着狗棚。

狗棚内传出嘶哑的呜咽。

欧提许先生嫌恶地皱着脸："你要赶紧想点办法，要不然我又要报警了，我马上打给他们。”

“**不**!”她来不及压抑心中的畏惧。

他嘴角微扬,享受着在对峙间控制她的感受:“那你打算怎么做?”

她张开口,但脑筋空白不知能说什么:“我……我会想办法……我不知道。”

他看着后门廊,不知厨房的灯为何亮着:“一家之主在吗?我想要和他谈谈。”

狗棚里又传来痛苦的闷哼声。

“嗯,你最好赶紧处置那两只肥狗——要不我就自己动手。只要在乡下长大的人都会跟你说,巴伯太太,狗是生来给人使唤,不是给人疼的。给它们吃上几鞭才教得动,用手拍拍哪有用,尤其是像圣伯纳这么呆憨的狗。”

他讲的话传进她耳中,他讲到她的狗……

吃上几鞭。

他们在狗棚里面立桩拴狗是因为老爹和格蒂曾经跑出去几次……有一次,不久前……比较可爱亲人的格蒂回家后,他们发现它背上腿上净是伤痕……

……就好像被人鞭笞了一顿。

安-玛丽平常很害羞胆怯,但这时她将畏惧全抛诸脑后。她看着这个人(卑鄙奸险的小人),仿佛遮蔽视线的面纱突然被掀开来一般。

“是你。”她说。她的下巴微微发抖,但不是因为害怕,而是因为愤怒。“是**你**做的。格蒂,你**虐待**了格蒂……”

他的目光闪烁了一下,不习惯被当面揭发——不过他立刻湮灭了愧疚感。

“**如果**是我做的,”他又恢复一贯的高姿态,“我确定那家伙是自找的。”

安-玛丽的恨意突然一股脑儿爆发出来了。这几天她一直独自憋着每一件事:把小孩送到亲戚家……自己掩埋狗尸……担心她身受重病的丈夫……

“不是家伙,**是丫头**。”安-玛丽说。

“什么?”

“女生,格蒂是女生。”

狗棚里传来一阵颤抖的低吼。

安塞尔的需求。他的渴望……

她稳住心神，仍连连发抖。她仍心存怯意，但不是怕他，而是怕一波波甫起的愤怒。“你要自己看看吗？”她听到自己说。

“那是什么？”

低矮的狗棚伏在她身后，俨然一只怪兽。“那就去啊，你不是想找机会驯服它们？我看你有什么能耐。”

他怒目一横。自己竟然被一个娘儿们挑衅了。“你不是认真的吧？”

“你不是想解决问题嘛？你不是想要安宁平静吗？好吧，我也想！”

她擦擦下巴的唾沫，濡湿的手指朝他猛甩。

“我也想！”

欧提许先生盯着她瞧好一会儿。“其他人都说得没错，”他说，“你**是**疯了。”

她朝他露出狂放的狞笑，表示同意，笑容很快就收了起来。他走到他们院子边低矮的枝丫旁，拉了一支细树枝，用力一转，把树枝扯断。他试挥几下，听着枝条划破空气时发出咻咻声，然后满意地朝门口走去。

“我要你知道，”欧提许先生说，“我这么做不只是为自己，更是为你好。”

安-玛丽浑身颤抖地看着他解开门把上的锁链。两片门荡了开来，欧提许先生站得够近，他进入链绳的半径内了。

“好了，”他说，“那几只畜生在哪？”

安-玛丽听到野兽般的低嚎，链绳迅速一动，听起来像钱币撒落一地。门板陡然敞开，欧提许先生往前一步，他惊恐的叫喊声在刹那间就中断了。她赶紧上前抵住门奋力关上，而欧提许先生使劲地猛捶门。她用力以铁链绕过门把，紧紧上锁……她奔逃进屋，逃离猛烈晃动的后院狗棚和她的酷行。

马克·贝雷希握着黑莓机站在自家玄关，不知道要往哪儿去。他太太没有留言，她的手机放在英国经典格纹包里，商旅车停在车道上，婴儿篮放在外出衣物间。厨房中岛上没有留下便条纸，不过桌面上有半杯红酒。帕特里夏、马可斯、小杰奎琳全都不见了。

他看看车库，汽车和婴儿推车都在。

他又翻翻走廊上的行事历——今天没有活动呀。她是不是又气他晚归，所以决定以退为进处罚他？马克试着打开电视，频道切来切去，想试着等她，可是他发现自己真的很焦虑。他两度想拿起电话报警，可是又想到警用巡逻车来到家门口，实在羞辱至极，将来他会无法面对街坊。他走到前门外，站在砖造阶梯上环顾草坪和缤纷的花床。他往街道两侧看看，心想着，他们会不会是溜到邻居家去了？这时，他注意到几乎每一户人家都是暗的。光滑餐橱上的古董灯没有漫出温暖的黄光，计算机屏幕和等离子电视也没有在手工蕾丝下亮出光芒。

他看着对街的卢斯家，高贵的罗马式门面和古老的白砖。看起来也没人在家。难道是这里发生了什么难以察觉的天灾，而他完全不知情？是不是发布了疏散命令？

接着他看到有个人出现在卢斯家和派芮家之间的树丛园艺篱笆那边，是个女人。桦树枝叶茂盛，树影斑斑，她在树下看来衣乱发散。她怀中抱着一个年约五六岁的小孩，直接穿越车道，经过卢斯家的凌志休旅车时身影被挡住，一时看不到她的踪迹，紧接着又见她从侧门进了车库。进车库前，她回过头看到马克站在门前阶梯上。她没挥手也没打任何招呼，不过她那一眼——尽管只有一瞬，却像冰锥刺入他的胸膛。

他发现，那不是琼·卢斯，不过她可能是卢斯的管家。

他等着她点亮灯光，不过卢斯家还是暗幽幽的。诡异得不行，不过，反正他在这闲适的傍晚也没见到其他人，他就跨过马路了（先从阶梯走到车道上，避免践踏草皮）。他双手随意地插进西装裤口袋里，走上卢斯家的车道，从同一道侧门进屋。

厚重的外门关了起来，但内门开着。他没按门铃，轻敲玻璃门就走了进去，大喊："有人在吗？"他穿过铺瓷砖的外出衣物间进到厨房，转开灯。"琼？罗杰？"

地上满是肮脏凌乱的脚印，显然脚印的主人是打赤脚。橱柜和流理台边缘都有模糊的手印，厨房中岛上铁丝水果篮里的梨子已经开始烂了。

"有人在家吗？"他猜琼和罗杰都不在了，不过他还是想和管家说上话。她应该不会四处张扬说贝雷希连小孩在哪都不知道，也不会说马克·贝雷希连醉酒的老婆都管不住。如果他推测错误，琼真的在家的话，那他就来闲话家常，就

当作是好像要去打网球一样。**小孩子真的都好忙哦，你怎么规划生活？**如果他听到任何人说他的小孩太调皮捣蛋，那就把话题扯到卢斯家厨房里那一串粗野的光脚印。

“我是对面的马克·贝雷希，有没有人在家？”

自从卢斯家的儿子五月开过庆生会之后，他就没来过了。卢斯夫妇替儿子买了一辆电动儿童赛车，但因为赛车没有附拖车架——而那个小男生好像又非要拖车架不可，他就驶着赛车直接往放生日蛋糕的桌子冲过去，那时身穿海绵宝宝装的大哥哥刚盛了满桌的柳橙汁。“好吧，”罗杰说，“至少他知道他喜欢什么。”大家都很捧场地笑了，接着又喝了一轮果汁。

他弯身推开双向门，进到起居室。他从那儿的前窗可以清楚看到自己家。

他细细观察了一会儿，毕竟平常不会从邻居的观点看自己家。

真是一栋华美的洋房，不过笨墨西哥园丁又把西边的树丛剪得凹凹凸凸了。

脚步声沿地下室阶梯往上传来。不只一群人——可能也不只两三群人在那里。“有人在吗？”他纳闷着怎会有一群人光着脚，又觉得自己好像在邻居家里太自在了。“哈啰，我是马克·贝雷希，对面的。”没有声音响应他。“不好意思我竟这样不告而入，不过我不晓得——”

他将双向门往后一推，话说到一半。大概有十来个人面对他站着。其中有两个小孩从厨房中岛后面走出来——都不是他的小孩。马克认得其中几人的脸，有些是布朗克斯维尔居民，有些是他在星巴克咖啡厅、火车站或俱乐部打过照面的人。其中一人，凯萝，是马可斯朋友的妈妈。另一个人只是联邦快递员，穿着棕衫棕裤的制服。这个聚会的成员真混乱，里头没有卢斯家或贝雷希家的人。

“真抱歉，我是不是打断了……？”

他这时认真打量他们的身形、肤质和眼神，而这群人都不发一语瞪着他。他从来没像这样被那么多人瞪视过。他觉得人群中热气翻涌，但眼神冷冽。

那管家站在他们后面。她看起来很激动，面色红润，两眼猩红，直视前方，衬衫正面有红色的污痕。她的头发油腻纠结，衣服和皮肤脏到不行，仿佛她一直睡在泥巴里。

马克拨开眼前的一绺头发,感觉到自己的肩膀靠在双向门上,才发现自己不自觉向后退。其他人朝他涌来,只有管家站在原地看着。逼近的人当中有一个小孩,心浮气躁的小男孩,他的黑色眉毛上有一道缺口。他拉开抽屉踏上去,爬到厨房中岛上,所以看起来比其他人高一个头。他在大理石流理台上开始跑了起来,纵身一跃,往马克身上跳。马克别无选择只得伸出手臂接住他。小男孩在跃起时张开了嘴,攀上马克肩头就立刻伸出小螫针。他的螫针像蝎尾先朝上弯曲,再往前直射,刺穿马克的喉咙,切开皮肤和肌肉,固定在他的颈动脉里,那股痛楚像灼热的灸针猛然穿进颈子,卡在中间。

他往后一倒跌在门后,跌坐在地时小男孩仍紧抱着他,拴着他的颈子,跨坐在他胸膛。

男孩开始拉扯,抽血,吸吮。失血过度。

马克想说话、想尖叫,不过字语都卡在喉间,噎到说不出话来。他麻痹了。他的脉搏似乎变了(被打断了),他完全无法发声。

小男孩的胸膛压着他的,他可以感觉到对方微弱的心跳——或其他脉动。血液从他体内往外涌时,他感觉到小男孩的心跳频率变快,体力变强。**砰、砰、砰**——心跳一阵一阵愈来愈紧凑密切,狂喜如潮。

小男孩愈是吸血,他的螫针就愈来愈胀,而他的眼白在瞪着马克看时,也变得绯红。他很有技巧地用瘦骨嶙峋的弯曲手指扭着马克的头发,将猎物愈抓愈紧……

其他人暴冲过门,发动攻击,撕裂他的衣服。他们的螫针刺穿他的皮肉时,马克觉得体内的压力变了,不是减压而是**增压**。真空瓦解,就像果汁盒喝完了。

在这同时,有一股味道强到马克无法忍受,像一阵氨气的云冲进他的鼻子和眼睛。他觉得胸口一阵湿气爆发,像刚煮好的热汤,他紧抓着小朋友的双手突然感到一阵湿热。小男孩弄得他一身脏,原来他一边进食一边在马克身上排泄——不过排泄物比较像化学物而不是大便。

操他妈的真够痛。全身都痛,指尖、胸口、大脑,无处不痛。颈间那股压力已经退了,马克躺在那里,若以亮度来衡量痛苦的程度,他就像是炽热的亮白星星。

妮华将卧室门推开一小缝,看到孩子终于睡着了。基恩·卢斯和奥德丽·卢斯躺在地板的睡袋里,她的孙女娜若丝塔则安睡在床上。

卢斯家的小孩大部分时间都很乖,毕竟妮华从基恩四个月大开始就一直是他们的日间保姆,不过今晚两个小孩都哭了。他们念床,想知道什么时候可以回家,什么时候妮华会带他们回去。妮华的女儿塞巴斯蒂安一直担心警察再过不久就会寻上门来,不过妮华担心的却不是警察。

塞巴斯蒂安在美国出生、在美国受教育,举手投足带着美国人的高傲。妮华每一年会带女儿回海地一趟,不过那里不是她的家。她很抗拒那古老又乡下的地方,和传统的生活形态。她排斥祖先传承下来的知识,因为新知识如此耀眼美好。塞巴斯蒂安总把妈妈当成迷信的愚妇,这经常让妮华无法忍受。妮华将这两个娇生惯养不过还算可爱小孩救回自己家之后,塞巴斯蒂安更是认为妮华这样是害全家人跟着冒险,因为这有可能被看作是绑架幼童。

尽管妮华从小笃信罗马天主教,不过她的外公是村子里的巫师,也有人说是祭司,他会施术,光明和邪恶的法术都会。虽然大家都说他的灵力很强,也懂得借尸还魂之术——召唤魂魄寄于没有生命的物体中,不过他从来没使过黑魔法,或还魂于尸,让失去灵魂的遗体复生为僵尸。

他从来没这么做,因为他说他对黑暗的势力又敬且畏,跨过炼狱的疆界就等于直接亵渎巫术中的神灵。这些神灵的角色类似使徒或天使,是人类与清冷的造物者之间的媒介。不过他曾经参与过一些祭典,乡野之间的驱魔仪式,协助其他中邪的祭司走回正途,妮华曾经陪外公去,所以也看过活死人的面孔。

琼把自己关在房间里的第一夜(妮华刚到美国时在曼哈顿饭店套房里当清洁女工,而琼那间布置华美的卧室就和她见过的套房一样精美),她的呻吟声不断,当她终于停止哀号时,妮华曾经偷开门缝看她的状况。

琼的双目若死,眼神缥缈,心跳急速,汗湿床单,阵阵体臭。她的枕头上沾满了咳出来的白血。妮华照顾过重病和将死的人,所以她看琼·卢斯就知道她的老板不是染病,而是中邪。她当下就带着琼的小孩离开了。

妮华四处走动检查门户,他们这间房子里共住了三户,妮华家住一楼,只能从铁窗看到街道和邻居的房舍。铁窗能防窃盗,但比窃盗凶狠邪恶的,妮华就没把握了。那天下午,她绕着房子走一圈,拉拉铁窗,觉得还算坚固。为了多一道预防措施,她把窗户给钉死了(塞巴斯蒂安当然毫不知情,省得她搬出防火安全讲座),还用书柜挡住小孩房间的窗子当作临时堡垒。她还(当然聪明地没跟任何人说起)将大蒜糊在铁窗上。她从教堂里取回约一升牧师祭司用的圣水放入水瓶中,尽管她还记得她的十字架在卢斯家地下室,记得它没派上任何用场。

妮华紧张但还是有信心,她打开所有灯光,让家里没有阴暗的角落,然后在她的椅子上歇歇腿。她的黑色厚跟鞋没脱下来(矫正鞋,因为她的足弓不好),以免接下来得突然奔跑或站起来守夜。她打开电视,音量很低,电视只是徒然消耗电流,没吸引妮华太多注意。

她或许不该如此为女儿轻蔑的态度操心,所有离乡背井的人都担心他们的后代在异乡成长就会喜好异国文化,甚至背弃自承的传统。不过妮华的远虑更为具体:她担心美国化的女儿过于自信,将来反而伤害了自己。对塞巴斯蒂安来说,夜晚的阴暗只是不方便而已,因为光源不足只要开灯就没问题了。夜晚是她放松的时间、玩乐的时间、休闲的时间。她可以在夜里放下长发、放下戒备。对妮华而言,电力不只是对抗黑暗的护身符。夜晚是真的。夜晚不只是天光不现,事实上,夜晚是白昼暂时被驱离的时间……

她听到一阵细微的摩擦声,惊醒过来。她原本下巴抵着胸口,这时急往上扬,看到电视上的购物频道正在介绍一部海绵拖把兼吸尘器的机器。她静止不动、凝神静听。

前门传来咔啦一声,她刚开始以为是埃米尔回来了(这个侄子晚上都要开出租车)。不过如果他又忘了带钥匙,应该会按门铃。

前门外有人,可是他们没有敲门也不按门铃。

妮华赶忙起身,她蹑手蹑脚地沿着走廊,最后站在门后,仔细听,她和那个人(或那个东西)之间只隔了一片薄木板。

她感觉到对方的存在了,她心想,如果她摸摸门板(她并没有这么做),那她应该能感受到那热潮。

这道门只是上了一道安全锁的普通门板,门外没有纱门,门上没有窗。只有在门中央较低的部分有一道旧式的投信孔,大概离地面一米。

投信孔的铰链吱嘎作响，铜片动了一下，走廊上的妮华立刻后退。她站在那里好一阵子（对方看不到她，而她惊慌不已），然后就立刻冲进浴室找那一篮泡澡用的玩具。她抓起孙女的水枪，旋开圣水瓶的盖子，急着将圣水灌入小孔中，她洒掉的比装进去的还多。

她拿起手枪到门口。现在已经安静下来了，不过她还是可以察觉到对方的存在。她蹒跚地让肿胀的膝盖靠向地面，粗糙的木板刮破了她的丝袜。她已经近到足以感觉到铜片外的沁凉空气在夜里低语——而且在投信孔边缘看到一道影子。

玩具水枪的枪管很长。妮华还记得要将下面的泵往后滑才能加强水压，然后用枪管最后端来发射水柱。当投信孔的铰链发出吱嘎声，她立刻将水枪塞进孔内，用力扣上扳机。

妮华毫无目标地乱射，朝上下左右四处溅洒圣水。她想象琼·卢斯全身着火的模样，圣水像强酸腐蚀她的身体，就像耶稣的金剑——不过她却没听到任何哀号声。

一只手从投信孔伸了进来，抓住玩具枪的枪管，想要抢过去。妮华凭反应往回拉时刚好将那几只手指看得一清二楚，它们脏兮兮的和盗墓者的手一样。指甲像血那么红。圣水沿着手掌肌肤滴下来，只是让泥土变成泥水，没有灼烧皮肤也没有化为蒸汽。

一点用都没有。

那只手用力拉着枪管，要扯进投信孔里。妮华恍然大悟，那只手的目标是她，所以她赶紧放开枪，那只手用力扯用力转，那个塑料玩具终于破裂，把剩下的圣水都洒了出来。妮华双手撑地扭着屁股在走廊上倒退，不速之客开始猛力撞门。对方将整个身体撞上去，猛转门把。门上的铰链一直晃，连墙壁都在摇，墙上那幅父子一同打猎的画从钩子上跌下来，玻璃都碎了。妮华一路退到短走廊的底端。她的肩膀撞上了雨伞架，里头有一支球棒，妮华抢起球棒，紧握着贴黑色胶带的把手，坐在地板上。

木门撑住了。那扇门在炎热的夏天总是会膨胀起来卡住门框，这点让妮华很讨厌，但它现在竟然坚固到可以承受撞击，连门锁和光滑的铁门把也很争气。

门外的访客终于安静了,或许都走光了。

妮华看着地上那一摊上帝的眼泪。当耶稣辜负你的时候,你就知道自己已经跌落谷底了。

她等着破晓,她只能这么做。

"妮华?"

基恩,卢斯家的小男孩穿着棉衫和睡裤站在她身后。

妮华动作迅捷得连自己都无法想象,她赶紧伸手掩住他的嘴巴,把他拉到墙角。

妮华的背紧贴着墙壁站着,两手环抱着小男孩。

门口那魔物听到自己儿子的声音了吗?

妮华想定神细听,小男孩扭来扭去推开她,一直想说话。

"小朋友,嘘。"

她听到了,又一阵吱嘎声。她往左边靠时把小男孩抓得更紧了,她冒险朝墙角看一眼。

一只肮脏的手指推开了铜片。妮华再度往墙角缩,不过还是看到那一双炽红的眼睛朝里面望了。

加布里埃尔·波利瓦的经纪人鲁迪·韦恩和唱片公司的人一起在周先生家晚餐会谈之后,就从他自己位居哈德孙街的房子搭出租车到加布里埃尔的家。他一直没办法用电话联络上加布里埃尔,不过开始有传言说他身体欠佳了,753航班的事情发生之后又有狗仔队拍到他坐着轮椅,不过鲁迪得亲眼见见。当他抵达教堂街时没看到狗仔队,只有几个看起来像吸毒过度的哥特风乐迷坐在人行道上抽烟。

当鲁迪走上门前的阶梯时,他们便兴致勃勃地站起来。"什么事?"鲁迪问。

"我们听说他会让人进去。"

鲁迪往上一瞧,这间双拼大宅里根本没有灯光,连阁楼都是暗的。"看来派对已经结束了。"

"不是派对。"一个婴儿肥的小鬼脸颊打了洞,穿了个别针,上头还串了很多

彩色橡皮圈。“他也让狗仔进去。”

鲁迪耸耸肩,按下密码、进去之后就关上门。至少这表示加布里埃尔好多了。鲁迪走进去,经过玛瑙黑豹,往阴暗的玄关里去。工程照明灯都没开,打开电灯开关也没有灯亮起。鲁迪想了一下,拿出黑莓机,把屏幕光源设定改成恒亮。他用蓝光东照照西照照,发现楼梯旁展翅天使的脚边有一堆高档数字单眼相机和摄影机,那都是狗仔队的贴身武器。全部都堆在一起,像泳池旁边的鞋子。

“有人在吗?”

他的声音单调地回荡在未装潢的一、二楼间。

鲁迪沿着旋转大理石梯上楼,以黑莓机的蓝光当手电筒,走在光源后面。他必须鼓励加布里埃尔准备下星期在玫瑰岛舞厅的表演,万圣节前后也有零星的几场表演要准备。

他走到顶楼波利瓦的套房前,所有的灯都关了。

“嘿,加布里埃尔?是我,老兄,我可不想进去的时候看到什么不该看的。”

太安静了。他推门走进主卧室,用手机灯光扫视一圈,只发现床单扔在地上,没发现烂醉如泥的加布里埃尔。

或许和平常一样又出去混夜店了。他不在家。

鲁迪走进主浴室去瞧一瞧,洗手台上有一罐处方药镇定剂,盖子没关,还有一只鸡尾酒水晶杯,闻起来酒气逼人。鲁迪想了一下便擅自把酒杯拿到水槽里洗一洗,自己拿几颗药丸和着自来水吞下。

他正准备把玻璃杯放回洗手台上时,看到后方似乎有一个身影闪过。他立刻转身,见到加布里埃尔从暗影中走出来,进到了浴室。在两侧镜面墙壁照映下,他看起来有几百个分身。

“加布里埃尔,天啊,你吓到我了。”鲁迪发现加布里埃尔就只是站在那里瞪视着他,亲切的笑容渐渐消失了。蓝色的手机光源照着旁边而且也不够明亮,不过鲁迪看得出来,加布里埃尔的皮肤显得很暗沉,眼睛一片火红。他穿了轻薄的黑色袍子,长及膝盖,里面没有其他衣服。他的双臂笔直垂下,而且完全没向自己的经纪人打招呼。“老兄,怎么了?”他的双手和胸口都很脏,“你是在矿坑过夜吗?"

加布里埃尔兀自站立,在镜中有无限个成像。

"你真的臭死了。"鲁迪用手掩鼻。

"你到底死去哪里了?"鲁迪觉得加布里埃尔的身上传来一股奇怪的热流。他用手机近照加布里埃尔的脸,他的眼睛对光线没反应。"老兄,你也太久没卸妆了。"

镇定剂的药效开始发挥了,整间浴室和大镜子都像撑开的手风琴一样往外膨胀。鲁迪拿开手机,然后整间浴室都闪了一下。

"听我说,老兄。"鲁迪看加布里埃尔这样完全没反应,也恼了,"如果你还没回过神,那我晚点再过来。"

他想从加布里埃尔左侧走出去,但加布里埃尔不让开。他又试了一次,加布里埃尔还是挡在路中间。鲁迪往后一站,用手机光源照着这个老客户:"加布里埃尔,兄弟,到底搞——?"

波利瓦解开袍子,双臂横张,像展开翅膀一样,之后袍子掉到了地上。

鲁迪倒吸一口气。加布里埃尔全身灰黑憔悴干瘦,不过最让他眩晕的是加布里埃尔的胯下。

没有毛发而且像瓷娃娃一样细致光华,什么生殖器都没有。

加布里埃尔的手遮住鲁迪的嘴,很用力。鲁迪虽然奋力反抗,不过慢了一步。他看到加布里埃尔咧嘴而笑——接着笑意消失了,他的嘴里好像有条小绳子拼命转动。在手机闪闪蓝光的映照下(他在慌乱之中盲目地凭感觉按下9、1、1),他看到那螫针出现了。螫针两侧无法定义的增生组织不断膨胀收缩、膨胀收缩,好像一对海绵组织旁边有腮,呈喇叭状地开合不停。

鲁迪在眨眼间看到了这一切,然后那螫针就射进了他的脖子里。他的手机掉到浴室地板上,他的双脚拼命踹,通话键始终没按下去。

九岁的吉妮·米尔森和妈妈一起回家的时候兴致盎然、毫无倦意。到百老汇看小美人鱼的歌舞剧实在太过瘾了,她觉得自己这辈子从来没这么清醒过。现在她真的清楚她长大以后要做什么了。她才不要当芭蕾舞学校老师(辛迪·

维莉跳跃后坠地，结果两只大拇指都断了），也不要当奥运选手（体操的鞍马实在太恐怖了）。她要成为（请轮鼓伴奏……）百老汇女演员！她要把自己的头发染成珊瑚红，然后主演小美人鱼里的主角爱丽儿，每一场演出后都要以最优雅最华丽的舞姿向观众谢幕，在如雷的掌声后她要谢谢年幼的观众和影迷，在他们的节目单上签名，和他们一起拿着照相手机合照——然后，在最特别的一夜，她要从观众席里挑选一位最有礼貌、最认真观戏的九岁小女孩，邀请她来当预备演员替身，两人从此成为最知心的死党密友。她妈妈会负责打点她的发型，她爸爸陪贾斯汀待在家里，当她的经纪人，就像汉娜·蒙塔娜的爸爸一样。而贾斯汀……好吧，贾斯汀就留在家里当他自己。

她坐在那里，手撑着下巴，在纽约城下往南的地铁列车座位上转头四顾。她看着自己在车窗上的倒影，看着身后明亮的车厢，不过灯有时候闪烁，当灯光暗下来的那一瞬间，她看到自己望着无底的深渊，一条隧道接着一条。她看到了某样东西。那只是意识中一闪而过的画面，像是单调的影片中出现了不协调的一格。速度太快了，她九岁的心智没办法在瞬间处理。她不明白那个画面，她甚至也说不出自己为什么会突然迸出眼泪。她妈妈原本低着头打瞌睡，今晚为了看戏还穿着华美的外套和裙子，明艳动人。妈妈立刻安慰她，想知道她怎么突然抽抽搭搭地哭了起来。吉妮只能指着窗户，接下来整路上她都窝在妈妈的臂弯里。

不过血祖看到她了。血祖无所不见，就算他在进食时也一样。事实上，当他在进食时，反而更会仔细观察周遭。他的夜视能力卓绝，而且目观千里，可以察觉热源在各种不同的灰色调中呈现的炙热白光。

摄食完毕，他任猎物瘫软地滑落在地，尽管他还未饱足——永远不会饱。他大手一摊，让变态后的人类跌在碎石地上。四周的隧道随风呼啸，扬起他的深色斗篷，列车在远方尖哮，铁撞击着钢，仿佛全世界知道他的到来而尖叫不止。

曝光
EXPOSURE

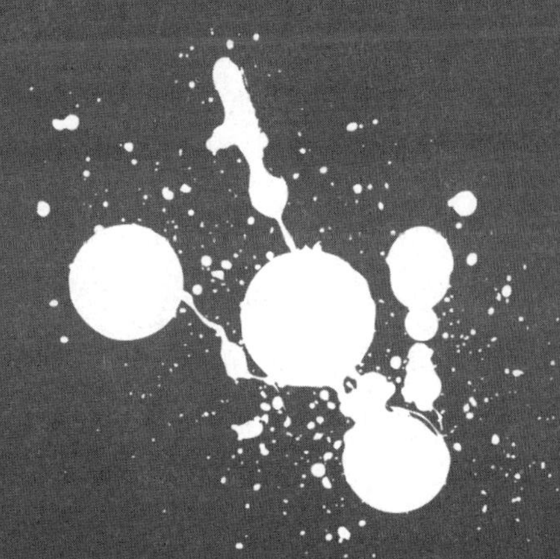

11 大道与 27 街路口，金丝雀总部

瑞晶航空 753 班机登陆后第三日，伊费带瑟拉齐安到切尔西西区的疾管局金丝雀计划总部办公室，那里离哈德孙河只有一个路口远。伊费创立金丝雀计划之前，这个三房办公厅是疾管局世界贸易中心员工与自主医疗监控项目人员的基地，调查“911”事件重建工程与持续性呼吸疾病之间的关联。

伊费在 11 大道路边停车时，心情便振奋了起来，因为大楼入口的外面停了两辆警车和两辆没标示单位的政府公务车。巴恩斯局长终于想通了，替他们争取到所需的援助。伊费、诺拉、瑟拉齐安不可能靠三个人的力量对抗这场灾祸。

他们刚上三楼就发现办公室的门已经开了，埃弗里特·巴恩斯在和一个便衣说话，那人后来自称是联邦调查局的探员。“埃弗里特，”伊费发现巴恩斯也挺身而出的时候不觉松了一口气，“你来的时机正好，我正要找你。”

他走到门边的小冰箱，开冰箱门时，里面的试管铿锵作响，他拿出一瓶全脂牛奶，转开盖子，迅速灌下。过去他依赖酒精，现在他依赖钙质。

他这才明白，人会将一种瘾头换成另一种。比方说，他上周之前都只信任科学守则与自然规律，现在他只相信银剑和紫外线。

他放下嘴边半满的瓶子，发现自己在利用另一种哺乳类动物的体液来解除身体的渴。

“这位是谁?”巴恩斯局长问。

“这一位，”伊费擦去上唇的牛奶胡印，“是亚伯拉罕·瑟拉齐安教授。”瑟拉齐安的帽子拿在手上，光洁雪白的银发在低矮的天花板灯光映照下显得特别亮。“埃弗里特，发生了那么多事。”伊费又吞下更多牛奶，平息肚中的火，“我连该怎么开始解释都不知道。”

巴恩斯说：“不如从纽约验尸所的遗体怎么会消失开始吧。”

伊费放下牛奶瓶。其中一位警察往他身后的门靠近了一些。第二位联邦调查员原本坐在伊费的笔记本电脑边,这时则拿起了他的笔记本电脑。“嘿,不好意思。”伊费说。

巴恩斯说:“伊费,关于消失的尸体,你知道多少?”

伊费打算先判读疾管局局长的表情。他回头看看瑟拉齐安,不过这老人完全没做任何表示,只是用畸形的双手捧着帽子,站得很直。

伊费转头回去看着上司:“他们都回家去了。”

“回家?”巴恩斯转过头来,仿佛想把他的话听得更清楚,“天上吗?”

“埃弗里特,他们回到家人身边了。”

巴恩斯看了看一直盯着伊费的联邦调查员。

“他们都死了。”巴恩斯说。

“他们没死,至少,他们不符合我们对死的定义。”

“伊费,死亡只有一种定义。”

伊费摇摇头:“现在不止了。”

“伊费。”巴恩斯同情地往前跨一步,“我知道你最近压力很大,我也知道你家务事不太顺利……”

伊费说:“等等。现在是怎样?”

联邦调查员说:“医师,我们是来调查你的病患的死因。瑞晶航空 753 班机的随机飞行员道尔·雷德芬机长。我们想针对你提供的救护问几个问题。”

伊费一阵哆嗦:“去申请法院命令,我就回答你们的问题。”

“或许你可以先解释这个。”

他打开桌边的移动影音播放器,按下播放。影片中出现了医院病房里监控摄影机的录像画面,照到了雷德芬的背后,他蹒跚向前,穿着医院病袍背后全裸。他看起来神志不清、深受重伤但一点也没有攻击性,更不像是暴怒发狂。摄影机的角度没拍到他口中弹出螯针。不过摄影机却拍到伊费拿起环锯以旋转刀刃刺向雷德芬的喉咙。

画面经过剪接,之后就看到诺拉出现在背景里,以手掩口,伊费站在门口,胸口剧烈起伏,雷德芬的尸块堆在门旁。

另一段影片又开始了，是同一条地下室走廊里的另一台摄影机，角度比较高，它拍到两个人，一男一女，强行进入上锁的太平间，里面就存放着雷德芬的尸体。那两人离开的时候提着沉甸甸的尸袋。

那两个人看起来非常像伊费和诺拉。

影片停了。伊费看看诺拉（她也很震惊），然后看看联邦调查员和巴恩斯："那是……攻击的画面经过编辑，看起来对我很不利。画面被剪接了。雷德芬——"

"雷德芬机长的遗体在哪里？"

伊费无法思考，他无法揭穿方才所见的骗局："那不是我们，摄影机高到没办法——"

"所以你的意思是那不是你和马丁内斯博士啰？"

伊费看着诺拉，她摇摇头，这两个人已经困惑到无法作出实时、一致的反驳了。

巴恩斯说："伊费，我再问你一次。验尸所里消失的尸体在哪里？"

伊费回头看瑟拉齐安，他站得离门很近，然后又看着巴恩斯。他不知道该说什么。

"伊费，我要终结金丝雀计划了，从这一刻开始生效。"

"什么？"伊费回过神来，"等等，埃弗里特——"

伊费快步朝巴恩斯走去，其他警察立刻凑了过来，仿佛他很危险，他们的反应让伊费停下动作，更为警戒。

"顾威博士，请你跟我们走。"联邦调查员说。

"你们都……嘿！"

伊费一转身，瑟拉齐安不见了。

联邦调查员派两名警察去追了。

伊费回头看着巴恩斯："埃弗里特，你很清楚我的为人，你知道我是怎样的人。你先听我解释，这座城市里有一场瘟疫正在蔓延——这场灾祸不同于我们见过的任何浩劫。"

联邦调查员说："顾威医师，我们想知道你替吉姆·肯特注射了什么。"

“我什么……**什么?**”

巴恩斯说:“伊费,我已经和他们达成协议了,如果你愿意合作他们就会放过诺拉。他们不会逮捕诺拉,她将来就不会被指指点点,学术威望也得以保留。我知道你们……很亲密。”

“那你又是怎么知道的?”伊费环顾这些压迫他的人,从惶然甚惑转而勃然盛怒,“埃弗里特,这都是狗屁。”

“伊费,我们录到你攻击并谋杀病患,你提出荒诞的检测结果,根本没办法以各种科学来解释,你的报告毫无事实根据,最合理的解释就是被你窜改过。如果我有选择的话我会出现在这里吗? 你有选择吗?”

伊费转身看诺拉,她可以不被起诉,或许她可以继续奋战。

巴恩斯说得没错,至少从目前的情势来说,整屋子都是执法人员,他是别无选择。

“不要因为这件事而停下来,”伊费对诺拉说,“可能只剩下你在状况内了。”

诺拉摇摇头,她转身看着巴恩斯:“局长,这是诬陷,不管你是自愿还是被迫涉入这场阴谋——”

“马丁内斯博士,拜托你。”巴恩斯博士说,“别再自取其辱了。”

其他调查员搜走了伊费和诺拉的笔记本电脑,他们押着伊费走下楼。

到二楼走廊上,他们碰到追捕瑟拉齐安的警察。他们并排站着,但姿势更像是背靠背站着,两人的手铐在一起。

瑟拉齐安持剑站在所有人后方,剑尖抵着带头那位联邦调查员的颈子,另手还握着匕首,也是银制的。他把匕首架在巴恩斯局长的喉间。

老教授说:“你们都只是爪牙,自己涉入了阴谋中还不自知。博士,拿这把匕首。”伊费接过刀柄,刀刃始终未离开他上司的喉头。

巴恩斯屏着气说:“**老天爷啊**,伊费,你脑袋**烧掉了**吗?”

“埃弗里特,这桩案子远超过你的理解范围。这不是疾管局能独立解决的,甚至连一般执法系统都无法应对。纽约城里爆发了灾难性的疾病,我们从来没见过任何类似的疫情,连严重程度只有一半的也没见过。”

诺拉走到他身边,从联邦调查员手中拿回他们两人的笔记本电脑。她说:

“我把办公室里我们用得到的东西都拿了,看来我们不必再回来了。”

巴恩斯说:“伊费,我拜托你用点理智吧。”

“埃弗里特,你当初聘用我,就是要我在公共卫生危机爆发前提供警讯。全球性大规模疫情一触即发,可能会造成人类灭绝。有人在暗处阻挠我们,就是要避免我们坏了这场阴谋。”

曼哈顿,石心集团

奥狄·帕墨打开整排屏幕,六个电视新闻频道同时播映。左下方的电视盒最吸引他的注意,他把座椅调高几度,只播这个频道,放大音量。

记者在曼哈顿东51街纽约第17警察分局外,针对这几天纽约地区连续出现大量失踪人口一事提问,但接受访问的警官只说“不予置评”。镜头拍到分局外排队的人龙,因为要通报的失踪人口太多了,分局内空间不够,他们只能在人行道上填写表格。记者注意到其他同样无法解释的事件,例如擅闯民宅案也很多,不过闯入后没有任何物品失窃,或者那户人家根本没人。最奇怪的是现代科技竟然也没办法协寻失踪人口:以手机为例,现在几乎每一个手机都可以用卫星定位,但失踪的人连手机也一起不见了。有些人推测这些人可能是抛弃了家庭和工作,也有人注意到这个失踪潮可能和最近的日食有关,把两件事串在一起。新闻台后来也请了一位心理学家针对“奇异天象是否可能造成低度集体焦虑”的观点发表看法。在那则报道的最后,记者采访了一个泪流满面的女人,她手里捧着一帧照片,照片里的人穿着美国平价时尚服饰,是两个孩子的妈妈,她也失踪了。

新闻结束后第一则广告是“抗老”面霜,可以“让您活得更久更美好”。

体弱气衰的企业大亨关掉了音源,整个房间里除了洗肾机的声音就只剩下他贪婪的闷笑声。

另一台屏幕画面上的图表显示出金融市场衰退,因为美元持续走跌。帕墨

是市场背后的推手,他持续释出股票,买入金属:金块、银条、钯块、铂砖。

分析员接着暗示近来的衰退意味着期货交易有大好的机会,但帕墨完全不同意这个说法。

他自己就在放空期货,把每个人的都放掉,除了他自己的。

菲茨威廉先生转了一通电话到他座椅旁的话机。

安插在联邦调查局的成员打电话通知他金丝雀计划的流行病学家伊费·顾威博士已经逃逸了。

“逃逸?”帕墨说,“这怎么可能?”

“他身边有个老人,看不出来他那么狡猾,竟随身带了一把长银剑。”

帕墨安静地深呼一口气,然后慢慢地,他笑了。

有几股势力结盟起来反抗他。很好,很好。让他们一齐来吧,一网打尽就容易得多了。

“请问?”对方说。

“喔——不打紧,”帕墨说,“我只是想起了一个老朋友。”

哈林区东118街,纽约人典当质借中心

伊费、诺拉、瑟拉齐安一起站在当铺上锁的大门后,两位流行病学家仍战栗不止。

“我刚刚在他们面前泄漏你的名字了,”伊费看着窗外说,“这栋房子是用我前妻的名字登记的,所以目前还算安全。”

瑟拉齐安焦急地想要下楼去他的地下军火库,但两位博士还心有余悸。“他们在追我们。”伊费说。

“扫除散播疾病的阻碍,”瑟拉齐安说,“在一般的社会里把人类化为他们的族群比较容易,在高度戒备的社会里就难得多。”

“**他们**是谁?”诺拉说。

“在这严格防备恐怖主义的时代,还有权力把棺材送上越洋航班的人。”瑟拉齐安说。

伊费来回踱步说:“他们在陷害我们。派人进来偷走雷德芬的尸体……谁长得像我们?”

“就像你刚刚说的,你是疾病管制里负责发布警讯的主导单位。幸好他们只是抹黑,你要心存感激了。”

诺拉说:“没有疾管局撑腰,我们就没有公权力了。”

瑟拉齐安说:“我们现在必须靠自己继续了,这是疾病管制的基础。”

诺拉看着他:“你是说——继续杀人?”

“你要什么结果?变成那样……还是让别人来拯救你?”

“那只是把谋杀美化的说法,而且说的比做的简单。我们要砍多少颗头?我们只有三个人。”

瑟拉齐安说:“除了斩断颈椎之外还有其他方法,譬如说,阳光。太阳是我们最强力的盟友。”

伊费的电话在口袋里震动。他拿出来,战战兢兢,然后看看屏幕。

亚特兰大的区码,疾病管制局总部。“皮特・奥康奈尔。”他告诉诺拉,便接起电话。

诺拉转身对瑟拉齐安说:“那他们白天都在哪里躲得好好的?”

“地下,地窖或下水道。建筑物里最阴暗的角落,像维修室,空调系统里面,有时候躲在墙壁中间。不过通常是在土里。那是他们最喜欢做窝的地方。”

“所以说——他们白天都在睡觉,对吗?”

“地下室里有一大堆棺材,吸血鬼还躺在里面打呼——这样联想最快,对不对?不过,不是这样,他们根本不睡。那行为不像我们所理解的睡眠。如果他们吃饱了,就会暂时停工,消化血液也会让他们疲倦,不过他们从来就不会停太久。他们在白天躲到地底下,只是为了逃避太阳的杀伤力。”

诺拉看起来很苍白,而且不知所措,像个小女孩,发现原来人死之后不会长翅膀飞上天堂,而会在舌头下面长出螫针、留在地球上,变态为吸血鬼。

“你念的那句话,”她说,“在你把他们的头砍下来之前,你念了一句外国话,

有点像判词,或某种咒语。”

老人的脸抽搐了一下:“那只是我说来安抚自己的。在最后一击之前稳住双手。”

诺拉等着听那句话是什么。瑟拉齐安见状便知道,无论如何她一定会问到底。

“我说的是‘返魂尸,我的剑歌颂纯银’。”瑟拉齐安的脸又抽搐了一下,有点不自在地说下去,“用古老的语言念出来比较好听。”

诺拉发觉这位年迈的吸血鬼杀手原来是个很稳重自持的绅士。

“银。”她说。

“纯银,”他说,“自古以来,银的抗菌与杀菌力便广为人知。你可以用钢刀砍他们,或用铅制子弹射他们,但只有银才能真正**伤害**他们。”

伊费用另一只手捂住耳朵,想要听清楚皮特的声音,他才刚驾车离开亚特兰大。皮特说:“你们那边怎么了?”

“这个嘛……你听到什么了?”

“我只知道要跟你谈一谈,说你有麻烦了,说你越界了,那一类的。”

“皮特,这里一团乱。我不知道要跟你说什么。”

“好吧,反正我本来就要打给你,我花了不少时间检验你送过来给我的样本。”

伊费觉得心中的大石放了下来。皮特·奥康奈尔博士是疾病管制局的国家人畜共通传染病及媒介性与肠道疾病中心下面,死因未明项目的主要研究员之一。死因未明项目是针对美国未明原因的死亡个案而成立的调查系统,由疾管局内外的病毒学家、细菌学家、流行病学家、兽医、临床医师组成的跨学科小组。美国每年都会发现许多死因不明的个案,其中一部分(约一年700例)会送到死因未明项目深入调查。700个案例中只有百分之十五能够获得满意的解释,其他案例则会保留样本以待未来进一步检验。死因未明项目的每个成员在疾病管制局里都还另有职务,皮特是传染病病理部的主管,所以在病毒如何影响宿主、为何影响宿主等方面是专家。伊费之前忘记给他雷德芬机长的初步检查切片和血液样本了。

“伊费，这是一种病毒的品种，这我完全没有疑问。一种特别的基因酸。”

“皮特，等等，听我说——”

“这种糖蛋白有特别的束缚力。我觉得这就像是万能钥匙，真惊人。这种小虫不只会绑架宿主的细胞、诱使宿主细胞替自己复制。不——它会和核糖核酸融合，会**结合**核糖核酸，先吃掉一部分……不完全吃光。它做的事，就是复制出和宿主细胞**交配过**的新一代。而且只取它要的部分。我不知道你在你的病患身上观察到了什么，不过就理论来说，这东西可以复制再复制再复制，几百万代之后——这东西复制得**很快**——就可以繁殖出它自己的器官构造。非常有系统。它可以改变它的宿主。变成什么，我不知道——不过我一定会查出来。”

“皮特。”伊费的头脑像是在大海中终于找到了方向。这样解释就通了。这种病毒可以征服并改变宿主的细胞——就像吸血鬼把猎物变成吸血鬼。

这群吸血鬼就是人形病毒。

皮特说：“我自己想用这个病毒做遗传学实验，真的很想看看它对什么有反应——”

“皮特，听我说。我要你摧毁那个病毒。”

伊费在一阵沉默中听到皮特的雨刷在动。

“什么？”

“保留你的实验结果，不要流落到他人手中，但现在就摧毁那个样本。”

更多雨刷的声音，还有皮特不确定的“呃”长音通过话筒传来：“你的意思是要我摧毁我实验的这个病毒吗？因为你知道我们总是会存一些，以防——”

“皮特，我要你现在就开回到实验室去摧毁那个样本。”

“伊费。”伊费听到皮特打方向灯的声音，他在路边停下车，好结束这段对话，“你知道我们对潜在病原体有多么谨慎。零污染、零危险。我们实验室也有严格规定，我不能因为你就违——”

“我在纽约市铸下大错，让病毒流了出去。我一直到现在才晓得。”

“伊费，你到底惹了什么麻烦？”

“用漂白水。如果没用的话，用强酸。如果得用火的话就用吧，我不管。我会负全责——”

“伊费,这和责任无关,这是科学的发展。你必须老实跟我说。有人说他们在新闻里看到你的报道。”

伊费必须喊停了:“皮特,照我的话去做——我保证等我有能力的时候一定会全部解释给你听。”

他挂上电话。瑟拉齐安和诺拉都听到后面的部分了。

瑟拉齐安说:“你把病毒送去别的地方了?”

“他会摧毁掉。皮特会愿意为了谨慎防灾而犯规——我太清楚他了。”伊费看着墙边那几台特价出清的电视机。**在新闻里看到你的报道**……“这边有能用的吗?”

他们找到一台还能用的电视,刚打开就看到那则报道了。

电视播出伊费的照片,是从疾管局工作证扫描的。然后又播了一段模糊的录像,是他和雷德芬肢体冲突的画面,接着是两个像他们的人从医院搬走尸袋。新闻说伊费·顾威博士是753班机乘客遗体失踪案的“关系人”,此刻正由警方全面追缉中。

伊费一动也不动地站着,他想象凯莉看到新闻的样子,还有扎克。

“这些禽兽。”他气愤地嘶声骂着。

瑟拉齐安关掉电视:“这则报道唯一的好消息就是他们还把你当成威胁。这表示时间还够,还有希望,和机会。”

诺拉说:“看来你似乎有计划。”

“不是计划,是策略。”

伊费说:“说来听听。”

“吸血鬼有自己的律法,既古老又残暴。其中有一条亘久的戒律是:吸血鬼不能跨越流水,除非有人类的协助。”

诺拉摇摇头:“为什么不行?”

“或许和吸血鬼的缘起有关,那已经是很久很久以前的事了。地球上所有古老的文明都作过解释。美索不达米亚、古希腊、古埃及、希伯来、古罗马。就算我已经这么老了,我还是不知道。不过这条禁律到现在都还有约束力。这也给了我们一些优势。你知道纽约市是什么吗?”

诺拉马上就听懂了:“是一座岛。”

“是群岛。我们周遭都是水。那架飞机的乘客不是被分别送到了五个行政区的验尸所吗?”

“不,”诺拉说,“只有四个,没送去施塔腾岛。”

“那就四个。皇后区和布鲁克林都不在美国本土,分别由东河和长岛隔开了。布朗克斯是唯一和美国本土相连的行政区。”

伊费说:“只要我们可以封桥,在布朗克斯北端和皇后区东部的拿骚设立防火线……”

“现阶段来说,这只是理想,”瑟拉齐安说,“不过,你看得出来,我们不用一个个摧毁他们。他们人虽多,却没有自我意识,他们的心智像蜜蜂一样,由一个人控制。这个人现在很有可能被困在曼哈顿的某个地方。”

“血祖。”伊费说。

“从飞机机腹偷渡过来的人,那消失棺材的主人。”

诺拉说:“你怎么知道他没回到机场附近?既然他不能自己跨越东河。”

瑟拉齐安坦然一笑:“我很有信心,他这番折腾跋涉到美国,绝对不是为了要隐身在皇后区。”他拉开后门,那道阶梯通往地下军火库。“我们现在要追捕他。”

自由街,世界贸易中心工地

纽约市政府有害生物管制局的捕鼠员瓦西里·费特站在工程围篱前,里面就是大“浴缸”地基,以前的世界贸易中心大楼。他的面包车停在西街上港务局的停车场里,里面还有其他工程车,他把手推车留在面包车上。他一手提着红黑色的运动包,里面装了灭鼠药和隧道灯具,另一手握着一根长钢条,那是他有一次在捕鼠任务时找到的,长约一米,正适合刺老鼠窝,把药饵放进去——有时候也可以回击较具攻击性或惊慌失措的老鼠。

他到了教堂街与自由街的街口，站在拒马和工程围篱的中间，宽广的人行道上放了橘白相间的警示桶。行人穿过这些警示桶，大步走向路口另一端的临时地铁入口。空气中有一种新希望的气氛，很温暖，像充足的阳光保佑着城市中这个受创的角落。新大楼已经开始往上盖了，之前花了好几年计划、开挖，感觉就像这恐怖的黑色淤青终于要开始愈合了。

只有费特注意到马路与人行道垂直相接的部分有模糊的油渍，抹上了颜色。粪便沿着停车场四周散落，路口垃圾桶的盖子上也有啮痕，泄漏了老鼠的行踪，这表示它们已经在地面活动了。

一名隧道工人载他下工程便道，进入下凹的地基。他停在这栋建筑物的脚边，这就是以后的新纽约港务局城铁系统和纽约市地铁双铁换乘车站，五条路线将在这里交会，共有三层地下月台。目前，银色的列车经过大浴缸底部到临时月台时也照得到日光，因为这一段不是密闭隧道。

瓦西里从小卡车里走出来，站在水泥地桩的中间，抬头看着七层楼高的地面街道。他就站在双子大楼跌落的坑洞里，光这一眼就够摄人心魂了。

瓦西里说："这是圣地。"

那个隧道工人留着浓密而花白的大胡子，穿了两件法兰绒上衣，里面的那件塞进裤子里（两件都沾了厚厚的泥巴与汗水），沾满泥巴的手套则卡在蓝色牛仔裤的皮带上。工程用安全头盔黏满了贴纸。"我也一直这样觉得，"他说，"不过最近我就不太确定了。"

瓦西里看着他："是因为老鼠吗？"

"就是啊，当然。这几天老鼠一直从隧道里冒出来，我们好像钻到了油井，只不过涌出来的都是老鼠。现在鼠潮已经退了。"他摇摇头，往上看着立在维西大街上的泥墙，二十几米高的纯水泥墙上钉了很多系带。

瓦西里说："然后呢？"

那人耸耸肩。隧道工人都很自傲，他们打造了纽约市、隧道、码头、地铁、下水道、摩天大楼、桥梁基座。水龙头一打开就能盛一杯干净的水，这点都要感谢隧道工人。隧道工人像一个大家庭，不同代的人一起投入，在基地里并肩合作。工作环境虽脏，但成就斐然，所以那人不愿意表露出很不甘愿的样子。"大家都怕了。我们有两个同仁跷掉了,不见了。那天他们打了卡,准备轮班上工,走下去进到隧道里,不过却始终没打下班的卡。我们这里是二十四小时不停工的,不过之后就没人愿意值夜班了。没有人要去地底下。那些都还是年轻人,已经算胆子大的了。”

瓦西里往前看着隧道开口,地下结构会在那里和教堂街下方连结:“所以这几天都没有新工程吗？没开挖新地？”

“自从我们把这个盆地挖空之后就没有了。”

“这些事件都是从老鼠出现后才有的吗？”

“差不多那时候。不知道什么东西从前几天开始占据了那个地方。”那隧道工人耸耸肩,甩掉不安的感觉。他拿了一顶全白的工程用安全头盔给瓦西里:“我还觉得自己的工作环境够脏了,怎么会有人想当捕鼠员啊？”

瓦西里戴上帽子,他走到地下通道口的时候感觉到风向变了:“我猜这份工作的魅力让我上瘾了吧。”

隧道工人看着瓦西里的靴子、运动包和钢条。

“之前做过吗？”

“要去老鼠在的地方。这座城市的下面还有个城市呢。”

“这我最清楚了,还用你说。我希望你带了手电筒吧。要面包屑吗？”

“该带的都带了。”

瓦西里和隧道工人握握手,便往里面走去。

刚开始的那一段隧道很干净,这里和挖开的盆地相接,还有日照,接着他就沿隧道往没有日光的地方走去,大约每十米就会有几盏黄灯替他带路。他就在原本双子大楼大厅的正下方。等一切竣工后,这个大地洞会和新的港务局城铁站相接,一起连到两个路口外的第二塔和第三塔。其他子隧道会分别连接自来水管、电力系统、污水下水道。

更深入之后,他不禁注意到细细粉粉的灰尘还盖在原本隧道的内壁上。这是一片圣地,但目前很像墓地,当时的建筑和人员都被炸为灰烬,回归了原子的形态。

他发现鼠窝了,看到了脚印也听到了声音,却没有老鼠。他用铁条戳一戳鼠

窝，然后仔细听。他什么都没听到。工程吊灯只挂到转角前，前方是深沉幽冥的一片黑暗。瓦西里的包包里有一盏百万烛光的聚光灯（一支大型黄色加里特牌聚光灯，手把还是牛角制的），还有两支备用的迷你棍棒型手电筒。不过密闭空间里一旦打开人造光，人类的夜视能力就完全消失了。为了捕老鼠，他宁愿保持周围安静黑暗。他没用手电筒，反而拿出单孔夜视镜，这种手持式装备也附有带子，可以绑在工程用安全头盔上，架在左眼前。只要闭上右眼整条隧道就会变成绿色的。他总是说这是鼠视镜，老鼠豆大的眼珠会在镜头里闪闪发亮。

什么都没看到。虽然周围的证据都指出这里有鼠踪，但老鼠都不见了，被赶走了。

这反而难倒他了。要把整群老鼠移到他处可不容易，就算你移除食物源，也要好几个星期才能发现鼠类稍微改变活动范围。

几天之内绝不可能。

这条隧道连接较旧的通道，瓦西里走过长年废弃的铁轨，上面都盖满了脏东西。地底的土质变了，他从泥土的触感就可以判断得出来自己已经从“新”曼哈顿——“新”曼哈顿原本是垃圾掩埋场，人们在这里的烂泥上建造出炮台公园区——走到了“旧”曼哈顿，这里有天然、干燥的岛屿基岩。

他在交会处停下脚步，确定自己的方向感无误。当他低头看这段隧道有多长时，他从鼠视镜里看到了一双眼睛。就像老鼠的眼睛一样在黑暗中对着他发光，只是更大颗，离地面更远。

“嘿？”瓦西里大叫，他的回音不断，“嘿！那边的人！”

过一阵子，有个声音响应他，那声音也是不断在墙壁间回响：“是谁在那里？”

瓦西里听出那声音中有一丝害怕胆怯。一道手电筒的光出现了，光源在隧道的底端，瓦西里看到的那双眼睛没有那么远。他及时将单孔夜视镜拿起来，视网膜才没被灼伤。他先表明自己的身份，用迷你棍棒型手电筒闪一下发出信号，然后就往前走。当他走到原本那双眼睛的位置时，他看到旧隧道和一条目前应该在使用的隧道相连。他把单孔夜试镜戴回去，可是什么也没看到，没见到什么发光的眼睛，所以他继续走到下个交叉口。

他在那里看到三名隧道工人,戴着护目镜和安全头盔,头盔上贴了很多贴纸。他们穿着法兰绒上衣、牛仔裤和工作靴。污水泵开着,把积水排出来。

高压工作灯三脚架上的卤素灯让这条新隧道亮得像太空怪物电影里的场景。

他们紧紧靠着彼此站在原地,见到瓦西里之后才没那么紧绷。

“我刚刚是不是看到你们其中一人啊?”他问。

那三人彼此看一看。“你看到什么?”

“我以为我看到一个人,”他往那方向一指,“穿越铁道。”

那三个隧道工人又互相看了一眼,其中两人开始收拾工具。第三人说:“你就是来找老鼠的人?”

“对。”

那隧道工人摇摇头:“这里没老鼠了。”

“我不是要反驳你,但这根本不可能啊。怎么会?”

“大概是因为它们比我们还灵敏吧。”

瓦西里低头看着点灯的隧道,朝污水管的方向看去:“地铁的出口是沿这里下去吗?”

“是从那里出去。”

瓦西里指着相反的方向:“那这里呢?”

隧道工人说:“不要往那边走。”

“为什么不行?”

“听我说。不要管老鼠了,跟我们出去。我们这里弄完了。”

水还在这个像水槽的小池塘里慢慢淌着。瓦西里说:“我随后跟上。”

那人对他一翻白眼:“随你便。”他说完便关掉一盏三角灯座,拎起包包往背后一甩,跟着其他人走了。

瓦西里目送他们离开,灯光打在隧道里,由近至远愈来愈暗。他听到地铁列车轮嘎嘎响,声音近到会干扰他。他继续走,穿越一条较新的轨道,等待双眼再度适应黑暗的环境。

他打开单孔夜视镜,纵目所见都变成暗绿色的。脚步声的回音已经变了,因

为这里隧道拓宽为列车的交流道，不过到处都是垃圾，轨道汇流处就在附近。每隔一定的距离就可以看到打铆钉的铁条竖立在一旁，好像工业宴会厅的柱子。

一间废弃的维修棚出现在瓦西里右侧，上头漆满了涂鸦。维修棚颓圮的砖墙上画了着火的双子大楼，周围有一片毫无美感的涂鸦文字。

其中一行写“撒旦”，另一行写“卡美拉”。

在一条老旧的护栏上，原本有一块旧警示标语要提醒工人：

注意

当心列车

不过这块标语已经被涂鸦改写成：

注意

当心老鼠

的确，这个被上帝遗弃的阴暗角落应该是老鼠集散地。他决定用黑光照照看。他从运动包中拿出一根小灯杖，打开电源，灯泡就在黑暗中绽放蓝色冷光。鼠尿在黑光映照下会发出荧光，因为尿液中有细菌。他用黑光照护栏周围的地面，这里堆满干掉的垃圾和污物，凹凹凸凸，跟月球表面一样。他注意到零散的旧污痕，颜色很黯淡，都不是最近产生的。不过等他的灯光照到一旁倾倒的生锈油桶时就不一样了。油桶和地面有更大片更亮的荧光，一大片。根据他平常的观察，这片污渍的面积表示这只老鼠至少身高达 180 厘米。这是大型动物最近才排泄出来的秽物，很可能是人类。

水珠**滴滴答答**点在旧轨道上，在凉风轻吹的隧道里不断回响。他感觉有沙沙作响声，远处有人在动，要不然就是在这里待久了心里有点毛。他放下紫外线灯，用单孔夜视镜扫视这个区块。他看到其中一根支撑钢条后面有一对闪亮的眼睛回看着他——然后就转身消失了。

他无法判断有多近。因为只有单眼，而且光束看起来又呈几何形状，所以影响了他的距离感。

他这次没出声唤对方，他什么都没说，只抓紧他的钢条。通常当你碰到游民的时候，他们都不想闹事——不过这个人感觉有点不太一样。

这只能说是捕鼠员的第六感，他会靠这种直觉嗅出鼠类活动的现象。瓦西里突然觉得寡不敌众。

他把最亮的牛角聚光灯拿出来照这个狭小的空间。他撤退之前,先伸手到包包里打开一盒追踪粉,在这区域撒了大量灭鼠药。追踪粉的药效比可食性药饵的速度慢,但效果更好,而且又可以看到入侵生物的踪迹,以后要持续追踪就容易多了。

瓦西里急忙把三盒追踪粉都倒出来,然后拿着聚光灯转身,准备离开隧道。他经过目前还在使用的轨道,还有撒过追踪粉的第三铁道,污水泵,再沿着长水管走。经过其中一个地方时,他觉得隧道的风向变了,就转头去看身后渐亮的弯道。他赶紧退到墙边,撑着身体,等震耳欲聋的呼啸声结束。列车尖啸而过,扬起烟尘,瓦西里遮住双眼前瞄到了车窗内的通勤族。

列车过了以后,他沿着轨道走到明亮的月台。他带着背包和钢条离开地底,双手一撑,从轨道跃上了几乎无人的月台,旁边有个告示说:**如果你发现了异状就要说出来**。没有人这么做。他走上夹层楼梯,经过入闸机,出现在街道上,见到了温暖的阳光。他走到附近的围篱,发现自己又回到了世贸中心工地。他拿出打火机点了一支雪茄烟,驱赶他在街道下感觉到的恐惧。他跨越街道走回世贸中心工地,看到围篱上钉了两张手工绘制的海报。上面有两名隧道工人的彩色照片扫描图,其中一人还戴着安全头盔,脸上有污渍。两张照片上的蓝色标题写着:失踪。

最终的插曲

古罗马废墟

在特雷布林卡灭绝营起义事件过后的几天内，大部分逃犯都被纳粹逮捕回去处决了。不过瑟拉齐安努力在树林里求生，他藏身的地方还能闻到灭绝营的臭味。他不是啃树根，就是靠那双残废的手捕些小动物，同时他也从其他尸体身上翻出破布、旧衣和不成对的鞋子。

日间，他尽量避开轮流搜索的士兵和狂吠不止的军犬——夜里，就换他展开搜索了。

他在灭绝营里听过当地波兰人提及古罗马地窖的废墟。他花了近一周的时间漫寻，一直到某日下午，黄昏将尽时，才发现自己踩在长满青苔的石阶上，脚下就是个古老的碎石堆。

几乎只有地底结构保留下来，从外面只看得到几颗巨石。石堆上方立了一根粗壮的柱子。他隐约可以看出上面的几个字，不过大部分的字都在很久以前就褪色了，所以要读出柱上文字的意义根本不可能。

要站在地下墓穴阴暗的入口而不发抖也不可能。

亚伯拉罕很笃定：下面就是萨铎的藏身处，他很明白。

恐惧袭来，他感觉到胸口那个焚洞愈烧愈大。

但他心中的使命感更强。因为他知道他的天职就是要找到那饥饿的魔物，杀了他，让他死。灭绝营起义事件破坏了他的除魔计划（他已经花了好几周好几个月收集白桦木造剑），可是却没有浇熄他复仇的决心。世界上有很多错误的事，但这件事他可以把它做对，这样他的存在才有意义。他现在就准备要动手。

他用一颗碎石和他找到的最坚硬的树枝，从头开始打造新的武器，虽然不是纯白桦，但也会有效。他用变形的手指磨剑，让原本就疼痛不已的手受到更多伤害。他的步伐在地下墓穴的石室里踏出回音。天花板很矮——这令他很意外，因为魔物高得很不自然，过去曾经撑起整个结构的石块也被树根移位了。第一间石室通到第二间，然后没想到又通到第三间。一间比一间更狭小。

瑟拉齐安没有照明工具，不过这个地窖的结构已经快散了，所以傍晚的天光可以穿过缝隙，划过黑暗。他谨慎地穿过一间间石室，脉搏加速狂飙，惊惧地走在生死关头。他那把粗糙的木棒看起来一点都没办法当作武器，在黑暗中攻击饥饿的魔物，更何况他的手都残了。他在做什么？他怎么能杀死怪物？

当他走进最后一间石室时，一股强烈的恐惧像强酸灼烧他的喉咙。在这之后，他一辈子都苦于胃酸逆流。

那间石室空荡荡的，不过在石室中央，木匠瑟拉齐安清楚地看到泥地上有一块阴影的颜色和周围的泥地不同，仿佛地面上的浮雕，这表示之前棺材放在这里。阴影长约二点二米，宽逾一米，只有魔物的双手和怪兽般的力量才可能把这箱子从洞穴中搬出去。

突然间，他听见身后有脚步摩擦石地的声音。瑟拉齐安伸直手臂，挺剑转身，被困在魔物巢穴的最深处。怪物归巢了，他将发现猎物潜伏在睡榻前。

瑟拉齐安稀微的影子走在他前面，不过脚步声很轻，步伐拖拖拉拉的。出现在石室转角威胁瑟拉齐安的并不是魔物，那个人的体型和正常人类一样。

是个德国军官，他的制服破烂不堪、沾满泥泞。他的眼睛猩红而湿润，过度饥饿带来的纯粹痛苦与疯狂盈满其间。瑟拉齐安认得他：迪特尔·齐默尔，这个年轻军官的年纪不比他大，不过他真的是一个虐待狂，他在营区里最爱夸口说他每天晚上都要擦靴子，因为要把犹太人的血渍擦掉。

现在他却巴望着犹太人的血液——他要瑟拉齐安的血，任何人的血都好，只要能满足他就行。

瑟拉齐安不会在这里屈服。他已经在营区围墙外了，他斩魔的决意甚坚，他受了那么多苦可不是要在这里阵亡，他不会屈服于该死的纳粹邪恶力量。

他以剑尖对准德国军官便朝他奔去，不过他没料到那活死人的动作这么快。他捉住木剑，从瑟拉齐安无力的手中夺下来，顺势折断瑟拉齐安的桡骨和前臂尺骨，然后把木棒往旁边扔，只听咔喳一声木棒撞上石墙，落在地上。

那活死人开始攻击瑟拉齐安,他过度兴奋,连呼吸都显得急促,发出咻咻声。瑟拉齐安往后退,才发现自己就站在方形棺材凹痕的中心,他不知从哪来的力量,朝那活死人奔去,把他用力往石墙撞。外露的石块被撞到撒下灰土,像一缕又一缕的烟。活死人要抓他的头,可是瑟拉齐安再度朝他猛撞,用断裂的手臂往上推那恶魔的下巴,让那狰狞的嘴只能朝上,不能螫他饮血。

活死人用力把瑟拉齐安推到旁边。他跌在木剑旁,抓起木剑,但僵尸站着微笑,打算再次夺下他的木剑。瑟拉齐安把剑插到石墙缝隙内,卡进一块松脱的大石下,用他的腿撬开石头,这时僵尸正要张开大口。

石块全松了,瑟拉齐安往旁边爬时,石室入口旁的墙壁应声崩塌,发出轰然巨响,但那声音很短促。石室里烟尘弥漫,把仅存的光线都遮盖了。瑟拉齐安盲目地在石堆上爬行,一只手抓住他了,力道极强。烟雾散了一些,瑟拉齐安看到一块巨石压住僵尸的头颅,从头顶到下颚都被镇住了——但那僵尸还没死。

他的黑心,或者说维持生命的某种器官,还在饥饿地搏动着。瑟拉齐安用力踹,一直踹到他逃离僵尸的掌握,同时也踹开了石头。那颗头的上半部已经碎了,头骨裂开来,就像半熟的水煮蛋。

瑟拉齐安抓起一条腿,用他还没断的手臂拖着尸体。他把尸体拖到地面,地窖废墟外头,最后一点点夕阳余晖从树林缝隙洒下来。黄昏既橙黄又昏暗,不过这已经够了。僵尸痛苦地扭转翻滚,不一会儿就在太阳烘烤下化为焦土。

瑟拉齐安仰起脸看着渐失的太阳,不禁发出动物般的嗥叫。这是不智之举,毕竟他还是那座叛变灭绝营的逃犯——他悲愤凄惶的灵魂吐出了怨气,他怨全家惨遭屠杀,他怨身为俘虏的恐惧,还怨他最近新添的怯意……还有,他怨上帝抛弃了他和他的族人。

下次他再碰到这种怪物时,会有准备好的武器在手边。他要给自己的不只是打斗的机会。他确定自己还活着,也确定他未来要继续追踪那消失的棺材。若要花上数十年的岁月也在所不惜。这种确定感给了他新的方向,让他一辈子都在巡狩。

复制

REPLICATION

牙买加医院医学中心

伊费和诺拉在安全门前刷了证件，就让瑟拉齐安偷偷溜到急诊室里面，没引起任何不必要的注意。沿着楼梯走上隔离病房时，瑟拉齐安说："我们实在没道理冒这么大的风险。"

伊费说："这个人，吉姆·肯特——他跟诺拉和我已经并肩合作一年了。我们不能丢弃他不顾。"

"他已经变态了，你还能为他做什么？"

伊费慢下脚步。瑟拉齐安跟在他身后气喘吁吁，很感激他停下步伐，他拄着拐杖小歇一会儿。伊费看着诺拉，达成默契。

"我可以让他安息。"伊费说。

他们走出楼梯间，往走廊底端的隔离病房入口瞄一眼。

"没警察。"诺拉说。

瑟拉齐安环顾四周，他可不确定。

"希薇亚在那边。"伊费注意到吉姆鬈发的女友坐在入口旁的折叠椅上。

诺拉自己点点头，做好准备。"好。"她说。

她独自朝希薇亚走过去。希薇亚一见到诺拉过来就站起身："诺拉。"

"吉姆的状况如何？"

"他们什么都不告诉我。"希薇亚看着诺拉的后方，"伊费没跟你在一起吗？"

诺拉摇摇头："他离开了。"

"他们说的不是真的吧，对不对？"

"谎话连篇。你看起来累坏了，我们去找点吃的吧。"

诺拉问护士餐厅怎么走，分散他们的注意力时，伊费和瑟拉齐安就溜进隔离病房了。伊费经过放手套与隔离服的救护站时，神情就像个不情愿的刺客，他穿

过层层塑料帘来到吉姆的隔间。

他的病床空着,吉姆走了。

伊费立刻检查其他隔间,都是空的。

“他们一定把他转到其他地方了。”

瑟拉齐安说:“他的女朋友如果知道他已经转走,就不会坐在外面了。”

“那……?”

“他们把他带走了。”

伊费盯着空荡荡的病床:“他们?”

“走吧,”瑟拉齐安说,“这里很危险。我们没时间了。”

“等等。”他走到床边的小桌子旁,看到吉姆的耳机垂在抽屉外。他找到吉姆的手机,检查了一下,确认手机有电。他拿出自己的手机,才想到这东西就像追踪导航装置。联邦调查局可以通过卫星定位找出他在哪里。

他把自己的手机扔进抽屉里,换成吉姆的。

“博士。”瑟拉齐安显得愈来愈急躁了。

“拜托——叫我伊费就好了。”他一边往外走,一边把吉姆的手机放进口袋里,“我这几天觉得自己一点都不像博士。”

曼哈顿西侧高速公路

格斯·埃利萨尔德坐在纽约警察押囚车的后座,双手靠在身后的铁栏上。费利克斯斜倚在他身边,头垂得低低的,随着车子行进一直点来点去,每过一分钟他的脸色就更苍白一些。他们一定是上了西侧高速公路,才能在曼哈顿开得那么快。除了他们之外还有两名囚犯,一个坐在格斯对面,一个在他左边,费利克斯的对面。两人都睡着了。笨蛋在任何状况下都睡得着。

整辆小巴士都没有窗户,格斯闻到驾驶座传来烟味,尽管前后有隔间,但烟味还是飘过来了。他们上车的时候接近黄昏,格斯一直注意着费利克斯,他整个人往前弯,被手铐拉着。格斯想起当铺老板说的话,继续等着。

他没等很久。费利克斯猛然抬起头,转头看着旁边。他整个人坐直了起来,看着周围。费利克斯看到格斯后直盯着他,不过费利克斯的眼神告诉格斯,他这一辈子的死党完全不认得他。

他的眼里一片漆黑,一片虚无。

旁边的车猛按喇叭,把格斯旁边的人吵醒、惊醒了。"他妈的。"那人转转背后的手铐说,"靠,我们要去哪?"格斯没回答。那人看着费利克斯,而费利克斯也看着他。他踢费利克斯一脚:"小子,我说,靠,我们是要去哪?"

费利克斯用呆滞接近失智的眼神看着他。他张开嘴,仿佛是要回答——螫针立刻弹出来,刺破那人的喉咙,那人根本无可奈何。那条螫针横跨了整辆小巴士的座位区,但那家伙什么都不能做,只能踢脚跺地。格斯也跟着踢脚跺地,他和曾经是费利克斯的活死人一起被困在后座,放声尖叫、不断扭动,把对面的囚犯给吵醒了。他们一起大叫、尖叫、跺脚,看着格斯旁边的人逐渐瘫软,而费利克斯的螫针渐渐充血,从乳白色变为血红色。

驾驶座与后座囚犯区的隔间打开了。

乘客座的人戴着警察帽扭过头来:"你们后面的,把他妈的嘴给我闭上,否则我就——"

他看到费利克斯饮下其他囚犯的血,看到肿胀的增生组织横跨座位区,目睹了费利克斯不堪的第一餐。费利克斯收回螫针,拉回嘴里。血从那家伙的脖子喷出来,沿着费利克斯的正面滴下来。

乘客座的警察喊了一声就把头别过去。

驾驶员大叫:"怎么回事?"他也想回头看一眼。

费利克斯的螫针射出来,穿过隔间,攀上驾驶的喉咙。前座传出尖叫声时,整辆小巴士开始摇晃乱转,完全失控。格斯及时抓紧铁栏,他的腕骨才没骨折,小巴士先突然朝右前进,然后又赫然左转——接着就翻车了。

小巴士沿着地面滑行,撞上护栏,往后弹,原地旋转,最后才停下来。格斯整个人侧倒,他对面的囚犯手臂断了,还挂在铁栏上,因为痛苦和畏惧而叫喊个不停。

拴住费利克斯手铐的铁栏已经断了,他的螯针垂下来,一抖一抖地抽搐着,就像一条活生生的电线,人血不断从上面滴下。

他死气沉沉的双眼往上瞧,看到了格斯。

格斯发现他的铁栏断了,赶紧把他的手铐滑出来。他跌跌撞撞地爬出车外到路旁,耳中轰鸣不断就像炸弹爆炸一样。他的双手还是反铐在背后,一对又一对车前大灯经过他身边,很多车放慢速度好看清楚车祸惨况。格斯立刻滚到旁边,手腕绕过脚边,将双手摆到正面。他发现小巴士的后车门已经变形打开了,等着费利克斯爬出来追他。

接着,格斯听到一声尖叫。他环顾四周寻找适合防身的工具,最后只好用凹掉的轮轴盖。他拿起轮轴盖,站起来,侧着身子往打开的车门那里移动。

车内有一名囚犯双眼圆睁地挂在铁栏上,费利克斯正在那里饮他的血。

格斯爆出粗口,这一幕让他反胃恶心。费利克斯拔出螯针后毫不迟疑,将螯针朝格斯的颈子射。格斯及时举起轮轴盖,挡住螯针的攻势,而他也往旁边一跌,躲在小巴士后座看不到的死角。

这一次,费利克斯也没有对他穷追猛打。格斯在那里站了一会儿,感觉渐渐恢复敏锐(也在这时纳闷费利克斯为何对他手下留情)。他突然注意到太阳。哈德孙河两岸各有一栋高楼,血红色的夕阳就飘浮在两栋楼中间,愈降愈快。

费利克斯躲在小巴士里等日落。再过三分钟他就自由了。

格斯慌张地左顾右盼。他看到马路中间有片破裂的挡风玻璃,不过那没用。他爬上小巴士的车身底盘,小巴士翻倒后,侧面朝上,格斯爬了上去。他赶紧跑到驾驶座的车门外,猛踢侧面后视镜的支架。支架断了,他猛拉猛扯,想要拔断它,但这时车内的警察对他大喊。

"不要动!"

格斯看着他。是负责开车的警察,他的脖子流着血。警察钩着车顶的把手,掏出枪。格斯用力一扯,拔断镜子,然后跳回路面上。

落日像破掉的蛋黄,逐渐溶化。格斯调整好角度,将镜子高举过头,捕捉最后的阳光。他看到倒影反映在地面上闪闪发光,看起来很模糊,过于黯淡而没有效果。他用指节敲破镜子表面,把玻璃打碎,但是碎片仍完整地留在镜框里。

他又举起镜子,这次光线强烈多了。

“我说不要动!”

那名警察从小巴士走下来,枪还是没放下。他一手举枪,另外一只手捂着脖子被费利克斯蜇咬的地方,耳朵因为车祸受了伤,正汩汩淌血。

他走下来,往小巴士里面看。

费利克斯蜷缩在里面,一个手铐还铐着手腕,另一个手铐已经空了,悬吊在那边。他少了一只手,车祸的力道太强,腕骨断了,可是他似乎完全不在意。断口处淌出白色的血液他也不管。

费利克斯咧嘴一笑,警察就开火了。子弹打进费利克斯的胸膛和双腿,夹带细碎的皮肉和骨头碎片从背后穿出来。七发、八发,费利克斯往后一倒。警察又朝他身体补了两发才放下枪,结果费利克斯立刻坐起身,脸上还带着笑。

还很渴,永远都渴。

格斯把警察用力往旁边推,然后举起镜子。橘色夕阳渐沉前的余晖从河岸两侧的高楼大厦中透过来。格斯呼喊费利克斯的名字最后一次,仿佛喊他的名字就可以将他从那活尸中叫出来,可以神奇地将费利克斯带回来……

但费利克斯已经不是费利克斯了。格斯提醒自己:他是个狗娘养的吸血鬼,然后对好镜子让炽热的橘色光剑射向倾倒的小巴士车厢。

费利克斯毫无生气的双眼看到太阳光束穿透自己的时候变得非常惊恐。

阳光像激光把他钉在车里,在他的身上烧出许多洞,点燃他的血肉之躯。

费利克斯的身体被光束毁坏时,他体内深处发出动物的嚎叫声,就像人类被原子弹攻击一样。

那股叫声烙印在格斯的脑海里,不过他仍继续反射阳光,直到费利克斯化成焦黑的一团灰烬冒着烟。

稀微的阳光退却了,格斯放下手臂。

他看着河的另一端。

是夜晚。

格斯想哭——各种痛楚和疼痛混在他心里,他的痛又变成了愤怒。小巴士底下积了一摊油,快溢到他脚边了。那个警察站在路边睁大眼睛看着刚刚发生

的一切，格斯朝他走去，并翻翻他的口袋，找到一把打火机。格斯掀开盖子，用打火机磨一下车轮，火焰立刻尽责地冒上打火机。

“老兄，恐怕……”

他朝溅在地上的石油轻轻一划，整辆小巴士立刻被火舌吞没，格斯和警察都面露惊讶。

“该死——你已经被咬了。”格斯对捂着颈子的警察说，“你很快就会变得跟他们一样。”

他拿起警察的枪，指着他。警笛声朝这里过来。

那警察看着格斯，下一秒他的头就不见了。格斯跑下高速公路时始终以冒烟的枪口对准警察的身体。接着，他把枪一扔，才想到要拿手铐的钥匙，不过来不及了。闪烁的警车车灯逐渐靠近。他转身跑下了高速公路，没入星夜中。

皇后区林边凯尔顿街

凯莉还穿着她上课时穿的衣服：全开襟的柔软上衣内搭深色的无袖衫，下半身配了一件直版长裙。扎克在楼上自己的房间里，应该在做功课。马特在家，他今天只要上半天班，因为店里晚上要盘点。

电视上关于伊费的那则新闻让凯莉吓坏了，而且她现在也没办法用电话联络上他。

“他终于下手了。”马特说话的时候，席尔斯商城制服上衣没扎进去，“他终于崩溃了。”

“马特。”凯莉说话时只有一半是责骂的口气。不过——伊费崩溃了嘛？这对她而言又代表了什么？

“那个病毒猎人，自以为很伟大。”马特说，“他就像那些刻意纵火的消防员一样，创造灾难才能让自己当英雄。”马特深深倒进安乐椅中。“如果他这么做都是为了你，我也不讶异。”

“为了我?”

“让你注意啊。‘你看我,我是大人物。’”

她立刻摇头,仿佛当他是在浪费她的时间。有时候马特看人的眼光错得离谱,让她很茫然。

凯莉在屋内来回踱步,一听到门铃声就停下了脚步。马特从椅子上弹起来,不过凯莉已经先他一步到门口了。

是伊费,他后面是诺拉·马丁内斯,她后面则是一个穿花呢长大衣的老人。

“你在这里做什么?”凯莉朝街道两侧看。

伊费往里面推:“我来看扎克,向他解释。”

“他不知道。”

伊费转头看看,完全忽视就站在门口的马特:“他是不是在楼上用笔记本电脑做功课?”

“对。”凯莉答。

“如果他上了网,那他就知道。”

伊费走上阶梯,一次踩两阶。

他留诺拉在门口和凯莉站一起。诺拉吐了一口气,陷在尴尬的气氛里。“抱歉。”她说,“我们就这样闯进这里。”

凯莉温柔地摇摇头,从上到下打量诺拉,但尽量不露出品头论足的眼神。她知道诺拉和伊费之间有点暧昧。对诺拉来说,出现在凯莉·顾威家是绝对要避免之事。

接着凯莉将注意力转移到握狼头拐杖的老人身上:“现在是什么情形?”

“我想,您就是顾威博士的前妻吧?”瑟拉齐安伸出手,但行这种礼的时代已经过去了,“我是亚伯拉罕·瑟拉齐安。很高兴认识您。”

“我也是。”凯莉大吃一惊,以不安的眼神瞄了马特一眼。

诺拉说:“他坚持要来见你们一眼,解释清楚。”

马特说:“你们来这边不会害我们变成共犯之类的吧?”

凯莉必须出来打圆场,马特实在太唐突了。“你们要不要喝点什么?”她又问瑟拉齐安,“喝水好吗?”

马特说："天啊——那杯水搞不好会害我们蹲二十年黑牢。"

伊费坐在扎克的床沿，扎克坐在书桌前，笔记本电脑开着。

伊费说："我现在被卡在我完全无法理解的情况中。不过我希望你能从我这里听到实情。那些报道没一点真的，除了的确有人在追捕我。"

扎克说："他们会不会来这里找你？"

"有可能。"

扎克低头往下看，困惑而不安，绞尽脑汁地想着。"你最好把手机丢掉。"

伊费扬起嘴角："早就扔了。"他拍拍扎克的肩膀，这个儿子还陪他共谋策略。他看到扎克笔记本电脑旁边放着录像机，那是他去年买给扎克的圣诞节礼物。

"你还在跟朋友一起拍电影吗？"

"我们现在应该算是在剪辑的阶段。"

伊费拿起这台轻巧得可以放进口袋里的摄影机："你觉得我可以向你借一阵子吗？"

扎克缓缓地点了点头："爸，是不是因为日食？就把人变成僵尸了？"

伊费的反应是惊讶——他这才晓得扎克的话比真相更接近事实。他试着从他的观点来看这整件事，试着以观察入微但有时又过于敏感的十一岁青少年的角度来看，他深藏心底的某些丰沛情感就因此浮到了思绪表面。他站起身，拥抱儿子。这是奇特的一刻，既脆弱又美丽，属于父子之间的时刻。伊费清清楚楚地感受到了。他拨拨儿子的头发，什么都不必再说了。

凯莉和马特在厨房窃窃私语，留下诺拉和瑟拉齐安独自待在屋子后方的日光房。瑟拉齐安双手插在口袋里站着，他往外看着刚入夜的明亮天空，这是那班受诅咒的飞机降落后第三夜，他背对着她。

架上的时钟**滴答——滴答——滴答**响。

瑟拉齐安听到的是**笃——笃——笃**。

诺拉感觉到他耐心渐失，便说："他，呃，家里有些状况，自从离婚以后就这样。”

瑟拉齐安把手指插进毛背心的小口袋里，摸出一个装药丸的小圆筒。这个口袋很靠近他的心脏，仿佛只要把硝化甘油靠近那老迈的血液泵，就能稍微增强心肺功能。他的心跳称不上强劲，但是很稳定。他的心脏还能再跳几下？希望次数还足够，至少要撑到他结束任务。

“我没有小孩。”他说：“我太太安娜已经离世十七年了，但我没那么幸运。你或许认为没有小孩的遗憾会随着时间消退，但其实这种伤痛会随着年纪而愈加强烈。我有那么多要传授的知识，却苦无学生。”

诺拉看着他的拐杖，立在墙边，靠近她的座椅：“你怎么会……你怎么会接触到这些事？”

“你是想知道我如何发现他们的存在吧？”

“而且还全心投入，贡献了那么长的岁月。”

他沉默了一阵子，唤起回忆：“我那时候很年轻，在第二次世界大战的时候，纳粹占领了波兰，而我身陷其中，当然非常不甘愿。我被关在华沙东北的一个小营区，叫做特雷布林卡。”

诺拉可以感受到老人的肃穆：“集中营。”

“灭绝营。亲爱的，那些人都是凶残的怪兽。任何人在世界上不管多么倒霉，都不可能遇到比他们更残忍的掠夺者。他们是极端的机会主义者，镇日折磨年轻或衰弱的人。在那个营区里，我自己和其他的俘虏都在不自觉的状况下变成端到他面前的干瘦菜肴。”

“他？”

“血祖。”

他念出这两个字的口吻让诺拉不寒而栗。“他是德国人？是纳粹？”

“不，不。他和德国纳粹没有关系。他不会效忠任何人或任何派别，也不属于任何国家。他来去自如。哪里有食物他就去哪里进食。那个营区对他来说就像是个灾害后廉价出货的市集，猎食容易。”

“不过你……你活下来了。你为什么都没跟其他人提起……？”

“谁会相信一个憔悴瘦削的人胡言乱语？我花了好几个星期才接受你们现在

所消化的信息，我曾经亲眼目睹这种残酷的暴行。那已经残忍到大脑心智无法接受的程度了。我选择不要被别人当成疯子。血祖的食物来源断了以后，就决定另寻他处。但我在灭绝营里已经立下了誓言，我永远也不会忘记的誓约。我花了很多年追踪血祖，横跨中欧、巴尔干半岛、俄罗斯、中亚。整整三十年。有时候就只和他差一步而已，不过我始终都没追上他。我后来在维也纳大学当教授，研究古老的传说野史，并开始囤积书籍、武器、工具。这一段时间我都在替自己做准备，以再度面对他。这个机会我已经等了六十多年。”

“但…………这么说来他是谁？”

“他有很多不同的形体。目前，他以波兰贵族尤赛夫·萨铎的身份现世，这个人在1873年随家族远行，到罗马尼亚北部狩猎的时候失踪了。”

“1873？”

“萨铎是个巨人，他在远行的时候就已经210多厘米高了。高到他的肌肉无法支撑这么长、这么重的骨骼。据说他的裤袋就像装萝卜的麻袋那么大。因此，他必须依赖拐杖，而他的拐杖上则刻着家徽。”

诺拉又看了瑟拉齐安那把过长的拐杖和银色的把手一眼，她睁大了双眼说：“狼头。”

“很多年之后有人发现了萨铎家族其他成员的尸体，和尤赛夫·萨铎的日志。他在日志里巨细靡遗地记载了他们被不知名的狩猎者跟踪、俘虏，然后又一个接着一个被宰杀。日志最后一篇指出尤赛夫在地下洞穴的入口发现了尸体。他先埋葬了遗体，再回到洞穴里和怪兽决战，为家人复仇。”

她的眼神离不开那狼头握把：“你怎么会得到这把拐杖？”

“我在1967年的夏季追踪到这把拐杖，当时它在比利时北部安特卫普港，一个古董商手中。萨铎过了好几周之后，终于又回到波兰的家族庄园里，不过整个家族就剩他一人，而且他也变了很多。他还是带着拐杖，但已经不需要靠拐杖行走了。渐渐地，他就完全不用拐杖了。他不再受巨人症的病痛所苦，而且大家都传说他还拥有过人的力量。村民开始失踪，据说整个小镇都被诅咒了，最后那个地区就荒废了。萨铎城堡变成废墟，再也没有人见过萨铎少爷。”

诺拉量一量那把拐杖：“他十五岁就这么高了？”

“而且还继续长。”

“那副棺材……至少长240厘米、宽120厘米。”

瑟拉齐安慎重地点点头:“我知道。”

她点点头,然后说:“等等——你怎么知道?”

“我看过,一次——应该算吧,我见过那棺材留在土地上的印子。在很久很久以前。”

凯莉和伊费面对面站在小巧的厨房里。

她的头发更短了,发色也比之前淡了,整个人更精明干练,或许,也更像妈妈了。她的手紧抓着流理台边缘,他注意到她的指节上有好几道被纸片划破的痕迹,教室里的职业伤害。

她从冰箱里拿了一盒还没开的牛奶给他。“你还会买全脂牛奶?”他说。

“小扎喜欢。想和爸爸一样。”

伊费喝了几口,牛奶让他冷却下来,却没给他平常那种冷静的感觉。他看到马特躲在走廊的另一端,坐在椅子上,假装没往他们瞧。

“他真的好像你。”她说。她指的是扎克。

“我知道。”伊费说。

“愈大愈像。偏执、顽固、严格、聪明。”

“十一岁的孩子很难懂。”

她的脸上绽出大大的微笑:“我猜我大概是命不好。”

伊费也笑了。这感觉很怪,他的脸好像已经很多天都没表情了。

“听我说。”他说,“我的时间不多。我只是……我想把事情做好。或至少,我希望我们之间没问题。监护权的事情,简直一团乱——我知道这件事让我们都很累。我很高兴监护权之争已经结束了。我不是来这里演讲的,我只是……觉得现在这时机正好可以化解误会。”

凯莉惊讶到不知道该说什么。

伊费说:“你什么都不必说,我只是——”

“不,”她说,“我也有话要说。对不起。你永远不知道我有多么抱歉。我很

抱歉一切会变成这样子,真的。我知道你从来就不想这样。我知道你希望我们能一直在一起。为了扎克好。"

"当然。"

"你知道,我没办法——我**办不到**。伊费,你把我的人生都榨干了。还有另一部分是……我想伤害你。是真的,我承认。我知道我这么做你才会痛。"

他深深吐一口气。她终于承认了,其实他一直都明白。不过即便如此,他也没获得任何胜利。

"我需要扎克,你知道的。小扎……他就是一切。我想,如果没有他,就没有我。不管这种心态是不是很病态,我就是这样。他是我的**一切**……就像你曾经是我的一切。"她暂停一口气,让这句话在两人心里发酵,"没有他,我就没有方向,我就……"

她不再继续毫无头绪地说下去了。

伊费说:"你就会像我一样。"

这句话让她一愣。他们站着,看着对方。

"听我说。"伊费说,"我也要负责。为我们,为你和我。我知道我不是……世界上最随和、最好说话的人,也不是理想的丈夫。我只顾虑到我自己。而马特——我知道我以前说过他坏话……"

"你曾经说他是我'生命中的安慰奖'。"

伊费的脸抽了一下:"你知道吗?如果我是席尔斯商城的经理,如果我的工作像那样,就只是一份工作,而不用把我自己完全交给……或许你就不会觉得那么孤单,不会有遭到背叛的感觉。不会觉得……自己被摆在第二位。"

他们都沉默了一下。伊费发现,原来大问题会排挤掉小问题。真正的冲突原来会让你心甘情愿地搁置个人问题。

凯莉说:"我知道你要说什么,你要说我们几年前就应该像这样好好谈了。"

"我们的确应该。"他同意凯莉的话,"但我们当时没办法。要谈也没结果。不经一事,不长一智,没经历过这些破事怎会懂。相信我,如果能**回避**那些时刻,再多的钱我也愿意花——那种生活我连一秒都不想过。可是我们已经走到这里了,像老朋友一样。"

"人生怎么会顺心如意呢。"

伊费点点头:"看我爸妈走过的路,看他们让我经历过的生活后,我一直跟自己说,千万千万千万千万别重蹈覆辙。"

"我知道。"

他把牛奶盒的开口折回去:"所以我们就忘了谁做过哪些事吧。我们现在要做的是补偿扎克。"

"没错。"

凯莉点点头,伊费也点点头。他摇摇盒子里的牛奶,感觉那股沁凉传递到掌中。

"天啊,今天真多事。"他说。他又想起了弗里堡的小女孩,在753班机上牵着妈妈的小女孩,和扎克同年龄的小女孩。"你记得你以前总是对我说,如果发生什么事,有任何生物威胁,如果我不第一个通知你,你就要跟我离婚?嗯——现在已经来不及了。"

她往前一步,认真看着他的表情:"我知道你有麻烦。"

"这和我无关,但我要你仔细听,好吗?不要抓狂。有一种病毒正在纽约城里散播。是一种……很特殊的病毒……是我见过最恐怖的。"

"最恐怖的?"她的脸色立时刷白,"是SARS吗?"

伊费想到这整件事有多荒谬就差点笑了。太疯狂了。

"我要你带着扎克离开纽约。马特也一起走。愈快愈好——今晚就走,现在就离开,尽量走愈远愈好。我的意思是,离开人口稠密的地方。你爸妈那边……我知道你向来不想拿他们一分一毫,但他们在佛蒙特州还是有一座房子,对吧?在山上那一座?"

"你在说什么?"

"去那边,至少先住几天。看新闻,等我电话。"

"等等。"她说,"会小题大做、紧张恐惧的人是我,不是你。不过……那我的课怎么办?扎克不用上学吗?"她眯起眼睛说:"你为什么不告诉我到底是什么病毒?"

"因为我讲了你就不会走。相信我就对了,快离开。"他说,"去吧,希望我们

还有办法扭转情势,也希望这场危机能尽快落幕。”

“‘希望?’”她说,“你这下真的吓到我了。如果你不能扭转情势呢?还有——如果你有什么万一呢?”

他不能站在那里跟她说他自己的顾虑。

“凯莉——我得走了。”

他想要往外走,但她捉住他的手臂,看着他的双眼,想知道一切是否无碍,然后双臂环抱他。原本这只是和好的拥抱,却变成更具意义的表态,最后她紧紧揽着他。“**对不起**。”她在他耳边轻声说,然后在他布满胡茬的粗糙颈项上留下一吻。

翠贝卡区,教堂街

奥狄·帕墨坐在屋顶的露台上做夜光浴,他的椅子没有铺坐垫。唯一的光源是角落的户外瓦斯灯。他所在的露台位于两栋相连大楼中,较矮那栋的屋顶上。地板上铺了正方形陶片,每一片都变白变旧了。北侧有一道低矮的阶梯在高耸的砖墙前,两道拱门上布满铁质雕花。刻有浅沟的赤陶壁砖覆盖了满墙和两边的装饰物。左边,穿过较宽的装饰性拱门之后,就是一扇超级大门,可以进到屋内。在帕墨身后、露台中央(还不到南边的白色水泥墙)有个无头女雕像,穿着飘逸的长袍,她的肩膀和手臂在风雨侵蚀下变得漆黑,常春藤攀上了雕像底下的石座。尽管北边和东边都有几栋更高的楼房,这个露台还是算很隐蔽,在曼哈顿下城很难找到这么私密的屋顶了。

帕墨坐在椅子上,细听城市之音从街道传上来。这些声音很快就会消失了。如果下面的人知道这一点,就会珍惜今夜。在死亡面前,所有尘世俗物都会变得弥足珍贵。帕墨对这点有深刻的体认。他生来体弱多病,一辈子都在捍卫自己的健康。有时清晨醒来,他自己也很惊讶还能再见到黎明。大部分的人都不知道撑一日算一日是什么样的生活,靠机器维生又是什么样的生活。对多数人来说健康是与生俱来的权利,而人生就是日复一日地活下去。他们从来不晓得死亡有多近,无尽的黑暗其实并不远。

奥狄·帕墨很快就能体会他们的福气了。无穷的岁月在他面前展开。他很快就能了解不必担心明日、后日、未来的感受……

一阵微风徐徐,露台上的树木轻轻摇,其他盆栽也沙沙作响。

帕墨坐的位置面对着较高的那一栋楼,他旁边有张小吸烟桌,他在这个角度听到了一阵窸窸窣窣。

沙沙作响,就像衣服下摆在地上拖。黑色的衣服。

我以为你想等第一周过完再联络。

那声音(他一听到就觉得很熟悉却又毛骨悚然)让帕墨变形的背部也忍不住一阵战栗。帕墨刻意不要面朝露台中央,若非如此(他这么做是出于尊重与人类本能的反感)他就会发现血祖说话时嘴巴根本没动。夜里没有任何声音。血祖会直接把他的信息传递到你的脑里。

帕墨可以感觉到血祖就在他的肩膀上方,他的视线直盯着拱门:"欢迎到纽约。"

他并不想让自己的声音听起来那么急促,好像吸不到空气。只有人不像人、鬼不像鬼的存在才会让你也变得人不像人、鬼不像鬼。

血祖没说话,帕墨便为自己解释:"我必须说清楚,我不赞成用这个波利瓦。我不知道你竟然会选他。"

他是谁对我不重要。

帕墨立刻发现他是对的。就算波利瓦之前是个浓妆艳抹的摇滚明星又怎样?帕墨心想,原来我是在从人类的角度思考。"你为什么留下四个清醒的人?给我添了好多麻烦。"

你在质问我吗?

帕墨咽咽口水。他这一生呼风唤雨,从不向任何人屈服。

他突然觉得自己是奴才,对这种俯首称臣的感觉很陌生。

"有个人在追你。"帕墨立刻说,"一个医疗科学家,疾病侦探。就在纽约。"

区区一个人我何必在意?

“他——他的名字是伊费·顾威博士,他是传染病控制的专家。”

“你们这些自以为是的小猴子。你们那是传染病——我的不是。”

“有人在暗中指引这个顾威。那个人很清楚你们的背景,连细节都知道。他知道古老的传说,甚至还略懂生物学。警察在追捕他,但我想应该要授权警察使用更强硬的手段。我认为,该速战速决还是持久抗战,就取决于此了。我们有很多仗要打,不管是对抗人类或是其他——”

我必将得胜。

关于这一点,帕墨完全不怀疑。“这是当然的。”帕墨希望把那老人留给自己,先确定那老人的身份再提供信息给血祖。他一直避免自己去想那老人——因为他知道在血祖面前,一定要保护自己的思想……

我之前遇到过这个老人,他那时还没那么老。

帕墨没想到自己竟输了一棋,全身发冷。“你要记得,我花了很多时间才找到你。我四处旅行,到天涯海角。走过很多岔路,走进许多死路——我必须面对很多人,他是其中一个。”他想要不着痕迹地转移话题,可是他的脑袋一片模糊。他在血祖面前就好像油碰到了燃烧的烛芯。

我会见见这个顾威,对他下手。

帕墨已经准备好一张清单了,上头有这位疾病管制局流行病学家的背景信息。他从外套口袋拿出这张纸,摊开来平放在桌上:“血祖,所有的信息都在这里。他的家人、同事……”

桌面上发出一阵刺耳的刮擦声,那张纸就被拿走了。帕墨只来得及侧眼瞟一下那只手。中指弯弯曲曲的,指甲很尖,比其他手指更长更厚。

帕墨说:“我们现在只需要再等几天。”

现在,摇滚明星的家里似乎爆发了某种争执。帕墨走进这座未完工的双拼豪宅是为了与血祖会面,他其实来得心不甘情不愿。这栋房子只有一个部分已经完工,就是阁楼的卧室,那里的装饰过分华丽,而且完全以原始肉欲为主题。帕墨从未接近女色。他年轻的时候是因为身体孱弱,还有抚养他的两位阿姨一直谆谆告诫。待他年纪大一点后,就自己决定不近女色了。他后来发现,摒除欲望才能保持这一身皮囊的纯净。

屋内的争执愈来愈大声，不会错，口头争执已经变成肢体冲突了。

你的人有麻烦了。

帕墨往前一坐。菲茨威廉先生在里面，帕墨明令禁止他进入露台区。“你说你会保证他的安全。”

帕墨听到用力奔跑的声音，又听到一记闷哼。人类的叫声。

“快叫他们住手。”帕墨说。

血祖的声音还是一贯地镇定悠哉。

他不是他们要的人。

帕墨慌张地站起来。血祖是在说他吗？这是陷阱吗？“我们说好了！”

我怎么说就怎么算。

帕墨又听到一声尖叫，近在咫尺——紧接着连续传来两发子弹的声音。其中一道内拱门被撞开，往内敞着，装饰华美的栅栏也被推开。菲茨威廉先生穿着伦敦裁缝街师父手工制作的西装，以退伍海军陆战队队员的气势冲了进来，右手紧握着枪，双眼炯炯有神中透着焦急：“帕墨先生——他们紧追在我后面……”

就在这时候他的眼神从帕墨的脸移到帕墨身后那高大得不可思议的人身上。菲茨威廉先生的手一滑，枪落到地砖上。菲茨威廉先生脸上的血色全失，他摇摇晃晃了一会儿，双腿一软，就跪了下来。

那些已变态的活死人跟在他后面。一群穿着不同服饰的吸血鬼，有人穿套装、有人做哥特风打扮，狗仔队穿得很轻便。每个人都很臭、很邋遢，因为他们都睡在泥土里。他们一起冲上了露台，仿佛有某个人类听不到的哨音把这群动物都集结了过来。

带头的是波利瓦，瘦削憔悴、头发都快掉光了，他穿着一件黑袍。因为他是第一代吸血鬼，所以比其他人都成熟。他的皮肤毫无血色，像雪花石膏那么苍白，几乎白得发亮，他的双眼就像死寂的月亮。

他身后是个女歌迷，菲茨威廉先生在惊惶中开枪打中了她的脸。她的颧骨裂开来，裂到耳际，所以她咬牙切齿的俗艳笑容只剩下一半。

其他人摇摇晃晃地从室内出来，走进他们的第一夜。看到血祖出现后他们全都变得很激动。他们停下来，双眼发黑，敬畏地盯着他。

孩子。

帕墨(站在这些人面前,在他们和血祖中间)完全被忽略了。血祖在场带有一股力量,让他们暂停攻击。他们在血祖面前集合,就像古代人来到祭坛前一样。

菲茨威廉先生继续跪着,仿佛是被击倒在地。

帕墨相信血祖对他说的话只有他才听得到。

你把我从大老远的地方带来。你不想看一看吗?

帕墨之前曾见过血祖一次,在另一块大陆的阴暗地窖里。不是很清楚,不过——已经够清楚了。那一幕从来没从他的脑海消失。

现在已经没办法回避他了。帕墨闭上眼睛,做好心理准备,然后睁开眼睛强迫自己转过去。就像冒着失明的危险去直视太阳。

他的眼神一直往上,从血祖的胸膛看到……他的脸。

可怖,又辉煌。

亵渎上帝,却引人赞扬。

凶残,又神圣。

不自然的恐惧就像一张畏惧的面具覆盖帕墨的脸。他的嘴角在这张面具的牵动下,渐渐露出一抹咬牙切齿又带着胜利感的笑容。

丑陋的超人。

伟哉血祖。

皇后区林边凯尔顿街

凯莉急忙在客厅穿梭,双手捧着干净的衣物和电池,她走过马特和扎克身边,他们两人在看电视新闻。

“我们要离开这里。”凯莉说。她把行李都塞进椅子上的帆布袋。

马特转过头,微笑看着她,但凯莉完全不买账。“冷静一点,宝贝。”他说。

“你都没在听我说话吗?”

“有,而且我很耐心听。”他从椅子上站起来,“听我说,凯莉,你前夫只是故伎重施,要在我们幸福美满的家庭生活里砸一颗手榴弹。你看不出来吗?如果真有什么严重的事,政府自然会告诉我们。”

“噢,对,当然。民选官员从来不说谎。”她朝前壁橱踩一脚,把其他物品拉出来。凯莉平时也准备了一个避难行李,这是纽约市政府急难管理局的建议,以因应临时紧急疏散的状况。她的避难行李是一个坚固耐用的帆布包,里面有瓶装水、谷麦条,德国制手摇式调幅、调频、短波广播收音机,充电式手电筒、急救箱、100元美金现钞,还有一个防水文件夹,里面有各种重要文件的复印件。

“这是他的‘自我实现预言’,故意讲给你听的。”马特跟在她身后继续说,“你看不出来吗?他太了解你了。他知道要按哪个键。这就是为什么你们两个没办法在一起。”

凯莉从壁橱深处挖出两支网球拍,砸向马特的脚,谁叫他在扎克面前说这种话:“不是你说的这样,我相信他。”

“凯莉,他是通缉要犯呢。他脑筋坏掉了,可能崩溃了。所谓的天才基本上都很脆弱,就像你想在后门种的向日葵一样——头太大了,被自己的重量压垮。”凯莉扔出一只冬季的靴子,朝他的小腿飞过去,不过这次他闪开了。“这一切都是为了你,你心知肚明。他有病,没办法放手。这整件事都是为了要留住你。”

她停下所有动作,趴在地上转过身,从大衣外套的下缘瞪他:“你真的那么愚蠢吗?”

“男人都不喜欢失败。他们不会让步。”

她拉着庞大的行李箱退出来:“你也是因为这样才不肯离开吗?”

“我不离开是因为我得上班。如果我可以用你那个疯癫丈夫的世界末日借口,就不必逐项盘点店内的商品再登记到计算机里了。我一定会走,真的,相信我。但是在真实世界里,如果你该上班的时候没出现,你就没工作了。”

她转过身,为他的固执生闷气:“伊费说要走。他以前从来不会这样,从来不会用那种口气说话。这场危机是真的。”

“是日食导致他歇斯底里,电视上都讲了,很多人都抓狂了。如果我为了这些疯子就逃离纽约,我早在几年前就走了。”马特伸手要摸她的肩膀。她先甩掉他的手,然后又任他抱了一下子。“我会先问问电子产品部,然后问电视多媒体部门,看有没有什么事。不过,对我们这些有真正工作的人来说,地球还是会继续运转,没错吧？我的意思是——你难道就不管你的学生了吗?”

她想到学生的需要时稍微思索了一下,但任何人、任何事都比不上扎克:“或许会停课几天。其实我仔细想了一下,今天很多学生也没请假就旷课——”

“小朋友嘛,凯莉,感冒啦。”

“我想真的是因为日食。”扎克在客厅另一端说,“弗雷德·法林在学校里跟我说,看月亮时没戴护目镜的那些人,脑子都被煮熟了。”

凯莉说:“你那个僵尸的幻想又是怎么一回事?”

“他们就在外面。”扎克说,“要当心。我猜你根本连抵御僵尸攻击时最重要的两样东西是什么都不知道。”

凯莉没理他。马特说:“我放弃了。”

“开山刀和直升机。”

“开山刀是吗?”马特摇摇头,“我想我宁愿带霰弹枪。”

“错了。”扎克说,“开山刀不用补弹。”

马特承认这点有道理,转而对凯莉说:“这个叫弗雷德·法林的小孩还蛮有两下子的。”

“你们两个——我**受够**了!”她不习惯他们两个连手找她麻烦。若是在其他场合,她一定很乐见扎克和马特一搭一唱。“扎克——你在胡说八道。这是病毒,而且是真的。我们必须离开这里。”

马特站在那里,看凯莉把空行李箱拎到其他袋子旁边。“凯莉,放松一下,好不好?”他从口袋里拿出车钥匙,套在指头上一直转,“去泡个澡,调整呼吸。理性面对这件事——拜托你。你仔细思考一下那份‘内情’的消息来源。”他走到前门。“我晚点再跟你们联络。”

他走了出去。凯莉站着瞪那道紧闭的门。

扎克走到她身边,微微歪着头。他以前在问某些问题时(像是:死亡的意义是什么？为什么有人见面的时候会握手?），也会这样歪着头。“关于这件事，爸是怎么对你说的?”

凯莉揉揉额头，遮住眼睛。她该让扎克也陷入恐慌吗？她能不能单凭伊费的话就带着扎克离开纽约，不管马特？她应该这么做吗？还有——如果她相信伊费，那她难道没有道义责任去警告其他人吗?

隔壁汉森家的狗开始吠。不是它平常生气时的吼叫声，而是声音拔尖的叫法，听起来好像受了惊吓。凯莉一听不对劲，就往屋后的日光房走去，发现后院灯光的感应开关自动亮了。

她双手交叉在胸前，站在那里看院子里的动静。

一切看起来都很平静，不过狗还是继续叫，最后汉森太太走出门，把狗带进屋里——不过吠声未歇。

“妈?”

凯莉跳起来，儿子伸手过来她却被吓了一跳，完全无法冷静。

“你没事吧?”扎克说。

“我讨厌这样。”她陪他走回客厅，“就是讨厌。”

她决定继续打包，收拾好她的、扎克的、马特的行李。

然后她会观察。

然后她会等待。

布朗克斯维尔

从曼哈顿北边到希瓦诺伊乡村俱乐部要三十分钟车程，罗杰·卢斯坐在桦木打造的酒吧里，一边玩着 iPhone 一边等他的第一杯马丁尼。他特别交代司机把他的林肯城市车开到乡村俱乐部，不要直接回家。他需要一点缓冲时间，如果琼生病了（就像保姆在语音留言里说的），那小孩可能已经统治全家了，他走进去的时候应该会看到一团乱。这理由很充分，他确实该把这趟商务旅行延长一

两个小时。

虽然是晚餐时间,但这家可以俯瞰高尔夫球场的餐厅却空无一人。侍者托着餐盘,盘上覆着一条素白的亚麻餐巾,上头摆了他的三颗橄榄马丁尼。这不是罗杰常见的那个服务生。他是墨西哥人,和俱乐部大门口负责泊车的小弟一样。他的衬衫在背后腰际凸出来,而且他也没系皮带。他的指甲很脏。罗杰明天一早就要马上找俱乐部经理来谈一谈。

"说来就来了。"罗杰说。橄榄沉在尖底谷形的鸡尾酒杯里,就像豆大的眼珠腌存在醋里。"大家都去哪了?"他用平常开朗的声音说,"是怎样,今天休假吗?市场没开吗?还是总统死了?"

耸耸肩。

"平常的员工呢?"

他摇头。罗杰发现这个人看起来很害怕。

然后罗杰认出他了。原来罗杰是被他那一身酒保制服给唬了。"你是园丁,对吧?通常都在外面除草。"

穿酒保制服的园丁紧张地点点头,然后摇摇晃晃地走到前厅。

妈的,太怪了。罗杰举起马丁尼酒杯,看看四周,却没人可以敬酒或点头致意,他的社交手腕无从发挥。

既然没人在看,罗杰・卢斯就大声啜饮,两大口就干掉了半杯。酒精灌下肚后,他低沉地哼了一声。他戳了一颗橄榄,在酒杯边缘甩干便扔进嘴里,窸窸窣窣地吮了一会儿,再推到臼齿上去嚼。电视屏幕嵌进吧台镜子上的木柜里,以静音模式播放着,他看到了新闻记者会的片段。他先看到市政府官员面色严峻地站在市长两旁,然后——新闻播出了瑞晶航空 753 班机停在肯尼迪国际机场的存档画面。

俱乐部里鸦雀无声,让他又忍不住环顾四周。**到底大家都死去哪里了?**

这里一定出事了。一定出了什么事,而罗杰・卢斯完全不知情。

他很快地喝一口马丁尼——又一口,然后放下酒杯站起来。他走到前面,从酒吧望向俱乐部的另一端——也空无一人。厨房的门就接在酒吧吧台旁边,那一道门隔音效果好,全黑的门在中间偏上处有一个大圆窗。罗杰往里面瞄,看到那酒保兼园丁独自一人在里面,一边抽雪茄一边帮自己烤牛排。

罗杰从前门走出去,他之前把行李留在那里了。没有泊车小弟可以帮他叫出租车,所以他拿出 iPhone 上网搜寻,找到最近的出租车行,叫了一辆车。

他在高柱撑起的车棚入口的灯光下方等出租车,马丁尼的味道在他嘴里变酸了。这时罗杰・卢斯听到一声惨叫。那一声刺耳的尖叫划破夜空,声源并不远。尖叫的人是在布朗克斯维尔这一边,不是在弗农山那头。或许就在高尔夫球场里的某个角落。

罗杰等候时一动也不敢动,连大气都不敢呼一下。他竖起耳朵仔细听。

尖叫之后的寂静让他更加毛骨悚然。

出租车靠边停,司机是个中东裔的中年男子,耳朵上夹了一枝笔,面带微笑地把罗杰的行李扔到行李厢,然后就上路了。

离开俱乐部会馆后,出租车走上漫长的私有道路,罗杰看着窗外的高尔夫球场,心想:他好像看到有人在那里,在月光下,穿越球道。

只花三分钟车程就到家了。路上没有其他车辆,他们经过的每一栋房子几乎都是暗的。他们开到马路上时,罗杰看到人行道上有个行人——在夜里这种景象很奇怪,更何况那个人又不是在遛狗。那是哈尔・查特菲尔德,他的老邻居。他和琼刚买下布朗克斯维尔的房子时,当他们保证人的就是哈尔和另外一个俱乐部会员,他们还让这对夫妇加入希瓦诺伊乡村俱乐部。

哈尔走路的姿势很怪异,两手僵直地垂放在身体两侧,他穿了一件浴袍,前襟边走边拍动,浴袍里面是棉质上衣和短裤。

出租车经过哈尔身边的时候,他转过来瞪着车子。罗杰挥挥手。当他回头要看哈尔有没有认出他时,却发现哈尔两腿僵直地追着他跑。六十岁的老头穿着浴袍跑起来好像披了斗篷,他竟然在布朗克斯维尔的大街上追出租车。

罗杰回过头来要看司机是不是也看到那一幕,可是司机却一边开车一边在便条纸上写下潦草的字迹。

“嘿,”罗杰说,“你知不知道这附近怎么了?”

“是啊。”那司机面带微笑,草率地点点头。他根本没听到罗杰说什么。

过两个弯就到了罗杰家。司机按钮打开后车厢,然后和罗杰一起跳下车。

街道很安静，罗杰的家和其他人家一样乌漆抹黑。

“这样吧，你在这里等我。要等我喔？”罗杰指着鹅卵石路缘，“你可以等吗？”

“你付钱我就等。”

罗杰点点头。他自己也不确定为什么要司机留在门外，可能是和他觉得很孤单有关。“我家里有现金，你在这里等，可以吗？”

罗杰把行李留在侧门内的外出衣物间，走进厨房大声喊：“有人在家吗？”他伸手按下灯光开关，可是灯却没有亮起。他看到微波炉的电子钟发出了绿光，这表示没停电。他沿着流理台在黑暗中摸索向前，凭感觉拉出第三个抽屉，伸手进去找手电筒。他闻到有东西烂掉的味道，比厨余还刺鼻，他的焦虑因此加剧，让他加快双手摸找东西的速度。他摸到手电筒的握把，立刻打开电源。

他用光线扫视厨房，看到了中岛流理台、餐桌、火炉和双门烤箱。“有人在家吗？”他又大声喊，他的声音里透露出畏惧，连他自己都觉得丢脸，让他脚步移动得更快。他看到玻璃橱柜前有一片深色污渍，在光线下看起来很像西红柿酱和美乃滋大战后的残局。看到家里脏成这样，他的怒火油然而生。他看到椅子被翻过来，厨房中岛的大理石台面上竟还有肮脏的脚印（**脚印？**）。

他们的管家吉尔德太太在哪？琼在哪？罗杰走进那团污渍，让光线直接照向橱柜上的玻璃。白色的东西，他不知道是什么——不过红色的不是西红柿酱。

他没办法确认……但他觉得可能是血。

他从玻璃倒影上看到有个东西在动，立刻握着手电筒转过身。他身后的楼梯上没人。他知道自己刚刚动过橱柜的门，他不喜欢想象力凌驾理智的感觉，所以跑上楼，用手电筒检查每一个房间。“基恩？奥德丽？”他在琼的书房里找到几张便条纸，琼在上头写了一些和瑞晶航空失事班机有关的事。大概是一种时间表，最后的字迹断断续续，所以结尾的句子看不懂。最后一个字，写在整叠便条纸的右下角，那个字是“嗡”。

他走到主卧室，看到床单都被踢下来了，在主浴室里，马桶里还飘着一团东西没冲掉，他觉得看起来像是好几天前的呕吐物凝结成块。他捡起地上的毛巾，摊开来，发现上头有一团一团深色的血块，好像有人把这豪华顶级的长绒棉布拿来当抹布了。

他沿着前梯跑下楼,拿起厨房墙上的电话拨911。只响了一声就接通,语音系统要他稍候。他挂上电话再拨一次,又是只响了一声就听到语音指示。

电话刚离开耳边,他就听到地下室传出“砰”一声巨响。他猛然拉开门,准备要朝黑暗处大叫——不过有个声音让他停了下来。他仔细听,然后听到了……一个声音。

有人拖着脚步走路,不只一个人,他们正爬上楼梯,走到一半的时候脚掌左转了九十度,往上看着他。

“琼?”他说,“基恩? 奥德丽?”

不过他已经开始往后退了。他往后一摔,撞上了门框,然后跌跌撞撞地回头穿过厨房,经过墙上那些黏糊糊的恶心物,走进外出衣物间。他一心只想离开这里。

他用力摔上铁门,走到车道上,跑上街道,对着车上听不懂英文的司机大喊。罗杰打开后座的门,跳了进去。

“锁门! 锁门!”

司机转过头:“是的。八块三十分。”

“快把他妈的门给我锁上!”

罗杰回头看着车道。三个陌生人,一男两女从外出衣物间走出来,他们开始穿越草坪了。

“走! 走! 快开车!”

司机敲敲前后座隔间上的计费器说:“你付钱我就开车。”

现在有四个人了。罗杰看了一眼,呆若木鸡,有一个很面熟的男人穿了一件条纹上衣,他把其他人都撂倒,就为了抢先到出租车旁。那人是佛朗哥,他们的园丁,他站在乘客座的窗外看着罗杰,他的双眼中间发白,但眼眶泛红,就像血红狂乱的日冕。他张开嘴,好像要吼罗杰——然后那东西跑出来了,朝罗杰的脸飞去,结实地拍在车窗玻璃上发出**哔**一声,然后又缩回去。

罗杰瞪大了眼睛。**“我到底看到了什么啊?”**

又来了。罗杰这时懂了——在经历了一层又一层的畏惧、惊恐、狂躁之后终

于清楚确实地了解到：佛朗哥，或这个曾经是佛朗哥的妖怪不晓得或不记得玻璃的特性，这透明的固体让他很困惑。

“**开车**！”罗杰大叫着，“**开车**！”

有两个人已经站到很近的地方，来到出租车前面了。一男一女，车头灯打在他们的腰上。现在总共有七八个人，全部围着他们，还有更多人从邻居的房子走出来。

司机用母语喊了一些话，用力按喇叭。

“**开车**！”罗杰大叫着。

但司机反而伸手去拿汽车地板上的东西。他拉出一个和盥洗用具包差不多大的小袋子，拉开拉链，几条巧克力棒掉了出来，然后他才拿出一把银色小左轮手枪。

他朝挡风玻璃挥一挥手枪，害怕地大喊大叫。

佛朗哥的舌头还在试探车窗玻璃，只不过那条舌头根本不是舌头。

司机一脚踹开门。罗杰在隔间玻璃后大喊说，“**不**！”可是司机已经走出去了。他在门后发了一枪，手腕晃一下，好像是要把子弹甩出来。他又击发了一次，再一次，挡在车前的那两个人被小口径子弹打到后弯下腰，可是没倒下。

司机又疯狂地发射两颗子弹，其中一发打中男人的头。他的头皮往后飞，人踉跄跌倒在地。

有个人从司机背后抓住他。是哈尔·查特菲尔德，罗杰的邻居，他的蓝色浴袍已经从肩膀滑下来了。

“不！”罗杰大叫，可是来不及了。

哈尔把司机撞倒在地，他嘴里的那东西跑出来，穿过司机的脖子。罗杰透过车窗看着司机号叫。

另一个人突然站在车头灯前。不，不是另一个人——就是头部中枪的那个人。他的伤口流出白色的液体，沿着侧脸往下滴。他得扶着车子才能站起来，不过他还是站起来了。

罗杰想要逃，可是他被困住了。罗杰看到他右边，佛朗哥那个园丁的后面，有个国际快递的送货员穿着棕色的制服上衣短裤，从隔壁那一户的车库走出来，他的肩上扛着一把铁铲,好像站在打击区的棒球员把球棒架在肩上一样。

头部中枪的男人用力绕过驾驶座那扇开启的车门,爬进了前座。他透过塑料隔间看着罗杰,他头上右前方的肿包凸出来的样子就像是肉做的扁锁。光亮的白色液体黏在他的两颊和下巴上。

罗杰转头的时候刚好看到快递送货员挥舞着铁铲,砸碎了后车窗,在强化玻璃上划出一道长长的刮痕。街灯的光线在蜘蛛网般的裂痕上闪闪发光。

罗杰听到硬物刮过隔间的声音,头部中枪的男人伸出舌头,想要穿过烟灰缸大小的付费窗口。肉质的尖端已经穿过来了,那条舌头很紧绷,愈来愈靠近罗杰,那动作好像在嗅着空气。

罗杰尖叫一声,在狂乱中朝付费窗口踢下去,把小窗关了起来。前座的男人痛苦地叫了出来,那声音像是在骂脏话,那一截断裂的……不知名组织直接掉到罗杰的大腿上。罗杰用手把它拨掉,隔间的另一边,那男人把白色液体溅得到处都是,不知道是因为痛还是因为被阉割后歇斯底里,整个人发狂了。

哗！罗杰正后方的玻璃也被铁铲砸了一下,防爆玻璃虽然裂开来往内凹,可是没破。

蹦——蹦——蹦。有人在车顶踩出凹洞了。

四个人站在人行道上,三个人在路旁,愈来愈多人从前面走过来。罗杰往后看,疯狂的快递送货员又举起铁铲往裂开的玻璃砸。现在不闯出去就没机会了。

罗杰拉开握把,用尽全力把面对街道的车门踹开。铁铲砍下来,后车窗应声碎裂,玻璃碎片像小雨落下来。罗杰的头和尖锐的铁铲只有毫发之差,他刚好滚到街上。有人(是哈尔·查特菲尔德,他的双眼冒着红光)抓住他的手臂,把他转了一圈,不过罗杰像蜕皮的蛇似的放弃了他的西装外套,继续往前跑,沿着街道急驰,直到转角才敢回头看。

有些人蹒跚地慢跑,其他人跑得比较快,肢体动作比较协调。有些是老人,其中三个是边跑边咧嘴笑的小孩。

他的邻居和朋友。他记得自己曾经在车站、庆生会、教堂里见过这些人。

他们全追着他跑。

布鲁克林的弗拉特布什区

伊费按下巴伯家的门铃。尽管其他人家有蓬勃的生气和电视的光线，路旁也有垃圾袋，但这条街很安静。他手持灯杖站在门口，他的胸前垂了一条带子，上头系了瑟拉齐安改造的钉枪。

诺拉站在他后面，砖造阶梯的最底阶，手上也拿着灯杖。瑟拉齐安殿后，手中握着拐杖，银色狼头在月色中暖暖含光。

按了两次，没人应门，他们不意外。伊费没去侧门看看，而是转了门把，转得动。

门开了。

伊费先进去，打开灯。客厅看起来很正常，沙发套罩在家具上，抱枕的位置也很整齐。

他大声喊："有人在吗？"另外两人跟在他身后一起进来。

虽然觉得很奇怪，他还是进到屋子里了。他轻轻踏在地毯上，仿佛强盗或刺客。他想要相信自己还是个医生，可是这一点信念随着时间过去不断消失。

诺拉走上了楼梯，瑟拉齐安跟伊费进厨房。

伊费说："你觉得我们会在这里发现什么？你说飞机意外的生还者都是为了要分散我们的注意力……"

"我说那是他们的使命，至于血祖这么做有何目的，我不知道。或许这些人和血祖之间有特别的关系。不管怎样，我们一定要有个起点。这些生还者是我们手中仅有的线索。"

水槽里有一个碗和汤匙。家庭《圣经》摊开在桌上，扉页中夹了很多弥撒卡片和照片，摊开的那一页是最后一章。有人用颤抖的手握着红笔在其中一段下面画了底线，《启示录》第十一章第七、第八节：

……那从无底坑里上来的兽必与他们交战，并且得胜，把他们杀了。他们的

尸首就倒在大城里的街上;这城按着灵意叫索多玛……

在摊开的《圣经》旁,有一个十字架和小玻璃瓶,伊费推测那应该是圣水,它们摆在桌上,仿佛是根据《圣经》的指示在布置祭坛。

瑟拉齐安对那几样宗教饰品点点头。"和封箱胶带及炭疽热抗生素相比,放这几样东西不见得比较合理。"他说,"也不会比较有效。"

他们走到后面的房间。伊费说:"他太太一定在掩护他。她为什么不找医生呢?"

他们打开衣橱检视,瑟拉齐安用拐杖底部敲敲墙壁:"我这一辈子见证了科学进展日新月异,不过目前还没有发明出可以看透男女婚姻的仪器。"

他们关上衣橱。伊费发现每一道门都开过了:"如果这座房子没有地下室呢?"

瑟拉齐安摇头说:"如果要去阴森的地方探险的话,情况就糟了。"

"在上面!"是诺拉从楼上往下喊,声音很急促。

安-玛丽·巴伯颓然坐倒在地上,床头桌和床的中间,已经死了。她的两腿之间有一面壁镜,被她摔在地上。她选了一片最长、最像匕首的玻璃碎片割断左臂的桡动脉和尺动脉。割腕是效果最差的自杀方式之一,成功率不到百分之五。死亡的过程很漫长,因为前臂很窄,而且只能割一边:因为那刀如果划得够深就会伤到神经,那只手就废了。这种死法也很痛苦,所以,会成功的人都是极度沮丧或精神失常的人。

安-玛丽·巴伯的刀痕非常深,皮肤和动脉都被拉开了,从手腕就可以看到两条骨头。她那只残废的手掌和蜷缩的手指里抓着揪成一团的染血鞋带,上面系了一把大锁用的圆头钥匙。

她割腕后流出来的血是红的。不过,瑟拉齐安还是拿出他的银底小镜,调整好角度照她向地板俯看的脸,以确认她有没有被感染。没有模糊的影像——她的映像很真实。安-玛丽·巴伯没有变态。

瑟拉齐安慢慢站起来,目前的情况让他很茫然。他说:"怪了。"

伊费站在他上方,从他的角度看过去,安-玛丽面朝地板的脸孔(那是百思不得其解而导致心神耗弱的表情),刚好被地上破碎的玻璃反射出来。他发现床头桌上有一组相框,左右各放了一个小男孩和小女孩的照片,相框下面塞了一

张折起来的笔记纸。他抽出那张纸,握在手中想了一下才小心地摊开来。

那是她握着红笔,以颤抖的手写下的笔记,厨房《圣经》里的红色底线也像是出自她的手笔。她的笔画带着童稚的弧度,仿如少女的字迹。

"'致我最亲爱的本杰明与海莉……'"伊费逐行念了出来。

"不要这样。"诺拉打断他,"别念出来。她不是写给我们看的。"

她说得对。他在字里行间寻找和案情相关的信息——"小孩和姑姑一起住在新泽西,安全"——他跳到最后一段,只念出一点点:"对不起,安塞尔……我不能用我手中的这把钥匙……我知道上帝诅咒你,借此惩罚我,他遗弃了我们,而我们都将永远被禁锢于地狱中。若我的死能赎回你的灵魂,那就让他取我的生命吧……"

诺拉跪下来拿钥匙,从安-玛丽已经没有生命的手指中抽出染血的鞋带:"那……他在哪?"

他们听到低沉的吼声,几近嚎叫。野兽般原始的声音、只有没办法发出人声的动物才会有的喉音,从外面传进屋内了。

伊费走到窗边。他低头看着后院,看到了大狗棚。

他们安静地往外走到后院,站在那两扇棚门前,发现门把被铁链绑了起来。他们站在那里仔细听。

里面有扒抓的声音。喉咙深处的噪音,很低沉又好像快窒息了。

两扇门突然发出砰的一声。有个东西朝他们撞过来,试探铁链的强度。

钥匙在诺拉手中,她先看看另外两个人想不想接过钥匙,之后就自己走到铁链前,把钥匙插进大锁里,谨慎地转开。锁头弹出来,链条就松脱了。

里面很安静。诺拉把大锁拿出来,瑟拉齐安和伊费在她身后做好准备——老人从木杖中抽出银剑。她开始解下厚重的铁链,穿过木制门把……以为那两扇门会被突然推开……

不过什么事都没有。诺拉把门把中最后一段铁链抽出来,往后退。她和伊费打开短波紫外线光。老人挡在门口,伊费便吸气鼓起勇气,伸手去握住门把拉开棚门。

里面很暗。唯一的一扇窗被挡住了,往外开的门也阻绝了从前廊投射过来的光线。

他们有几秒钟的时间紧张到无法呼吸，后来才察觉有个东西潜伏在地上。

瑟拉齐安往前一步，停在离门口两步的距离。他好像是要给狗棚里的居民看他的银剑。

那东西发出攻击，朝瑟拉齐安奔过来，要扑上他。老人已经把剑准备好了——可是这时狗链一扯，把那东西往后拉。

他们这才看到他的脸。他咧着嘴角，牙龈极白，乍看好像牙齿直接连着下颚。他的嘴唇因饥渴而苍白，稀稀落落的头发已经从发根开始泛白了。他五体投地趴在泥地上，颈子上紧紧系了项圈和狗链，已经卡进肉里了。

瑟拉齐安的眼神始终没离开他，他问："这是飞机上的乘客吗？"

伊费仔细瞧。这东西看起来像是某个恶魔吃掉安塞尔·巴伯之后又取走了他的躯体，穿上一半。

"**以前是**。"

"他被抓到了。"诺拉说，"然后又被绑在这，锁起来。"

"不。"瑟拉齐安说，"是他自囚。"

伊费听懂了。难怪妻子没被感染，小孩也是。

"往后退。"瑟拉齐安警告他们。就在这时候吸血鬼张开口再展攻势，朝瑟拉齐安射出螯针。老人没闪躲，因为他不在吸血鬼的攻击范围内，尽管他的螯针可以延伸好几米。攻击失败后，螯针缩了回去，恶心的增生组织垂头丧气地绕过吸血鬼的下巴，在嘴边抽动，好像某种深海生物没有视觉的粉红色触须。

伊费说："天啊……"

吸血鬼巴伯变得凶残，重心往后，蹲了起来对他们嘶叫。这无法置信的景象突然让伊费想起他口袋里有扎克的录像机，他把紫外线灯交给诺拉，拿出摄影机。

"你在做什么？"诺拉问。

他按下电源，在观景窗里捕捉这东西的画面。

然后另一只手拨开钉枪的保险，瞄准了这只野兽。

啪哒——铿。啪哒——铿。啪哒——铿。

他的钉枪发射了三枚银针，这把长枪管的工具后坐力不小，子弹穿入吸血鬼

的身体，在他病弱的肌肉上燃烧，让他痛得嘶吼一声，往前倒。

伊费继续录像。

“够了。”瑟拉齐安说，“我们还是要慈悲一点。”

怪兽在承受剧烈疼痛时拉长了颈子。瑟拉齐安又念出了歌颂银剑的赞词——然后划过吸血鬼的颈子。他的身体倒了下来，四肢还不断抽动。

头颅滚一滚停了下来，眼睛还眨了几下，螯针像一条被砍断的蛇胡挥乱动，最后就静止了。温热的白色污液从颈部断口流出来，在沁凉的夜里微微冒着蒸气。毛细小虫钻到泥土里，那景象就如同沉船上的老鼠，在寻找新的船舶。

诺拉的喉咙冒出无法名状的叫声，但她立刻用手掩住张大的嘴巴。

伊费盯着看，一阵恶心，完全忘了要看观景窗。

瑟拉齐安往后退，剑朝下，白色黏液沿着银刃往下滑，滴在草地上：“在这后面，墙下面。”

伊费看到狗棚后方底下挖了一个洞。

“除了他之外还有一个吸血鬼。”老人说，“爬出去了，逃走了。”

街道两旁都有房子，可能是任何一个邻居。“可是这里没有血祖的踪影。”

瑟拉齐安摇摇头：“不在这里，或许是下一个。”

伊费深入调查整个狗棚，用诺拉的紫外线光照着血虫：“我是不是应该去消灭它们？”

“有更安全的方法。看到后面架子上的红色桶子了吗？”

伊费看了一下：“汽油桶？”

瑟拉齐安点点头，伊费马上就懂了。他清清喉咙，又举起钉枪，瞄准汽油桶，按了两次扳机。

这把改造成武器的工具即使用于远距射击也很精准。桶子被打了两个洞之后，燃油就流了出来，往下沾湿了木架和泥地。

瑟拉齐安拉开他的紧身外套，从一排口袋里捞出一小盒火柴。他用非常畸形的手指捻了一根木火柴，在外盒边缘一划，火柴在夜里亮出橘色的火焰。

“巴伯先生已经获得救赎了。”他说。

他把火柴一扔，木制狗棚便被火舌吞咽了。

纽约皇后区雷哥公园中心

马特经过一整排女性时尚两截式泳装,把条形码扫描仪插在腰间皮套上(扫描仪就是他的盘点枪)就下楼去吃点心了。打烊时间进行库存盘点其实也没那么辛苦。身为席尔斯商城经理,他可以领加班费,比照平常的时薪。购物中心不需盘点的楼层都锁门了,安全栅栏也拉了下来,表示没有顾客、没有人潮,他也不需打领带。

他搭手扶梯到卸货区,最好的贩卖机都摆在那边。他走回来的时候一边吃着果冻糖果棒(各种口味在他心中的排行榜:甘草最不喜欢,然后是柠檬、莱姆、柑橘,冠军是樱桃),一边经过一楼的珠宝柜台,这时却听到商场里面有声音。他走到宽铁栅旁,看到一名保安人员在地板上爬,和他的商城隔了三间店面。

保安的手扶着颈子,好像呛到了,或是受了重伤。

"嘿!"马特大喊。

保安看到他便伸出手,不是挥手打招呼,而是伸手求援。

马特掏出钥匙圈,把最长的钥匙插到墙上的孔内,让铁栅上升约1.2米。这个高度已经够他钻过去,跑到那保安身边。

保安紧抓着他的手臂,马特扶他到许愿喷泉旁边的长凳上。那个人上气不接下气,马特看到血从他的指缝渗出来,可是流出来的血量不大,不像是被刺伤。他的制服衬衫上也有血渍,他的裤裆湿了,尿失禁。

马特和这个人不是很熟,只有平常在工作的时候曾经擦身而过。他的手臂很粗壮,在卖场巡逻的时候会把双手拇指插在皮带上,就像美国南方的警长。他现在没戴帽子,所以马特可以看到他的发际线渐往后退,黑色的短发显得散乱油腻,像一层油覆在脑袋上。他全身瘫软像橡皮一样,紧巴着马特的手臂,很痛苦,男子气概全失。

马特一直问他发生了什么事,不过保安过度换气,频频东张西望。马特听到

了一个声音,才晓得那是他臀上的对讲机。马特从他的皮带上拿起话筒:“喂?我是马特·塞尔斯,席尔斯的经理。嘿,你们派遣过来的保安人员,负责一楼的那个——他受伤了。他的脖子在流血,而且整个人很苍白。”

对方说:“我是他的主管,那边发生什么事了?”

那个保安挣扎了一下,好像要吐,可是喉咙严重受伤,只喷出几口气。

马特在无线电里转答:“他被攻击了,脖子侧边有淤青和伤口……他受到蛮大的惊吓,不过我看这里没别人啊……”

“我现在从员工楼梯走下来了。”保安主任说。马特可以从对讲机里听到他的脚步声。“你刚刚说你在哪——?”

他断线了。马特等他回复,然后又按下播音键。“你刚刚说你在哪?”

他放开手指,仔细听,还是没声音。

“喂?”

一个声音从对讲机传了出来,长度还不到一秒钟。

有个闷闷的声音喊着:“**呃啊**——”

那个保安从长凳上往前弹,四肢贴在地上向前爬行,拖着身躯往卖场去。马特站了起来,手上还握着对讲机,往洗手间的标志走过去,因为员工楼梯的门就在洗手间旁边。

他听到沉重的脚步声,好像有人踏着正步走下来。

接着听到一阵熟悉的嗡嗡声,他转过头看着他自己的店,发现铁栅栏降到地板上了,他的钥匙还插在控制器上。

那个惊惶害怕的保安要把自己锁在里面。

“嘿——**嘿!**”马特大叫。

他还没跑到那边,就感觉到后面有人了。他看到那个保安瞪大眼睛往后退,撞倒一排洋装,然后又爬走了。马特转过身,看到两个穿垮裤和宽松克什米尔连帽T恤的小鬼从厕所前面的走廊走出来。他们看起来好像吸毒吸过头了,棕色的皮肤显得蜡黄,两手空空。

毒虫。马特怯意大增,心想:他们可能用感染过的针头扎那个保安。他拿出皮夹,扔给其中一人。

那小鬼没去接。皮夹砸到他的肚子，掉到地上。

那两个人逐步逼近，马特退到背贴着铁栅。

翠贝卡区，教堂街

伊费在波利瓦家门外靠边停车，两户相连的房子前面搭起了三层脚手架。他们走过脚手架到门口，发现大门封了起来。不是临时或暂时封起来，是用厚木条把整个门框都钉住。

封死了。

伊费抬头沿着大楼正面望向夜空。“这里面藏了什么？”他说。他一脚踩上脚手架，开始往上爬。瑟拉齐安出手拦他。

会被人目击，有人在旁边几栋建筑物前的人行道上，站在黑暗中张望。

伊费朝他们走去。他摸出外套口袋里的银底小镜，拿出来照照自己的映像。没有模糊或晃动。

有个小朋友（不到十五岁，一脸浓妆，用哥特彩妆画出悲伤的大眼睛，嘴唇也是黑的）在伊费抓住她手臂时就甩了开来。

瑟拉齐安用自己的镜子看看其他人，他们都没变态。

“他们是歌迷。”诺拉说，“在守着偶像。”

“快离开这里。”伊费朝他们咆哮。不过他们是纽约小孩，知道自己不用乖乖照办。

瑟拉齐安抬头看着波利瓦的住所，正面的窗户很暗，不过他在晚上看不出那是因为窗户被涂黑了，还是因为装潢的关系。

“我们可以爬到脚手架上去。”伊费说，“破窗而入。”

瑟拉齐安摇摇头：“我们一爬进去就会有人报警，你就会被逮捕。你已经被通缉了，记得吧？”瑟拉齐安拄着拐杖，看了阴暗的大楼一眼，才转身离开。“没办法——我们什么都不能做，只能等。我们再针对这栋住宅和主人多调查一下，至少我们可以先知道自己会碰到什么状况。”

日光

DAYLIGHT

布鲁克林,布什维克

瓦西里·费特隔天上午第一站就是布什维克的民宅,离他长大的地方不远。纽约城各地都有人打电话来请他们过去检查,平常申请就要等两三周,现在等待的时间自然要加倍了。瓦西里还在处理上个月登记的案件,他答应那个人今天就会轮到他。他把车停在一辆银色的福特黑貂后面,从后车厢拿出他的工具、钢条,还有装陷阱与药饵的魔术推车。他注意到的第一件事是:两栋相连的房屋中间有一条细细的流水,水质清澈,流速缓慢,应该是水管破裂了。虽然没有油腻棕黄的污水好喝,但这也足够供应一整群老鼠了。

有一扇地下室的窗户破了,用破布和旧毛巾塞了起来。这可能只是市容的一部分,也可能是"夜半水电工"的杰作——纽约现在多了一种新的窃贼,专偷五金,会把水管拔了拿去汽车废弃场变卖。

银行已经征收这两座房子了,都是因为次级房贷泡沫。这些投资目标害惨了当初下手的买家,屋主只能任房子被依法拍卖。瓦西里要在这里和一个不动产经理见面。第一座房子的大门没锁,瓦西里敲敲门,大声问里面有没有人。第一个房间就在楼梯前面,他探头进去看踢脚板周围有没有脚印和粪便。

其中一面窗户前挂了一片破裂、半垂的窗帘,在坑坑洼洼的木造地板上投出歪斜的影子。完全看不到那经理。

瓦西里时间很赶,没办法空等。除了还有很多案件要处理之外,他前一晚根本没睡好,他想要在上午的时候回世贸中心工地一趟找负责的人谈一谈。他在楼梯第三阶的扶手栏杆中间发现一个垫板夹。夹上名片的公司名称和瓦西里工作处理单的名称一样。

"喂!"他又大声喊,然后就放弃了。他找到通往地下室的门,决定自己先动工。地下室一片漆黑(他在街上就已经看到气窗被堵起来了),电力早就被切断

了。怪的是天花板上竟然还有灯泡。瓦西里把手推车留在后方，推开门，带着钢条走下去。

旋转梯往左弯，他先看到皮质便鞋，然后才看到两条穿卡其裤的腿。不动产经理倚在石墙边坐着，一副吸毒过度的样子，他头歪向一边，双眼圆睁，但神情茫然。

瓦西里见过更多贫穷的小区、废弃的房舍，他当然知道最好不要赶到他身边去看他的状况。他站在楼梯底端环顾四周，让双眼慢慢适应黑暗。

这间地下室并无异状，除了地上有两段铜管。

楼梯右边就是烟囱底座，紧接着壁炉，热气就是从这里通过烟囱排出去的。瓦西里看到灰泥烟囱较远的那一边有四根脏兮兮的手指低伏在地上。

有人蜷缩在那里，躲起来等他。

他要转身上楼报警时，发现楼梯转弯处的手电筒不见了。门被关上了，有人在楼梯上方。

瓦西里第一个念头就是快跑，于是他跑了起来，从楼梯上冲下来，跑到烟囱旁边那脏手指的主人藏身之处。他暴喝一声，便抡起钢条往他的指节挥下去，手掌砸上灰泥底座，骨头断了。

那人不顾疼痛，就朝他逼近。**用了快克吧，止痛效果真强**，他心想。她只是一个小女孩，不过十几岁，全身肮脏污秽，胸口和嘴边都有血。他是在微光中一瞥，看到一切的。她用神秘可怕的速度扑向他，用更神秘可怕的力量把他向后推，力道很猛，尽管她的体型只有瓦西里的一半，却把他推到了对面的墙上。她发出沉闷痛苦的声音，当她张开嘴时，一条长到变态的舌头滑了出来。瓦西里立刻抬腿，朝她胸口踢下去，将她撂倒在地。

他听到脚步声沿楼梯下来，自知不可能在黑暗中打赢混仗。他拿起钢条往窗户伸过去，朝堵在窗上的脏布猛戳，转一转钢条把破布扯下来。整间地下室就好像水坝溃堤，只是流泻进来的不是水而是光。他转过身刚好看到她的双眼露出震惊的神色。她倒下的地方完全在日光照射范围内，她的身体发出一种痛楚的怒吼，立刻破裂、粉碎、冒出蒸气。他以前想象过核辐射伤害人类的景象，想到的就是这个画面，人一边熔解一边蒸腾。

这一切都发生在一瞬间。这个小女孩(或不管她到底是什么)干瘪地躺在地下室肮脏的地板上。

瓦西里看得目瞪口呆,用胆战心惊来形容都不够。他完全忘记还有一个人要走下楼梯,直到那人呜咽起来,那是他对日光的反应。他往后退想离开,在不动产经理的身边跌了一下,马上又稳住脚步,往楼梯的方向过去。

瓦西里刚好在这时跑到楼梯下,他从楼梯间空隙把钢条伸进去猛戳,绊倒那个人,让他重重地摔在地上。瓦西里走到他身边,取起钢条,那人准备站起来,他原本棕色的肌肤变成像黄疸一样病恹恹的颜色。他张开嘴,瓦西里发现那不是舌头,而是更恐怖的东西。

瓦西里用钢条往他的嘴巴一挥,那人被打得原地转了一圈,跪了下来。瓦西里伸手向前,抓住他的后颈,仿佛在抓一条吐信的蛇或龇牙咧嘴的老鼠,让他舌头里的东西无法靠近自己。他回头看着地上正方形的阳光,那女孩已经被消灭,化为灰尘,在光束中飘浮旋转了。他感觉到这个人强烈反抗,拼命想逃。瓦西里用钢条用力压着他的膝盖,逼他往光亮处走去。

瓦西里·费特被怯意逼到抓狂了,他发觉自己还想再看一次那画面,看阳光如何施展屠妖的魔法。瓦西里踹他的下背,他就在阳光下手脚乱挥——瓦西里看着他瓦解崩裂,在灼热的光线下碎成片片,化为一阵烟尘。

纽约皇后区南奥松公园

奥狄·帕墨的礼车缓缓驶进杂草丛生的工业区仓库,这里离老旧的阿古德马场不过一公里左右。帕墨出门的时候总是有一列低调的车队随行,他的车后面跟着第二辆礼车,里面没人,只是他现在这辆礼车故障时的备用车,第三辆则是为车主量身打造的黑色面包车,其实那是一辆私人救护车,里面有他的洗肾机器。

仓库侧门打开来让这几辆车进去,然后就关起来了。石心集团这个影响力

卓著的国际投资财团下有一个分支，即石心会社。四名石心会社的成员在仓库里面恭候大驾。

菲茨威廉先生替帕墨开了车门，他在众人崇敬的眼神中走出车外。觐见总裁是难得的殊荣。

他们模仿他穿上深色西装，帕墨已经习惯旁人对他的敬畏了。他的集团投资人视他为救世主，帕墨总是能掌握未来市场的消长，让他们能赚进大把银子。至于他的会社信徒都愿意追随他下地狱。

帕墨今天觉得精力充沛，只撑着桃花心木拐杖。这里以前是纸箱公司的库房，现在几乎被完全清空了。

石心集团偶尔用这里来停放车辆，不过今天这场地的价值就在于它那个旧型地下焚化炉，墙上那个和烤箱一样大的门就是炉口。

石心会社成员旁边放了一个附轮担架，上面有个隔离舱。菲茨威廉先生站在帕墨身边。

"有问题吗？"帕墨说。

"报告总裁，没有。"他们答。那两个外型酷似顾威和马丁内斯博士的人拿出伪造的疾病管制局证件，递给菲茨威廉先生。

帕墨看着隔离舱内衰老枯槁的吉姆·肯特。他是个严重渴血的吸血鬼，身体已经干瘪了，就像用病虫害的树木刻出的恶魔雕像。他的皮肤开始碎裂，几乎可以看到肌肉和血液循环系统，除了喉咙还肿胀发黑。愁苦憔悴的脸上有两个大洞，眼球在里面呆滞地看着前方。

帕墨很同情这个吸血鬼因为摄血不足而逐渐石化。他很清楚身体渴望基本生存要素，灵魂却在挣扎、大脑又不断祈求的感受。

他知道为了一个人改变自己却又被对方背叛是什么感觉。

现在帕墨觉得自己就要宣判结果了。

他和这个可怜的苦命鬼不一样，他即将获得无垠的自由，无限的寿命。

"销毁他。"他说完便往后站一步，隔离舱被推到焚化炉门前，那具躯体便被火焰吞噬了。

宾州车站

他们要到威彻斯特找琼·卢斯，第三名753班机的生还者，可是这趟旅程却因为晨间新闻必须提早结束。纽约州警察和危险物质应变小组已经关闭了布朗克斯维尔镇，因为这里“瓦斯外泄”。从新闻台的直升机拍摄画面可以看出这座小镇在破晓时几乎毫无生气，道路上唯一的车辆就是州警巡逻车。下一则报道则播出30街与第1街街口的医检总局被封了起来，根据推测应该是因为这一区愈来愈多人失踪，当地民众陷入恐慌。

他们想不出除了宾州车站之外哪里还有旧式公共电话。伊费站在一排公共电话前，诺拉和瑟拉齐安在旁边，上午通勤族在车站内穿梭。

伊费用大拇指操作吉姆的手机，打开**通话记录**，寻找巴恩斯局长的移动专线。吉姆一天要打上百通电话，伊费在浏览的时候，巴恩斯接起了手机。

伊费说：“埃弗里特，你真的要谎称那是‘瓦斯外泄’吗？你觉得在这个年代里这种谎言能撑多久？”

巴恩斯认出伊费的声音：“伊费，你在哪？”

“你去过布朗克斯维尔了吗？你亲眼看过了吗？”

“我去过……我们还不确定目前的状况……”

“不确定！拜托，埃弗里特。”

“他们今天上午发现派出所空无一人，整个小镇似乎都荒废了。”

“不是荒废。他们都还在那里，只是躲起来了。等太阳下山就会出来，届时威彻斯特就会像罗马尼亚的特兰西瓦尼亚一样，埃弗里特，你需要的是突击队。挨家挨户搜遍整个小镇，把那里当成巴格达来处理。只有这样才行。”

“我们不想造成恐慌——”

“民众已经开始恐慌了。以目前的情势来说，恐慌并无不妥，否认才糟糕。”

“纽约卫生署病征侦查系统没有发现任何新型疾病扩散的征候。”

“他们靠追踪急诊人数、救护车出勤次数、药品销售量来监测疾病模式。这些指标在这个情况下完全派不上用场。如果你再继续拖延，整个纽约市都会沦为布朗克斯维尔。”

巴恩斯局长说：“我想知道你对吉姆·肯特做了什么。”

“我去看他的时候他已经走了。”

“我得到的信息是他的失踪和你有关。”

“埃弗里特，你把我当成什么了——魅影奇侠*吗？我会分身术？还是邪恶的天才？对，我就是。”

“伊费，听我说——”

“你才听我说。我是医学博士——你聘来工作的医学博士。我要及早发现，并有效控制美国即将爆发的疫情。我打给你是要告诉你，要进行补救还来得及。今天是飞机降落、疫情散播后的第四天，不过我们还有机会。埃弗里特，我们可以把他们滞留在纽约市。听我说，吸血鬼无法跨越流动的水域，所以我们只要隔离这座岛，封锁每一座桥——”

“我没那么大的权力——你也知道。”

伊费头上的扩音器报出火车到站的广播。“对了，埃弗里特，我在宾州车站。你想抓我就让联邦调查员来吧。我会在他们来之前就逃远。”

“伊费……回来吧。我答应你，我会给你公平的机会好好解释，说服我，说服每一个人。我们一起办这个案子。”

“不。”伊费说，“你刚刚才说你的权力不够大。这些吸血鬼——埃弗里特，他们就是吸血鬼，他们是人形病毒，他们会烧遍整个纽约市，完全不留活口。隔离是唯一的答案。如果我在新闻里看到你朝这个方向去办，或许我会考虑回来支持。在那之前，埃弗里特……”

伊费把话筒挂回话机上。诺拉和瑟拉齐安等他开口，不过吉姆手机有一个来电记录引起伊费的兴趣。吉姆在整理电话簿的时候都把姓排在名前面，除了这个人。这是当地电话，吉姆这几天打了很多通电话给他。伊费拿起一部公共

---

* The Shadow，于同名作品中登场的超能英雄。

电话的话筒,按零,等计算机语音播完才接上真正的总机人员。

“您好,我手机里有一个号码,但我不记得这是谁的电话了,我想回电的时候不要太失礼,这是 212 开头的号码,应该是市内电话。可以麻烦你帮我查一下吗?”

他把号码念给她听,然后听到手指敲键盘的声音。

“这个号码登记的是石心集团七十七楼。你要地址吗?”

“要。”

他遮住话筒传声的部分,对诺拉说:“为什么吉姆要打给石心集团的人?”

“石心?”诺拉说,“你是说那个老头子的投资企业?”

“理财界的大师。”伊费说:“我记得,他是全国第二有钱的人,叫什么帕墨的。”

瑟拉齐安说:“奥狄·帕墨。”

伊费看着他,他在教授的脸上看到了愕然的表情。

“他怎么了?”

瑟拉齐安说:“这个人,吉姆·肯特,他不是你们的朋友。”

诺拉说:“什么意思?他当然是……”

伊费抄下地址后就挂掉电话。他在吉姆的手机上选了这个号码,按下拨出。

拨通了。没人接,也没转进语音信箱。

伊费挂掉后仍继续盯着手机。

诺拉说:“记得隔离病房的行政人员在生还者出院后说什么吗?她说她曾打给吉姆,吉姆却说她没有——然后又改口说是他漏接了几通电话?”

伊费点点头,这完全不合理。他看着瑟拉齐安:“你对这个叫帕墨的人了解多少?”

“很多年前他来找我,要我帮忙找一个人,一个我也很想找到的人。”

“萨铎。”诺拉猜。

“他有资金,我有知识。不过我们的协议在几个月后就终止了,我后来发现我们各自为了不同的理由寻找萨铎。”

诺拉说:“就是他毁了你的大学教职吗?”

瑟拉齐安说:“我是这么想的。”

吉姆的移动电话在伊费手中震动。吉姆的电话显示为未知来电,不过这是纽约当地的电话。或许是石心集团的人回电了,伊费接起来。

“喂,”对方说,“请问是疾管局吗?”

“哪里找?”

那个声音很粗哑低沉:“我在找金丝雀计划里那个疾病管制的人,就是惹上麻烦的那个。你可以帮我联络上他吗?”

伊费怀疑这是个圈套:“你要找他做什么?”

“我是从布什维克的民宅外面打过来的,我就在布鲁克林。我在地下室发现两个有日食歇斯底里症的死人。他们不喜欢阳光,你听得懂吗?”

伊费精神一振:“请问您是哪位?”

“我姓费特。瓦西里·费特。我是纽约有害生物管制员,捕鼠员,负责曼哈顿下城的有害生物整合管理试行项目。疾管局提供了75万美元给这个项目,所以我才会有这个电话号码。不晓得我猜得对不对,请问您是顾威吗?”

伊费犹豫了一下:“是。”

“我想,你也可以说我是在替你工作。我想不出来还能跟谁提这件事了,不过我在全纽约都看到了迹象。”

“这不是日食。”

“我想也是。我认为你得来这里一趟,因为我有个东西一定要给你看。”

曼哈顿,石心集团

伊费上路前先去了两个地方。第一站是自己去的,第二站则有瑟拉齐安和诺拉相陪。

伊费的疾管局证件让他通过石心大楼大厅的安检门,可是却过不了七十七楼的第二个检查站,这栋商业大楼就在市中心,如果要到最高的那十个楼层一定要在七十二楼换电梯。

缟玛瑙地板上嵌了巨大的石心集团黄铜标志，两名壮硕魁梧的保镖就站在其上。两名保镖的后面就是七十二楼大厅，搬家工人穿着连身工作裤在那里忙进忙出，拉着载有大型医疗器材的手推车。

伊费要求见奥狄·帕墨。

比较壮的那个警卫差一点笑出来。他肩上的枪套明显在西装外套下凸出来。“帕墨先生不见没有预约的访客。”

伊费认得其中一部拆解后装箱的器材，那是德国费森尤斯洗肾机，一种昂贵的医疗级设备。

“你们在打包。”伊费说，“搬家，最近赚那么多还要离开纽约。不过帕墨先生难道不需要他的洗肾机吗?”

保镖没回答，但也没回过头去看。

伊费当下就懂了，或觉得自己懂了。

他们约在吉姆和希薇亚的住所外头，他们住在上东城的一座高楼大厦里。

瑟拉齐安说:“把血祖带来美国的人是帕墨。他为何愿意冒一切风险来完成自己的目标呢？连人类的未来都押下去?”

“他的目标是什么?”诺拉说。

瑟拉齐安说:“我相信奥狄·帕墨想要永生不死。”

伊费说:“如果我们能做点什么的话，他就办不到了。”

“我欣赏你的决心。”瑟拉齐安说，“不过我这位旧识那么有钱有权，他占尽上风。这是他最后一局，你懂吧。他已经不能回头了。他会尽心尽力完成他的目标。”

伊费没办法思考大方向与长期发展，否则他会发现自己在打一场必败的仗。他只能专心面对目前的任务:“你有什么发现?”

瑟拉齐安说:“我去了纽约历史学会一趟，时间虽短但成果丰硕。美国1920年代禁酒时期，有一个商人靠走私、贩卖酒类大发横财，盖了我们在调查的那栋楼。他家被抄过很多次，可是顶多被没收一两杯私酿啤酒，据说是因为他家地下

有一个隧道网和地下酿酒场——有些隧道后来扩建为地铁网的一部分。”

伊费看着诺拉:“那你有什么发现?”

“一样。还有,波利瓦特地买下那栋楼,是因为以前的私酒商人曾经住过,而且听说前任屋主信奉撒旦,在世纪之交时还举办过黑弥撒。波利瓦花了一年装潢那栋楼,并买下隔壁栋,打通两户,打造出全纽约市区最大的私人宅邸。”

“好。”伊费说,“你去了哪里?图书馆吗?”

“不。”她说完就拿出一张蓝图,上面有那栋房子内部原本装潢的照片和目前波利瓦改造中的照片,“《名人》杂志网站。”

他们按下对讲机后进了大门,搭电梯到十九楼吉姆和希薇亚的小公寓。希薇亚穿着平滑的亚麻洋装来应门,很像是星座专栏作家的打扮,头发用宽发带扎到后面。她见到诺拉的时候很意外,看到伊费的时候更是双倍惊讶。

“你在这里做——?”

伊费走进去:“希薇亚,我们有几个很重要的问题,但只有一点点时间。你对吉姆和石心集团的关系知道多少?”

希薇亚双手交叠在胸前,一脸困惑:“谁?”

伊费看到角落有一张书桌,一只虎斑猫在合上的笔记本电脑上打呼。他走过去,拉开抽屉:“你介意我们看一下他的东西吗?”

“不介意。”她说,“如果你觉得有帮助的话,就看吧。”

瑟拉齐安仍站在门边,而伊费和诺拉开始翻看书桌上的物品。显然老人的出现让希薇亚很紧张:“需要什么不,要饮料吗?”

“不用。”诺拉浅浅一笑,然后就继续找。

“我马上就回来。”希薇亚走进厨房。

伊费离开凌乱的书桌,心乱如麻。他连自己要找什么都不知道。吉姆在替帕墨工作?他的卧底任务有多深入?吉姆这么做的动机是什么?为了钱吗?他就这样背叛他们了吗?

他要问希薇亚一个深入的问题,想了解他们的财务状况,所以离开客厅去厨房找她。伊费一经过转角就看到她把话筒挂回墙上。她往后退一步,神色有异。

伊费一开始还没搞懂:“希薇亚,你打给谁?”

其他人跟在他后面一起进了厨房。希薇亚双手一撑,扶着后面的墙,然后坐在椅子上。

伊费说:"希薇亚——这是怎么一回事?"

她一动也不动,她用谴责诅咒的眼神、冷静得令人发毛的口吻说:"你们必将战败。"

皇后区杰克森高地第69公立小学

凯莉在教室里通常都会关手机,不过现在手机就摆在她日历记事本的左边,调成静音模式。马特一整晚都没回来。彻夜盘点也不稀奇,有时候他会在盘点结束后请员工吃早餐。不过他总是会打电话回来关心他们。学校里禁用手机,不过她偷偷拨了几通电话给他,每次都进到语音信箱。或许他在没信号的地方。她一直要自己别担心,可是又克制不住。学校里出席率很低。

她很后悔听了马特的话,她竟然屈服于他的傲慢而继续留在纽约市。如果她害扎克身处险境……

她的手机灯亮了,屏幕出现一个信封图案。他用手机传来一则短信:**回家**。

就这样。两个字,没有标点符号。她立刻回电,嘟嘟声一下就停了,电话似乎立刻接通了,可是他没出声。

"马特?马特?"

她这班四年级学生都好奇地看着她,他们从没见过顾威老师上课打电话。

凯莉打电话回家,结果听到忙线音。是录音机坏掉了吗?她已经多久没听到忙线音了?

她决定离开一下,叫夏绿蒂打开两间教室中间的门,请她留意她的学生。凯莉想要宣布全班提早放学,甚至到中学去接扎克,可是她不能这么做。她得立刻回家看看到底发生了什么事,思考该怎么做,再采取行动。

布鲁克林，布什维克

在那栋空房子等他们的人几乎把门口都挡住了。一天没刮胡子，他的下巴就冒出很多黑点，像抹了煤碴。他提着一个白色大袋子在后腰际，他一手捏紧袋口，这个比枕头套还大的袋子里装了很重的东西。

大家自我介绍后，这个魁梧的男子便从上衣口袋里拿出一张破损的公文，上面有疾管局用印。他把公文拿给伊费看。

“你说你有东西要给我们看?”伊费说。

“其实有两样。第一样，是这个。”

费特松开束口绳，把里面的东西倒在地上。四肢毛茸茸的老鼠落成一堆，全都死了。

伊费往后跳，诺拉倒吸一口气。

“我总是说，如果你要别人专心，带一袋老鼠就对了。”费特捏着其中一只的长尾巴，把老鼠拎起来，它的身体在他的手下方前后摆荡，“整个纽约的老鼠都离开巢穴到地面了，就连白天也是。有东西把它们赶出来。这表示，有些事情不大对劲。我知道在黑死病猖獗的时候，也有老鼠从地底跑出来死在街上。这些老鼠不是跑出来受死的。它们跑出来的时候都还活着，而且很饥渴。相信我说的，当你看到老鼠生态有明显的变化，就表示坏事要发生了。当你看到老鼠开始恐慌，就是卖掉通用电器股票的时机。要闪人了。懂我的意思吗?”

瑟拉齐安说：“我完全了解。”

伊费说：“我有一点不确定。老鼠和这有什么关系……?”

“它们代表了预兆。”瑟拉齐安说，“费特先生说得很正确，这是一种生态征象。吸血鬼小说的始祖、创造吸血鬼贵族形象的作家斯托克让大众接受了吸血鬼可以变身的迷思，大家认为他们可以变形为蝙蝠或狼等夜行动物。这个错误的观念其来有自。在古代建筑物还没有地下室或地窖之前，吸血鬼住在村落外缘的洞穴里。他们易腐的体质驱逐了原本住在洞穴里的生物，也就是蝙蝠和狼，逼它们离开，所以它们只好往村落移动——只要见到它们的踪影，村民就会失去健康或灵魂堕落。"

费特很认真地听老人说话。"你知道吗？"他说，"你刚刚说话的时候，我听到你讲了'吸血鬼'两次。"

瑟拉齐安镇定地看着他："你听到两次没错。"

费特沉思了一会儿，又花了一段时间看着大家，然后说："好。"仿佛他已经开始接受、理解了。"现在我要给你们看另一样东西。"

他带他们走到地下室。那个味道好像有人点了垃圾味的精油，或烧了什么有病的东西。他让他们看原子化的灰烬和骨头，冷却的炭灰铺在地下室地板上。窗户照下来的日光已经从正方形变成窄长方形，位置也变了，现在阳光照在墙壁上。"不过原本是照在这里，他们走进去就立刻被煮熟了。可是，在那之前，他们先攻击我，用那个……舌头下面射出来的东西。"

瑟拉齐安给他一个精简版的解释。叛变的血祖搭753班机偷渡到美国；消失的棺材；验尸所的遗体醒来后回去找亲爱的家人朋友，以家为巢；石心集团；银和日光；螯针。

费特说："他们的头往后仰，然后张开嘴巴……就好像那种糖果，小朋友的糖果——以前还出过**星球大战**角色造型。"

诺拉想了一下说："沛滋糖果盒*。"

"就是那个。你把娃娃的下巴抬起来，糖果就会从它们的脖子弹出来。"

伊费点点头："这说法很贴切，只是他不喷糖果。"

费特看着伊费："那你怎么会变成头号公敌？"

"因为静默是他们的武器。"

"靠，要有人出来发声啊。"

"一点都没错。"伊费说。

瑟拉齐安看着费特夹在皮带侧边的手电筒："我问一下，如果我没说错的

---

* Pez dispenser。

话，你工作的时候是用黑光吧。”

“当然，用来检查老鼠尿液的痕迹。”

瑟拉齐安朝伊费和诺拉看了一眼。

费特又看了穿毛背心和西装的老人一眼：“你也懂灭鼠？”

瑟拉齐安说：“我有点经验。”他朝变态过后的不动产经理走去，他可能拖着身躯爬行到日光照不到的地方，蜷缩在最远的角落了。

瑟拉齐安用银底的镜子检查他，然后让费特看结果。捕鼠员的眼神在不动产经理和镜子间来回移动，因为他的双眼看到了经理在镜子里晃动模糊的镜像。“不过你给我的感觉是个穴居动物专家，很了解那些隐身地底且依赖人类的动物。你的工作是消灭这些害兽吗？”

费特看着瑟拉齐安和另外两人，如同站在特快车上的人，看着车站加速消失才恍然明白自己上错车了：“你们要把我拉到什么浑水里？”

“那请你跟我们说，如果吸血鬼是害兽——一种在市区里散播迅速、大批出没的寄生虫，你会如何阻止他们？”

“我可以告诉你，从有害生物管制的观点来看，下毒药、设陷阱都只是短期的做法，没有永续的效果。一只一只慢慢杀根本没有用，你看到的老鼠都是最孱弱的，肚子饿的；聪明的知道怎么维生。控制才有用。管理它们的栖息地，破坏它们的生态系统，移除食物源让它们饿死。这样才能深达问题的根源，全数消灭。”

瑟拉齐安缓缓点头，然后回头看伊费：“血祖，就是邪恶的根源，他就在曼哈顿的某个地方。”老人又看着瑟缩在地上的倒霉鬼，等到夜晚降临他就会充满生气了，会变成吸血鬼，害兽。“请你往后退。”他抽出剑说。他念出判词，双手一划，就地斩首。白中带粉的血一点一点冒了出来（这个宿主还没完全转化），瑟拉齐安用他的衣服抹抹剑刃，收回拐杖里。“如果我们有透露血祖可能藏身处的线索就好了，那可能是他之前核准或甚至亲自挑选的地点。这个巢穴还要能符合他的体型。一个黑暗的地点，能让他藏匿其中，却又能让他进到地表上的人类世界。”他回头看费特。

“你知不知道这些老鼠可能是从哪里跑出来的？它们放弃了哪一个大栖

息地?”

费特立刻点头,双眼看着远方:“我想我知道。”

教堂街与富尔顿鱼市场

日光愈来愈弱,两名流行病学家、一名当铺老板、一名捕鼠员都站在世贸中心工地观景台上层,开挖的面积和街道等宽,深逾二十米。

费特靠市政府员工证件和一个小小的谎话(瑟拉齐安才不是远从阿马哈市到纽约勘查的全球知名鼠类学家),就让他们在无人监视的情况下走进地铁隧道。费特带他们走下他前几天走过的废弃轨道,他用手电筒在没老鼠的轨道上四处照。

“你不是从俄国来的。”瑟拉齐安对费特说。

“只有我爸妈和我的名字是从俄国来的。”

“在俄国,吸血鬼叫做噬血鬼。最广为人知的传说是:有个人以噬血鬼的血混合面粉做出面包,吃下去之后就可以对吸血鬼免疫。”

“有用吗?”

“这种降妖除魔的民俗疗法都一样,意思就是,根本没用。”

瑟拉齐安还是走在通电的第三条轨道右边:“那根钢条看起来很好用。”

费特看着他那段钢条说:“这是粗钢,跟我一样粗犷。不过却很实用,这点也跟我一样。”

瑟拉齐安降低音量以减少隧道里的回音:“我有其他工具,你可能会觉得至少和你的钢条一样有用。”

费特看到之前隧道工人用的污水管了。再往前一点,隧道转弯后就更宽了,费特立刻认出那个昏暗肮脏的路口:“就在这里。”他用手电筒晃了晃,一直把光打在靠近地面处。

他们停下脚步听着滴水声。费特用手电筒照照地面:“我上次在这里放了

追踪粉,看到了吗? 粉末中有人类的足迹,有皮鞋印、球鞋印和光脚印。”

费特说:“谁会在地铁隧道里打赤脚?”

瑟拉齐安举起他包在手套里的手。管状的隧道有特别的传声效果,他们听到远方的呻吟声了。

诺拉说:“我的天啊……”

瑟拉齐安低声说:“该用灯杖了,请你们打开来。”

伊费和诺拉照做了,他们的强力短波紫外线光点亮了黑暗的地底空间,让他们看到各种颜色乱七八糟混成一团。数不清的污渍胡乱喷洒在墙上、地上、电机箱上……到处都是。

费特一阵恶心,连连退却:“这都是……”

“是排泄物。”瑟拉齐安说,“他们边吃边排。”

费特惊异地看着四周:“我猜吸血鬼不需要良好的卫生环境吧。”

瑟拉齐安往后退,用不同的方式握着拐杖,上半部抽出剑鞘几厘米,露出明亮锐利的剑刃:“我们得离开了,马上走。”

费特听着隧道里的声响说:“我不反对。”

伊费的脚踢到了一样东西,他往后跳,以为是老鼠。

他用短波紫外线灯往下照,发现角落有一小团东西。

都是手机,一百多个堆成一堆。大家好像都把手机往这个角落丢。

“咦?”费特说,“有人在这里扔了很多移动电话。”

伊费过去瞧瞧最上面几个。他先拿起的那两个移动电话都没电了,第三个电力只剩一格在屏幕上闪烁。屏幕上方打了一个×,表示这里没信号。

“就是因为这样,警察才没办法用移动电话联络上失踪的人。”诺拉说,“他们都在地底下。”

“由此看来,”伊费把手机扔回去,“大部分的人都在这里。”

伊费和诺拉朝手机冢看了一眼,加快步伐。

“快,”瑟拉齐安说,“在我们被发现前赶快离开。”他带头撤退。“我们得准备了。”

巢穴

LAIR

纽约中国城，沃福街

第四夜，太阳才刚下山不久，伊费要开车前往瑟拉齐安的住所做齐全的武装整备，路上经过了自己家。他没发现警察驻守在门外，便在路边停车。他这是在涉险，不过他已经好几天没换衣服了，而且他只需要五分钟。他指三楼的窗户给他们看，说他如果进去之后没有问题就会把百叶窗放下来。

他安全地进到大厅后就爬楼梯上去。他发现自家的门开了一个缝，所以停下动作仔细听。警察不太可能不关门。

他推门进去，大喊："凯莉？"没人应。"扎克？"只有他们两人有钥匙。

那股味道先让他提高警觉，接着他才发现那是留在垃圾桶里的中国菜，从扎克来访那天就没扔掉——他觉得那好像是好几年前的事情了。他走进厨房看冰箱里的牛奶有没有坏……然后停下了脚步。

他瞪大了眼睛。他花了几分钟才搞清楚自己在看什么。

两名穿制服的警察躺在厨房地板上，倚着墙。

公寓里开始响起嗡嗡声，很快加强为尖叫声，就像众人一起痛苦大叫的合声。

他的公寓大门被用力甩上。伊费转身走到大门边。

两个男人站在那边。两具活尸，两个吸血鬼。

伊费马上就看出来他们是吸血鬼了，因为他们的姿势，因为他们很苍白。

其中一人他不认识，另外一人他认得，就是生还者波利瓦。看起来已经失去生命迹象了，看起来很危险、很饥饿。

伊费马上感觉到房间里有更紧迫的危险。嗡嗡声不是从这两个亡魂身上发出来的。他觉得自己花了永恒的时间转过头，面朝主要的房间，但其实只花了他一秒钟。

巨大的魔物穿了深色长斗篷,他比天花板还高,脖子还得弯下来,往下看伊费。

他的脸……

伊费愈看愈晕,因为这东西过人的身高让这间房子看起来很小,让他觉得自己很渺小。他想立刻转身朝大门和门外的走廊跑去,但看了那东西一眼后就腿软了。

现在魔物在他面前了,卡在他和门中间,挡住唯一的出口,仿佛伊费没转身,而是地板自己旋转了一圈。另外两个体型正常、和人一样的吸血鬼包抄两侧。

那东西更靠近了,阴森地看着伊费,从上往下。

伊费跪了下来。光是站在他面前就足以让人麻痹,和直接把伊费打倒的效果一样。

嗯嗯嗯嗯嗯嗯。

伊费感觉到了,那就在音乐会现场时,胸中会感受到的震动。低沉的嗡鸣持续在他脑子里。他移开视线,看着地板。畏惧使他残废了,他不想再看到他的脸。

看着我。

刚开始伊费相信他无法呼吸是因为魔物用念力勒他的脖子,但其实那纯粹是因为恐惧,是因为他自己内心里的惊惶。

他微微将眼睛往上扬。他在震颤中看到血祖长袍的缝线,再往上移一点看到露在袖口外的双手。那双手掌毫无颜色、没有指甲、大小异于常人,令人作呕。每一个指头都一样长,全部都大得出奇,除了中指,中指比其他指头更长更粗——而且末端还弯起来像鹰爪一样。

血祖。为了他而来,要把他变成吸血鬼了。

看着我,你这只猪。

伊费照他的话做,抬起头,就好像有一只手紧抓着他的下巴。

血祖从天花板的高度弯着颈子低头看他。他用两只大手紧抓着斗篷帽缘的两边,往后一拉露出头颅。那颗头没有头发也没有血色。

他的眼睛、双唇、嘴巴都很苍白,毫无颜色,就像破布。他的鼻子已经磨平了，就像被风雨磨蚀的雕像，就像两个黑洞组合成一块小肿包。他的喉咙在呼吸时会饥饿、夸张地搏动。他的皮肤苍白得近乎透明，看得到皮肤下的血管纵横交错，仿佛一张可通往古代秘境的模糊的地图，但血管已不再是血液的通道了。血管仍呈红色，继续搏动，但里面循环的是血虫。毛细寄生虫在血祖清晰透明的皮肤下流动着。

来算账吧。

血祖用令人心惊的怒吼声将这句话传到伊费的头内。他感觉到自己变得呆滞迟缓。每一样东西看起来都很混乱、模糊。

我逮到你的猪老婆了，不久之后也抓到了你的猪儿子。

伊费既恶心又愤怒，头肿胀到几乎要爆炸了，感觉好像逼自己绷破的气球。

他将一只脚滑到身体下方。

他摇摇晃晃站起身，面对巨大的恶魔。

我会掠夺你的一切，让你一无所有。这就是我的作风。

血祖用快到根本看不清楚的动作往前进。伊费感觉自己好像是打了麻醉的病患，还是可以感觉到牙医在钻牙。有人紧钳着他的头顶，接着他的双脚就腾空了。血祖把他的头当成篮球一样抓起来，一手就把他拉到天花板，他甩动着手脚。

两人双眼平视，近到可以瞄见血虫像散播疾病的精虫一样扭来扭去。

我就是掩日和日食。

他把伊费放到嘴边，仿佛那是甜美的葡萄。那张嘴里面很黑，他的喉咙就是个贫瘠的洞穴，直达地狱的通道。伊费的身体在颈子下面摆荡，他几乎快疯了。他可以感觉到那只长中指的鹰爪抵着后颈，对脊椎顶端施压。血祖把伊费的头往后拨，好像在打开易拉罐啤酒。

我嗜饮人血。

一阵湿滑的嘎吱声后，血祖的嘴巴就张开了。血祖收下巴，卷起舌头往后上方收，丑陋的螫针就出现了。

伊费暴喝一声，起而反抗，奋力用手臂挡住颈子，对血祖残酷的脸怒吼。

然后，有个东西……不是伊费的怒吼……有个东西让血祖的大头微微侧了过来。

他脸上的鼻孔张开来,不用呼吸的恶魔竟然吸着鼻子嗅闻着。

他那对缟玛瑙色的双眼转回去看伊费,就像两颗死寂的球体瞪着他。他怒视伊费——好像在说,伊费竟胆敢欺瞒血祖。

你不是自己一个来的。

这时候瑟拉齐安跟在费特后面,一起爬楼梯走上了伊费的公寓。他只比费特慢了两阶,却突然紧抓扶手,双肩萎靡下垂靠在墙上。头痛欲裂的感觉就像动脉瘤一样让人头昏眼花,有一道声音(邪恶卑鄙、亵渎神明而且又带着幸灾乐祸的音调)轰然响起,就像在满座的交响乐表演厅里引爆的炸弹。

瑟拉齐安。

费特停下脚步回头看,不过瑟拉齐安即便双眼抽搐还是挥手要他往前走。

他就算用尽全力,音量也只和蚊子差不多:"他在这里。"

诺拉双眼黯淡了下来,费特踩出沉重的脚步声跑到阶梯上的平台。诺拉扶着瑟拉齐安,拉着他走在费特后面,走到门边,走进公寓。

费特朝他见到的第一个吸血鬼飞扑擒抱过去,将对方撂倒,还在对方抓到自己前滚到一旁去。他立刻以战斗姿势站起来,面对敌人,看着吸血鬼的脸。那个吸血鬼不是在笑,但他张开嘴仿佛要咧开笑口,准备摄食。

然后费特就看到了另一端那巨大的东西。血祖,紧抓着伊费。像怪兽一样,看一眼就会被催眠。

离他较近的吸血鬼朝他扑过来,把费特撞进厨房里,撞到冰箱门上。

诺拉冲进去,想要打开光棒时却被吸血鬼波利瓦猛撞了一下,他发出一道无声的嘶鸣尖叫,往后一倒。诺拉见到血祖了,她看到他的后脑勺垂在天花板下方,她看到那怪物钳着伊费的头,让他在空中摆荡。"伊费!"

瑟拉齐安抽出长剑走进来。他先愣了一下,因为他看到了血祖,那个巨人,那个恶魔。经过了这么多年后,这时就在他眼前。

瑟拉齐安挥舞着宝剑。诺拉从另一个角度逼近,逼波利瓦退到公寓正面的墙上。

血祖恼了,在这么狭小的地方伏击伊费真是失策。

瑟拉齐安的心脏在胸口澎湃地跳动，他一转剑尖，朝恶魔奔去。

公寓里的嗡鸣突然大增，噪音在瑟拉齐安、诺拉、费特、伊费的头里爆炸。足以断人心智的声波让老人往后缩了一下，而那一下就够了。

他看到血祖的脸上那张嘴咧开了，像一条黑蛇。巨大的吸血鬼把空中胡乱踢的伊费扔到公寓另一端，他的身体砸到墙上，重重摔落在地。血祖用像鹰爪般的长手钩住波利瓦的肩膀——朝面对沃福街的观景窗奔去。

一阵暴冲后，血祖撞碎窗户，在玻璃雨中逃出公寓。

瑟拉齐安朝突然吹进来的徐风奔去，走到布满碎片的窗框旁。他往下看三层楼，玻璃喷雾才刚落在人行道上，在街灯下闪闪发光。

血祖的速度超然，早已穿越了街道，攀上对面的大楼。血祖腾出一手钩着波利瓦，他走上顶楼的栏杆，消失在那一栋较高大楼的屋顶，潜入黑夜中。

瑟拉齐安气馁了一会儿，无法接受刚刚血祖还在这个地方却再度逃走的事实。他的心脏在体内一阵痉挛，连续撞击，就好像心脏快爆炸了。

“嘿——快来帮忙！”

他转过身，费特在地上死命抵着另一个吸血鬼。

诺拉握着灯杖前去协助，瑟拉齐安感到另一阵愤怒，便走过去，银剑就提在身边。

费特看到他过来，双眼立刻睁大：“不，等等——”

瑟拉齐安一挥，剑刃扫过吸血鬼的脖子，距离费特的手只有几厘米。他在白色血液碰到费特的皮肤之前，一脚把那吸血鬼的身体从费特的胸膛上踹开。

诺拉跑到瘫倒在地上的伊费旁边。他脸上有伤口，双眼的瞳孔放大充满恐惧——但他看起来没有变态。

瑟拉齐安抽出一面镜子来确认。他举到伊费面前，发现影像没有变形。诺拉用紫外线灯照伊费的颈子。

什么都没有——没有伤口。

诺拉扶他坐起来，碰到他右臂时，伊费痛苦地露出狰狞表情。她抚着他受伤的下巴，她需要拥抱他，可是又不想再弄痛他：“发生了什么事？”

伊费说：“凯莉在他手上。”

皇后区林边,凯尔顿街

伊费匆匆过桥到皇后区,他一边开车一边用吉姆的手机打凯莉的移动号码。

没有响,立刻转进语音信箱。

嗨,我是凯莉。我现在没办法接电话……

伊费又速拨了一次扎克的电话。扎克的手机一直响,但最后还是进了语音信箱。

他在转进凯尔顿街时放声大吼,猛力踩下煞车,将车停在凯莉家前院。他用手一撑,跃过低矮的篱笆,冲上楼梯。他猛敲大门,用力按门铃。他把钥匙挂在自己家里没带出来。

伊费先助跑,然后挺出酸痛的肩膀撞门。

他又撞了一次,害他的手臂更痛了。当他撞第三次,门框就裂开了,他四脚朝天摔倒在屋内。

他站起来,在屋内东奔西跑。他弯过角落时捶了墙壁一下,他用力踩着阶梯上二楼,在扎克房间门口停下来,但儿子的卧室内空无一人。

空荡荡的。

回头下楼时他一次跳三阶。他认得破门旁边放的就是凯莉的紧急疏散行李袋。他看到行李箱已经打包好了,但拉链还没关。她根本还没离开纽约。

噢,天啊。他心想。**血祖真的绑走他们了**。

其他人赶到门口时,有个东西从后面攻击伊费。一具身体擒住他了,而他立刻反击——肾上腺素已经爆发的他给偷袭者一记过肩摔,让他无法欺身。

是马特·塞尔斯。伊费看到他全无生气的双眼,也感觉到他代谢系统正在变化,所以体温异常地高。这个野性十足的活死人过去曾经是马特,现在对着他狂吠。刚变态的他准备张开嘴,伊费就用前臂扼着马特的喉咙。伊费用力抵住他的下巴,不让那个器官放出螫针。马特睁大双眼,猛力摇头,想要松开喉咙的束缚。

伊费看到瑟拉齐安在马特身后抽出银剑。伊费大喊一声:“不!”然后怒气一抒,把马特踹得远远。

吸血鬼马特龇牙低吼,滚了几圈停下来,然后起身,四肢着地,看着伊费收脚。

马特起身,驼背站着。他的嘴巴动作很奇怪,菜鸟吸血鬼正在适应与先前不同的肌肉,他张开嘴,舌头在唇边绕啊绕,看起来很淫秽。

伊费东张西望寻找武器,只找到衣柜外地板上的网球拍。他双手握着缠上胶带的握把,然后转转钛金属球拍外框,用来攻击马特。他对马特的感觉突然涌上心头——这男人已经搬进了他老婆的家、躺上他老婆的床……他想要当他儿子的爸爸……他积极想取代伊费——于是他狠狠朝马特的下颚一挥。他要打烂马特的下巴,连隐藏在那张嘴里的恐怖玩意儿一起粉碎。菜鸟吸血鬼的动作还不协调,伊费狂揍了七八下,马特的牙齿都掉了,还被打到站不起来——马特无法反击,但他抓住伊费的脚踝,让他整个人倒了过来。马特心中也还留有对伊费的愤怒,那情感沸腾着。他站起身时还咬着断裂的牙齿,不过脸部却被伊费踢个正着,他膝盖一放就把马特蹬回去。伊费绕过隔间,退回厨房,他在那里发现磁吸刀架上的切肉刀。

愤怒从来就不盲目,愤怒总是有特定目标。伊费觉得他自己好像把望远镜倒过来用了——他只看得到那把刀,也只看得到马特。

马特朝他逼过来,伊费手臂一挡把他架在墙上。

他扯住整把头发,往后一拉,好露出吸血鬼的脖子。马特张开嘴,他的螯针唰的一声往外挥,要饮伊费的血。马特的喉咙表皮起伏不停,伊费朝他的颈子攻击,猛力刺下去,**一刀一刀一刀一刀一刀**。快狠准,划过脖子后,刀尖刺进后方的墙壁里,伊费又拔出来。连颈椎都碎了,白色黏液冒着泡泡。他的身体往下滑,双臂还胡乱挥着。伊费继续猛砍,一直砍到马特的身体已倒在地上才停手。

伊费停下来,他还没办法消化这一切,只看到那颗头的螯针**从断裂的颈部垂下来**,还继续一扭一扭的。

然后他见到诺拉和其他人从门的另一端看着他。他看着墙壁和沿墙壁往下滴的白色黏稠物。他看到地上那具断头尸体。他看到自己手上的那颗头。

血虫沿着马特的脸往上蠕动，经过他的双颊，爬上圆睁的双眼，爬进马特稀疏的头发里，往伊费的手指前进。

伊费双手一松，头颅砰的一声落在地上，没有滚来滚去。他的切肉刀也掉了，安静地陷进马特的大腿中。

伊费说："他们把我儿子抓走了。"

瑟拉齐安拉着他离开吸血鬼和挤满寄生虫的白色血泊。诺拉打开光棒照射马特的躯体。

费特说："干，干他妈的。"

伊费又说了一次："他们把我儿子抓走了。"不只是要解释，也想把这个说法深深埋入自己的灵魂中。

他耳中那股杀人犯的怒吼渐渐退却了。有一辆车开过来停在门口，他认得那引擎声。有人开门，柔和的音乐传出来。

有个声音说："谢了。"

那个声音。

伊费走到破碎的大门边，低头看人行道，见到扎克从休旅车跳出来，把背包甩到肩后。

扎克只走到矮篱边就被伊费一把抱住。"爸？"

伊费仔细端详着他，双手紧抱着他的头，检查他的双眼和脸颊。

扎克说："你在做什么——？"

"你刚刚在哪里？"

"在弗雷德他家。"扎克想从父亲怀中脱身，"妈一直没来接我，所以弗雷德他妈就带我去他们家。"

伊费松开扎克。**凯莉**。

扎克看着伊费后方的房子："我们家的门怎么了？"

他朝门口走几步，后来费特出现在门边，瑟拉齐安站在费特后面。大个子费特穿着宽松的法兰绒上衣和工作靴，而老人穿着粗花呢外套，握着狼头拐杖。

扎克回头看爸爸，深刻体认到事情不对劲了。

他说："妈在哪？"

哈林区东118街,纽约人典当质借中心

瑟拉齐安的家中走道堆满了书,伊费站在走道上,看着扎克吃掉老人厨房小桌上的巧克力夹心蛋糕。诺拉在一旁问他学校的状况,分散他的注意力。

伊费还可以感觉到血祖紧擒着他的头不放。

他这一辈子都活在某些定律中。他的世界建筑在这些定律上,现在他认为他可以依赖的一切都消失了。

诺拉发现伊费从过道上看着他们,伊费从她的眼神看出她被他的表情吓到了。伊费知道,他从现在开始可能随时都会有一点失常。

他往下走两层楼,到瑟拉齐安的地下军火库。

门口的紫外线警示灯关掉了,老人正在向费特展示他的装备。捕鼠员费特看着改装钉枪啧啧称奇,因为那把钉枪看起来就像更长更窄的乌兹冲锋枪,只不过外表是橘黑色,弹匣里面装的是钉子。

瑟拉齐安直接朝伊费走来:"你吃过了吗?"

伊费摇摇头。

"你儿子现在怎样?"

"心里很害怕,只是不肯表现出来。"

瑟拉齐安点点头:"跟我们一样。"

"你之前见过他,魔物,血祖。"

"对。"

"你也想杀了他。"

"对。"

"但你失败了。"

瑟拉齐安眯着眼睛,仿佛直视着过往时光:"我当时没有做好准备。这次不会再失手。"

费特拿着一个像灯笼加尖刺的东西说："不可能再失手了。你的装备这么完整。"

"有一些武器是我自己从店里的零件里拼凑起来的，但我不是炸弹客。"他紧握着自己戴上手套的手掌当作证明，"我在新泽西雇了一名银匠，帮忙锻造细针和剑尖。"

"你是说，你不是在电器用品店买到这些东西的吗？"

瑟拉齐安从捕鼠员手中接过那个灯笼外形的沉重装备，那是用塑料灯罩做的，有一个很厚的电池槽，尾端还有15厘米长的铁刺。"这其实是个紫外线灯地雷，只能用一次，会在触发时绽放短波紫外线波段内的光，可以杀死吸血鬼。主要的用途就是清出一大块区域，充饱电之后就可以在短时间之内加热到非常高温。你要确定使用的时候自己不在照射范围内。那个温度和辐射会有点……不太舒服。"

费特说："那这个钉枪呢？"

"这是靠弹药推动的，装入霰弹枪的火药粉之后就可以发射钉子。每一发有50钉，都是用4厘米长的角钉，当然是银制的。"

"当然，当然。"费特对这武器赞声连连，提着橡胶握把感受一下。

瑟拉齐安环顾这个房间：墙上高挂的旧盔甲、短波紫外线灯和架上的电池充电器、银刃和银底的镜子、一些武器的原型、他的笔记本和素描本。这一刻至为关键，让他也显得不知所措。

他只希望畏惧不会让他变回当初那个无力的小伙子。

他说："我等这一战已经等很久了。"

他说完便往楼上走，留下伊费单独陪费特。大个子捕鼠员把钉枪从充电器上取下来："这老头你打哪儿找到的？"

伊费说："是他找上我的。"

"我在职业生涯中去过很多地下室，但当我看到这一个小工作室的时候，我觉得——这个人疯了，但他证明了自己的清白和理智。"

伊费说："他不是疯子。"

"他给你看过这个吗？"费特问。他走到玻璃样品罐前，受感染的心脏漂浮在保存液中。“这个人杀了吸血鬼之后，还把吸血鬼的心脏当成宠物养在地下军火库里，他很疯好不好。不过没关系，我自己也有点疯疯癫癫的。”他蹲下来，把脸靠近玻璃罐，“来啊，来啊，来啊……”触角立刻朝玻璃射过来，想要攻击他。费特站起来，转头看着伊费，脸上写着：**你能相信**吗？“我今天早上起床的时候没想到自己会经历那么多事。”他朝玻璃罐上的钉枪瞄了一眼，一把抓起来，很喜欢握在手中的感觉，“这一把可以给我用吗？你不介意吧？”

伊费摇摇头：“想拿就拿吧。”

伊费回到楼上，在走道上放慢脚步，因为他看到瑟拉齐安和扎克在厨房里。瑟拉齐安从脖子上拿下一条银项链（地下工作室的钥匙系在上头），用弯曲变形的手指握住，然后帮扎克戴上，拍拍他的肩膀。

伊费与瑟拉齐安单独相处的时候立刻问他：“你为什么要这么做？”

“楼下有很多东西——笔记本、文献等等，这些应该要妥善保存，未来的世代可能用得着。”

“你不打算回来了吗？”

“我只是要采取各种我想得到的预防措施。”瑟拉齐安环顾四周，确定身边没人，“请你体谅，血祖的力量和速度远胜于我们看过的蹩脚菜鸟吸血鬼。我们甚至不完全清楚他的能力究竟有多强。他已经在这个地球上住了几个世纪，但……”

“但他是吸血鬼。”

“吸血鬼其实也会死，我们只能冀望把他从隐蔽处赶出来，先让他负伤，再逼他走进阳光下。这就是为什么我们一定得等到黎明。”

“我现在就要动身。”

“我知道你想，这正中他下怀。”

“他掳走我太太了，凯莉会在那边只有一个原因——都是因为我。”

“博士，你有你个人的考虑，而且绝对放不下，不过你一定要知道，如果他把她抓走了，那她已经变态了。”

伊费摇摇头：“她没有。”

“我不是说这个来激怒你——”

“她没有!”

瑟拉齐安沉默半晌后点点头,等伊费自己冷静下来。

伊费说:“我在匿名戒酒协会学到了很多,但有一件事我一直没办法调整,就是我无法诚心接纳我无力改变的事实。”

瑟拉齐安说:“我也是,或许就是因为我们都有这种特质,才会走到这一步。我们的目标完全相符。”

“几近完全相符。”伊费说,“还是有点差异,因为我们之中只有一个人能亲手杀了那个混蛋,那个人就是我。”

诺拉焦急地等着要和伊费说话。他一从瑟拉齐安身边离开,诺拉就赶到他身边,把他拉进老人铺满瓷砖的浴室。

“别这样。”她说。

“别哪样?”

“你要对我说的话,别说。”她狂热的棕色大眼中满是祈求,“我不要听。”

伊费说:“可是我需要你在——”

“我的确吓得屁滚尿流了——可是我也已经争取到你身边的位置了。你需要我。”

“我是啊,我需要你留在这里,看顾扎克。而且——我们之中要有一个人殿后,继续防御。万一……”他没把万一怎样说出口,“我知道这让你很为难。”

“太为难了。”

伊费无法转开视线,只能一直看着她的双眼。他说:“我必须去救她。”

“我懂。”

“我只希望你知道……”

“什么都不需要解释。”她说,“但——我很高兴你愿意解释。”

他拥她入怀,紧紧抱着。诺拉的手托着他的后脑,抚摸着他的头发。她退后一步抽身离开,好看着他。她想要再多说点什么,却给了他一个吻。那是一定要他回来的道别吻。

那一吻结束时,他对她点点头,表示他懂。

他看到扎克在走廊上看着他们。

伊费现在不打算向他解释什么。伊费准备离开这个美好、善良的小男孩,离开这个看似安全的地表世界,往地底出发,面对世界上最不自然的恶魔:“你和诺拉留在这里,好吗？等我回来我们再谈。”

扎克稚嫩的眯眼表情算是一种自我防卫。这一刻带给他的情绪对他来说太原始又太迷惑:“你要去哪里?”

他抱着儿子,双臂环着他,仿佛不这么做的话,他心爱的儿子就会碎成片片。伊费当下发誓要战胜归来,因为他输不起这么多。

他们听到外头有人大叫、有人按喇叭,大家都走到西向的窗户前。四五个红绿灯外,一大片煞车灯挡住了路口,很多人走到街上扭打。

有一栋大楼着火了,可是四下都看不到消防车。

瑟拉齐安说:“要开始乱套了。”

晨边高地

格斯从前一晚开始就一直逃。手铐害他没办法在街道上自由移动:他找到了一件旧衬衫,也发现自己前臂上有伤口,就算他假装交叉着手臂在走路也没办法瞒过太多人。他从后门溜进一所电影院,在黑暗中补个眠。他想到西城一个熟识的拆车厂,还大老远跑过去,结果却发现车厂没人。门没锁,只是空荡荡的。他东翻西找合适的工具,想要剪开两只手腕之间的铁链。他还开了一把电锯,用老虎钳固定住,只是差点把自己的手腕给锯掉。他靠一只手根本什么都不能做,只好负气离开。

他一直想到他兄弟,可是又没办法找到能信任的人。这几条街很奇怪——很平静。他知道发生了什么事。他也知道,等太阳开始下沉,他的时间和选择就不多了。

这时回家太危险，但他一整天都没看到几个警察，而且他又很担心他妈妈。他溜进公寓里，用衬衫把手铐缠起来，想尽量让这一个大球看起来自然一点。接着，他就爬上了楼梯。

他走了十六层楼，一上楼就沿着走廊走下去，路上都没看到任何人。他在门口竖起耳朵，电视开着，跟平常一样。

他知道门铃坏了，所以他敲门。他等了一会儿又再敲一下。他踢踢脚踏底板，捶着门板和薄墙壁。

“克里斯平。”他低声喊着那个窝囊废，“克里斯平，你这猪头，快来开门。”

他听到有人拉开门锁上的链条，把门闩往内拉。

他等了一下，可是门都没有开，所以他拿掉手铐上那一大团衣服，自己转了门把。

克里斯平远远站在角落里，沙发的左边，其实他在家时都睡在沙发上。窗帘全部都拉上了，厨房里冰箱的门开着。

“妈在哪？”格斯说。

克里斯平不发一语。

“妈的，你只会吸毒。”格斯说。他关上冰箱，有些东西已经融化了，地上还有水。“她睡了吗？”

克里斯平什么都没说，就只是盯着格斯。

格斯开始进入状况了，他仔细看着克里斯平，但克里斯平根本就没发现格斯在打量自己。格斯还看到克里斯平的双眼发黑，脸部僵直。

格斯走到窗边拉开窗帘，已经入夜了。远方有火灾，浓烟窜入空中。

格斯转头看着克里斯平。在公寓里的另一端，克里斯平低声嚎叫，朝他扑过来。格斯举起手臂一挡，用手铐的铁链架住克里斯平的脖子，扼着他的下颚。那位置够高，让他的螯针没办法弹出来。格斯双手抓住克里斯平的后脑勺，把他按在地上。吸血鬼哥哥的黑眼睛凸出来，他想张开大口，所以下颚一直拱起来，不过格斯勒着他的咽喉，克里斯平根本无法开口。格斯打算掐死他，可是他掐了很久，克里斯平的双腿还是一直踢，始终没昏倒或断气——格斯这才想起吸血鬼不需要呼吸，也不会窒息而死。

所以他抓着克里斯平的颈子,把他从地上拉起来。克里斯平伸出双手一直要抓格斯的手臂和手掌。过去这几年来,克里斯平一直都是他妈妈的负担,让格斯很头痛。现在他成了吸血鬼不再是他的哥哥了,但仍是个混蛋。为了惩罚这家伙,格斯把他的头抡去撞墙上的镜子,那一面老旧沉重的椭圆形玻璃镜没被撞破,落到地上时才碎裂。格斯用膝盖撞克里斯平,让他跌在地上,然后拿起最大片的玻璃。格斯手上的玻璃尖端抵住克里斯平后颈时,克里斯平还没完全倒下。玻璃割断了脊椎,划开颈子的正面,可是没有完全把皮肤切开,格斯又切又割,快把克里斯平的头切下来了——可是他忘记手中握的碎片有多尖,自己的手掌也被划破了。碎玻璃刺进手里痛得要命,可是他忍到把克里斯平的头完全切下来才松手。

格斯踉跄往后退,看着双手鲜血淋漓的伤口,想确认克里斯平白色血液里的蠕虫没爬到自己手上。它们掉在地毯上,很难看见,所以格斯和那一块区域保持距离。他看着自己的哥哥,尸首分离在地板上。看到克里斯平变成吸血鬼,他觉得很恶心,至于失去血亲的这点,他麻木了。对他来说,克里斯平几年前就死了。

格斯去水槽洗手,伤口很长,却不深。他用湿黏的抹布按着手掌止血,然后走进他妈妈的卧室。

“妈?”

他只希望她不在家。她的床单很整齐,床上没人。他转身要离开,不过又思索了一会儿,趴在地上检查床底下。只有她的毛衣收纳盒和十年前买的健身用沙袋。他准备要走去厨房时却听到衣橱里的沙沙声。他停下脚步,仔细听。他走到衣橱前,拉开门。他妈妈的衣服都从架子上扯下来,在地上堆成一大团。那一团衣服在动。格斯抽了一件大垫肩的黄色旧洋装,就看到他妈妈带着敌意的眼睛从衣服堆里往外看着他,双眼发黑、肤色蜡黄。

格斯关上了衣橱门。他不是用力甩上然后跑开,而是关上门站在门前。他想哭,可是流不出眼泪,只有一声叹息,轻柔低沉的啜泣。接着,他转过身,在他妈妈的卧室里寻找能用来砍头的武器……

……这时他才了解这世界已经变成了什么模样。他不找武器了,他回头面对着关闭的衣橱门,把额头靠上去。

“妈,对不起。”他低声说,“我怕。我应该在这里,我应该留在这里的……”

他觉得天旋地转,就走回自己的房间。他戴着手铐,所以甚至没办法换衣服。他拿一个大纸袋,塞了一些衣服进去,等能换的时候再换,然后把纸袋夹在腋下。

他想起了那个老人,118 街的当铺。

他可以帮自己,可以帮自己对抗这个妖怪。

格斯离开家,到了走廊上。有些人站在走廊底端的电梯门口,格斯低下头,朝他们走去。

他不想被认出来,不想应付他妈妈的邻居朋友。

他走到一半才发现这些人没在动,也没在说话。他抬起头,看见三个人面朝他站在那里。他发现他们的眼睛、昏黑的眼睛也都很空洞时,便停下了脚步。吸血鬼,挡住了他的去路。

他们开始沿着走廊朝他过来,接下来他只知道自己用上了手铐的双拳朝他们猛捶,把他们推向墙壁,再把他们的脸压在地上。他趁他们倒在地上的时候一直拼命踹,可是他们一直爬起来。他不让他们任何一人有机会弹出螫针,用厚重的靴子踢破了几个人的头,然后冲进电梯,在他们还来不及出手时赶紧关上电梯门。

格斯一人站在电梯里,调整呼吸,数着往下的楼层。他的包包坏了——包包被撕开来,他的衣服散落在走廊上。

电梯的楼层显示着“一楼”,叮一声电梯门开了,格斯维持重心低稳,准备抵御。

大厅空无一人,不过在门外有一道模糊的橘色光影闪过,他还听到尖叫声和号叫声。他往外走到街上,看到下一个路口冒着熊熊火光,火舌已经跃上了相邻的几栋大楼。他看到街上有人拿着木条或其他临时替代的工具往火堆里冲。

他往另一个方向看,发现有六个人形成松散的团体,没有武器、慢步走来、不疾不徐。有个落单的人在街上奔跑,经过格斯身边时说:“喂! 到处都是王八蛋!”然后那落单的人就被那六人小组扑上了。若是不知内情的人,会以为这是经典的街头暴力、拦路抢劫,但格斯在火光中看到了一条螫针。吸血鬼当街把人转化为吸血鬼。

他还在看。这时有一辆全黑休旅车打着耀眼的卤素灯从烟雾中穿出来,是警察。格斯转身,追着自己被卤素灯打出来的长影跑——朝着那六人小组的方向直奔。

他们往他的方向靠近,车头灯映照出他们苍白的脸和乌黑的眼。

格斯听到有人开车门和靴子踩在人行道上的声音,他现在在两种宿命的中间。他朝低吼的吸血鬼冲过去,挥舞着铐在一起的双拳,用头锤撞开吸血鬼的胸膛。

他不让他们有机会张开嘴。不过其中一个吸血鬼的手臂绕过格斯手铐中间,带着他转,把他拖到地上。顷刻间,整群吸血鬼都聚拢在他身上,彼此争执着谁才能喝他的血。

咻一声,一个吸血鬼高声尖叫了起来。然后啪一声,他的头就不见了。

压在他身上的吸血鬼侧面受击,突然被撞飞。格斯滚到一旁,在这场街头混战中趴下来。

这几个家伙根本不是警察。他们穿着黑色帽衫看不到脸,下半身是黑色迷彩裤和弹力靴。他们用的武器是十字弓,也有人拿着结合步枪枪托的较大型十字弓。

格斯看到其中一人发现了吸血鬼,立刻朝吸血鬼的脖子上发了一箭。吸血鬼还来不及出手挡住喉咙,那弓箭就穿了过去,力道足以割断颈子,斩下头颅。

吸血鬼死了。

那把箭的尖端是银制的,而且箭上还装了火药。

吸血鬼猎人。格斯惊异地看着这些人。其他吸血鬼从门口出来,只要在二十几米内,这几个弓箭手都能百发百中,精准地射穿他们的喉咙。

其中一个猎人快步朝格斯走来,仿佛把他误认成吸血鬼了。格斯还来不及辩解,那猎人的靴子就踩上了他的双臂,把他的手臂压在路面上。他的十字弓重新上膛,瞄准手铐之间的链条。银箭穿铁,卡在柏油路面上。格斯皱眉要闪,可是那枚箭上没有爆裂物。虽然手铐还没解下来,但他的双手终于分开了,吸血鬼猎人以惊人的气力扶他站起来。

“太厉害了。”格斯看见这几个家伙之后得意忘形，“我要怎么报名？”

不过他的救命恩人慢下动作，而格斯注意到了几个地方。他仔细地看着猎人帽底阴暗的部分，那张脸和蛋壳一样白，他的眼睛呈黑红色，嘴巴很干，几乎没有嘴唇。

那个猎人看着格斯手掌上的血痕。格斯认得那表情，他刚刚才在他弟弟和妈妈的眼中看过。

他想要收回双手，但那人把他的手紧紧扣住。那猎人张开嘴，露出螫针的顶端。

另一个猎人靠过来，用十字弓抵着第一个猎人的颈子。第二个猎人扯下第一个的帽子，格斯看到那成熟的吸血鬼头颅光滑、没有耳朵，双眼衰老。他在同门兄弟的武器胁迫下不禁吼叫狂吠，将格斯让给第二个猎人。格斯被拎起来的时候瞥见他苍白的脸，之后就被推进一辆黑色休旅车，扔到第三排座位上。

其他戴帽子的吸血鬼爬进车内后，休旅车就出发了，在大马路上急回转掉头。格斯是车内唯一的人类。

他的太阳穴吃了一拳后就整个人昏了过去。休旅车回头往着火的建筑物急驰，街上浓烟密布，休旅车冲过去的时候就像飞机经过空中的云雾，车子在尖啸中经过暴动的人群，绕过下一个街角，往纽约上城的方向驶去。

浴缸

所谓“世贸中心的浴缸”，就是它七层楼深的地基。为了连夜赶工，这里在尚未破晓时也亮如白昼。不过目前工地里毫无生气，所有的大型机器都很安静。自从双子大楼倒塌之后，这里的工程就没停过，不过这时候看来建筑活动都中止了。

“为什么？”伊费问，“为什么会选在这里？”

“这里特别吸引他。”瑟拉齐安说，“鼹鼠会挖空枯倒的树木做巢，坏疽长在伤口里。他从悲苦和伤痛获得力量。”

费特把面包车停在教堂街和柯特兰街口，他和伊费、瑟拉齐安一起坐在后座。瑟拉齐安拿着夜视镜坐在后门窗边。路上几乎没有车流，只是偶尔会有出租车或物流货车经过，没有行人或任何生命迹象。他们在寻找吸血鬼，可是一只也没找到。

瑟拉齐安的眼睛还贴着夜视镜说：“这里太亮了，他们不想被人看见。”

伊费说：“我们不能漫无目的一直绕圈子。”

“如果吸血鬼的数量和我们推测的一样多，”瑟拉齐安说，“那他们一定在附近，他们要在天亮前回到巢穴里。”他朝费特看了一眼。“用老鼠的逻辑去思考。”

费特说：“那我跟你说，我从来没见过老鼠大摇大摆从正门进出。”他想了一下，推开伊费爬到前座。“我知道了。”

他开着车子沿教堂街一路往北，开到世界贸易中心东北方的纽约市政府大楼，两者只隔一个路口。纽约市政府周围就是一座大公园，费特停在公园街的公交车格，熄掉引擎。

“这公园是全世界最大的老鼠窝。我们曾经除掉覆在地面的藤蔓，以为这样地面就没有掩蔽物了。我们也改良过垃圾桶，可是一点用都没有。这里的老鼠就像松鼠一样在公园里玩闹，尤其在中午大家来这里午餐的时候。虽然老鼠看到食物就开心了，但其实纽约市各地都找得到食物。他们最想要的其实是基础建设。”他指指地面，“在这下面，地底下，有个废弃地铁车站。以前的市政府站。”

瑟拉齐安说：“还和其他车站相连吗？”

“地底下什么都连在一起，只是相连的方式不同。”

他们凝神观察，不需等太久就发现了。

“在那。”瑟拉齐安说。

伊费看到一个衣衫褴褛的妇人走在街灯下，大概距离二三十米。“游民。”他说。

“不是。”瑟拉齐安将热视镜递给伊费。

伊费凑上去看，一片冷色黯淡的背景里，那女人呈现一团炽热的红色。

“那是因为他们的新陈代谢在变化，”瑟拉齐安说，“那里还有一个。”

有个圆润壮硕的女人一摇一摆走过去，她还不习惯身体的变化，看起来像走在船上。她沿着公园外的低矮铁篱的阴影前行。

还有一个男人，他穿着报纸摊小贩的围裙，肩上扛了一个人。他把那个人扔到篱笆的另一边，然后笨手笨脚地翻过篱笆。他往下一摔，划破了大腿，可是站起来的时候好像一点痛觉都没有，继续扛起他的猎物朝树丛走去。

“没错，”瑟拉齐安说，“就是这里。”

伊费一阵哆嗦。看到这些人形病毒、会走动的病原体，他觉得恶心。他看着他们步履蹒跚地走进公园里就很反胃，他们就像低等动物不自觉地受生物本能摆布，躲避着光线。他感觉到他们很匆忙，就像通勤族要赶搭最后一班列车回家。

他们三人安静地走出面包车，费特穿着乳胶全身工作服，和橡胶防水靴。他拿了两套给伊费和瑟拉齐安，可是他们只选了靴子。瑟拉齐安没问过他们就在大家身上喷了一罐气味消除剂，瓶子上的标签画了一只鹿，鹿的身上有红色的十字。气味消除剂当然没办法除掉他们呼出来的二氧化碳，也没办法消除他们的心跳或血液循环的声音。

费特带的装备最多，他胸前的背袋里放了钉枪，另外还有三个装满银钉的弹匣。他的皮带上系了各种不同的工具，包括单孔夜视镜、黑光棒还有瑟拉齐安的银色匕首也装在皮革刀鞘里。他手上拿着高能紫外线灯，又在肩上的网袋里放了短波紫外线光雷。

瑟拉齐安带了他的拐杖和灯杖，热视镜收在外套口袋里。他又检查了一下，确定药罐放在背心里随身携带，之后把帽子留在车上。

伊费带了一把灯杖，也带了一把银剑，六十几厘米长的刃物就斜背在身后。

费特说：“我不确定这样做对不对，我们竟然要到怪物的地盘去撒野。”

瑟拉齐安说：“我们别无选择，只有这时候才能确定他在哪里。”他抬头望天，旭日将升前天色微蓝。“夜晚快结束了，我们走吧。”

他们走到篱笆的栅门前，公园在晚上都会把门锁起来。伊费和费特先爬上去，再拉瑟拉齐安翻过去。

人行道传来更多脚步声（移动迅速，步伐沉重），他们赶紧往公园深处走去。

公园里面在夜间没有灯光，而且树影浓密。他们听到喷泉的流水声，还有园外汽车经过的声音。

“他们在哪？”伊费低声说。

瑟拉齐安拿出热视镜，环顾四周，然后将热视镜递给伊费。他看到冰冷的公园里有一大堆亮红色的人影偷偷摸摸地移动。

原来他得到的答案是：他们四散在公园内各处，而且迅速朝北方集合。

他们目标很明显。公园靠百老汇的那边有个亭子，伊费从那么远的地方看不出来那阴暗的建筑是什么。他一边观察，一边等回巢的吸血鬼数量减少；除了这些吸血鬼外，瑟拉齐安的热视镜并没有捕捉到其他特别的热感应源。

他们往那小亭子奔去。天色渐明了，他们看出那原来是个信息站，不过在休息时间都锁起来。他们拉开门，发现里面空无一物。他们在狭窄的空间里缩成一团，木头柜台上的铁架放满了观光手册和观光巴士时刻表。费特用迷你手电筒照了照金属门和地板的接缝处，门的下方两侧各有小洞，但锁头已经被拔掉了。两扇门上写着：**纽约大都会运输署**。

费特拉开两扇门，伊费把紫外线灯准备好。那里有一道下行的楼梯，通往一片黑暗。瑟拉齐安用手电筒照着墙上字迹模糊的指标，让费特走下阶梯去看。

“紧急出口，”费特回报，“他们在第二次世界大战后就把旧市政府站封起来了，轨道的弯度对新型列车来说太大了，月台也太窄了——不过我记得六号车还是经过这附近。”他看看两侧。“他们一定是把旧的紧急出口封起来后，在上面盖了这个游客信息中心。”

“好吧，”瑟拉齐安说，“我们走。”

伊费跟着他们殿后，他没关上门，以应付待会儿可能要冲回地面的状况。每一道阶梯的左右边缘都覆盖了厚厚的尘垢，但中间因为经常有人走动所以毫无灰尘。这下面比黑夜更黑暗。

费特说：“下一站，1945。”

这一段楼梯的底端有一道活门，门后又有第二段更宽阔的楼梯，往下通到以

前的旧夹层。这个空间有个圆顶,贴满瓷砖,四面都有拱门,拱门往上延伸接到现代玻璃艺术风格的华美天窗,天色才正要泛蓝。木质售票室里其中一面墙上有铁梯和脚手架。拱形通道前没有装票闸,这一站只收代币。

远程的拱门通往另一段楼梯,那楼梯不到五个人宽,不过空荡的阶梯连接到狭窄的月台。他们站在通道口细听,只听到地铁列车刹车的高频吱嘎声,然后就走上了荒废的月台。原有的黄铜吊灯挂着无用的焦黑灯泡,悬在拱形天花板上。颜色交错的瓷砖沿着拱形排列,看起来像巨型拉链。两道拱顶天窗让灯光透过紫晶玻璃洒下来,其他扇窗户都被涂了铅,因为第二次世界大战后担心车站遭空袭。更远一点的地方有光线从地面的栅栏透下来,虽然很模糊,但已经可以让在地下绕了许久的他们感觉到自己处在多深的地底。这整个地方完全没有直角,室内的瓦片几乎全掉了,包括离他们最近的墙上指标。那是涂釉的白底绿边镶金陶瓦制成的,上头用蓝字写着**市政府**。

蜿蜒的月台上有一层铁灰,可以看出吸血鬼脚印一路走向暗处。

他们沿着脚印走到月台底端,跳到目前还持续运作的轨道上。触目所见都沿着环形轨道往左边延伸,他们关掉手电筒,伊费的灯杖照出四处都是尿液溅洒的痕迹,五颜六色斑斓闪耀,往前方照去也都是尿渍。瑟拉齐安正要伸手去拿热视镜的时候,他们就听到背后的声响。迟到的吸血鬼从夹层楼梯走下,来到月台。伊费关掉灯杖,他们跨越三排轨道走到对面的墙边,紧贴着壁龛站着。

那些吸血鬼走下月台,双脚在轨道地面上摩擦着布满灰尘的石子。瑟拉齐安在暗处用热视镜观察监视他们。两道橘红色的人影,他们的形状或姿态没什么特别的。

第一个人不见了,瑟拉齐安看了很久才晓得他闪进墙壁缝隙里了,他们之前没注意到那边有个裂口。第二道人影在同一个地方停下来,可是不但没消失,还转过身往他们的方向看。瑟拉齐安保持身体不动,他深知吸血鬼的夜视能力非凡,不过那个吸血鬼的夜视能力可能还没发展成熟。从热视镜的指数看起来,那个吸血鬼的喉部温度最高。大腿是一条橘色的直线,往下双脚贴地的部位立刻冷却为黄色,那个吸血鬼在清空膀胱。

他抬起头好像在嗅着猎物的味道,他的视线从藏身处沿着轨道往远处寻找……然后他头一低就消失在墙壁缝隙里了。

瑟拉齐安回到铁道旁,其他两人跟着他。

吸血鬼刚撒了一泡热尿,难闻的味道弥漫在这个拱形的空间里,阿摩尼亚加热的臭味勾起瑟拉齐安的负面思考。另外两人往墙边裂隙走过去的时候尽量避开尿渍。

伊费从背后剑鞘抽出长剑,走在最前面。走道愈来愈宽阔,扩展成闷热的地下墓穴。周围的墙壁很粗糙,水气潮湿的味道很重。他转开光棒时刚好看到第一个吸血鬼从蹲姿转为站姿,并扑向他。伊费来不及提剑,吸血鬼立刻把他撞到墙边。灯杖落在地面排水沟的细小污流旁,他在热烈的靛色灯光下看出这个吸血鬼是女的,或者应该说,这吸血鬼生前是个女人。她的套装外套下覆着一件肮脏的白色衬衫,黑色睫毛膏已经晕出熊猫眼了。她张开下颚,舌头往后缩——就在此时费特从走道冲出来。

他持着匕首朝她奔来,第一刀刺到她侧下腹。

她往旁边一滚离开伊费,四肢一伏,撑了起来。费特大喊一声,又捅了她一刀,这次刀口落在原本心脏的位置,肩膀下、胸腔内。吸血鬼摇摇晃晃向后退了两步,又往前冲了过来。费特大声一吼,刀刃直接没入她的下腹部。她身体一折,低声嘶吼——不过她的反应依旧是困惑多过于痛苦。她原本要继续攻击他,不过伊费这时已经站起来了。吸血鬼朝费特扑去时,伊费挺直身躯,双手握剑从她背后挥下去。这种杀人的冲动对他来说还很陌生,所以他在下手的时候迟疑了一下,以至于那一刀没砍全。不过杀伤力已经够了,因为他已经砍断了脊柱,吸血鬼的头往前倒。她乱挥手臂,往前一倒,跌进地面中央的污水滩里,身体像癫痫发作般抽动,就好像掉进了热油锅里。

没时间感受惊讶。地下墓穴里传来**哗啦——哗啦——哗啦**的回音,那是第二个吸血鬼跑步的声音——他急着去通风报信。

伊费从地上抓起灯杖,持剑在吸血鬼后面追赶。他想象自己是在追捕绑架凯莉的吸血鬼,那股怒气带着他闯过水气弥漫的通道,他的靴子用力踏在地上。隧道向右转,只见一条宽大的水管从石墙里穿出来,向下延伸到狭窄的洞里。因为有蒸气,所以这里长满青苔和霉菌,在紫外线光照射下也闪闪发亮。他勉强看

见前方模糊的吸血鬼身影，对方正张开双手向前奔跑，在空气中胡乱抓。

一个转身，吸血鬼就不见了。伊费慢下脚步，环顾四周，打亮灯光，心头一惊——才看到吸血鬼的双腿爬过侧墙低矮的洞口。那吸血鬼的身体像虫子一样扭来扭去，一下就钻到洞的另外一边。伊费朝那双污秽的脚掌砍下去，可是对方爬得太快，所以他的剑只刺到泥土。

伊费趴下来，仍看不到洞的另一端。他听到脚步声，知道费特和瑟拉齐安还在后面，决定不等他们就先爬过去。

他双手抱着头先钻进洞里，把紫外线灯和银剑放在前面推。他心想，**千万别卡在这里**，如果被卡在这里，就没办法退出去了。他一扭一扭向前进，手臂和头从另外一端冒出来，然后用力一蹬，下半身也离开了地洞。

他气喘吁吁地挥着紫外线灯，当作火炬。他进到了另一条地道，不过这条隧道有完整的铁道和石子路，而且还有一种阴森诡谲的气氛，废墟的静谧感。他左侧不到一百米处有灯光。

月台。他沿着铁轨快跑，手脚并用爬上月台，这个月台一点都没有市政府站那种洁净明亮的感觉，只看得到光秃秃的钢梁，而且天花板的管线外露。伊费去过了印象中所有地下车站，不过他从来没到过这一站。

一列车厢停在月台底端，车门上挂着**暂停服务**的牌子。

旧式控制塔的外壳竖在中间，外面画了复古的狂野型涂鸦。他推推门把，可是车门被封起来了。他听到背后隧道里传来窸窸窣窣的响声，是费特和瑟拉齐安爬过来和他会合了。或许他不应该自己单枪匹马往前冲。伊费决定在这光线形成的绿洲等他们，此时他又听到后方轨道路面上有石子被踢开了。他转过身刚好看到吸血鬼打开最后一节车厢出来，沿着对面的墙壁跑，要避开荒废车站的灯光。

伊费追着他们，跑到月台底端后就往下跃到轨道上，跟着他们到黑暗的深处。隧道向右转，轨道就断了。他一边跑一边觉得墙壁在晃动。他听到吸血鬼窸窸窣窣的脚步声在隧道里回荡，赤脚踏在尖锐的石头上。吸血鬼慢下了脚步，一跛一跛的。伊费靠过去，紫外线灯的热度让吸血鬼很惊惶。吸血鬼一转过头，靛蓝色的脸就显得一副恐慌。伊费的剑一挥，才踏出半步就砍下了他的头。

无头尸身往前一跌，伊费停下脚步用灯杖照射颈部流出来的血液，把往外逃的血虫都杀了。

他再度挺起身，急促的呼吸渐渐平稳了下来……然后他又憋住气。

他听到了。或者说，他感觉到了。就在他周遭。

感觉到的不是他们的脚步声也不是他们的动作，就只是……他们的骚动气息。

他摸索出自己的小手电筒，打开电源。隧道的肮脏地面上躺了很多纽约客。他们还穿着衣服，躺成一列，就像瓦斯攻击的受难者。有些人的眼睛还睁着，像病人一样眼神麻木地看着前方。

这些都是已经变态的人，但才刚被咬，最近才感染。

他们当晚才受到攻击，而伊费听到的其实就是他们体内的变化：他们没有移动肢体，是恶性肿瘤在占据他们的器官，下颚骨逐渐长出螯针。

大概有几十人，前面还有更多，手电筒的光线外还有很多模糊的身影。有男有女有小孩——这些受害者来自社会各阶层、各行各业。他跑来跑去，用光线照每一张脸，搜寻凯莉的身影——同时祈祷着不要在这里找到她。

费特和瑟拉齐安追上他的时候，他还在找凯莉。他以宽慰中夹着绝望的语气告诉他们："她不在这里。"

瑟拉齐安手抚着胸口，呼吸还是稳不下来："还有多远？"

费特说："那是另一个市政府站，在另一条路线上。有两层月台，可是比较深的那一层始终都没启用，只有调度和存放功能。这表示我们在百老汇线的地底下；轨道在这里转弯，那我们应该是在伍尔沃斯大楼的地基附近。下个街口是柯特兰街，表示世界贸易中心在……"他抬起头，好像能透视到十或十五层以上的地面街道。"就在这附近了。"

"我们了结这一切吧。"伊费说，"就是现在。"

"等等。"瑟拉齐安还在稳定心跳。他用手电筒扫过这些刚转化的吸血鬼。他单膝蹲下从外套口袋里拿出银底小镜检查："我们先完成这里的责任。"

瑟拉齐安用手电筒为费特和伊费提供照明，他们扫灭了这一批新的吸血鬼。每一次斩首，伊费的理智好像就崩解了一点。

伊费也变了,不是从人类变为吸血鬼,而是从医生变为杀手。

地底墓穴的地下水愈积愈深,长期缺乏日照的奇异藤蔓和植物从粗糙裸露的天花板爬下来取水,这些植物也出现了白化症的现象。透过隧道里偶尔出现的黄光,他们可以看出来这里完全没有涂鸦。白色的粉尘铺在地面上,这里鲜有人迹,有的灰尘很细,盖在凝结的水塘上。这是世界贸易中心的遗址。

他们三人尽量不踩到世贸中心的遗迹,保持对墓园的敬意。

天花板愈来愈低矮,渐渐低到他们必须低头驼背,最后进了死巷。瑟拉齐安用光线搜寻了一会儿,发现一面颓圮的墙壁上方有道开口,宽度足以让人通过。

一阵原本听来模糊而遥远、低沉而持续的声音渐渐集中。

他们用手电筒一照,脚边的水洼开始出现涟漪。

一定是地铁列车呼啸而过了。他们全都转过头去查看,尽管他们所在的隧道根本就没有铁轨。

列车就在他们前方,直接朝他们奔来——不过它是在他们头顶的轨道上移动,驶入上方营运中的市政府站。他们根本受不了在这么近距离听到尖锐的啸声、呼呼的风声,还有隧道的震动(像地震般猛烈的高震度、高分贝),不过他们突然发现这样的天摇地动才是最适合下手的时机。

他们穿过裂隙,赶紧进到另一个人造的无轨通道,这个通道里悬着没开的灯泡,地铁列车经过时力量强得工程灯一直摇摇晃晃。天花板和地板距离约十米,碎块和灰尘都被摇下来,暴露出钢梁。前方有个长弯,那里透出昏黄模糊的灯光。

他们关掉灯杖的电源,沿着阴暗的隧道快走,感觉绕过转角后通道愈走愈宽阔。通道接到一个狭长的房间,门已经打开了。

地面不再晃动后,列车的噪音也结束了,就像风暴已然过境。他们放慢步伐,降低脚步声。伊费在看到吸血鬼之前就已经感觉到他们的存在了,他在黑暗中看到他们的轮廓和线条,在地上或躺或坐。吸血鬼因为他们的出现而蠢蠢欲动,坐起身,不过却不发动攻击。所以伊费、瑟拉齐安和费特继续涉水前行,往血祖的藏身处走去。

这些妖魔鬼怪都在夜间吃饱了,摄足了血液,就像虱子一样,饱餍餍地躺着、消化着。他们懒洋洋的,跟死人一样,已变成只会等着日落、等着吃人的生物了。

他们纷纷起身,有人穿工人制服,有人穿商业套装,有人穿运动服、睡衣、晚宴服、脏围裙,也有人赤身裸体。

伊费紧抓着剑,经过他们的时候仔细搜寻每一张脸。死白的脸上有血红色的眼珠。

"待在一起。"瑟拉齐安低声说,并从费特背上的网袋里拿出短波紫外线光雷,高举着。他用变形畸曲的手指撕下一段绝缘胶带,绕着球状的光雷,固定住电池:"我希望这光雷有用。"

"希望?"费特说。

其中一个吸血鬼朝他过来(是个老人,或许不像其他人那么餍足),费特亮出纯银匕首,那吸血鬼就气得怒嘶了一声。费特朝他大腿一踢,把他往后踹倒,然后让其他吸血鬼看到他手上的银器。

"我们已经一步一步走到这么深的地方了。"

愈来愈多面孔从墙壁间探出来,面色盈润、横目睨视。他们是比较老的吸血鬼,第一代或第二代,从泛白的头发可以看出来。有些吸血鬼发出动物般的叫声或奇怪的喉音,好像想说话却被舌头下的增生物堵住了。肿胀的喉咙执拗地抽搐痉挛。

瑟拉齐安走在伊费和费特中间说:"这个尖端碰到地面的时候,应该就会通电。"

"应该?"费特说。

"爆炸之前你一定要先找掩护,躲在这些柱子后面。"每隔一段距离就有打铆钉的生锈梁柱。"你的时间只有几秒。隐蔽起来,闭上眼睛,不要看。看了爆炸的光线会失明。"

"放就是了!"费特身边围满了吸血鬼。

"还不行……"老人打开拐杖,抽出银剑的刀刃,用电光石火的速度划过自己畸形的指尖。血珠滴到石地上。血味就像涟漪在吸血鬼之间漫开。吸血鬼从四面八方凑过来,从他们三人之前没注意到的角落涌入,显得格外好奇、特别饥饿。

费特持着匕首在灰蒙蒙的空气中挥舞，才能在移动中保持几米的空间。“你还在等什么？”他说。

伊费在吸血鬼中扫视所有眼神死滞的女人，想找出凯莉的身影。其中一人朝他靠近，他以剑尖抵着她的锁骨，她往后一缩好像银器灼身一般。

现在有更多声音了。最靠近伊费等人的第一排吸血鬼被后方的往前推，他们的饥饿已胜过犹豫，渴望已胜过等待。瑟拉齐安的血液滴在地面上，血味——快把吸血鬼逼疯了。

“快放！”费特说。

瑟拉齐安说：“还要几秒……”

吸血鬼前仆后继，伊费用剑尖把他们往后推，这时才想起自己应该打开光棒。灯杖开启后，吸血鬼看到令他们难受的光线，就往前扑倒，仿佛盯着太阳的僵尸。前方的吸血鬼无力地受后方吸血鬼摆布。人墙开始瓦解……伊费感觉到有只手在扯他的袖子……

“**就是现在**！”瑟拉齐安说。

他把光雷往空中一抛，动作好像网球赛的裁判。沉重的光雷抛到最高点就往右偏，往地面坠落时，加重过的尖端直指地板。

尖端的四个顶点陷进石地里，一阵晃动，好像旧式的闪光灯泡在充电。

“快跑，快跑！”瑟拉齐安说。

伊费舞着紫外线灯，把银剑当开山刀一样猛挥，朝柱子的方向前进。他感觉到吸血鬼在拉他、扯他，也感觉到长剑砍出黏糊糊的触感，听到他们呼喊嚎叫的声音。不过——他还是会检视吸血鬼的面孔，寻找凯莉，确认不是她才砍下去。光雷的晃动愈来愈大声，嘎吱嘎吱响，伊费又切又踢，往钢梁杀出一条血路。才刚躲到柱子后面，刺眼的蓝色光芒就充塞了整个地下室。他用力闭紧双眼，双臂交叉捂住眼睛。他听到吸血鬼临死前发出野兽般的凄苦喊叫。熔化、烫出水泡、蜕皮，吸血鬼的身体出现各种化学反应的声音，他们的内脏煮熟的时候，他们的灵魂也化成灰了。他们单调的哭喊声被压抑在熟透的喉咙里。

特大火警命案现场。

高频机器声持续了不到十秒，强效的消毒蓝光从天花板扫到地板，一直到电池耗尽为止。这个小房间几乎立刻暗了下来——唯一剩下的声音就是残块被热光烤得吱吱作响,伊费放下手臂、睁开眼睛。

病原体烤熟以后的味道让人闻了就想吐。化成炭的吸血鬼躺了满地,那股味道在烟尘中往上飘。现在若要前进,一定避不开这些腐烂的恶魔。他们的身体一块一块崩解,就好像人造木头被火烧出空洞一样。只有几个吸血鬼够走运,身体一部分刚好被梁柱挡到,才能继续活动。伊费和费特快步过去解决了那几个半残的吸血鬼。费特走到光雷旁边,发现整颗球都着火了。他看了看损毁的情况。

"哇,"他说,"这他妈的玩意儿还真的有用。"

"你看。"瑟拉齐安说。

充满蒸气的小房间另一端有个泥土和废弃物堆成的小丘,高约一米,小丘顶端有个长形的黑色箱子。

伊费和另外两人凑上前去(就像防爆小组在没穿防爆装的情况下靠近可疑爆裂物那般战战兢兢)。这个感觉无比熟悉,他刚经历过:他在纽约肯尼迪国际机场的滑行道上,朝失电的飞机走过去时也有这种感觉,就在这一切刚开始的时候。

那是靠近已死却还能活动的怪物的感觉,是签收冥界送来的货物的感觉。

他走到够近的位置,确认这就是753班机货舱里的长形黑色橱柜。朝上方开的双门刻了旋转的人形线条,虽然箱子着火了,但雕刻的狭长脸孔看起来还继续在苦楚地尖叫。

"就是这个。"伊费说。

瑟拉齐安朝箱子侧边伸出手,差点摸到雕花,然后又把扭曲的手指收回来。"我找这东西找了好久。"他说。

伊费连连震颤,他根本不想再看到那个魔怪。他的体格惊人,力量无敌。他继续站在箱子边,以为上盖会随时突然爆开。费特绕到另外一边,看着上盖。没有门把可以打开门。得有人把手指伸进两扇门中间的缝,把门拉起来。这感觉一定很诡异,而且也很难做得快。

瑟拉齐安站在应该是头的那一边,手持着剑做好准备。他的表情很凄凉。

伊费看出老人的双眼为何黯淡了,而这个原因让他完全泄了气。

事情太简单了。

伊费和费特的手指钻过门缝下,一齐数到三,拉开门。瑟拉齐安拿着灯和剑往前靠……只发现一整盒泥土。他用剑锋戳一戳泥土,剑尖刮到了箱子底部。什么都没有。

费特往后退,瞪大眼睛,因为肾上腺素激增而无法平静。

"他走了?"

瑟拉齐安抽出长剑,把箱子上的泥土敲下来。

伊费失望透顶。"竟然被他逃走了。"他从棺材旁踱开,回到隔壁那令人窒息、满地都是吸血鬼残尸的小房间里。"他知道我们在这里。他**十五分钟前**才逃进地铁系统。他既然要逃避日光不能走上地面……那他就要在地底下待到日落。"

费特说:"这段时间里他都要躲在全世界最大的运输系统里。轨道总长800英里。"

绝望让伊费的声音显得特别沙哑粗糙:"我们根本连下手的机会都没有。"

瑟拉齐安看起来虽然精疲力竭却勇敢无畏,他那双老迈的眼睛这时还流露出恍然大悟的光芒。"你们不就是用这种方法消灭老鼠的吗?费特先生?把它们赶出巢穴?清空鼠窝?"

费特说:"除非你知道它们离开巢穴之后会去哪里。"

瑟拉齐安说:"所有的穴居动物,不管是老鼠或是兔子,不是都会帮自己留后门?"

"狡兔三窟!"费特听懂了,"紧急出口。猎人从这边过来,它们就从另一边逃到另一窟。"

瑟拉齐安说:"我相信我们一定把血祖赶到另一个藏身处了。"

翠贝卡区,教堂街

他们没有充足的时间可以妥善销毁那只棺材,所以只能把它先从瓦砾祭坛取下后倒过来,把里面的泥土全部撒在地上。他们决定晚点再回来善后。

他们穿越隧道回去,离开隧道回到费特的面包车上,这一路花了不少时间,耗费了瑟拉齐安的更多体力。

费特停车的地方和波利瓦的豪宅相隔一个转角。他们在阳光下跑过半个路口到正门口,一路上根本没心思藏起灯杖或银剑。这么早,没有人在这房子外面,伊费先攀着门口脚手架的横杆爬上去。大门被钉死了,门牌就挂在门上的气窗外。伊费用剑砸破气窗玻璃,踢开较大的碎片,然后用剑刃把窗框上的碎玻璃扫干净。他拿了一盏灯走进去,在玄关伏低身子。

他的紫色灯光照亮了门口两侧的大理石黑豹。展开翅膀的天使雕像在旋转梯底端用邪恶的眼神睥睨着他。

他听到了,也感觉到了:血祖在场的时候就会有嗡鸣。他心想着**凯莉**,悲伤难过的情绪在胸口隐隐作疼。她一定在这。

瑟拉齐安在伊费后面下来。在窗外的时候是费特撑着他,跨过窗户后则由伊费扶着他到地板上。瑟拉齐安着陆后便抽出剑,他感觉到血祖的存在了。同时,也感觉到自己松了一口气。他们还不算来得太迟。

"他在这里。"伊费说。

瑟拉齐安说:"那他已经知道我们来了。"

费特把两盏较大的短波紫外线灯降下来给伊费,然后自己翻过气窗,两脚用力踩在地板上。

"动作要快。"瑟拉齐安说完便领着他们到旋转梯下,装潢未完工的最底楼层。他们穿越长形厨房,所有电器用品都还没拆封,他们在寻找一个壁橱。他们找到了,里面是空的,而且这个橱柜也还没完工。

他们看着诺拉从网络杂志打印下来的草图，推开后墙的假门。

瑟拉齐安带头往下走。他们身后的塑料布拍了几下，他们立刻转过身，但那只是风从楼底下吹上来。

那一阵风把地下道的气味给吹了上来，夹带着泥土味和食物腐坏的味道。从这里可以通往隧道。伊费和费特将那两盏大型短波紫外线灯准备好，这样才能让这个密闭通道内填满炙热且杀伤力强的光线，完全封锁地下道，不让任何吸血鬼往上逃逸，而且更重要的是，他们要确保离开这间宅邸的唯一道路通往阳光。

伊费回头看瑟拉齐安倚在墙上，他的指尖按着毛背心，压着心脏上方。伊费并不喜欢这个画面，开始往瑟拉齐安走过去，但他一听到费特的声音便回过头。“该死！”其中一盏炽热的灯具翻倒了，哐啷一声跌在地上。伊费检查了一下，确保灯泡还能用，然后扶正，同时谨慎地注意那辐射光线。

费特要他安静下来。他听到下面有声音，脚步声。空气中的臭味变了——更杂乱、更腐烂。吸血鬼正在集结。

伊费和费特从绽放蓝光的壁橱往后退，那是他们的安全阀。

等伊费回头去看老人的时候，他已经不见了。

瑟拉齐安回到玄关，他觉得胸中的心脏好紧绷，承受太多压力和期待了。他盼了太久。太久……

他那双畸形的双手开始发疼。他收缩双手，抓着银色狼头下的剑把。他突然察觉到，某人在做出动作前，轻微扰动了空气……

他在最后一刻挥舞着离鞘的银剑，救了自己一命，否则那一击将直接致死。力道猛烈到把他整个人往后撞，他那一瞬间失去了意识，头下脚上先摔在大理石地板上，然后一路滑过去，直接撞上墙角。不过他还紧抓着剑。他立刻站起身，来回挥着利剑，尽管在幽暗的玄关里什么都没看见。

血祖的移动速度就是这么快。

他就在这里，在某个角落。

你已经老了。

那股声音在瑟拉齐安的头颅里面爆裂，像电击一样。瑟拉齐安使剑挥向面前的开阔空间，一道模糊的黑影经过旋转梯底端哭泣的天使雕像前。

血祖想要干扰他的注意力，这就是他的战术。他从来不会直接应战，不会与敌人面对面，他选择欺敌战术，从敌人后方出其不意奇袭。

瑟拉齐安退到前门旁边，背靠着墙。他后面有一扇门形的狭长彩绘水晶玻璃窗，不过花纹已经被抹黑了。瑟拉齐安挥剑朝窗格一挥，把珍贵的玻璃砸个粉碎。

阳光如剑，破窗入宅耀眼生花。

瑟拉齐安粉碎玻璃的那一刻伊费和费特刚好回到玄关，发现瑟拉齐安举着剑站在阳光下。

老人看到那一抹黝黑的模糊身影往楼上跑。“他在那里！”他一边大叫一边拔足狂追，“快追！”

伊费和费特跟着老人冲上楼。两个吸血鬼在楼梯顶端迎接他们，他们是波利瓦生前的随员，超大尺码体型的保镖现在成了穿着肮脏衬衫的巨人，一脸饥饿。其中一人朝伊费挥拳，他往后一倒差点失去平衡，还好他扶住了墙壁才没摔下大理石楼梯。他抽出灯杖，大个子往后缩，伊费便提剑刺他大腿。吸血鬼倒吸一口气，又补了他一拳。伊费横剑腰斩，吸血鬼就像飘不起来的气球一样摔落在楼梯平台上。

费特以灯杖将他面对的吸血鬼困在角落，吸血鬼伸出手要抓他时，他便以短匕首砍切。费特扬起紫外线灯，直接摆在吸血鬼的面前，对方便无法控制身体、连连往后退，纷乱地东张西望，一时失去了视觉。费特低身一闪，躲到吸血鬼保镖背后，朝他粗壮的后颈刺下去，再补一脚把他踹到楼梯下。

和伊费缠斗的吸血鬼正打算起身，但费特大脚踩下他的肋骨，又让他倒回地上。那个保镖的头落在楼梯最高的那一阶，伊费怒喝一声，挥剑直下。

头颅滚下了楼梯，愈转愈快，在楼梯底端撞上了另一个吸血鬼的尸体，然后继续翻转滚到了墙边。

白色血液从颈部切口渗出来，流到暗红色的长条地毯上。

血虫都跑了出来，费特立刻用紫外线光把它们都烤熟。

楼梯底端的保镖只剩下一身碎裂的骨头和臭皮囊，但他还是一直动。他虽

然跌了下来，却没跌断脖子，所以灵魂还没获得救赎。他张开双眼，呆滞地看着长阶梯，想要移动身体。

伊费和费特发现瑟拉齐安抽出长剑站在电梯闸门附近，电梯门关着，瑟拉齐安持剑朝一道移动迅速的深色暗影划下去。“小心——！”瑟拉齐安大喊，不过话还来不及出口，血祖已绕到费特背后展开攻势。费特挨了一击，猛然倒下，差点把灯给砸了。那道阴影立刻飞到伊费身边，他根本无暇接应（血祖飞到伊费面前时慢下速度，让他再度和自己正眼相对，看见自己布满血虫的皮肤和轻蔑的嘴脸），就被扔到了墙边。

瑟拉齐安向前扑，双手握剑横扫，把迅捷莫测的鬼影逼到挑高天花板的宽阔夹层。伊费站起来跟上去，费特也是，不过一道血痕沿着他的太阳穴往下滑。

血祖停下脚步，在房间中央的巨型石座壁炉前面对他们。这间宅邸只有狭长的两侧有窗——屋子中间没有任何阳光可以援助他们。血祖的斗篷停止了飘动，他那双可怖的眼睛从高处俯瞰他们，不过焦点集中在费特身上，他的块头也不小，而且脸上还在滴血。血祖面带微笑发出一声怒号，伸出长手臂，抓起所有杂物、电线和他够得到的小东西，向三名刺客扔去。

瑟拉齐安靠墙贴平站立，伊费在角落找掩护，费特抄起一块木板当盾牌。

这波轰炸结束后，他们抬起头，血祖又消失了。

“**天啊！**”费特恨恨地咒骂了一句。他用手抹掉脸上的血，扔开木板。他用力一掷，把银匕首扔进冰冷的壁炉里，发出当啷声（这玩意儿根本无法对付身形巨大的血祖），然后从伊费手中接过他的紫外线灯，这样他手上就有两盏了，而伊费就可以用双手握着长剑。

“跟着他。”瑟拉齐安提振士气，“烟囱会让烟雾往上走，同样地，我们也要逼他到顶楼。”

他们绕过转角时，又有四个嘶嘶低吼的吸血鬼朝他们逼近。他们的发型有许多层次，身上穿了一大堆环，生前应该是波利瓦的歌迷。

费特运提双灯，逼他们后退，其中一个吸血鬼突围穿过，但伊费是费特的后卫，立刻在她面前亮出银剑。

这个脸型较为圆胖的吸血女鬼穿着牛仔裙和破洞的网袜。刚变态的吸血鬼脸上都有一种强烈的贪欲,伊费看出她脸上也有那股馋样。伊费伏低身体,剑尖瞄准了她。那吸血女鬼做了个假动作,佯装向右闪,又从左边攻来,咧着白色嘴唇朝他低吼。

伊费听到瑟拉齐安大叫:"**返魂尸!**"音调充满权威。老人掠剑砍下吸血鬼的声音让伊费勇气大增。胖脸吸血女鬼的虚击力道过猛,伊费把握机会往她一刺,剑尖划过破烂的黑色棉质上衣,切进肩膀,炙烧着她体内的怪兽。

她张开口、卷起舌头,幸好伊费及时往后跳,她的螯针没射中他的脖子。她继续追击,大口开阔。伊费怒吼一声,提剑对着她的脸划下去,直接瞄准螯针,剑刃直接从后脑勺穿出来,剑尖没入装潢未完工的墙壁里。

吸血女鬼的双眼暴凸,她的螯针被截断了,白色的血液流出来,蓄满她的口,溢出的部分沿着下巴滴,但她的下巴完全动弹不得。她被钉在墙上,她猛力前后摇晃,想要把白血咳在伊费身上。病毒会想尽各种办法散播。

瑟拉齐安斩杀了另外三个吸血鬼,大厅末端的枫木地板最近才磨光打亮,现在却抹上一片白血。他靠近伊费,大喊着:"退后!"

伊费放开剑,松手的力道让剑身还左右摇晃。瑟拉齐安朝吸血鬼的脖子一挥,地心引力就把无头尸体给拉到地面了。那颗头颅还叉在墙上,白色血液从头颈连接处流出来,吸血鬼的黑眼睛猛盯着他们两人……然后往上一翻、眼神一松,就不动了。伊费抓起剑把,剑尖从她嘴巴后面的墙壁收回来,她的头就跌到了身体上。

没时间用辐射线消毒那一摊白色血液了。"快上去,快上去!"瑟拉齐安沿着墙边走上铁雕扶手精致华美的另一道旋转阶梯。老人的斗志正旺,但体力渐渐不支。伊费超越他先登上梯顶,左顾右盼。在微光中,他看到已装修完毕的硬木地板和未完工的墙壁,但没看到吸血鬼。

"分头找。"老人说。

"你在**开玩笑**吗?"费特扶着他走上阶梯顶端,"**绝对不能**落单,这是基本原则。"

他手上其中一盏灯闪烁了一下,灯泡因为过热而破掉了,突然爆出火花。费特放下灯具,用靴子踩熄火焰。现在他只剩一盏灯了。

“电池还能撑多久?”伊费问。

“不够久。”瑟拉齐安说,“他会用这种疲劳战术消耗我们的体力,让我们追到日落。”

“得设个陷阱。”费特说,“就像在浴室里抓老鼠一样。”

老人停下脚步,转头过去听一个声音。

老头子,你的心脏已经不行了,我听得出来。

瑟拉齐安站着不动,准备随时出剑。他看着四周,可是毫无邪恶魔物的迹象。

他用剑尖敲着地板。**笃——笃——笃**。“现身吧。”

你打造了一样很上手的工具。

“你认不出来吗?”瑟拉齐安声音嘹亮但呼吸沉重,“这是萨铎的拐杖,就是你附身的那个人。”

伊费靠近老人,他知道瑟拉齐安在和血祖对话。“她在哪里?”他大叫,“我太太在哪里?”

血祖不理会伊费。

你这一辈子就盼这一刻,你会二度战败。

瑟拉齐安说:“返魂尸,我要让你尝尝我这银剑的滋味。”

老头子,我会尝尝你的滋味,还有你那两个笨手笨脚的学徒……

血祖从背后偷袭,要把瑟拉齐安推倒在地。伊费赶紧反击,朝他感觉到的那阵风挥剑,全凭臆测空划几刀。当他收回剑刃,他发现剑尖有白色黏液。

他刺伤血祖,砍中他了。

不过就在伊费明白这点时,血祖已经回到他身边,用鹰爪猛揍他的胸膛。伊费感觉到自己的双脚凌空,背和肩膀撞向墙壁,全身肌肉痛得快爆炸,最后身体侧倒在地。

费特提灯往前挺进,瑟拉齐安撑起单膝半跪,仍挥舞着银剑,逼得怪兽向后退。伊费以最快的速度滚到一旁,他原本以为血祖会继续攻击……不过什么都没等到。

他们又被丢在原地了,他们可以感觉得出来。除了天花板悬吊的工程灯在摇晃中发出叮叮声之外，这里几乎鸦雀无声。

伊费说："我砍到他了。"

瑟拉齐安撑着剑站起来，他一只手臂受了重伤，疲软地垂下来。他踏上另一道阶梯继续往上走。

未完工的阶梯上也有白色的吸血鬼血液。

他们全身酸痛但毅力没有被撼动，爬着楼梯到了顶楼。这是波利瓦的阁楼，他把两栋房子并在一起，选了比较高的那一栋顶楼作为阁楼卧室。他们先走进卧室的那半边，寻找地上的血迹。费特没找到血迹，便绕过凌乱的床铺到离他们较远的窗边，扯下遮蔽光线的窗帘，让阳光进来，但这卧室还是没有直接日晒。伊费检查浴室那半边，没想到浴室那么大，每面墙壁都有金框的镜子，呈现出无数个他，组成一支持剑在手的伊费·顾威军团。

"这边。"瑟拉齐安气喘吁吁地说。刚滴下、还未凝结的白色血珠落在宽敞视听室的黑色皮椅上。东侧墙上有两道拱门，门上虽然挂了厚重的布帘，但门帘靠地板处的缝隙透出了柔和的光线。两栋拼接宅邸的屋顶就在拱门的另一边。

他们在那里发现血祖站在房间的正中心，布满血虫的脸庞在他们的上方，缟玛瑙的眼珠子恶狠狠地盯着他们，危险的日光在他的后方。晶莹闪耀的白色血珠滑了下来，缓慢、不规则地沿着手臂和过长的手掌往下，经过异形般的鹰爪中指指尖，滴在地上。

瑟拉齐安一跛一跛往前，长剑拖在后面，在木质地板上刻出凹痕。他停下步伐，举起无伤的那只手臂，扬起剑刃，面对血祖——他的心跳节奏已经太快了。

"**返魂尸**。"他说。

血祖怒目以对，一时没有任何动作。他展现出妖魔帝尊的气势，双眼像两颗死寂的月球沉浸在血雾之中。唯一透露他心境的，是那张恐怖脸庞之下兴奋乱扭的血虫。

对瑟拉齐安来说，他毕生的目标几乎唾手可得……但他的心脏这时却闭锁了起来，把他推进了鬼门关。

伊费和费特在他身后聚拢，血祖别无选择只能拼死逃离这个房间。他的脸上绽出凶残的讥笑奚落。他朝伊费踢起一张低矮的长桌，把他整个人往后击飞，

接着再用没被砍伤的手臂往瑟拉齐安的方向扔了一张高脚椅。

起落之间，他们三人就散开了。血祖往中间急驰，朝费特直直前进。

费特举起他的灯，但血祖稍作闪避便从侧面伸出鹰爪要抓费特。

费特吃了一爪，晕眩地往后一倒，差点就踩在阶梯上。血祖朝他扑去，但费特动作很快，立刻将紫外线灯拉过来——刚好正对邪恶魔物那嚣张的脸。短波紫外线光让他措手不及，又退回墙边，灰泥墙撑不住他的体重，开始崩裂。血祖先用手遮脸，当他的双手垂下来时，他的眼睛睁得比以前还大，而且看起来很茫然。

血祖一时半刻什么都看不见，不过那只是暂时的。他们都感觉到自己略占优势，费特直接拎着灯具朝他走去。血祖慌张地连连后退，费特逼得这个怪兽一路从房间退到门帘前，伊费在他后面紧逼，划破了他的斗篷，露出他的血肉。血祖在空中挥着鹰爪，不过没伤到他们。

瑟拉齐安紧紧撑住之前血祖扔给他的椅子，银剑松手落在地上发出响亮的声音。

伊费把其中一道拱门上的厚重布帘削下一截，露出明亮的阳光。雕工精细的铁栏挡在玻璃门前，不过伊费使剑一敲，门闩就断了，泄入一道阳光。

费特继续逼血祖后退，伊费转过身，要瑟拉齐安行刑。这时候他才看到老教授躺在地上，银剑搁在身旁，双手紧抓着胸口。

伊费一怔，看着无力反击的血祖，再看着快死在地板上的瑟拉齐安。

费特在吸血鬼面前举着灯，就像驯狮员在狮子面前举起小凳，他说："你还在等什么？"

伊费跑到老人身边，双手贴地蹲了下来，看到瑟拉齐安脸上的绝望和失焦的眼神。他的手指紧绞着背心，交握在心脏上方。

伊费放下剑，撕开瑟拉齐安的背心和衬衫，露出干瘦松弛的胸膛。他伸手在瑟拉齐安的喉间测脉搏，却找不到任何脉动。

费特对他大喊："嘿！博士！"他继续押着血祖往前，把血祖钉在明暗交界处。

伊费揉揉瑟拉齐安的心口，他没有立刻操作心肺复苏术，因为他担心老人的骨骼太脆弱,可能会压碎肋廓。后来他注意到瑟拉齐安老迈的手指不再继续紧抓着心脏,而是伸手要拿背心。

费特惊惶地回头看到底是什么鸟事把他们两人缠住了。他看到瑟拉齐安瘫在地上,伊费跪在旁边。

费特这一眼看得太久了,血祖的鹰爪钳着他的肩膀,把他给拉了过去。

伊费摸摸瑟拉齐安粗呢背心的口袋,感觉里面有东西。

他掏出一个银色小药罐,赶紧旋开盖子。十几颗白色小药片立刻撒在地上。

费特他自己个子很大,不过血祖一抓,他就像个小孩子一样。尽管血祖扣住他的手,但紫外线灯还在他手上。

他提起灯往血祖的脸一照,灼烧他的侧脸——失去视觉的怪兽痛苦地吼叫,但手劲丝毫不减。血祖的另一只手抓紧费特的头顶,把他的脖子往后扭,费特死命抵抗也没用。接着,费特发现自己和那张不堪入目的脸正面相对了。

伊费捏起一颗硝化甘油药片,托起老人的头。瑟拉齐安的下颚咬得很紧,但伊费努力掰开来,塞了一颗药片到他冰冷的舌头下面。他抽出手指,摇摇瑟拉齐安,对着他大叫,老人睁开了双眼。

血祖在费特上方张开大嘴,拉出螯针在费特的双眼前迅速甩动,并露出喉咙。费特尽全力反击,但后颈被钳住了,血液无法流到大脑,他只觉眼前一黑,身体就松软了。

伊费大叫:"不!"他提剑往令人憎恨的血祖冲去,在对方宽阔的背重重砍下一刀。费特摔倒在地。血祖的头像鞭子一样转了个圈,螯针在空气中寻找着,朦胧的双眼发现了伊费。

"我的剑歌颂纯银!"伊费高声一喊,横劈过血祖的上胸,剑刃的确发挥了力量,尽管邪恶魔物往后一闪。伊费再度挥剑(又没命中),血祖开始激烈地一边扭动一边后退,完全失控。他站到了阳光下,定在两扇玻璃门之间,屋顶露台那里的大片日光就在他身后。

伊费逮到他了,血祖也知道他栽在伊费手上了。伊费双手持剑,准备要削断血祖肿胀外凸的颈子。这吸血鬼之王毫不遮掩地露出唾弃厌恶的表情,从上方睨着伊费(他看起来又更高了一点),然后拉起深色斗篷的帽子。

“受死吧!”伊费说完便朝他奔去。

血祖转过身,撞碎玻璃门,跃到露台上。玻璃爆裂时,血祖以斗篷护身往外跳,跌落在发烫的瓦片上打滚,完全暴露在毁灭力强大的太阳下。

他动作稍停,单膝跪着、弓起身子。

伊费气势大增,他穿过碎裂的门,停下脚步,瞪视着披上斗篷的吸血鬼,等着收尾。

血祖连连发抖,深色斗篷内冒出蒸气。

贵为吸血鬼之王的他站了起来,好像被人猛烈地抓起来频频甩动,他的巨手像兽拳一般紧握了起来。

一声怒喝之下,他脱下了斗篷。那件古老的衣物飘落下来,在瓦片上冒着烟。血祖裸身蠕动,珍珠光泽的皮肤颜色愈来愈深,在太阳烘烤下从细致的百合花瓣色变成腐皮的黑色。

伊费在他背上划的那一道伤口变成了深黑的刀疤,仿佛是被阳光腐蚀的。血祖转过身,继续发抖,面对着伊费。费特站在他身后的门边,瑟拉齐安撑起一条腿蹲着。血祖瘦骨嶙峋到让人觉得阴森恐怖,胯下很平滑,没有性器官。灼热的黝黑皮肤上爬满了痛得疯狂的血虫。

血祖露出一抹可怕透顶的微笑(在极端苦楚中咧开嘴,但还带了一丝荣耀),转身面对太阳,张开嘴叛逆地怒吼。那是真正的魔鬼诅咒。然后,他以令人眩晕的速度冲向露台边缘,滑过屋顶边缘的矮墙,沿着屋侧往下狂奔,攀上了三层楼高的脚手架……消失在纽约市未明的晨光中。

氏族

THE CLAN

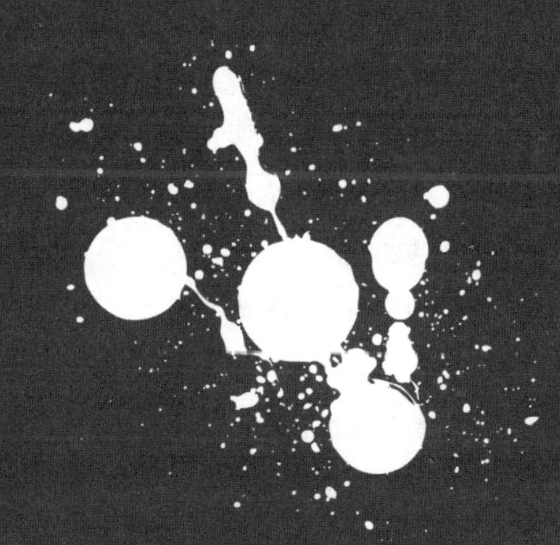

宾夕法尼亚州，拿撒勒

这个石棉矿场早已被世人遗忘，而且从未出现在地图上。这里是美国宾州树林底下数百米深的冥界地府，定居在新世界的三位血祖在一片漆黑的小房间里会晤。

他们的身体经历时间的洗礼，早已变得像河中的鹅卵石一样光滑，他们的动作慢得几乎无法察觉。他们无需外在形体，他们的身体系统已经进化到最有效率的形式，他们可以顺畅地运用吸血鬼颚骨，而且夜视能力非凡。

他们领地西缘那几条深幽的隧道里有些牢笼，血祖已开始为漫长的冬季囤积粮食。有时人类俘虏的尖叫声划过矿坑，回音听起来就像野兽的嚎叫。

这是第七个。

尽管他们外形像人类，但他们无需使用动物语言。他们的动作，包括艳红色的双眼露出饱足的眼神都慢得出奇。

这次袭击是怎么回事？

违约。

他觉得我们又老又弱。

一定有其他人涉入，一定有人帮他跨越海洋。

是其他血祖吗？

一位新世界血祖灵魂出窍，跨越海洋到了旧世界。

我觉得不是。

那老七一定是和人类结盟了。

和人类结盟，一起背叛所有人类。

也背叛了我们。

我们现在难道还不认清事实吗？当初巴尔干大屠杀就是他一个人捅出

来的。

没错，他已经证明了一点：如果惹恼他，他连同伴也杀。

他实在是被世界大战给宠坏了。

他在壕沟里面喝太多了，集中营根本就是御膳房。

现在他又违反了停战协议。他已经涉足到我们的土地上了，他想要称霸世界。

他想要的是另一场战争。

最高大的血祖抖抖他的爪子——他陷入了沉思，完全静止，所以这个动作显得很奇怪。他们的身体只是简单的区隔，可以替换。或许他们变得太满足、太安逸了。

那我们就让他称心如意，我们不能再继续隐身了。

猎头者走进血祖所处的房间，等着被夸奖。

你找到他了。

是的，他想要回家，就和所有动物一样。

抓到他就够了吗？

他会成为我们的日间猎手，他别无选择。

西侧隧道里有一间牢房被锁了起来，躺在冰冷泥地上的正是格斯·埃利萨尔德，他失去意识瘫在地上，梦到了他妈妈——却完全不知自己将要面对何等险境。

后记

EPILOGUE

皇后区林边，凯尔顿街

他们回到凯莉的家集合。伊费和费特把马特的尸体残骸收拾干净，在后院的林子下烧掉他的遗体后，诺拉就带扎克回家了。

日光房有一张折叠式沙发床，瑟拉齐安躺在上面。他不肯去医院，反正伊费也觉得不可能到医院就诊。他的手臂严重淤血，可是没断。脉搏很低，不过很稳定，而且持续增强。伊费想让瑟拉齐安睡一下，但不想靠止痛药达成目的。在查看瑟拉齐安的状况前，伊费先打开了凯莉厨房里的酒柜。这时天已经黑了。他先是挑了一瓶过去很依赖的威士忌，之后又放下这瓶酒，替老人倒了一杯较温和的白兰地。

瑟拉齐安说让他心烦的不是痛。"失败让人睡不着觉。"

一提到失败伊费就想到他还没找到凯莉。

他心中有一部分想要相信这给了他继续怀抱希望的理由。

"你没有失败。"伊费说，"是太阳失败了。"

瑟拉齐安说："我不知道他那么强。我曾经怀疑过……或许……害怕过，当然……但我从来不知道。他不是地球上的一分子。"

伊费同意道："他是吸血鬼。"

"不——他不属于地球。"

伊费担心老人的头脑撞坏了："我们伤到他了，至少这可以确定。我们已经有了他的记号，而他正在逃。"

老人不接受安慰："他还在外面，会继续。"

他从伊费手中接过玻璃杯，喝下去，往后坐："这些吸血鬼现在……他们还在婴儿期。我们即将见证他们演化的新阶段。他们大概要花七夜才会变化完全，让他们体内新的寄生器官系统发育完成。等到那时候，他们身体就没有维生

器官，也就是心脏、肺脏了。他们的身体只会剩下空荡荡的脏室，那时候他们就更不怕传统武器。过了那阶段后他们还会继续成熟——继续学习，变得更聪明、更习惯他们的环境。他们会联合在一起，协调攻击行动，每一个吸血鬼都会变得更灵活敏捷、更为致命。我们到时候要找到他们、打败他们就更难了，最后我们就不可能阻止他们。”老人喝干白兰地之后看着伊费。“我相信我们今天早上在屋顶看到的就是人类灭绝的景象。”

伊费感觉未来的重担压在他们所有人身上：“你还有多少事没跟我说？”

瑟拉齐安看着不远处，双眼湿润：“一时片刻也说不完。”

过了一阵子，瑟拉齐安就睡着了。他的胸口盖了一件凉被，伊费看着他畸形的手指揪着被子的缝线。老人做着狂乱的梦。

“爸！”

伊费走出日光房到客厅。扎克坐在计算机椅上，伊费从他背后紧抱着他，紧紧拥在怀里，亲着他的头顶，闻着他的发香。

“小扎，我爱你。”他低声说。

“爸，我也爱你。”扎克回他。伊费揉揉他的头发，让他离开。

“这件事办得怎么样了？”

“差不多了。”小男孩回到计算机前，“我已经新开了一个电子邮件账号，个人资料都是假的，你选个密码吧。”

扎克在帮伊费上传安塞尔·巴伯在狗棚里的影片（可是伊费还没播给扎克看过），只要是想得到的影音网站都不放过。伊费希望全世界都可以在网络上看到真正的吸血鬼录像。他只想得到用这个方法接触人群，让他们理解。

他根本不怕造成混乱或恐慌：暴乱仍持续着，目前被控制在比较贫穷的小区，不过规模扩散只是迟早的问题。面对人类可能绝种的危机，继续配合缄默简直太可笑了。对这场恶疫只能从基层开始反击——或直接投降。

扎克说：“现在就按选择档案，像这样，然后像附件一样放上去……”

费特的声音从厨房传出来，他在那里看电视，抱着大塑料桶吃小吃店买来的烤鸡色拉：“你们快看。”

伊费转过头。直升机从空中拍摄到一排着火的房子,浓厚的黑烟布满曼哈顿的天空。

"愈来愈严重了。"他说。

伊费看的时候注意到扎克夹在冰箱门上的学校通知单都飘动了起来。一张餐巾吹过流理台,飘到地上,落在费特脚边。

伊费转头看扎克,他打字打到一半停下来:"刚刚那阵风是怎么回事?"

扎克说:"一定是后面的纱门开了。"

伊费转头找诺拉,然后听到马桶冲水声,她从走廊上的厕所走出来。"怎么啦?"她发现每个人都盯着她瞧。

伊费转头去看房子另一端,看着转角,转过去就是玻璃落地滑门和后院。

有个人绕过了转角,停在那里,双臂软绵绵地垂在身体两侧。

伊费睁大眼睛,无法反应。

凯莉。

"妈!"

扎克准备朝她奔过去,伊费伸出手抓住他。他一定弄疼扎克了,因为儿子惊讶地挣扎脱身,看着他。

诺拉跑过去从背后抱住扎克。

凯莉只是站在那里,看着他们,面无表情,眼睛也不会眨。她看起来茫然得不知所措,好像刚刚在爆炸现场,所以现在什么声音都听不到。

伊费立刻就明白了,他心中的痛真实而深刻。

凯莉·顾威已经变态了,失去生命的她回到了家中。

她的双眼聚焦在扎克身上,她挚爱的亲人。她为了他回来。

"妈?"扎克也感觉到她不太对劲。

伊费感觉到身后有人动作迅速。费特冲进走廊一把抓起伊费的剑,用力一挥,让凯莉看到剑刃的银光。

凯莉的脸部纠结,表情变得邪恶,龇牙咧嘴。

伊费的心不断下沉,从胸腔沉到了胯下。

她是个恶魔,是个吸血鬼。

是他们的一分子。

对他来说,她已经永远离开了。

扎克闷哼了一声,看到他邪恶的妈妈后整个人退缩了……然后就晕了过去。

费特持剑逼近,但伊费钩住他的手,让他无法继续前进。凯莉看到银刃之后便步步退缩,像竖起毛的猫。她对他们嘶了一声,又用更具威胁的眼神看了失去意识的小男孩一眼,那是她最想见的……然后就转过身从后门逃了出去。

伊费和费特绕过转角的时候,刚好看到凯莉越过低矮的篱笆。篱笆的另一端就是隔壁户人家,凯莉就这样消失在刚降临的夜幕里。

费特关门上锁。他把玻璃前的窗帘拉上,转头看伊费。

伊费什么都没说,转头看诺拉。她跪在地板上,在扎克身边,眼神着急又绝望。

他现在才看出这场祸疫有多么阴沉。家人接受考验,攻击家人。死亡和生命的斗争。

血祖派她过来,让她与伊费和扎克为敌,折磨他们,报复他。

如果他们对挚爱的亲人的执念,与他们想借由死亡与亲人重逢的愿望强度成正比……那伊费知道,凯莉永远都不会放弃。她会永远缠着儿子,除非有人阻止。

他们环绕扎克监护权的争执没有结束。

伊费看着他们的脸……还有电视上熊熊燃烧的火焰……然后又转头看计算机。他按下确认键,完成扎克的任务。他已经把疯狂吸血鬼的视频证据传送给全世界了……然后他走进厨房,走到凯莉收放威士忌的地方,为自己倒了一杯酒。他已经很久很久没这么做了。

如果你喜欢

《血族1:侵袭》

那么切勿错过

《血族2:坠落》

“血族三部曲”下一部惊险小说

吉尔莫·德尔·托罗、查克·霍根 合著

漓江出版社2014年9月震撼推出